KNAUR

Über die Autorin:
Liv Keen wuchs in einer großen, chaotischen und etwas verrückten Patchwork-familie auf. Schon als sie ein kleines Mädchen war, versorgte ihre unkonventio-nelle Uroma sie mit etlichem Lesestoff und erfand mit ihr lustige Geschichten. Ihre große Liebe ist – wie es der Zufall so will – auch ihr bester Freund, mit dem sie ihre eigene Familie gegründet hat.

LIV KEEN

BACKSTAGE Love

HALS ÜBER KOPF VERLIEBT

Roman

Bei »Backstage Love – Hals über Kopf verliebt«
handelt es sich um eine überarbeitete Neuausgabe
des bereits unter dem Titel »Kopfüber verliebt – Backstage-Love 3«
erschienenen Werkes der Autorin Kathrin Lichters.

Besuchen Sie uns im Internet:
www.knaur.de

Vollständig überarbeitete Neuausgabe August 2019
Knaur Taschenbuch
© 2018 Knaur Verlag
Ein Imprint der Verlagsgruppe
Droemer Knaur GmbH & Co. KG, München
Alle Rechte vorbehalten. Das Werk darf – auch teilweise –
nur mit Genehmigung des Verlags wiedergegeben werden.
Redaktion: Martina Vogl
Covergestaltung: ZERO Werbeagentur, München
Coverabbildung: © FinePic/shutterstock; Gettyimages/© PeopleImages
Satz: Adobe InDesign im Verlag
Druck und Bindung: CPI books GmbH, Leck
ISBN 978-3-426-52380-3

2   4   5   3   1

Für meine Mama,
die niemand jemals wird ersetzen können
und die ich mehr liebe, als Worte sagen können.

PROLOG

Liebes Tagebuch,

Abby ist endlich eingeschlafen. Sie hat ganz schrecklich geweint, weil Mummy ihr nicht »Somewhere Over The Rainbow« vorgesungen hat. Ich habe es dann versucht, aber ich kenne den Text nicht gut genug. Ich werde ihn aber morgen ganz oft üben, damit Abby nicht mehr so traurig ist. Tante Margie hat gesagt, dass wir Mummy eine Weile nicht sehen können, was mich nicht sehr traurig macht. Aber Abby ist noch so klein und deswegen so viel trauriger. Keine Ahnung, wann Dad uns holen kommt. Leider hat er vergessen zu sagen, wann genau. In seiner letzten Karte steht nur, dass er bald kommt. Ich werde einen Teil von Abbys und meinen Kleidern im Koffer lassen. Denn wenn Dad hierherkommt, werden wir nur wenig Zeit haben, unsere Sachen zu packen. Tante Margie und Dad schreien sich immer nur an.
Ich möchte unglaublich gern mit ihm mitfahren. Er sagt, dass sein Lkw ihn überall auf der Welt hinbringt. Ich würde zu gern die Koalabären sehen. Das sind nämlich meine Lieblingstiere. Sie sehen so süß aus. Tante Margie sagt, das sei in Australien und viel zu weit weg. Sie hat gelacht, als ich ihr sagte, dass Dad mit uns dort hinfährt. Sie hat gesagt, dass er niemals herkommen wird und es nie schafft, uns nach Australien zu bringen, um die Koalas zu sehen. Vorher müsste er erst mal seinen Arsch hochkriegen.
Ich weiß nicht, was das heißt, aber es ist ein böses Wort. Ich glaube ihr auch nicht. Tante Margie ist nicht sehr nett zu Kindern. Ich weiß nicht, ob ich sie mag. Manchmal backt sie

uns kleine Kuchen und legt laute Musik auf, zu der wir dann tanzen. Aber manchmal ist sie ganz komisch und sagt richtig böse Schimpfwörter. Ich weiß, dass man die nicht sagen darf, aber Tante Margie hört nie auf mich. Abby und ich gehen dann einfach ins Bett. So wie heute, wenn sie Besuch von ihren Freunden hat. Ich hoffe, Abby wird nicht wieder von der lauten Musik wach. Aber sie liegt ganz ruhig neben mir. Wenn es zu laut ist, halt ich ihr die Ohren zu. Ich pass auf Abby auf. Ich mach jetzt schnell das Licht aus, bevor Tante Margie reinkommt und mich ausschimpft.

Bis morgen,
Deine Lisa

1

*A*ufgeregt zupfte Lisa an ihrem schwarzen Trenchcoat, den sie um die Taille fest zugebunden hatte. Sie trug die ebenfalls schwarzen, unglaublich hohen Pumps, die Ethan so gern an ihr sah. Ihre lockige rote Mähne fiel offen über ihre Schultern, und an ihren Ohren baumelten goldene Kreolen. Ihr Make-up war dezent, nur ihren schönen Mund hatte sie mit einer kräftigen Farbe in Szene gesetzt. Ihre Beine waren frisch rasiert, und sie duftete nach dem teuren Parfüm, das er ihr erst vor einer Woche geschenkt hatte. Der Duft war ihr etwas zu schwer, aber sie wollte nicht undankbar erscheinen und ihm eine Freude machen.

Lisa stieg aus dem Aufzug und betrat die Etage mit den Büros. Sie war erleichtert, dass sie auf den ersten Blick verlassen schien. Es war schon nach sechs, und anders als auf den Stationen gab es hier normale Arbeitszeiten. Man hätte ihr wahrscheinlich von der Stirn ablesen können, dass sie unter ihrem Mantel bis auf einen hauchdünnen roten Spitzenslip nackt war. Zum ungefähr hundertsten Mal fragte sie sich, was sie hier überhaupt machte. Sie musste verrückt sein, dass sie diese Show abzog. Andererseits wollte sie nach der gestrigen Entdeckung in Ethans Schreibtischschublade alles tun, um ihn in eine besondere Stimmung zu versetzen.

Sie sah auf ihre Uhr und sagte sich, dass noch genügend Zeit blieb, um pünktlich zu Lizzys Verlobungsfeier zu kommen. Doch auf keinen Fall wollte sie ihre eigene Chance auf eine Verlobung verpassen.

Sie blieb vor der Tür zu Ethans Büro stehen, fuhr sich noch einmal durch die Locken und befeuchtete die Lippen. Dann drückte sie die Klinke hinunter und betrat den schummrig erleuchteten Raum. Eine Kerze brannte, und Lisa vernahm ein seltsames Geräusch.

»Ethan?«, fragte sie unsicher und sah den dunklen Haarschopf ihres Freundes hinter dem Schreibtisch auftauchen. Er starrte sie mit großen Augen an. »Li…, Lisa?«, stotterte er.

»Wer sonst?«, lachte sie.

»Was tust du hier? Wolltest du nicht zu dieser Party fahren?«, fragte er ungewohnt schroff.

»Na ja, ich wollte dich überraschen, da du wegen der Arbeit ja leider nicht mitfahren kannst, um meine Freunde kennenzulernen.« Sie öffnete aufreizend langsam den Trenchcoat und positionierte sich so, dass er sie in all ihrer Pracht ansehen konnte. Als Ethan schluckte und seltsam gequält die Augen schloss, fuhr sie verführerisch fort: »Ich habe hier eine Stelle, die du dir mal ansehen soll…«

Weiter kam Lisa nicht, denn in diesem Moment meldete sich eine weitere Person zu Wort.

»Was geht hier eigentlich vor sich, Schatz?«

Der Kopf einer Blondine tauchte neben Ethan auf, die zuerst ihn und dann Lisa böse anfunkelte. Irgendwoher kannte Lisa die Frau – war sie nicht erst heute Morgen dem Personal als neue Chirurgin vorgestellt worden? Hätte sie ihre Aufmerksamkeit dem Professor gewidmet, statt mit Rachel über den Ring in Ethans Schublade zu tuscheln, wäre ihr nicht entgangen, dass sie die Tochter des Chefs war, wie ihr jetzt wieder siedend heiß einfiel. Fassungslos starrte Lisa die beiden Köpfe vor sich an, die auf eine seltsam verdrehte Art an ein Puppentheater erinnerten, und bemühte sich, eins und eins zusammenzuzählen. Hastig schloss sie den Trenchcoat vor den Augen der beiden in flagranti Ertappten und stand hilflos im Raum.

»Liebling, ich kann dir das erklären …«, begann Ethan.

»Lass mich raten, es ist nicht so, wie es aussieht?«, fragte Lisa tonlos. Das Gefühl, am Boden festgewachsen zu sein, nahm sogar noch zu.

Doch Ethan achtete gar nicht auf sie. Er sah nur die fremde Frau an, die antwortete: »Ich fass es nicht! Am Tag unserer Verlobung besitzt du die Frechheit, eins deiner Flittchen hierherzubestellen …«

Lisa fiel aus allen Wolken, als ihr klar wurde, dass nicht sie mit »Liebling« gemeint war. Schockiert starrte sie auf das surreale Bild, das sich ihr bot. Sie erwischte ihren Freund beim Sex mit einer anderen, und dann stellte sich heraus, dass nicht *sie* die betrogene Freundin war. Nein, sie war die *andere* Frau. Schon wieder.

»Miranda …«

»Du bist verlobt?«, entfuhr es Lisa.

Die Blondine erhob sich – erst jetzt fiel Lisa auf, dass sie Ethans Hemd übergezogen hatte –, sah sie herablassend an und hob die linke Hand, an der ein großer Diamant funkelte.

Der Ring sah dem in Ethans Schublade verdammt ähnlich, und Lisa schnappte nach Luft. Sie spürte, wie sich all ihre Zukunftsträume in Rauch auflösten. Sie wandte den Blick mühsam von der fremden Hand mit *ihrem* bereits probeweise getragenen Ring ab und taxierte Ethan, der sich gar nicht wohl in seiner Haut zu fühlen schien.

»Wie konntest du mir das nur antun?«, fragte sie mit ungewohnt brüchiger Stimme.

Da sie die aufsteigenden Tränen nicht mehr lange würde zurückhalten können, wandte sie sich um. Sie lief zur Tür und schlug sich bei dem Versuch, diese schwungvoll zu öffnen, die Kante vor die Stirn. Tiefer konnte sie nicht mehr sinken, und so rannte sie mit ihrem Trenchcoat und den viel zu hohen Pumps ungelenk zum Aufzug zurück. Auf dem Weg knickte sie mit dem Fuß um, und der Absatz brach ab. Der Schmerz erwischte sie kalt, doch Lisa verkniff sich weiter die Tränen. Sie wollte nur noch weg von hier. Rasch zog sie beide Schuhe aus und ging erhobenen Hauptes auf die Aufzugtür zu. Mit Schwung drückte sie auf den Knopf und wartete ungeduldig. Sie wagte es nicht, sich nach Ethans Büro umzusehen, aus Angst, er könnte ihr folgen. Jedoch war diese Sorge völlig unbegründet. Denn weder er noch seine Verlobte befanden es offenbar für nötig, ihr nachzueilen. Sie vernahm nur laute Stimmen aus der Richtung. Wie dumm war sie nur gewesen?

Gerade als Lisa dachte, es könnte nicht mehr schlimmer kommen, ging die Aufzugtür auf. Sie wischte ihre Nase am Trenchcoat ab und blickte einem streng wirkenden Mann in Schlips und Anzug entgegen, der sie durch seine kleinen Brillengläser scharf musterte.

Der Professor stattete seinem Büro offenbar noch einen spätabendlichen Besuch ab. »Was haben Sie denn hier zu suchen, Miss äh, Hanningan? So heißen Sie doch, oder? Sind Sie nicht Schwester in der Notaufnahme?«

»Ja, das bin ich. Und was ich hier tue? Das frage ich mich auch«, schnappte Lisa mit Schamesröte im Gesicht. Sie trat in den Aufzug und wandte sich zu dem älteren Mann um. Plötzlich wog ihr roter Seidenslip fünfzig Kilo, und sie bemühte sich, jede ihrer Kurven vor dem Chef zu verbergen. Er hatte zwar keinen Röntgenblick, mit dem er durch den Mantel sehen konnte, trotzdem fühlte Lisa sich vor ihm vollkommen entblößt. »Ich wünsche Ihnen einen schönen Abend, Professor MacAllister.« Verzweifelt wartete sie darauf, dass der Aufzug sich schloss und sie endlich allein war. Als die Tür endlich zuging, stand der Professor immer noch davor und starrte sie an.

Sobald sie allein war, schloss Lisa die Augen und ließ den wellenartigen Schmerz der Enttäuschung zu. Wieso nur passierte das immer ihr? Was hatte sie dem Universum bloß getan, dass sie eine Enttäuschung nach der anderen ertragen musste? Sie schien diese beziehungsgestörten und betrügerischen Kerle wie magisch anzuziehen.

Dabei hatte Ethan überhaupt keines dieser Klischees erfüllt. Er war aufmerksam gewesen und hatte Lisa über einen Monat umworben, bevor sie mit ihm ins Bett gegangen war. Er hatte sie oft zum Essen ausgeführt, sie waren ins Kino gegangen, und Lisa wusste dank seines Einsatzplans im Krankenhaus, dass er in den letzten drei Monaten fast jede freie Minute mit ihr verbracht hatte. Deswegen hatte sie nicht einen Augenblick an seiner Aufrichtigkeit gezweifelt oder es überhaupt in Erwägung gezogen, dass es noch eine andere Frau geben könnte.

Als sie sich nun allerdings die Worte ihres Chefs von der morgendlichen Verkündung in Erinnerung rief, holte sie tief Luft. Der Professor hatte stolz von der chirurgischen Arbeit seiner Tochter in den USA berichtet. Das erklärte vermutlich, warum Lisa das letzte Vierteljahr Ethans volle Aufmerksamkeit genossen hatte. Seine Verlobte war auf einem anderen Kontinent gewesen.

Lisa öffnete die Augen und betrachtete sich im Aufzugsspiegel. Die Enttäuschung stand ihr ins Gesicht geschrieben, und auf der Stirn wurde eine blaue Beule sichtbar, die stark pochte. Wie jämmerlich sie doch gewesen war. Hatte sie wirklich gedacht, dass Ethan, jüngster Oberarzt im Falmouther Krankenhaus, gut aussehend und charmant, ausgerechnet sie heiraten wollte? Wie verzweifelt musste sie sein, dass sie so dringend auf einen Antrag hoffte? Scham kroch in ihr hoch, und sie konnte den eigenen Anblick nicht mehr ertragen. Schnell sah sie auf ihre nackten Füße hinab. Die kirschroten Zehennägel hoben sich stark von der hellen Haut ab. Sie wischte sich kurz übers Gesicht, als der Aufzug auf der zweiten Etage hielt und zwei Personen zustiegen. Es waren Krankenschwestern, die Lisa zwar bekannt waren, aber auf einer anderen Station arbeiteten.

Die beiden warfen ihr einen kurzen, zweifelnden Blick zu und setzten dann ihre Unterhaltung fort.

»Sie heißt Miranda MacAllister und soll bei Dr. Jacobson, einer Koryphäe der Neurochirurgie in den Staaten, gelernt haben.«

»Hast du ihre Beine gesehen? Ich muss keine Koryphäe sein, wenn ich nur ihre Beine hätte. Da reicht es, wenn der Rock kurz genug ist.« Die Frau kicherte albern.

Lisas selten blöder Einfall schien angesichts der perfekten Frau an Ethans Seite Ausmaße unbekannter Dimensionen anzunehmen. Sobald sich die Aufzugtüren im Erdgeschoss öffneten, drängte sie sich an den beiden Kolleginnen vorbei und rannte, die Schuhe noch immer in einer Hand, auf die Drehtür des Krankenhausfoyers zu. Natürlich hakte diese genau jetzt, weil eine leere Plastikflasche sich darin verkeilt hatte. Sie stieß mit aller Kraft dagegen, aber erst nach dem dritten Versuch flog die Flasche fort, und Lisa eilte auf den dunklen Parkplatz hinaus. Sie war sich der Blicke in ihrem Rücken durchaus bewusst und versuchte, möglichst unerkannt zu ihrem kleinen Peugeot zu gelangen.

Sie hatte die Fahrertür kaum hinter sich zugeschlagen, als sie den Kopf gegen das Lenkrad sinken ließ. Das Auto war ihr Zufluchtsort, und endlich verdrückte sie ein paar Tränen. Ob diese aus Kummer, Enttäuschung oder Scham flossen, konnte sie nicht sagen.

Nach einer Weile, sie hatte das Gefühl für die Zeit verloren, erinnerte sie sich wieder an die Verlobungsfeier ihrer Freundin, und sie hob den Kopf. Alles in Lisa schrie danach, die Feier ausfallen zu lassen. Das Letzte, was sie jetzt sehen wollte, war ein glückliches Paar, das sich ewige Liebe schwört. Allerdings war sie neben Mia und Misha eine von Lizzys Brautjungfern und da konnte sie ihre Freundin auf deren Verlobung unmöglich derart vor den Kopf stoßen.

Lisa klappte die Sonnenblende herunter und betrachtete ihr trauriges Gesicht. Sie würde das machen, was sie immer tat. Sie würde ihre Gefühle runterschlucken und tun, was man von ihr erwartete. Doch zuerst brauchte sie einen Ort, wo sie sich unbeobachtet in ihr Kleid zwängen – oder überhaupt irgendetwas anziehen konnte.

* * *

Der Blick in den Spiegel zeigte eine junge Frau mit teils blonden, teils blau gefärbten Haaren und blauen Augen. Im Moment waren diese Augen mit einem grauen Kajalstift fein umrandet und mit zarten Lidschattenfarben betont. Ihre Lippen glänzten dank des Lipglosses honigfarben. Die glatten Haare fielen offen über ihren Rücken, was elegant und zugleich natürlich wirkte. Das grüne Kleid aus Seide und feiner Spitze schmiegte sich an den schlanken Körper. Ihre Hand zitterte leicht, als sie mit einem Taschentuch einen kleinen Fleck verschmierter Wimperntusche unter den Augen säuberte. Sie starrte sich an und zwang sich, nicht weiter nachzudenken. Heute war ihr großer Tag. Sie legte wie mechanisch die Uhr an und streifte den zarten Silberring mit dem großen blauen Diamanten über den linken Ringfinger. Sie hielt den Ring mit der rechten Hand ganz fest und schloss die Augen. Wirre Gedanken schossen ihr durch den Kopf.

Erst als schrille Stimmen ertönten, wurde sie aus ihrem Gedankenkarussell befreit. Sie öffnete die Augen, blickte zwei bekannten und sehr geliebten Gesichtern im Spiegel entgegen und tat das Erste, was ihr einfiel: Sie lächelte.

»Wow! Du siehst einfach wunderschön aus, Lizzy«, sagte Mia ehrlich hingerissen und lächelte zurück.

Lynn hingegen kämpfte mit den Tränen und klaute eins der Kosmetiktücher auf Lizzys Schminktisch. Seit Lynns Sieg über den Krebs war sie unglaublich nahe am Wasser gebaut, was Lizzy jedes Mal daran erinnerte, dass ihre Mutter diesen Tag fast nicht miterlebt hätte. Spätestens jetzt traten ihr ebenfalls Tränen in die Augen. Sie wandte sich zu ihrer Mutter um und schloss sie in die Arme.

»Es tut mir so leid. Ich weiß, ich bin schrecklich«, stammelte Lynn unter Tränen, und Lizzy schüttelte den Kopf.

»Nein, Mum, ich verstehe schon.« Sie blickte in Lynns blaue Augen, und dann lachten sie beide. Mia trat zu ihnen und umfing von jeder eine Hand.

Lynn sah von ihrer Tochter zu ihrer Schwiegertochter. »Eine Donahue ist schöner als die andere. Wir brauchen auf jeden Fall mehr Taschentücher«, bemerkte sie und nutzte diesen Vorwand, um die beiden Freundinnen einen Moment allein zu lassen.

»Ich glaube, du warst niemals schöner als heute. Aber warum siehst du so nachdenklich aus?«, fragte Mia stirnrunzelnd. Wie immer durchschaute ihre Freundin sie sofort.

»Bist du sicher, dass du das heute Abend überstehst?«, lenkte Lizzy sie gekonnt ab und deutete auf den gewaltigen Babybauch.

Mia seufzte kurz, dann nickte sie hastig. »Aber selbstverständlich. Bis auf die geschwollenen Füße und den minütlichen Drang, zur Toilette zu gehen, geht es mir prächtig. Als könnte mich jemals etwas davon abhalten, an der Verlobungsfeier meiner besten Freundin und meines Bruders teilzunehmen. Ich bin schließlich die Trauzeugin! Was mich daran erinnert, dass ich nach dem Schwein sehen wollte. Eine Barbecue-Grillparty kurz vor Weihnachten – auf so was kann nur mein Bruder kommen …« Mia murmelte etwas vor sich hin und wandte sich dann wieder an Lizzy. »Hast du was von Lisa gehört? Sie sollte längst da sein.«

»Sie kommt schon noch, Mia.« Lizzy sah ihrer Freundin nach, wie sie sich mit einer Hand auf dem Bauch durch die Tür zwängte. Zum Glück hatte Mia vergessen, sie nach dem Grund ihrer Nachdenklichkeit zu fragen. Das lag bestimmt an den Schwangerschaftshormonen, die Mia ein wenig schusselig machten … Der Kindersegen bei ihr und Nic schien kein Ende zu nehmen. Nach Josh hatten die beiden ein Zwillingspärchen bekommen. Grace und Ava wurden im Sommer bereits drei Jahre alt und erfüllten Nics und Mias Leben mit viel Trubel. Lizzy hatte es nicht fassen können, als Mia ihr vor ein paar Monaten von ihrer dritten Schwangerschaft berichtet hatte. Sie war anfangs sogar ziemlich geschockt gewesen. Doch mittlerweile musste sie sich eingestehen, dass Mia für diesen Job besser geeignet war als irgendjemand anderes. Sie war die geborene Großfamilienmutter.

Der Gedanke an ihre tollen Nichten und Neffen erfüllte Lizzy normalerweise mit Stolz, heute allerdings war da auch Traurigkeit. Sie lehnte sich gegen die Kommode und zwang sich sofort wieder zu lächeln, als es an der Tür hämmerte. Wenig später tauchte ein brauner Haarschopf auf, und ihr Herz klopfte heftig gegen ihre Rippen.

Liam kam in einer Anzugshose und einem weißen, maßgeschneiderten Hemd auf Lizzy zu und sah zum Anbeißen aus.

Er grinste von einem Ohr zum anderen.

»Oh, bitte entschuldigt, Miss, ich fürchte, ich habe mich in der Tür geirrt. Ich suche meine wunderschöne, etwas verrückte Verlobte. Haben Sie sie zufällig gesehen?«

Lizzy tat, als überlegte sie ernsthaft. »Hm. Nein, ich erinnere mich an keine Verrückte. Aber wenn diese Sie im Zimmer einer fremden Frau vorfindet, wird sie ganz sicher nicht begeistert sein.«

»Einer atemberaubend schönen und attraktiven fremden Frau, der ich unmöglich widerstehen kann«, ergänzte er mit verschleiertem Blick. Seine kräftigen Arme umfingen Lizzys Taille, und er drückte sie fest an sich. Als er sich zu ihrem Hals hinunterbeugte und ihn bis zu der empfindsamen Stelle an ihrem Ohr liebkoste, entwich ihr ein leises Seufzen. Augenblicklich zog sich alles in ihr vor Sehnsucht nach Liam und seinem Körper zusammen.

Lizzy konnte es selbst kaum glauben, welche Gefühle er nach all den Jahren immer noch in ihr auslöste. Sie war die glücklichste Frau der Welt, zumindest war sie das bis vor wenigen Stunden gewesen. Von einem Augenblick auf den anderen hatte sich ihr Leben verändert, und sie stand vor einer Hürde, an die sie niemals gedacht hätte. Aber vielleicht konnte sie dieses Problem vergessen, wenn Liam sie nur noch ein wenig länger hielt und ihr den Atem raubte, wenn er sie so küsste.

Er löste seine Lippen von ihrer Haut, und Lizzy knurrte verspielt erbost, was ihren Verlobten zum Lachen brachte.

»Lass uns einfach verschwinden, Liam. Wir könnten diesen Abend auch anders gestalten.« Anzüglich lächelnd legte sie ihre Hand auf seine empfindsamste Stelle, die durchaus bereit schien.

»Sonst sagst du immer, ich sei unersättlich, du Nervensäge.«

»Ich meine es ernst, Liam!«

Er runzelte die Stirn und sah sie skeptisch an. »Hat da jemand etwa kalte Füße? Wenn dir das alles zu viel ist, warum …?«

»Red keinen Unsinn, Liam!«, beruhigte Lizzy ihren Freund, der wie immer sofort besorgt war, wenn er spürte, dass sie etwas bewegte. »Ich wollte dir nur ein besonderes Geschenk zu unserer Verlobungsfeier machen.«

Er grinste breit, und Lizzy atmete erleichtert aus. Heute sollte er glücklich sein – nichts sollte ihn von der Verlobungsfeier ablenken.

»Gut, ich will nämlich heute Abend jedem meine heiße und absolut bezaubernde Verlobte präsentieren.« Damit löste er sich von ihr. »Außerdem werde ich Josh beim Schweinehüten helfen. Mia ist eine richtige Glucke, oder?«

Lizzy nickte zustimmend und winkte ihm leicht zu. Als die Tür sich schloss, atmete sie erleichtert aus. Es war, als fiele eine große Last von ihr ab. Wieso musste ihr das passieren? Nachdem ihr das absolut Beste geschehen war, passierte ihr nun das Unvorstellbarste.

Diesmal war es Lynn, die erneut anklopfte und gleich darauf den Kopf zu ihr ins Zimmer hereinsteckte. »Liebes, die ersten Gäste sind angekommen. Bist du so weit?«

Lizzy nickte und warf einen letzten Blick in den Spiegel. Sie liebte Liam und würde alles für ihn tun. Doch konnte sie alles von ihm verlangen?

Es gab keinen besseren Ort, um ihre Verlobung zu feiern, als in Jeffs Bar. Vor ihr hatten Lizzy und Liam vor über drei Jahren erst zueinandergefunden. Doch viel wichtiger war, dass Jeffs Bar ein

Ort war, an dem die beiden seit jeher ihre Freizeit verbrachten. Jeff hatte ihnen oft eine Cola oder ein Bier spendiert, als die Swores, Liams und Nics Band, noch völlig unbekannt und pleite gewesen waren. Er hatte sie in der Bar spielen lassen und ihnen dafür viel zu viel Geld bezahlt. Mia hatte lange für ihn gearbeitet, und auch Lizzy war ein gern gesehener Gast. Jeff gehörte quasi zur Familie. Es war also nur logisch, bei ihm zu feiern, und als sie vor ein paar Wochen deswegen auf ihn zugekommen waren, war er Feuer und Flamme gewesen. Er hatte sofort beschlossen, den Laden an dem Tag für alle Gäste zu schließen und ihnen diese Feier zur Hochzeit zu schenken.

Seine Bar hatte eine traumhafte Lage, direkt am Strand. Obwohl es zu dieser Jahreszeit selbst in Bodwin, im südlichsten Cornwall, zu kalt war, um draußen zu sitzen, war der Blick aus den Fenstern auf das eisblaue Meer atemberaubend. Und drinnen erst – Lizzy betrachtete die dekorierte Bar ungläubig. Mia, Lisa, Misha, Celine und ihre Mum hatten wirklich alles gegeben. Sie konnte nicht glauben, wie viel Mühe und Arbeit sie sich alle gemacht hatten. Überall waren große Teller mit Wachskerzen aufgestellt und sorgten ganz ohne Kitsch für eine romantische Atmosphäre. Wildrosen standen in Vasen auf den Tischen und auf der langen Bar. Sie blieb an einem der Pfeiler stehen und beobachtete ihren Verlobten. Liam hatte die Ärmel seines Hemdes bis zum Ellbogen hochgekrempelt und begrüßte gerade seine engsten Freunde und Bandkollegen. Als John ihn herzlich umarmte, dauerte die Umarmung einen Augenblick länger als bei den anderen. John flüsterte etwas in Liams Ohr und sah dann flüchtig zu ihr. Daraufhin wandte auch Liam seinen Blick zu Lizzy und lächelte glückselig. Es war einer dieser Momente, in denen keiner von beiden etwas sagen musste, um sich zu verständigen.

Sein Blick hatte Lizzy immer Geborgenheit gegeben, doch heute fühlte es sich anders an. Liam war ihre große Liebe, und sie wusste, dass er für sie genauso empfand. Aber würden sie einander genug sein? Konnte sie das von ihm erwarten?

Sie wurde von ihren Gedanken abgelenkt, als sie eine rote Lockenmähne mit Mia in den Frauentoiletten verschwinden sah. Lizzy wollte nichts lieber, als ihren Freundinnen hinterhereilen, doch da traten die ersten Gäste auch auf sie zu. Sie musste sie begrüßen und ihnen ebenso wie Liam zeigen, dass alles in Ordnung war.

* * *

»Wo zum Teufel hast du gesteckt, Lisa?«, fragte Mia, während sie ihre Freundin in die Frauentoilette schob und die Tür hinter ihnen zuzog. Sie wandte sich zu Lisa um und blickte einer Person entgegen, die nichts mit der Frau gemein hatte, die sie seit so vielen Jahre kannte. Absolut nichts.

Lisa war von all ihren Freundinnen die stärkste und stolzeste. Auf Mia hatte sie immer amazonenhaft gewirkt, und ein Teil von ihr hatte ein bisschen mehr so sein wollen wie Lisa. Sie kümmerte sich um sich selbst und machte immer den Anschein, als brauchte sie nie jemand anderen. Lisa hatte immer schon ein paar Pfund zu viel auf den Hüften gehabt, zumindest, wenn man Karl Lagerfelds Vorliebe für Hungerhaken teilte. Das brachte ihrer Freundin aber keine Minuspunkte bei den Männern ein. Wer mochte nicht gern etwas zum Anfassen – abgesehen von diesem Modefanatiker? Doch Lisa hatte mit Männern viel Pech gehabt. Es hatte bei ihrem Vater angefangen und sich wie eine Pechsträhne durch ihr Leben gezogen. Dennoch hatte Mia sie nie verzweifelt oder am Rande eines Nervenzusammenbruchs erlebt. Bis heute.

Jetzt ließ ihre Freundin die Schultern hängen. Alles an ihr wirkte mutlos und zutiefst erschüttert. Selbst ihre roten Locken, ihr Markenzeichen, hingen schlaff nach unten. Sofort war Mia alarmiert.

»Was ist passiert? Oh, Lisa, sag schon! Was ist nur los?« Sie umfing Lisas Schultern und brachte sie dadurch dazu, sie anzuschauen. Es schien, als hätte sie geweint. Mia drückte sie eine Weile an sich und streichelte ihr übers Haar.

»Ist was mit Abby? Oder mit deiner Mum? Was ist passiert?«, flüsterte sie nach einer Weile eindringlich.

Lisa schüttelte den Kopf und wischte sich über die Augen. »Nein, allen geht es gut. Es ist nur … es geht um … Oh, Mia! Ich komme mir so lächerlich vor.« Lisa ließ sich auf einen der plüschigen Hocker plumpsen, die vor der Spiegelwand standen, und Mia reichte ihr ein Kosmetiktuch, das Lisa anschließend in den Händen drehte. »Ethan … alles ist aus.«

»Nein! Aber wieso denn? Dein Outfit sah doch so gut aus und …«

»Es war eine völlige Katastrophe. Warum glaubst du, stehe ich in meinem alten T-Shirt und Jogginghose vor dir?« Lisa schüttelte traurig den Kopf und holte tief Luft. »Bitte zwing mich nicht, es jetzt zu erzählen. Ich möchte, dass Lizzy diesen Abend richtig genießen kann. Sie soll nichts davon erfahren. Bitte, Mia, sag ihr nichts und lass uns rausgehen! Wenn ich das Drama mit Ethan nicht sofort mit einem oder mehreren Drinks runterspüle, breche ich zusammen.«

Mia nickte, reichte Lisa die Hand und zog sie hoch. »Ganz wie du willst, Süße. Aber du weißt, wir sind immer für dich da. Und Lizzy wird dich morgen dafür umbringen, dass du es ihr nicht erzählt hast.«

»Mit der halben Portion werde ich schon fertig.« Lisas Lächeln erlosch sofort wieder. »Das hier ist wohl das größere Problem.« Sie deutete an sich hinab. »So wie ich aussehe, weiß Lizzy sofort, dass was im Argen ist. Kriegst du mich wieder hin, Mia?«

»Und ob! Wo ist dein Outfit?« Lisa deutete auf die Sporttasche, die sie auf den Boden gefeuert hatte. Daraus lugte ein wenig Stoff ihres grünen Kleides hervor.

Die beiden Frauen machten sich an die Arbeit und blickten zehn Minuten später gemeinsam in den Spiegel. Zum Glück war in der Zeit niemand reingekommen.

»Was hast du nur an deiner Stirn gemacht?«, fragte Mia und tupfte etwas Abdeckstift darüber. Die Beule nahm inzwischen eine leicht blaue Farbe an.

»Frag nicht. Ich dachte schon an ein Pflaster. Aber ich danke dir. Du hast alles aus mir rausgeholt, was unter diesen erschwerten Umständen möglich war. Du hast mich gerettet.« Mia salutierte vor ihr und grinste. »Was macht mein Patenkrümel?«, fragte Lisa dann, eindeutig, um vom Thema abzulenken.

Mia lächelte und strich über ihren gewaltigen Babybauch. »Alles in bester Ordnung. Na, sag deiner Patentante hi«, ordnete sie an. Lisa berührte den Bauch ebenfalls und seufzte. »Du wirst mir morgen alles erzählen, ja?«, bat Mia ihre Freundin liebevoll. Sie wusste, dass es dennoch eher nach einer Ermahnung als nach einer Bitte klang. Das waren ganz klar Sophies Gene. »Und wenn dieser Typ nicht sieht, was für ein wundervoller Mensch du bist, dann ist er es nicht wert.«

Lisas Augen schwammen in Tränen, und sie fächelte sich Luft zu.

In diesem Moment ging die Tür auf, und Lizzy streckte den Kopf herein. »Wo bleibt ihr denn?« Hand in Hand traten Mia und Lisa zu ihr in die Bar, und Lisa umarmte Lizzy, die sie eindringlich ansah. »Was war los?«

»Ein … ein Notfall in der Klinik.«

Skeptisch nahm Lizzy diese Entschuldigung hin und eilte zu Liam zurück. Es war Zeit für die Begrüßungsrede.

2

isas Fuß schmerzte, und obwohl sie nur flache Ballerinas trug, humpelte sie durch Jeffs Bar und hatte nur wenig mit der Beschreibung ihres Kleides gemein. Fühlen Sie sich leicht und frei wie eine Elf, hatte unter dem Bild im Katalog gestanden. In diesem Augenblick fühlte Lisa sich allerdings gar nicht leichtfüßig wie eine Elfe, sondern eher wie ein dicker, ungeschickter Troll. Sie fasste die Theke fest ins Auge und bestellte einen Tequila. Krampfhaft krallte sie sich am Tresen fest.

Jeff sah sie stirnrunzelnd an. »Soll es nicht eher einer dieser Mädchen-Cocktails sein, die du sonst immer bevorzugst?« Lisa warf ihm einen finsteren Blick zu, und Jeff beeilte sich, ihr ein bis zum Rand gefülltes Schnapsglas hinzustellen. »Ist was mit Abby?«, fragte er vorsichtig und goss das Gesöff ins Glas. »Oder Margie?« Lisa schüttelte den Kopf und kippte den Schnaps in einem Zug hinunter. »Willst du nicht auf die Zitrone und das Salz warten?«, rief Jeff bestürzt. Das Glas klapperte bereits auf den Tresen, und sie bedeutete ihm nachzuschütten. »Bist du sicher?« Lisa hob die Augenbrauen, und Jeff schenkte nach. »Willst du vielleicht darüber reden?«

»Was muss ich tun, damit du deine therapeutischen Gene nicht an mich verschwendest?«, fragte sie schnippisch und seufzte gleich danach. »Entschuldige, Jeff! Du und dein Tequila, ihr seid das absolut Beste an meinem Horrortag. Aber ich werde meiner Freundin nicht den schönsten Tag in ihrem Leben kaputt machen, um über mein verkorkstes Leben und die Männer darin zu reden. Ich liebe dich, Jeff, wirklich, aber heute bin ich nicht zum Plaudern hier. Ich will betrunken werden – und zwar pronto!«

Jeff holte tief Luft und griff über den Tresen nach Lisas Hand. »Wer auch immer es mit dir versaut hat, hat den Dachschaden seines Lebens. Du bist großartig, Lisa, und wunderschön noch dazu.«

»Du sollst mich auch nicht zum Weinen bringen! Also schenk einfach nach – oder weißt du was? Lass mir am besten die ganze verdammte Flasche da.«

Jeff sah sie skeptisch an, als sich eine dunkle Stimme einmischte.

»Hey, Jeff, hör auf die junge Lady. Sie sieht nicht so aus, als würde sie ein Nein gelten lassen.«

Lisas Blick glitt zum übernächsten Barhocker, auf dem einer von Liams Bandkollegen saß. Die Beine hatte er weit gespreizt und die Füße lässig auf den unteren Tritt des Hockers gestellt. Er hatte dem Anlass entsprechend ein schwarzes Hemd an, das er bis zu den Ellbogen hochgekrempelt hatte. Darüber trug er eine edle Weste, die aber an ihm nicht konservativ wirkte. Vielleicht lag das an seinen ungewöhnlich breiten Schultern und den tätowierten Armen. Sein Haar war dunkel und zu einem kleinen Zopf zusammengebunden.

Lisa blickte in sein grinsendes Gesicht, das sie natürlich kannte, aber nie so nah betrachtet hatte. Sie waren sich in den vergangenen Jahren durch ihre gemeinsamen Freunde ein paar Mal über den Weg gelaufen, aber immer in größeren Gruppen, sodass sie nie engeren Kontakt gehabt hatten. Er trug mittlerweile einen Dreitagebart.

Das Letzte, was Lisa heute Abend gebrauchen konnte, war ein männlicher Gesprächspartner, der sie wegen seines Aussehens und seiner Bekanntheit nervös machte. Sie wollte genau genommen nie wieder in der Gesellschaft eines Mannes sein.

»Verfluchte Scheißkerle«, entfuhr es ihr leise, jedoch laut genug, dass Jeff und der andere Kerl, dessen Namen sie vergessen hatte, es hörten. Lisa sah, wie er innehielt und heftig schluckte. Gut so.

»Jeff? Ich nehm die Flasche und bin draußen. Falls Lizzy mich sucht, sag ihr … ich sei gegangen, ja?«

Jeff traute sich offenbar nicht, ihr zu widersprechen, und schob die Flasche über den Tresen.

»Geh nicht zum Strand, Süße!«, rief er ihr dann doch noch nach, was Lisa nur mit einer erhobenen Hand kommentierte. Sie humpelte mit ihrem verletzten Fuß, dem Schnapsglas und der Flasche Tequila in der Hand aus der Bar. Sie wollte gar nicht wissen, wie unattraktiv sie für die restlichen Gäste in diesem Moment aussehen musste.

Wenig später öffnete sie die Tür zur Veranda, auf der ein paar Lichterketten leuchteten, aber niemand zu sehen war. Kalte Luft schlug ihr entgegen, die sie erleichtert in ihre Lungen sog. Bodwin mochte einer der wärmsten Orte ganz Englands sein, aber im Dezember war es eben auch hier recht kalt. Sie liebte dieses Fleckchen Erde und fühlte sich nirgendwo mehr zu Hause wie hier und in Falmouth. Das dunkle Meer, die Sterne am Horizont, der fast volle Mond und das Rauschen der Wellen ließen Lisa für eine winzige Sekunde vergessen, was sie vor ein paar Stunden erlebt hatte.

Sie humpelte zu den Stufen, die zum Strand hinunterführten, ließ sich unelegant auf den Po fallen und bereute bereits, dass sie keine Jacke mit hinausgenommen hatte. Allerdings würde sie auch nichts dazu bringen, wieder hineinzugehen. Nur mit Mühe hatte sie diesen Abend voller Liebesbezeugungen zwischen Lizzy und Liam überstanden.

Es war nicht so, dass sie sich nicht für Lizzy freute. Im Gegenteil! Sie war verrückt vor Glück, dass ihre Freundin ihren Mr Right gefunden hatte. Doch ausgerechnet an Lizzys glücklichstem Tag hatte sie eine erneute herbe Enttäuschung erlebt, die so ungeheuerlich war, dass sie daran zweifelte, jemals so eine Liebe wie die ihrer Freundinnen für sich selbst zu finden. Eine Träne bahnte sich den Weg über die Wange, die sie entschlossen fortwischte.

Lisa schloss die Augen, als sie an die Szene in Ethans Büro zurückdachte. Sie kam sich so albern vor. Wie hatte sie nur glauben können, dass sie für ihn mehr gewesen war als ein Zeitvertreib?

Wie hatte sie nur ernsthaft erwarten können, dass dieser Ring in seiner Schublade für sie bestimmt war? Wie sollte sie nach heute nur daran glauben, dass es auf dieser Welt jemanden für sie gab? Den perfekten Deckel für ihren Topf. Vielleicht hatte Tante Margie recht und Lisa war ein Wok.

Plötzlich spürte sie, wie eine warme Decke über ihre Schultern gelegt wurde. Erschrocken schaute sie hinter sich und in das Gesicht des Mannes von der Bar und in die blauesten Augen, die sie je gesehen hatte. Sie brauchte eine Sekunde, bis sie sich fasste, beschämt auf das Meer hinausblickte und ihre Tränen fortwischte.

»Entschuldige, ich dachte, es wäre zu kalt in diesem Aufzug …«

»Ist das deine Art, Frauen anzubaggern?« Lisa rollte mit den Augen und sah wieder nach vorne.

Der Mann hinter ihr räusperte sich vernehmlich. »Nein, es ist eher der Versuch, dich davor zu bewahren, besoffen im Meer zu ertrinken oder dir eine Lungenentzündung einzufangen.«

»Sehe ich so selbstmordgefährdet aus?«

»Ich hätte es eher als mitgenommen bezeichnet«, beruhigte er sie, sprang lässig die Stufen hinunter und ließ sich Lisa zu Füßen im Sand nieder. Er zauberte mit einer Hand eine Packung Tiefkühlerbsen hervor. Ganz selbstverständlich ergriff er ihr Bein, zog ihr den Schuh aus und betrachtete ihren Fuß einen Augenblick wie gebannt. Wenige Sekunden danach bewegte er ihn vorsichtig, bis Lisa ein gedämpfter Schrei entwich. Er sah entschuldigend zu ihr hoch und tastete dann den Knöchel entlang.

»Woher kannst du das? Ich meine, so als Rockstar hat man doch keine medizinische Ausbildung, oder?«

»Ich war in meiner Jugend lange Zeit bei der freiwilligen Feuerwehr und wurde dort zum Sanitäter ausgebildet.«

Das erstaunte Lisa nun doch. Sie betrachtete seine langen, kräftigen Finger und konnte die Gedanken darüber, wie geschickt diese Hände wohl in anderen Dingen waren, nicht unterdrücken. Sie errötete und schüttelte schnell den Kopf. Von Männern hatte sie endgültig die Nase voll. Für alle Zeit. Sie würde einfach lesbisch werden, so wie ihre Schwester.

»Wie kommst du denn dazu?«

Der nächste Satz purzelte so plötzlich aus ihrem Mund, dass sie nichts dagegen tun konnte: »Lesbisch zu werden?« Er blickte sie irritiert an, und Lisa schüttelte erneut den Kopf. »Entschuldige, wie war die Frage?«

»Was hast du nur mit deinem Knöchel angestellt?«

Lisa sah auf ihren schmerzenden Fuß und erschrak, wie blau er angelaufen war. Das hatte sie überhaupt nicht bemerkt. Ihr kleiner Unfall im Flur des Krankenhauses war schuld daran. »Wenn ich dir das erzähle, muss ich dich umbringen«, sagte sie geheimnisvoll und nahm einen tiefen Schluck aus der Flasche. Das Glas lag unberührt neben ihr im Sand. Er legte den Beutel mit den gefrorenen Erbsen auf ihren Knöchel und lagerte ihren Fuß auf seinem Schoß hoch, was nur zu weiteren unanständigen Gedanken bei ihr führte.

»Woher hast du die Tiefkühlerbsen?«

»Sagen wir einfach, ich habe hier bei Jeff schon häufiger welche gebraucht.«

»Bei euren Raufereien unter Rockstars?«

Er hielt inne und sah Lisa an. »Eher für die unzähligen Beulen und Verletzungen meiner Mädchen.«

»Deiner Mädchen? Wie viele waren es denn?«

Er schmunzelte und sah aufs Meer hinaus. »Zwei. Meine älteste Tochter ist neun, und die Kleine ist gestern erst sechs geworden. Sie haben sich unzählige Male beim Spielen am Strand verletzt.«

Lisa erstarrte und sagte nur: »Ups!« Am liebsten hätte sie die Stirn gegen das Treppengeländer geschlagen.

»Bist du entschlossen, mir jedes Klischee aufs Auge zu drücken, das dir zum Thema Rockstars einfällt?«, fragte er freundlich, und Lisa errötete bis in die Haarspitzen.

»Entschuldige, ich bin heute nicht in Form und versuche mich davon zu überzeugen, dass alle Männer schlecht sind.«

»Vor allem wir Rockstars?«

»Ja, vor allem ihr Rockstars.«

»Du bist Lisa, oder?«, fragte er. »Mias und Lizzys Freundin.«

»Und du bist einer von Liams Kollegen, oder wie nennt ihr euch so?«

»In erster Linie sind wir Freunde, und die nennen mich in der Regel John.«

Lisa nahm einen weiteren Schluck Tequila und kicherte ausgelassen.

»Was ist so komisch?«

»Es ist so typisch für mich, dass dieser beschissene Tag einfach nicht besser wird ...« John hob eine Braue. »Was nicht an dir liegt ...«, erklärte Lisa halbherzig und seufzte dann. »Siehst du? Das meine ich. Ich rede so lange weiter, bis ich jeden vergrault habe. Ich mache alles nur noch schlimmer.«

»Also bis jetzt vergraulst du mich nicht. Du hattest also einen beschissenen Tag? Ich wette, ich halte dagegen.«

»Vergiss es! Niemals!« Lisa begegnete Johns forschendem Blick.

»Lass mich mittrinken, und ich erzähle dir von meinem gestrigen Tag«, forderte er sie auf, und sie reichte ihm die Flasche. »Hast du schon mal das Gefühl gehabt, du wachst morgens auf und jemand hat dir dein Leben gestohlen?« Lisa nickte zustimmend. Das war ein Gefühl, das ihr äußerst vertraut war. »Ich habe gestern meine Kinder besucht und Josie zum Geburtstag beschenkt, nur um festzustellen, dass sie das Geschenk bereits von ihrem neuen Stiefvater bekommen hatte. Dann habe ich auch noch dabei zusehen müssen, wie besagter Stiefvater meine Ex-Frau über die Tanzfläche geführt hat und sie kichernd auf der Toilette verschwunden sind.«

Lisa streckte eine Hand aus und berührte ihn an der Schulter. »Das ist scheiße!«

John nahm noch einen Schluck und reichte Lisa die Flasche zurück. »Jetzt bist du dran.«

»Wenn ich dir das erzähle, muss ich dich danach zum Schweigen bringen. Das ist dir hoffentlich klar.«

»Ich schweige wie ein Grab, es sei denn, dir fällt etwas anderes ein, wie du mich ruhig halten kannst …«

Sie überging seinen Flirtversuch großmütig. »Ich habe vorgestern in der Schublade meines Freundes einen Ring gefunden«, begann sie leise. »Wir waren seit drei Monaten zusammen, und ich fand es reichlich früh für einen Antrag. Andererseits … na ja, jedenfalls wollte ich ihn heute Abend überraschen. Es ist unnötig zu erwähnen, dass ich neben elf Zentimeter hohen Pumps und einem schwarzen Trenchcoat nichts weiter anhatte als einen winzigen roten Spitzenslip.« Johns Augen wurden groß, und Lisa bedeutete ihm, dass es noch weiterging. »Ich betrete also sein Büro im Krankenhaus und erwische ihn in flagranti mit einer fremden Frau. Fremd zumindest für mich. Denn diese Frau trägt besagten Verlobungsring, und es stellt sich heraus, dass *ich* die andere Frau bin.« Sie holte tief Luft, um nicht in Tränen auszubrechen. »Ich bin geflüchtet, habe mir die Tür vor die Stirn geschlagen …«, sie deutete auf die blaue Stelle auf ihrer Stirn, die ziemlich pochte, »… den Fuß verstaucht, mir meinen Absatz abgebrochen und bin dann auch noch meinem Chef in die Arme gelaufen. Jetzt bin ich hier, um meiner wundervollen Freundin zur Verlobung zu gratulieren und habe einem fast völlig Fremden die peinlichste Geschichte meines Lebens erzählt.« Sie versteckte ihr Gesicht hinter den Händen.

»Ein roter Spitzenslip?«, war alles, was John heiser wiederholte, womit er Lisa zum Lachen brachte. Sie war dankbar dafür.

»Tut mir leid, aber ich bin in den letzten Stunden lesbisch geworden. Also schlag dir diesen Gedanken schnell wieder aus dem Kopf.«

»Dann ist da wohl nichts zu machen«, grinste John und trommelte rhythmisch gegen Lisas Schienbein, was sie sogleich erregte. »Der Typ ist jedenfalls ein hirnloser Arsch.«

»Mir fallen da gleich noch ein paar andere Wörter ein …«

»Ich meine es absolut ernst. Wenn er nicht erkennt, wie atemberaubend du bist, dann hat er kein Hirn oder keine Augen im Kopf.«

»Was ist mit dir? Warum ist sie deine Ex-Frau, wenn du sie offenbar noch liebst?«

»Das mit Maureen und mir ist schwierig. Sie war meine erste Liebe. Wir haben früh geheiratet, und sie hat mir zwei Kinder geschenkt. Sie kam mit dem Druck der Öffentlichkeit, dem Medienrummel, der unregelmäßigen gemeinsamen Zeit und den Gerüchten einfach nicht klar. Wir haben uns oft getrennt und sind immer wieder zusammengekommen. Allein schon wegen der Kinder … Vielleicht ist es Gewohnheit, sie zu lieben, oder ich habe verlernt, mich einer anderen Frau zu öffnen und eine echte Chance zu geben.«

»Fuck! Und genau das ist das Problem mit euch Scheißkerlen«, entfuhr es Lisa, und John sah sie erschrocken an. »Entweder ihr habt Bindungsangst, seid untreue Loser oder habt euer Herz schon an eine andere verschenkt. Ein echter Kerl wie du hat einfach keinen Platz für eine andere Frau in seinem Leben.« Sie lehnte den Kopf an das Treppengeländer und schloss die Augen.

»Vielleicht müsst ihr Frauen euch auch einfach auf echte Kerle wie mich einlassen und sie nicht bei der ersten Schwierigkeit absägen«, schlug er vor.

Lisa tat betrübt. »Geht nicht mehr! Bin doch seit wenigen Stunden homosexuell.«

»Ach, stimmt ja! Schade, denn ich kann einfach nicht aufhören, an den roten Spitzenslip zu denken …«

Lisa öffnete ein Auge und sah ihn skeptisch an. »Machst du mich etwa gerade an?« Johns Gesicht lag im Schatten, sodass sie seine Miene nicht deuten konnte. Lisa spürte jedoch diese gewisse Spannung, die die Luft um sie herum elektrisch auflud. Das rhythmische Trommeln seiner Finger auf ihrem Bein hörte auf. Lisa dachte schon, dass sie mit ihrer patzigen Frage die Stimmung ruiniert hatte, da berührten seine Finger schließlich ihre, die sie in den Schoß gelegt hatte.

»Wenn du denkst, ich sei so ein guter Kerl, wie kannst du dann glauben, dass ich diese Situation ausnutzen würde?«, fragte er anzüglich grinsend.

»Weil die besten Kerle immer auch ein klein wenig böse sind und sich einfach nehmen, was sie haben wollen«, sprudelte es aus ihr hervor.

In Johns blauen Augen blitzte es gefährlich. »Angenommen, ich hätte ein Zimmer im Bed and Breakfast gegenüber gemietet, weil ich zu betrunken wäre, um nach Hause zu fahren. Würdest du mir dort diesen roten Spitzenslip zeigen, von dem ich so viel gehört habe?«, raunte er ihr zu und war plötzlich nur noch wenige Zentimeter von ihrem Gesicht entfernt.

Lisa stockte der Atem. Sie blickte in seine eindrucksvollen Augen und konnte die hellen Sprenkel um seine Iris betrachten. Mit beiden Armen stützte er sich rechts und links von ihr ab, und sie sah deutlich die Muskeln, die unter seinem Hemd spielten. Sie konnte es kaum erwarten zu sehen, wie sein Körper wohl ohne Kleidung aussah. Und noch viel dringender wollte sie wissen, wie er sich anfühlte.

Jeder gute Vorsatz war vom Tequila fortgespült worden – Lisa sehnte sich nur noch danach, endlich zu vergessen. Vielleicht würde hemmungsloser Sex mit einem Fremden die Erinnerung an diesen grässlichen Abend verdrängen. Sie legte einen Arm um seinen Nacken, während die andere Hand sich auf seine Brust legte.

Schwungvoll stand er auf und hob sie mit Leichtigkeit auf seine Arme. Er wirbelte sie einmal herum und hielt sie mit bewundernswerter Standhaftigkeit fest. Ihre Lippen trafen sich nach wenigen Augenblicken, und sie küssten sich mit einer Sehnsucht, die keiner von ihnen genauer benennen konnte. Lisa schlang nun beide Arme um seinen Hals und kicherte, als er sie mit langen Schritten über die Veranda und den Parkplatz zum Bed and Breakfast trug. John stellte sie nur kurz auf die Füße, als er die Tür zu seinem Zimmer aufschloss.

Da fiel ihr etwas ein. »Es gibt da übrigens etwas, das du vermutlich noch wissen solltest, bevor … na ja, es geht um den Slip.«

»Lass mich raten: Das waren alles falsche Versprechungen?«

Lisa lächelte entschuldigend. »Er ist einem Minnie-Mouse-Höschen gewichen.«

John machte erst ein enttäuschtes Gesicht und grinste dann. »Soll ich dir was verraten, Lisa? Ich war eh an etwas anderem interessiert.«

»Skandalös!«, rief sie aus und ließ sich von ihm schwungvoll durch die Tür tragen und auf dem Bett absetzen. Ohne weiter zu zögern, legte er sich der Länge nach auf sie und füllte die Leere aus, die sie so sehr hatte verzweifeln lassen.

»Ich will etwas völlig anderes tun …« Sogleich lagen seine Lippen auf ihren, und seine Zunge eroberte ihren Mund – wild und hungrig. Seine Hand tastete sich unter ihr Kleid und schob ihren Slip weit genug zur Seite, um sein Ziel zu erreichen.

Lisa stöhnte auf und hieß die Lust, die wie eine Welle über sie hinwegglitt, willkommen. Nur zu gern hob sie ihm ihre Hüften entgegen, damit er sie weiter verwöhnen konnte. Dieser Aufforderung kam er gleich nach. Sein Kopf verschwand ebenfalls unter ihrem Kleid, und seine Zunge vollführte lustvolle Kreise um ihre Klitoris. Lisa schrie verzückt auf und krallte sich im Bettlaken fest. Sie kam zwei Mal zum Höhepunkt, bevor er sich seiner Jeans auch nur entledigt hatte.

Während sie den eben erlebten Orgasmus bis zum letzten Moment auskostete, beobachtete sie ihn und staunte über die ausgeprägte Muskulatur seines Oberkörpers. Die Hose fiel zu Boden, und Lisa kicherte, als sie erkannte, dass er keine Shorts trug. Fachmännisch rollte er ein Kondom über seinen erigierten Penis und lächelte vielversprechend. Er legte sich erneut über sie, drängte seinen Schwanz gegen ihre Vulva und rieb sich an ihr. Sie wand sich unter ihm und seufzte erleichtert, als er in sie eindrang und sie vollkommen ausfüllte. Die Leidenschaft, die sie beide überwältigte, ließ sie endlich vergessen und brachte sie zu neuen Ufern. Allerdings zu keinen gleichgeschlechtlichen.

3

Sie spürte seinen Arm fest um ihre Taille und lauschte seinen gleichmäßigen Atemzügen, die ihren Nacken kitzelten. Es hätte seltsam sein müssen, zurück nach Bodwin zu ziehen, nachdem sie sich ihr Leben in London zu zweit eingerichtet hatten. Doch für Lizzy fühlte sich alles richtig an. Hier waren Liam und sie zu Hause und hatten die meiste Zeit ihres Lebens sehr glücklich verbracht.

Die letzte Nacht hätte etwas ganz Besonderes für Lizzy sein sollen. Doch alles, woran sie vor dem Einschlafen und auch jetzt nach dem Aufwachen denken konnte, waren die Worte ihres Arztes. Sie war gestern so gelassen zu diesem Termin gegangen, weil sie in ihrem Glück gefangen gewesen war. Nachdem ihre Mutter den Krebs besiegt hatte und alle Nachuntersuchungen unauffällig geblieben waren, hatte Liam ihr ein Gefühl von Sicherheit vermittelt. Es war so gewesen, als hätte ihr nichts und niemand etwas anhaben können. Sie hätte es besser wissen müssen.

Und dann war der Arzt einfach so mit den Testergebnissen herausgerückt. »Miss Donahue, alle Untersuchungen sehen gut aus, und das Gen scheint an Ihnen vorübergegangen zu sein. Allerdings möchte ich gerne etwas anderes mit Ihnen besprechen.«

Kein Krebs, das ist doch gut, oder? Was kann es denn noch geben?, hatte sie gedacht. Bei den nachfolgenden Erklärungen des Arztes blieb nur ein Wort in ihrem Kopf hängen: *unfruchtbar*. Lizzy schluckte. Das erste Mal, seit sie diese Diagnose erfahren hatte, konnte sie den Gedanken zu Ende denken, ohne jemandem ein Lächeln vorspielen zu müssen.

Behutsam schob sie Liams Arm weg und stieg vorsichtig aus dem Bett. Sie zog sich etwas an, kuschelte sich zuletzt in Liams Pullover und wickelte einen Schal bis über die Ohren. Es war vollkommen ruhig im Haus, und Lizzy schlich auf leisen Sohlen zur Terrasse. Sie öffnete die Tür, trat in die frische Morgenluft und atmete tief ein. Das Leben hielt offenbar mehr Überraschungen für sie alle bereit, als ihnen lieb war. Aber mit so etwas hätte sie nie gerechnet. Wegen einer vorangegangenen Entzündung in den Eierstöcken waren ihre Aussichten, auf natürlichem Wege schwanger zu werden, minimal.

Kinder zu bekommen war doch das Natürlichste der Welt. Frauen in allen Ländern dieser Erde bekamen unter den verrücktesten Bedingungen Kinder, und sie sollte keine kriegen dürfen? Was war mit ihr verkehrt? Was hatte sie falsch gemacht, und viel wichtiger: Wie sollte sie mit dieser Neuigkeit umgehen? Was sollte sie Liam sagen? Genau genommen war Lizzy nicht sicher, was sie selbst deswegen fühlen sollte. Im Moment beschrieb Verwirrung ihren Gefühlszustand am ehesten.

Sie ließ sich auf die Bank der Veranda sinken und zog ihre Beine unter den Pullover, der ihr viel zu groß war. Sie wusste, dass Liam sie liebte. Er liebte sie sogar sehr. Vielleicht liebte er sie genug, um das mit ihr durchzustehen.

Die Frage war jedoch nicht, ob Liam damit würde leben können. Die Frage war, wie sehr sie Liam liebte. Liam liebte Kinder. Er selbst stritt es gern ab, weil er ihr Leben zu zweit genoss. Aber jedes Mal, wenn sie Mias und Nics Zuhause betraten und deren Kinderschar sie willkommen hieß, leuchteten seine Augen. In diesen Momenten sah Lizzy ihm genau an, wie sehr er sich ebenfalls eine Familie wünschte. Wie könnte sie ihm diese Zukunft rauben? Wie könnte sie ihn zu einem Leben zu zweit verdonnern, wo sie ihn doch so sehr liebte?

Lizzy war überzeugt davon, dass Liam sie niemals fallen lassen würde, selbst wenn das Schicksal ihnen diese Bürde auferlegen würde. Dieses Wissen sollte ihr ein gutes Gefühl bescheren, doch im Augenblick bereitete es ihr nur Bauchschmerzen.

Sie legte die Wange auf ihre Knie und lauschte dem Säuseln des Windes. Es war kurz vor Weihnachten, und sie und Liam würden die Feiertage zu Hause im Kreise ihrer Lieben verbringen. Wie sollte Lizzy das nur aushalten? Es war beinahe unmöglich gewesen, den gestrigen Abend lächelnd zu überstehen. Jetzt war ihr einziger Wunsch, allein zu sein. Doch wie brachte sie das ihrer verrückten Familie bei, ohne sie erst recht aufmerksam zu machen? Hatte ein Kennedy oder ein Donahue nämlich erst mal Lunte gerochen, dann war es fast unmöglich, diesen davon abzubringen, dem Problem auf den Grund zu gehen.

* * *

Humpelnd tapste Lisa durch das dämmrige, nur vom Morgengrauen erhellte Zimmer. Zu spät erkannte sie den Schemen eines Stuhls und stieß sich prompt den kleinen Zeh daran. Sie biss sich auf den Zeigefinger, um nicht laut loszuschreien, und hielt sich den verletzten Fuß.

Na ganz toll, jetzt bin ich auf beiden Seiten lädiert, dachte sie. Bislang hatte Lisa nur ihr Unterkleid gefunden. Ihr fehlten noch der Slip, einer ihrer Schuhe und das Kleid. Sie hörte ein Rascheln und erstarrte. Die Augen hatte sie in der Erwartung, ertappt zu werden, fest zusammengekniffen, und sie betete im Stillen, dass John bloß nicht aufwachen würde. Sie ging auf alle viere und krabbelte weiter durchs Zimmer, auf der Suche nach ihren Kleidungsstücken, und wurde zumindest neben dem Bett teilweise fündig. Sie streifte ihr Kleid über und richtete sich halb auf.

Lächelnd blickte sie auf Johns Gestalt und dann in sein Gesicht. Sein Anblick ließ sie kurz nach Atem ringen. Er war ein wirklich netter und gut aussehender Kerl. Er war süß zu ihr gewesen und hatte sie trotz des herben Schlages, den Ethan ihr versetzt hatte, zum Lachen gebracht. Und sein unglaublicher Körper hatte ihr eine atemberaubende Nacht beschert. In ihrem desolaten Zustand hatte er ihr das Gefühl gegeben, die begehrenswerteste Frau zu sein, die er je kennengelernt hatte. Das hieß bei einem Rockstar schon etwas! Lisa würde ihm dafür auf ewig dankbar sein.

Doch wie immer in ihrem Leben hatte sie nicht das richtige Timing. Tolle Kerle wie er hatten, wenn Lisa ihnen begegnete, meistens einen großen Haken. Johns Herz war vergeben und stand einfach nicht zur Verfügung. Es war also völlig aussichtslos, auf eine Wiederholung dieses einmaligen Ausrutschers zu hoffen, und so tat sie das einzig Logische: Bevor es beim gemeinsamen Frühstück zu peinlich werden konnte, verdrückte sie sich lieber sofort. Doch wo war ihr Slip? Sie musste ohne ihn gehen. Kurz dachte sie darüber nach, was er nur von ihr denken würde. Lisa zuckte mit den Achseln, als sie sich daran erinnerte, dass er selbst keine Shorts getragen hatte.

Sein Körper wurde von den ersten Sonnenstrahlen des Tages erhellt, und Lisa musste sich von diesem Anblick regelrecht losreißen. Kurz entschlossen und bevor sie sich noch einmal anders entscheiden konnte, verschwand sie aus der Tür.

Obwohl Lisa zu ihrer Sexualität eine sehr offene Einstellung hatte, gab es Dinge, die ihr peinlich waren. Ohne Slip und nur mit einem Schuh bekleidet auf offener Straße in den Morgen hinauszulaufen, gehörte definitiv dazu. Sie wusste allerdings, dass nicht ihr Aussehen, sondern in Wahrheit ihr verzücktes Lächeln aller Welt verriet, womit sie die vergangenen Stunden verbracht hatte: mit himmlischem Sex, und zwar mit dem Sexgott höchstpersönlich.

Es war ihre Tante Margie, die ihr verschlafen die Tür öffnete und sie aus zusammengekniffenen Augen ansah.

»Ach, du bist es«, sagte sie nur und trat zurück, damit Lisa hindurchschlüpfen konnte.

Als Lisa die winzige Küche betrat, aus der ihr eine Wolke kalter Zigarettenqualm entgegenschlug und in der wohl das letzte Mal zu Zeiten von Lady Dianas Vermählung mit Prinz Charles gekocht worden war, fragte sie sich kurz, was sie überhaupt hierhergebracht hatte. Sie nahm die trostlose und wenig einladende Umgebung in sich auf und seufzte. Das hier war das einzige Zuhause, das sie je gehabt hatte und kannte. Sie hätte natürlich in ihre kleine süße Wohnung in Falmouth fahren können. Lisa wusste jedoch, dass sie sich dort schrecklich verloren fühlen würde. In diesem Moment wünschte sie sich nichts mehr, als Menschen um sich zu haben, die sie liebte.

Tante Margie schlurfte in ihrem rosafarbenen Bademantel an Lisa vorbei und wischte über ihr ohnehin schon verschmiertes Augen-Make-up. »Was ist los, Süße?«, fragte sie ohne Umschweife, und Lisa fühlte sich ertappt.

»Darf ich nicht vorbeikommen, ohne irgendwelche Probleme im Gepäck zu haben?« Einer alten Gewohnheit folgend begann Lisa, die Zeitschriften zu stapeln und das schmutzige Geschirr aus der Spüle zu räumen, während ihre Tante eine Zigarette rauchte und sie zweifelnd betrachtete. Das Spülwasser lief ins Becken, und Lisa spülte wie selbstverständlich Schüsseln und Tassen, als wäre sie immer noch vierzehn.

Die Tür ging auf, und eine jüngere Ausgabe von Lisa betrat den Raum. Sie war schlanker, tätowierter und sah um einiges mitgenommener aus, aber ansonsten glich sie ihrer großen Schwester bis in die Haarspitzen. Wegen ihr war Lisa überhaupt hergekommen.

»Sieh nur, wer uns besuchen kommt, Abby.«

»Was hast du angestellt, Miss Hanningan? Du bist ja ganz schön aufgetakelt.«

Lisa wandte sich zu ihrer Schwester um, die sich auf die vollgestopfte Sitzbank am Tisch fallen ließ. »Im Gegensatz zu was? Zu dir? Das ist nicht sonderlich schwer, wo du doch eine Schwäche für zerrissene Jeans und eingelaufene Oberteile hast. Und Tante Margie und ihr rosa Bademantel sind ohnehin nicht zu schlagen …« Die Ironie triefte aus jedem ihrer Wörter.

Abby griff ungerührt nach einer Schachtel vom China-Imbiss, die unter mehreren Zeitschriften vergraben war. Sie öffnete sie und schloss sie mit angeekelter Miene wieder. Es war, als hätte sie Lisa gar nicht gehört. Jetzt zog sie eine Pizzaschachtel zu sich, an der sie dieses Mal vorsichtiger roch.

»Esst ihr eigentlich je was Anständiges?«, fragte Lisa und schüttelte fassungslos den Kopf.

»Ist Pizza etwa nichts Anständiges? Ich bin schockiert.« Abby grinste und tauschte einen amüsierten Blick mit ihrer Tante. »Also erzähl schon, welcher Typ hat dich diesmal abserviert? War es dieser Makler? Oder nee, warte, da war doch dieser Arzt von der Arbeit …«

Lisa schluckte und unterbrach ihre Bemühung, die Anrichte abzuwischen. »Ethan. Er hieß Ethan.«

»Woher sollen wir das denn wissen? Du hast uns schließlich nie vorgestellt«, sagte Tante Margie tadelnd.

Lisa schüttelte nur den Kopf. Wie sollte sie sagen, dass sie sich für ihre familiäre Situation schämte, ohne die Frau vor den Kopf zu stoßen, die sie vor dem Heim bewahrt hatte? Außerdem war es ein offenes Geheimnis.

Diesmal bewies Abby, dass sie die Kunst der Ironie ebenfalls beherrschte. »Die adrette Lisa ist jetzt zu fein für uns und diese Gegend. Sie könnte doch keinen Arzt hierherbringen …«

»Es liegt weniger an der Gegend als an eurem Verhalten. Ihr gebt jedem Menschen, der sich bemüht, der halbwegs etwas aus seinem Leben macht, das Gefühl, arrogant zu sein«, sagte Lisa. Dann wandte sie sich direkt an ihre Schwester: »Und bevor du jetzt wieder sauer wirst, Abby, lass dir von mir sagen, dass niemand etwas dafürkann, dass du dein Leben nicht auf die Reihe bekommst.

Weißt du eigentlich, was du dir damit antust? Das Einzige, was dir wichtig ist, sind Partys und Feiern. Bei deinen Augenringen möchte ich gar nicht wissen, was du neben dem Bier heute Nacht noch alles genommen hast. Deinen Pupillen nach zu urteilen ...«

»Ach, halt doch die Klappe! Du bist nicht meine Mutter«, brüllte Abby und sprang auf, wie immer sofort auf hundertachtzig.

Lisa sah ihrer Schwester hinterher, als diese aus der Küche stürmte. Sie schleuderte das Küchenhandtuch auf die nun saubere Anrichte und sah ihre Tante an.

»Du weißt doch genau, dass sie dieses Thema wütend macht.«

»Vielleicht bin ich es leid, immer auf Zehenspitzen um sie herumzuschleichen. Sie muss endlich mit diesen Launen aufhören und erwachsen werden.«

»Vielleicht wäre es leichter für sie, wenn du nicht nur zum Nörgeln an ihrem Lebensstil hierherkommen würdest«, warf Margie vorsichtig ein.

Lisa machte große Augen. »Ich habe mich immer um sie gekümmert. Immer!«

»Ja, du hast recht. Doch wann hast du aufgehört, ihre Schwester zu sein? Vielleicht braucht sie manchmal eher ihre Schwester als eine Mutter. Wann bist du das letzte Mal hier gewesen, um Zeit mit ihr zu verbringen?«

Lisa seufzte und konnte kaum glauben, was sie da hörte. »Ich bin ihre Launen so leid. Was hat sie mir nicht schon alles um die Ohren gehauen, und jetzt wirfst du mir vor, nicht öfter mit ihr zusammen zu sein? Sie hasst mich und macht es mir nicht gerade leicht, sie nicht auch zu hassen. Ich will mich nicht mehr um alle kümmern. Warum fragt mich nie jemand, wie ich mich fühle?«

»Weil du uns immer glauben lässt, dass du alles im Griff hast, Liebes.« Tante Margie legte eine Hand auf Lisas Wange und streichelte ihr dann vorsichtig übers Haar. »Leg dich schlafen, Süße! Alles ist da, wo es immer ist.«

Damit marschierte sie auch aus der Küche und überließ Lisa sich selbst. Sie sah sich in dem chaotischen Zimmer um und bedauerte keinen Moment, dieser Hölle entkommen zu sein. Wieso wollte Abby das nicht? Was war nur mit ihr los, dass sie sich so gehen ließ? Warum sah sie denn nicht, dass es sich lohnte, um ein besseres Leben zu kämpfen? Sie hatte es schließlich auch geschafft.

Und glaubst du tatsächlich, dass du glücklicher bist?, fragte eine ironische Stimme in ihrem Inneren.

Nachdem Lisa den Tag nach ihrer unbeschreiblichen Liebesnacht mit John mehr oder weniger in ihrem alten Bett in Tante Margies Wohnung verbracht hatte, war sie am darauffolgenden Morgen mit Lizzy und Mia zum Frühstück verabredet.

Die Freundinnen warteten noch auf Mia, und während Lizzy seltsam still neben ihr saß, sah Lisa sich in dem kleinen Bistro in der High Street um, in dem sie sich schon zu Studienzeiten getroffen hatten. Es war der 23. Dezember, und in ganz Falmouth herrschte eine ungewöhnliche Betriebsamkeit. Halb Cornwall schien in die kleine Küstenstadt mit den vielen Geschäften und Lokalen gekommen zu sein, um letzte Weihnachtseinkäufe zu machen.

»Wo sie wohl bleibt?«, fragte Lisa zum wiederholten Mal.

Lizzy schien ganz weit weg mit ihren Gedanken zu sein und sagte: »Der Tee ist mir heute zu süß.« Lisa starrte sie fragend an. »Was?«, fragte Lizzy ungehalten.

»Bist du geistig überhaupt anwesend? Oder nur rein körperlich?«

Lizzy schnappte: »Welche Laus ist dir denn über die Leber gelaufen?«

»Was habe ich der Welt eigentlich getan?«, entfuhr es Lisa, und sie wollte gerade aufstehen, um zu gehen, als Lizzy ihre Hand ergriff.

41

»Entschuldige, ich …« In diesem Moment klingelte Lizzys Handy, und als beide Mias Namen aufleuchten sahen, war ihr Streit sogleich vergessen. Lisa sank seufzend wieder auf den Stuhl, während Lizzy abnahm und ihr bedeutete, mitzuhören.

»Ich werde irgendjemanden anschreien müssen!«, rief Mia durch den Telefonhörer.

»Was ist los, Süße?«, fragte Lizzy.

»Ich weiß nicht, wie wir die nächsten Tage überstehen sollen. Keiner hat an Joshs Wichtelgeschenk für die Weihnachtsfeier im Kindergarten gedacht. Heute Morgen gab es für Ava keine Haferflocken, und sie hat einen hübschen kleinen Wutanfall bekommen. Grace hat nur geheult, weil sie ihre Mütze in die Pfütze hat fallen lassen. Es war die Mütze von Hello Kitty, weißt du, Lizzy? Es ist ihre Lieblingsmütze! Wie soll sie das verstehen? Nic hat vor lauter Stress seinen Kaffee über das Telefon gekippt. Jetzt brauchen wir ein neues, und das alles vor den Feiertagen. Ich wollte doch das Pflaumenmus machen, und dieser Kinderwagen muss abgeholt werden, bevor das Geschäft geschlossen hat. Außerdem, wer besorgt den Spielzeugkoffer aus dem Spielwarenladen, und wo krieg ich nach Nics Termin noch alle Zutaten für das Pflaumenmus her?«

Lisa sah Lizzy irritiert an, die erst den Kopf schüttelte und ihr dann zuflüsterte, dass Mia wohl gerade einen winzigen Nervenzusammenbruch hatte.

Laut sagte sie dann ins Telefon: »Wo steckst du genau, Mia?«

»Ach, das Beste hab ich noch gar nicht erwähnt. Ich häng an so einem Wehenschreiber im Krankenhaus.«

»Moment, hab ich irgendwas nicht mitbekommen? Irgendwo bin ich in unserem Gespräch falsch abgebogen«, murmelte Lizzy.

»Ich hatte diese Nacht Wehen, und meine Hebamme hat mich heute Morgen zur Kontrolle mit ins Krankenhaus genommen …«

»Kriegst du etwa gerade das Kind?«, kreischte Lisa Lizzy ins Ohr und in den Telefonhörer.

»Ich glaube nicht. Sophie meinte, ich müsse noch mindestens zwei Wochen aushalten. Verrückt, oder? Da wird man beim ersten Kind fast von einer Verrückten totgeprügelt, und am Ende wollte er nicht raus. Die Zwillinge habe ich fast bis zum Geburtstermin ausgetragen, und jetzt will das vierte Baby unbedingt vor Weihnachten auf die Welt kommen. Was ich eigentlich sagen wollte: Ich schaffe es heute nicht zu unserem Frühstück.«

Lizzy und Lisa lachten kurz, bis ihnen einfiel, dass das wohl unangebracht war.

»Sollen wir zu dir kommen?«, fragte Lisa zögerlich. Sie verspürte nicht den Wunsch, in ihr Krankenhaus zu fahren und dort womöglich auf Ethan zu treffen. Auch in Lizzys Augen sah sie etwas aufflackern, was ihr seltsam vorkam.

»Bitte nicht. Sophie treibt hier schon alle in den Wahnsinn«, antwortete Mia, und Lisa und Lizzy atmeten hörbar aus.

»Na, das wundert uns jetzt aber …«, kicherte Lizzy dann.

Lisa fügte grinsend hinzu: »Ja, oder? Wo Sophie doch so eine umgängliche Person ist.«

»Ihr glaubt nie, was sie eben vor dem Arzt losgelassen hat … Nun, wenn alles gut geht, darf ich gleich nach Hause. Aber ich muss Bettruhe halten, um unsere stürmische Prinzessin noch etwas drin zu behalten.« Mias Stimme klang plötzlich niedergeschlagen.

»Dann entspann dich, und wir erledigen all diese Sachen, von denen du gesprochen hast, für dich. Ich nehme an, Mum und Celine haben die Kinder?«, fragte Lizzy.

»Ja, zumindest nach der Kita. Ich hoffe, Nic denkt an das neue Telefon.«

Lizzy rollte entnervt mit den Augen. »Ich hab was zu schreiben. Dann leg mal los …«

Als sie aufgelegt hatten, sahen Lizzy und Lisa auf die Liste vor ihnen und waren zu sprachlos, um viel dazu zu sagen.

»Ich denke, wir lassen unser Frühstück besser ausfallen, wenn wir das erledigen wollen, bevor die Geschäfte heute Abend schließen, oder?«, murmelte Lisa und dachte wehmütig an die Croissants, die sie hier so gern aß.

»Das nennt man dann wohl Nestbautrieb. Ich hol uns zwei Coffee to go.«

* * *

John schielte auf die Adresse und runzelte kurz die Stirn, als die Stimme in seinem Navi bestätigte: »*Sie haben Ihr Ziel erreicht!*«

Sein Blick streifte die Häuserwand mit den häufig übermalten Graffitis. In den Vorgärten türmte sich Müll, und ein paar Kids hingen auf einem Spielplatz auf der gegenüberliegenden Straßenseite herum, der für Kleinkinder besser nicht mehr genutzt werden sollte. Sie pöbelten zu ihm und seinem Pick-up herüber. Diese Reaktion rief er mit seinen aufgemotzten Autos fast immer hervor, besonders in solchen Gegenden. Er stieg also aus dem großen Fahrzeug und richtete sich zu seiner vollen Größe auf. Dann warf er einen Blick zu der Gruppe aus überwiegend Jungs hinüber, die augenblicklich verstummten. Ein zufriedenes Lächeln stahl sich auf sein Gesicht.

Er fuhr sich über das unrasierte Kinn und strich sich die kinnlangen Haare hinter die Ohren. Anschließend zupfte er ungewöhnlich nervös an seinem T-Shirt herum, das unter der braunen Lederjacke ein paar Ölflecken hatte. Er hätte sich umziehen sollen, bevor er Lisa besuchte. Leider war er aus einer plötzlichen Eingebung heraus losgefahren. Irgendwas sagte ihm aber, dass die Flecken dieser außergewöhnlichen Frau völlig egal waren.

Es war normalerweise nicht seine Art, einer Frau, mit der er einen One-Night-Stand gehabt hatte, hinterherzurennen. Aber mit Lisa war das mehr als nur eine Nacht gewesen. Sie hatten sich gegenseitig persönliche Dinge offenbart und in dieser Nacht versucht, die Wunden des anderen zu heilen.

Als er am frühen Morgen aufgewacht war, war sein Bett leer und Lisa verschwunden gewesen. Einzig ihr Minnie-Mouse-Slip war zurückgeblieben. Dieser Slip befand sich nun in seiner Jackentasche, und er musste über sich selbst schmunzeln. War er etwa der verfluchte Prinz, der seine Cinderella mithilfe eines Slips suchte? In einem seltsamen Liebesroman wäre es genauso gewesen, und so öffnete er noch einmal die Tür seines Pick-ups und warf den Slip auf den Beifahrersitz.

Was würde er sich nun für eine Ausrede einfallen lassen? Warum tauchte er hier bei Lisa auf, wenn er ihr nicht den Slip zurückbringen wollte? John schüttelte über sich selbst den Kopf. Er war doch kein Teenie mehr, der zehn oder zwanzig Anläufe brauchte, um seine Herzdame anzurufen, oder mehrfach an ihrem Haus vorbeifuhr, ohne je hineinzugehen. Doch genauso fühlte er sich gerade.

Er hatte das Haus erreicht, das selbst für diese Gegend ungewöhnlich ungepflegt wirkte. Er suchte nach der Klingel, fand jedoch keine und klopfte schließlich an der Tür.

»Es ist offen!«, ertönte es von drinnen, und John begann sich zu fragen, ob er wirklich die richtige Adresse von Nic bekommen hatte. Trotzdem trat er in den engen und dunklen Flur und sah in überraschte blaue Augen.

Für einen winzigen Moment glaubte er, Lisa gegenüberzustehen. Doch dann fielen ihm die markanten Unterschiede auf.

»Ups, Sie sind nicht der Handwerker. Oder ist Bob etwa krank?«, plapperte die junge Frau vor ihm drauflos. Sogar die Stimmen der beiden hörten sich ähnlich an.

John lächelte und betrachtete die Person ihm gegenüber genauer. Ihre roten Haare waren nicht lockig, dafür aber eine Spur röter, und die Augen waren nicht grün, sondern blau. Die Ringe darunter und die blasse Haut ließen sie kränklich wirken. Der markanteste Unterschied zu Lisa war allerdings die Kleidung. Als er Lisa zuletzt gesehen hatte, trug sie ein Abendkleid, aber er konnte sich beim besten Willen nicht vorstellen, dass sie sich in dieser zerrissenen Hose und einer derart abgenutzten Jeansjacke wohlfühlte. Die junge Frau kaute abwartend an ihren Fingernägeln, von denen der schwarze Lack bereits abblätterte.

»Ich bin ein … ähm …« Er räusperte sich. »Ein Freund von Lisa. Ist sie da?«

»Ein Freund also, ja?« John wusste nichts auf diese Frage zu antworten und spürte den Blick von Lisas Beinahe-Zwilling an sich hinabgleiten. Das passierte ihm öfter, und er fand es weder lästig noch berauschend. Ihm war es schlicht gleichgültig, ob sich andere Menschen ihn nackt vorstellten.

»Lisa wohnt nicht mehr hier. Dem Himmel sei Dank. Sonst müssten wir immer noch täglich Gemüse essen.« Sie schüttelte den Kopf und griff nach ihrer Umhängetasche, die an einem Haken einer überfüllten Garderobe links von ihr hing.

»Wo finde ich sie dann?«

»Was bist du für ein Freund, wenn du nicht mal genau weißt, wo sie wohnt?«

Wenig einfallsreich antwortete er: »Ein alter?«

»Sie wohnt jetzt in einer besseren Wohngegend, am anderen Ende von Falmouth. Glaub mir, du wärst nie bis hierhergekommen, wenn Lisa es hätte verhindern können.« Sie quetschte sich an John vorbei und lief ohne ein weiteres Wort zur Haustür hinaus.

Er folgte ihr artig, trat auf die Straße und sah ihr nach. Um dem Nieselregen zu entgehen, zog sie die Kapuze eines Sweatshirts über, das sie unter der Jeansjacke trug. Hätte sie einen Rock getragen, man hätte kaum mehr nackte Haut sehen können.

Kurz entschlossen sprang er in sein Auto und fuhr ihr nach. Das Röhren des Motors erweckte trotz der Ohrstöpsel, die sie in die

Ohren gestopft hatte, recht schnell ihre Aufmerksamkeit. Trotzdem musste er ihr per Handzeichen zu verstehen geben, dass sie die Kopfhörer abnehmen sollte. »Kann ich dich mitnehmen?«

»Na, na … so schlimm ist diese Gegend nun auch wieder nicht.« Sie grinste breit, und John schüttelte den Kopf über diese freche Antwort.

»Ich frage nur, ob ich dich irgendwohin bringen kann … Ist nicht das beste Wetter, und die Gegend scheint nicht ungefährlich zu sein, oder?«

»Ich wohne schon fast mein ganzes Leben hier. Die Typen haben eher Angst vor mir.« Das glaubte John ihr aufs Wort. »Fühlst dich wohl gern als Held, was?« Sie seufzte und rannte ums Auto herum. Als sie die Beifahrertür öffnete, fiel ihr Blick auf den Minnie-Mouse-Slip auf dem Sitz. Eilig ergriff John ihn und warf ihn nach hinten. »Du bist kein Perversling, oder?« Nun errötete er doch etwas. Das passierte ihm sonst nie. Er war immer die Ruhe in Person. »Meine Schwester steht auf Minnie Mouse«, fügte sie hinzu und lächelte wissend. »Du bist nicht der Typ, der sie abserviert hat, oder?«

John stieß die angehaltene Luft aus. »Du verlierst echt keine Zeit, unangenehme Fragen zu stellen.«

»Bist du's oder nicht? Wenn du es bist, dann steige ich sofort aus. Mit solchen Typen fahr ich nämlich nirgendwohin.«

»Mit was für Typen?«

»Die meiner Schwester wehtun. Kein Kerl darf sie erneut derart verletzen.«

Sie klang beinahe zärtlich, und John grinste. Er selbst hatte vielleicht keine leiblichen Geschwister, aber die Swores hatten ihm vier Brüder beschert, die er gleichermaßen liebte wie auch zeitweise hasste. »Eben dachte ich noch, du könntest Lisa nicht leiden.«

»Kann ich auch nicht. Sie nervt nur rum. Aber wenn andere sie verletzen, können sie was erleben.«

John lächelte und musste unwillkürlich an seine beiden Töchter denken. So war das mit Geschwistern eben.

»Also, wer bist du?«, führte Lisas kleine Schwester das Verhör fort.

»Du kannst mich John nennen.«

»John? Und weiter?«

»McDermit.«

»Schotte also …«

»Nicht wirklich … ich … Moment mal, wie machst du das?« Er sah sie verblüfft an. Es gehörte etwas dazu, ihm persönliche Dinge zu entlocken. Er ging den meisten Reportern schon lange nicht mehr auf den Leim.

Sie sah betont unschuldig aus. »Was?«

»Mich ausfragen.«

»Ich frage einfach.« Sie zuckte mit den Achseln, und John schüttelte verblüfft den Kopf.

»Du erinnerst mich an diese Reporterin, die jeder Story hinterherjagt. Cathy Young.«

»Ah! Jetzt weiß ich, woher ich dich kenne. Du bist einer von den Swores.« Sie verzog angewidert das Gesicht.

»So schlimm?«

Sie kaute lässig auf ihrem Kaugummi und zuckte erneut mit den Achseln. »Nicht so mein Musikgeschmack. Ich hab es auch nicht so mit Rockstars.«

Es kam selten vor, dass die Leute nicht beeindruckt waren, wenn sie ihn erkannten. Das war erfrischend. »Wie heißt du?«

»Abby.«

»Also, Abby, wo soll ich dich hinbringen? Musst du bei irgendeinem Job sein?« Er sah den bekümmerten Ausdruck in ihren Augen.

»Kein Job, meine Freundin.« So wie sie Freundin betonte, wusste er, dass damit keine Schulfreundin gemeint war.

»Hast du keinen Job? Oder nur frei über die Feiertage?«

»Jetzt fragst du mich aus.«

»Na ja, gleiches Recht für alle, oder?« Sie blieb stumm, also fügte er hinzu: »Außerdem ist es doch eine einfache Frage, oder?«

»Es ist einfacher, anderen Fragen zu stellen.«

»Weil man dann selbst keine Antworten finden muss?«

Abby errötete kaum merklich, aber genug, dass John es sah. Dann wandte sie sich ab, sah demonstrativ aus dem Seitenfenster und schob sich ihre Kopfhörer in die Ohren. Er verstand diese Geste. Auch wenn seine Töchter noch viel kleiner waren, so änderte sich dieses Abwehrverhalten doch nie wirklich.

»Wo soll's nun hingehen?«, rief er laut.

»Einfach zur nächsten Haltestelle. Ich fahr mit dem Bus.«

Die folgenden Minuten, bis das nächste Haltestellenschild in Sicht kam, verbrachten sie schweigend. John fuhr links ran und hatte kaum richtig angehalten, da sprang Abby auch schon von ihrem Sitz. Bevor sie die Autotür vor seiner Nase zuschlagen konnte, reichte er ihr eine Karte.

»Falls du je einen richtigen Job bei einem Arbeitgeber willst, der auch Leuten wie uns eine Chance gibt.«

Sie sah ihn verblüfft an. Er hatte sie an der richtigen Stelle gepackt und lächelte nachdrücklich.

Abby betrachtete die Karte, schüttelte ungläubig den Kopf, steckte sie aber in ihre Tasche. Dann knallte die Tür des Pick-ups zu, und John hob zum Abschied die Hand. Das laute Hupen hinter ihm ignorierend fuhr er langsam davon.

Im Rückspiegel sah er, wie Abby ihm nachdenklich nachsah und dann lächelte.

4

Mit vollgepackten Taschen betraten Lizzy und Lisa Jeffs
Bar. Es waren Stunden seit ihrem verpassten Frühstück
vergangen, und sie waren gelinde gesagt ausgehungert. Lisa ließ
sich auf den nächstbesten Stuhl an einem freien Tisch sinken und
versuchte, ihre wilde Mähne zu bändigen. Im Laufe des Tages hatte
der Wind immer mehr zugenommen und fegte alles in die Luft,
was nicht niet- und nagelfest war. Die sorgsam frisierten Locken
hatten sich in eine wilde Krause verwandelt, und Lisa trauerte der
vergeudeten Zeit am Morgen im Bad nach. Lizzy setzte sich ihr
gegenüber und stürzte sich auf die Karte, die sie natürlich bereits
auswendig kannte.

»Würde ich mich an meinen Diätplan halten, wäre ein Salat die
beste Wahl«, seufzte Lisa.

»Im Ernst? Nach dieser Schwerstarbeit? Du solltest dich nicht
selbst derart bestrafen. Du hast eine tolle Figur, und die meisten
Männer finden deine Rundungen sehr attraktiv.«

»Offenbar nicht genug«, sagte sie leise, und Lizzy horchte auf.

»Du bist am Samstag ohne Ethan gekommen ... musste er arbeiten?«, fragte sie und traf wie immer den Nagel auf den Kopf.

»Es ist aus mit Ethan.«

»Seit wann?« Lizzy riss die Augen auf und streckte eine Hand
nach Lisas aus.

Sofort fühlte sie sich ein klein wenig besser. »Ungefähr zwei
Stunden vor eurer Party.«

»Erzähl mir alles, Süße.«

Und das tat sie. Lisa ließ keinen unangenehmen Teil aus und

schilderte Lizzy detailliert, was an dem Abend mit Ethan und seiner Verlobten passiert war.

»Ich fühle mich so blöd. Ich habe doch echt angenommen, dass
er mir einen Antrag machen wollte. Ich habe geglaubt, dass da
endlich jemand ist, der sein Leben mit mir verbringen will. Stattdessen wollte er nur jemanden zum Vögeln haben, während seine
Zukünftige durch die Welt jettet.« Lisa schluckte hart.

»Die Frage, die du dir stellen solltest, lautet: Hättest du auch
dein Leben mit ihm verbringen wollen?«

Lisa starrte ihre Freundin nachdenklich an und zuckte hilflos
mit den Schultern. Diese Frage war natürlich wichtig, und sie hatte
sie einfach verdrängt, weil es für sie nur bedeutsam gewesen war,
überhaupt irgendjemandes erste Wahl zu sein. Man musste kein
Psychologe sein, um den Hintergrund dieses simplen Wunsches
zu erraten.

»Darf ich euch was bringen?«, fragte eine von Jeffs neuen Kell-
nerinnen. Sie bestellten beide Kaffee und jeweils ein Sandwich.

Tadelnd sah Lizzy ihre Freundin an. »Wieso hast du mir nicht
eher davon erzählt?«

»Ach, Lizzy. Ich wollte deinen großen Tag nicht ruinieren, weil
ich wegen irgendeinem Kerl rumheule. Inzwischen weiß ich gar
nicht mehr, ob ich wirklich in ihn verliebt war oder in die Vorstellung, dass er mich heiratet. Vielleicht war es nur die Traumvorstel-
lung von einem Leben mit einer Familie.«

»Das ändert aber immer noch nichts daran, dass Ethan dich be-
nutzt und betrogen hat und ein riesiger Arsch ist. Sollen wir ihm
eine Botschaft zukommen lassen? Zum Beispiel sein Auto mit Klo-
papier verzieren?« Lisa kicherte, wurde jedoch rasch wieder ernst.
Die Scham hatte sie fest im Griff. »Vielleicht könnten wir auch fau-
le Eier einbinden …«

Lisa lauschte ihrer Freundin, dann lehnte sie sich niedergeschlagen in ihren Stuhl zurück. »Ich scheine einfach kein Glück mit

Männern zu haben.« Sie dachte kurz an ihren Vater, schob den Gedanken an ihn aber schnell wieder weg.

»Irgendwo auf dieser Welt wird es einen passenden Kerl für dich geben, Lisa. Und glaub mir, wenn du am wenigsten nach ihm suchst, dann taucht er auf. Ich habe es selbst erlebt.« Lizzy nickte nachdrücklich.

»Du warst einfach den größten Teil deines Lebens blind wie ein Maulwurf. Ich meine, Liam Kennedy? Halloooo!«

Lizzy kicherte, und ihr Blick wurde ganz verträumt, worum Lisa sie ein klein wenig beneidete. »Es hatte sicher seinen Grund, dass wir so lange dafür gebraucht haben. Außerdem treiben wir uns auch heute manchmal noch ziemlich in den Wahnsinn.«

»Und dann gibt's den großartigen Versöhnungssex, richtig?«

Lizzy errötete, und als Lisa in die Hände klatschte, wechselte sie rasch das Thema. »Aber wie geht es dir denn jetzt mit Ethan? Ich meine, wo ihr doch im selben Krankenhaus arbeitet?«

»Ich habe mich derart zum Affen gemacht … keine Ahnung, wie ich ihm nach Weihnachten gegenübertreten soll. Oder seiner Wonder Woman …«

»Treten ist in diesem Fall das Stichwort, Süße!«

Lisa lachte und war für ihre Freundin sehr dankbar. Lizzy war in vielerlei Hinsicht vollkommen anders als Mia. Sie war verrückter, wilder und unkonventioneller, wohingegen Mia bodenständiger, liebevoller und hilfsbereiter war. Sie wäre ohne diese beiden Frauen in ihrem Leben nicht glücklich. Da war Lisa sich absolut sicher.

»Erzähl mir lieber mal von euren Hochzeitsplänen. Kann ich noch irgendwas tun?«, bemühte sie sich nun ihrerseits, das Thema zu wechseln. Der Gesichtsausdruck ihrer Freundin veränderte sich kaum merklich, und Lisa runzelte die Stirn.

Bevor sie nachfragen konnte, trat Jeff an ihren Tisch.

»Hallo, Mädels, habt ihr euren Kater gut ausgeschlafen? Ich hab da im Sand einen Damenschuh gefunden. Vielleicht gehört er ja einer von euch?« Lisa errötete und schaute betont an Jeff vorbei. »Hat John dich gut nach Hause gebracht, Lisa?«

»John?«, hakte Lizzy verwundert nach.

»Ja, unsere Schnapsdrossel hier hatte offenbar einen harten Tag, aber John ist ein guter Kerl. Er hat sicher gut auf sie aufgepasst.«

Jeffs Name wurde quer durch die Bar gerufen, und er verschwand eilig. Dafür sah Lizzy ihre Freundin mit hochgezogenen Augenbrauen fragend an. »John? Unser John? John McDermit? Und das lässt du einfach so unter den Tisch fallen?«

»Er war so nett und hat mir sogar Tiefkühlerbsen für meinen Knöchel besorgt.« Lisa bemühte sich um Gelassenheit.

»Oh, sieh mal, da ist Abby.« Lizzy deutete auf Lisas jüngere Schwester, die mit einer anderen Frau eng umschlungen durch die Bar marschierte. Sie winkte, und Abby flüsterte ihrer Begleitung etwas ins Ohr. Daraufhin ging diese zu einem anderen Tisch, und Abby kam zu Lisa und Lizzy herüber.

»Hi!«, sagte Lizzy.

»Warum stellst du uns denn nicht vor?«, fragte Lisa betont freundlich.

Ihre Schwester schnaubte verächtlich. »Als ob du dich ernsthaft für mein Liebesleben interessieren würdest …«

»Natürlich interessiere ich mich für deine Freundin. Wie kommst du nur auf so was?« Lisa hasste die passiv-aggressive Abby.

»So wie du uns deine Typen vorstellst? Ethan haben wir nie kennengelernt, und was ist mit diesem John?«

Lisa fielen beinahe die Augen aus dem Kopf. »Woher kennst du ihn?«

»Er war bei uns. Woher sonst?«

»Wieso war er bitte bei uns?«

»Er wollte dir deinen Slip zurückbringen, nehme ich an. Wer trägt in deinem Alter Höschen mit Minnie Mouse drauf? Also ich

53

bitte dich, Lisa. Es war sehr offensichtlich, welche Absichten dieser John hegte. Dafür hat er mir einen Job angeboten …«

Fassungslos starrte Lisa ihre Schwester an. »Er hat bitte *was* getan?«

Abby schob Lisa über den Tisch eine Karte zu und grinste frech. »Die habe ich von ihm bekommen … Wusstest du, dass er Schotte ist? Zumindest zur Hälfte oder irgend so was. Egal, ich muss dann mal los. Bis nächstes Jahr!«

Lisa schüttelte verdattert den Kopf. »Ich dachte, wir sehen uns morgen Abend?«

»Und was? Legen unsere Geschenke unten den Weihnachtsbaum? Essen zusammen? Und was schenken wir bloß Tante Margie? Eine Kiste Bier? Oder doch die Flasche Whiskey, die sie bis abends vernichtet hat. Ab wann fliegen wohl die Fetzen? Das wäre sicher ein harmonisches Weihnachten. Vergiss es, ich bin mit Judith unterwegs.« Damit rauschte sie davon.

Lisa starrte Lizzy mit offenem Mund an, die sie mitfühlend ansah. »Bitte sag mir, dass das nur eine Wahnvorstellung war, die von zu wenig Zucker ausgelöst wurde.«

Lizzy schüttelte bedauernd den Kopf. »Seit wann ist Abby so krass drauf?«

Lisa stützte den Kopf in die Hände. »Das geht schon eine ganze Weile so. Sie fliegt überall raus. Seit sie die Schule abgebrochen hat, reiht sich eine Scheiße an die andere. Jeden Job schmeißt sie entweder hin oder wird gefeuert. Sie hinterlässt ein riesiges Chaos. Was soll nur aus ihr werden? Wir streiten nur noch.«

»Ich erinnere mich noch an die kleine Schwester mit den süßen Zöpfen. Ihr wart so ein tolles, eng verbundenes Team.«

»Das ist lange her … Ich glaube, seit ihrem achtzehnten Geburtstag, an dem *unser Erzeuger* nicht aufgetaucht ist, hat sie gecheckt, was er wirklich ist. Ein Arsch, der seine Familie und seine Kinder vollkommen im Stich gelassen hat. Du weißt ja, dass ich herausgefunden habe, dass er eine andere Familie hat, und dass ich es Abby nicht erzählt habe – bis heute. Was, wenn sie es selbst herausgefunden hat? Manchmal habe ich Angst, dass sie die Krankheit unserer Mutter hat.«

»Das ist sicher nur eine Phase, oder? Aber ich verstehe nicht, warum sie sauer auf dich ist. Du hast immer alles getan und kümmerst dich immer noch um sie.«

Lisa ließ die Schultern hängen. »Ich habe noch nie Weihnachten ohne Abby verbracht. Noch nie. Ich glaube, den Besuch bei Tante Margie spar ich mir dann lieber.«

»Du feierst Weihnachten doch nicht etwa allein?«, entrüstete sich Lizzy.

»Warum nicht? Ich könnte endlich mal *Downton Abbey* ganz von vorn beginnen und mir chinesisches Essen bestellen wie jeder andere Single an den Feiertagen auch.«

»Du feierst einfach mit uns.«

»Das ist lieb, aber …«

»Keine Widerrede. Du gehörst ohnehin zur Familie, Lisa!« Sie streckte ihre Hand nach Lizzys aus und drückte sie. »Steht Abby wirklich auf Frauen? Oder probiert sie nur ein wenig rum?«

»Keine Ahnung … sie will mich in jeder Hinsicht provozieren. Vielleicht hat sie sich aber auch einfach in einen Menschen mit Brüsten verliebt, wer weiß das schon. Ich kann es ihr nicht verdenken. Ich habe auch die Nase voll von den Kerlen.«

»Ah ja. Nee, ist klar. Von allen bis auf John, ganz offensichtlich. Wieso habe ich sonst eben von zwei Leuten kurz hintereinander etwas über ihn gehört? Und dann noch in Verbindung mit deinem Slip?«

Lisa errötete und erinnerte sich daran, dass sie wegen dieser Aktion ziemlich sauer auf ihn war. Was fiel ihm ein, so einfach bei ihrer Tante aufzutauchen? Wie konnte er ihrer Schwester einen Job anbieten, obwohl er sie überhaupt nicht kannte? Sie zog eilig die

Visitenkarte unter ihrem Ellbogen hervor und betrachtete sie mit offenem Mund. »Wie kann er es wagen? Wie kann er meiner Schwester einen Job anbieten?«

»Ist doch eigentlich ganz nett, oder nicht?«, ergriff Lizzy für John Partei.

Daraufhin präsentierte Lisa ihr die Karte, und Lizzy schluckte. *BWW – bold, wild and wonderful.*

»Wie kann John Abby einen Job in *deiner* Firma anbieten? Findest du das immer noch so nett?«

»Wir haben uns darauf konzentriert, Underdogs zu unterstützen, und die Swores wurden während ihrer Auszeit vor drei Jahren irgendwie zu Teilhabern. John ist …«

»… Teil der Swores und somit Teilhaber deiner Firma«, beendete Lisa Lizzys Satz und pustete sich ärgerlich die Haare aus dem Gesicht.

»Warum bist du so sauer deswegen?«

»Wie kann er so in mein Leben spazieren und sich schon fünf Minuten später einmischen? Er kennt mich doch gar nicht.«

»Offenbar gut genug, um deinen Slip zu besitzen. Auf diese Geschichte bin ich übrigens immer noch gespannt wie ein Flitzebogen.« Lizzy wackelte anzüglich mit den Brauen.

Lisa ignorierte es gekonnt. »Wenn ich gewollt hätte, dass Abby bei dir einen Job bekommt, dann hätte ich dich selbst darum gebeten.«

»Ehrlich?« Lizzy verschränkte die Arme vor der Brust. »Ich meine nur, Lisa, du bist nicht unbedingt der Typ Mensch, der andere um Hilfe bittet. Du hast irgendwie immer alles im Griff. Selbst nach dieser Sache mit Ethan hast du dichtgehalten und kein Wort darüber verloren. Ich hätte längst meinen Kummer in Tequila ertränkt und …«

»… mit dem gut aussehenden Typen auf der Verlobungsparty deiner Freundin geschlafen?« Lisa lächelte beschämt, und Lizzy grinste breit. »Wenn das nun deine Frage beantwortet. Aber ich finde trotzdem, dass er nicht einfach zu mir fahren kann und …«

»Siehst du? Du bist ein Kontrollfreak. Du sehnst dich nach jemandem, der dir beisteht, und machst dann trotzdem alles allein.«

»Das klingt so, als sei das was Schlechtes.«

»Ist es nicht, aber ich weiß es aus eigener Erfahrung, dass man manchmal Hilfe annehmen und zulassen muss. Du hast dich immer um alles gesorgt. John meinte es sicher nicht böse oder herablassend.«

»Nein? Tja, es fühlt sich aber sehr danach an.«

Lizzy seufzte. »Ach, um Himmels willen, ich kenne diesen entschlossenen Gesichtsausdruck! Jetzt hast du es auf den armen John abgesehen.«

»Was soll das denn nun wieder heißen?«

»Na, ich kenne dich lange genug, um zu wissen, was du nun tun wirst.« Lizzy schüttete reichlich Zucker in ihren Kaffee und rührte darin.

»Und das wäre?«

»Du wirst ihm so richtig die Meinung sagen. Wird es zu deiner Rede über die Gleichberechtigung kommen?«

»Ach, halt doch die Klappe, Elizabeth Donahue, und gib mir lieber seine Adresse.«

Lizzy grinste. »Meinst du nicht, ein Anruf genügt?«

»Nein, wenn er sich das Recht rausnimmt, mir aufzulauern, dann habe ich das wohl auch. Außerdem will ich meinen Lieblingsslip wieder!«

* * *

Lisa suchte im Schneckentempo nach der richtigen Adresse. In diese Ecke von Falmouth hatte es sie noch nie verschlagen. Warum auch? Hier lagen die großen Villen und Grundstücke mit Meeres-

blick. Hier hatte sie weder Freunde noch selbst etwas verloren. Es
war sehr abgelegen, und der Abstand zwischen den Villen wurde
immer größer. Von Nachbarn konnte hier nicht die Rede sein. Dafür gab es immer höhere Zäune und Kameras. Lisa wusste natürlich, dass man als Star einer Rockband mit großem öffentlichem
Interesse rechnen musste. Nach der Geschichte mit Anabelle legten Nic und Mia auch etwas mehr Wert auf Sicherheit, vor allem
wegen ihrer Kinder. Dennoch überraschte sie diese Art zu leben
von John. Irgendwie hatte sie völlig verdrängt, dass er bereits Vater
von zwei Mädchen war und demnach unmöglich in einem trendi-
gen Loft wohnen konnte. Dank des ausgesprochen guten Sexes
hatte sie daran nicht mehr gedacht.

Sie sah noch mal auf ihr Handy, das ihr nun zeigte, dass sie am
Ziel war. Sie parkte vor dem großen Tor und wusste nicht, was sie
tun sollte. Kurz überlegte sie, wieder umzudrehen, als sie sich doch
einen Ruck gab. Sie würde ihn zumindest in seine Schranken weisen.

Mittlerweile hatte es leicht zu regnen begonnen, und Lisa stieg
aus ihrem kleinen Auto, sprintete zum Tor und drückte auf den
Klingelknopf. Sie wartete einige Sekunden und klingelte nochmals
sehr ungeduldig. Plötzlich öffnete sich das Tor, und sie sprang wieder in ihr Auto, drehte den Zündschlüssel und fuhr hindurch.

Es war nur ein kurzer Weg bergauf, der relativ schnell den Blick
auf ein großzügiges Anwesen freigab. Lisa stockte der Atem. Die
Front bestand aus braunen Backsteinen und war von Wein und
Efeu bewachsen. Im Sommer musste das traumhaft aussehen. Der
Stil des Hauses erinnerte fast an einen alten Bauernhof.

Lisa fragte sich gerade, wofür er nur den ganzen Platz brauchte,
wenn er keine zwanzig Kinder hatte. Da erkannte sie, dass locker
die Hälfte des Hauses eine Halle war. Die hohen Tore standen offen, und sie sah ungefähr ein Dutzend amerikanische Pick-ups darin sowie zwei Hebebühnen, die man in jeder guten Autowerkstatt

finden konnte. Sie parkte, stieg staunend aus dem Auto und sah John in einem ölverschmierten Arbeitsanzug aus dem mittleren Tor auf sie zukommen. Darunter trug er nur ein Unterhemd, das irgendwann mal weiß gewesen war. Lisa starrte ihn gebannt an. Seine muskulösen Arme und seine breiten Schultern traten besonders hervor, und sein Grinsen verriet ihr, dass er sehr wohl registriert hatte, dass er diese Wirkung auf sie hatte.

Er wischte seine Hände an einem Lappen ab, der so dreckig war, dass man damit unmöglich etwas sauber machen konnte. »Ich habe dich heute auch schon besucht …«, begrüßte er sie, und Lisa schüttelte den Kopf, um sich nicht von seinem anziehenden Aussehen ablenken zu lassen.

»Die Buschtrommel funktioniert. Meinen Glückwunsch! Was fällt dir eigentlich ein, meine Familie so einfach aufzusuchen?«

Er sah sie verblüfft an und blieb in einigem Sicherheitsabstand zu ihr stehen. Gut so!

»Ich dachte nicht, dass dich das stören würde.«

»Tut es aber! Was hättest du gesagt, wenn ich hier deinen Kindern begegnet wäre?«

»Nun, so lange du nicht vor ihren Augen über mich hergefallen wärst, hätte ich dich wahrscheinlich nett vorgestellt.«

Lisa räusperte sich und verschränkte die Arme vor der Brust. »Meine Schwester hat jedenfalls eins und eins zusammengezählt …«

»Ich denke, sie weiß ganz genau, wie das mit den Bienchen und Blümchen funktioniert, oder glaubst du, ich habe sie verstört? Ich würde was für den Therapeuten dazulegen.«

Wütend zischte Lisa: »Vielen Dank auch, verarschen kann ich mich alleine.« Sie warf die Hände in die Luft, wandte sich auf dem Absatz um und wurde von seiner großen Hand an der Schulter am Fortlaufen gehindert.

»Hey, ich hab doch nur Spaß gemacht.«

Lisa drehte sich widerstrebend zu ihm um. »Es war nicht witzig! Ich will nicht, dass du bei mir unangemeldet auftauchst, und schon gar nicht, dass du meiner Schwester einen Job anbietest.«

»Sie sah so aus, als könnte sie ihn brauchen. Aber wenn dich das stört, dann tut es mir leid.«

Seine Entschuldigung nahm Lisa den Wind aus den Segeln, wenn auch nur etwas. Sie verschränkte erneut die Arme vor der Brust und sah ihn feindselig an. »Wenn ich gewollt hätte, dass Abby bei Lizzy arbeitet, glaubst du nicht, ich hätte sie selbst darum gebeten?«

»Vielleicht stehe ich auf dem Schlauch. Aber warum willst du das nicht? Es könnte eine echte Chance für sie sein.«

»Weil Abby schwierig ist und überall nur Chaos und Verwüstung hinterlässt, was du gewusst hättest, wenn du mich vorher gefragt hättest. Außerdem … das tut überhaupt nichts zur Sache.«

John hatte die Hände in die Hosentaschen gesteckt und lenkte damit ihre Aufmerksamkeit auf einen anderen Körperteil. »Ich habe nur einen ungeschliffenen Diamanten gesehen und wollte ihn für unsere Projekte gewinnen. Das ist alles.«

»Dann hat das rein gar nichts damit zu tun, dass wir Sex hatten?«

»Na ja, schon irgendwie … Ich –«

»Siehst du! Ich brauche keine Almosen von irgendwelchen Superstars«, schnappte Lisa.

John stöhnte theatralisch auf. »Was für Almosen? Lass mich doch erst mal ausreden, du verrücktes Weib. Wir hatten Sex, und du hast deine Wäsche bei mir vergessen, nachdem du vor dem Aufwachen getürmt bist, was übrigens nicht gerade die feine englische Art ist. Nur deswegen, um dir besagte Wäsche zurückzubringen, bin ich zu dir gefahren und habe dort eben zufällig deine Schwester statt dir angetroffen. Das war doch nicht geplant. Sie sah so aus, als könnte sie Hilfe gebrauchen.«

»Wir Hanningans brauchen keine Hilfe von versnobten Rockern, die ein ›Helfersyndrom‹ haben.«

Nun hob er beide Hände, als wolle er sich ergeben. »In Ordnung, ich habe dein Statement vernommen.« Dann machte er zwei Schritte auf sie zu und umfing ihre Wange mit seiner großen, schmutzigen Hand. Lisa war viel zu überrascht über diese vertraute Berührung, um sich abzuwenden. Außerdem hatte sie nichts dagegen, auch nicht gegen den Schmutz. »Eigentlich konnte ich dich nach dieser Nacht nicht aus dem Kopf bekommen und habe nur einen Vorwand gebraucht, um dich zu sehen. Aber Mensch, ich sollte dich öfter so verärgern, wenn du dann zu einer solchen Amazone mutierst.«

Lisa war sprachlos und völlig gebannt von seinen Augen. Sie waren tiefblau wie das Meer in Australien, das sie nur von Postkarten und Fotos kannte. John beugte sich zu ihr hinunter, bis seine Lippen ihre berührten und sie sofort miteinander verschmolzen.

Lisas Hirn, das ihr eben noch befohlen hatte, ihn einfach stehen zu lassen, hängte sich wie ein alter PC einfach auf, und sie schlang beide Arme um seinen Hals. Ein böiger Wind erfasste sie, und John legte beide Hände an ihre Taille und hob sie hoch, als würde sie nichts wiegen. Sie schlang die Beine um seine Hüften und spürte seine Erregung, was sie beinahe in Ekstase versetzte. Wie schaffte er es nur, sie innerhalb weniger Sätze und noch weniger Berührungen um den Finger zu wickeln? Sie glaubte nicht, dass sie je so leicht zu beeindrucken gewesen war. Andererseits … war sie nicht deswegen hergekommen? So wie er ihren Slip als Vorwand genutzt hatte, war ihr Vortrag vorgeschoben gewesen, um ihn wiederzusehen. Oder nicht?

Lisa ließ sich von ihm in die Werkstatt tragen und auf der Ladefläche eines Pick-ups absetzen. Dann strich sie durch sein halblanges Haar, das sich aus seinem Zopf gelöst hatte. John küsste sie so innig, dass sie kaum Zeit zum Luftholen hatte und sich enger an ihn presste. Entfernt nahm sie wahr, dass er mit seinem Bein etwas umstieß, doch das war alles nebensächlich. In diesem Moment spürte sie nur seine Hände überall auf ihrem Körper und fühlte seinen Herzschlag heftig gegen ihre Brust hämmern. Sie ertastete jeden Muskel seines gestählten Körpers und wünschte sich nichts mehr, als mit ihm dieselbe Art der Verzückung zu erleben wie vor zwei Nächten.

John sprang auf die Ladefläche und half Lisa dabei, ihre Bluse zu öffnen, indem er sie impulsiv aufriss. Die Knöpfe sprangen zur Seite, und ihr draller Busen präsentierte sich in einem einfachen T-Shirt-BH. Warum konnte sie nie irgendwelche Spitzendessous tragen, wenn sie auf Tuchfühlung mit einem Rockstar ging, der vermutlich nichts anbrennen ließ und weitaus mehr geboten bekam als ein Minnie-Mouse-Höschen und diesen schlichten BH? Doch John schien zu gefallen, was er sah. Eine Sekunde später strich er schon mit seiner Zunge ihren Hals hinab, schob den Stoff des BHs zur Seite und liebkoste ihre Brustwarzen ausgiebig. Lisa warf genussvoll den Kopf in den Nacken und stöhnte.

»Ich will dich ... jetzt sofort«, raunte John ihr zu, und Lisa sah, wie er Anstalten machte, seinen Arbeitsanzug auszuziehen.

Da ertönte plötzlich eine fremde, dunkle Stimme aus der Tiefe der Halle: »Mr McDermit? Ich muss die Arbeit für heute abbrechen. Ein Sturm zieht auf. Sie haben gerade eine Unwetterwarnung ...«

Hektisch fuhren Lisa und John auseinander, kletterten von dem Pick-up und versuchten, ihre Kleidung wieder an Ort und Stelle zu bringen. Für Lisa war das allerdings mehr als schwierig, weil keine Knöpfe da waren, um die Bluse zu schließen.

Ein älterer Mann asiatischer Abstammung kam um das Fahrzeug herum, erblickte seinen Chef und Lisa und wandte sich respektvoll von ihnen ab. »Bitte entschuldigen Sie, Sir. Ich wusste nicht, dass Sie Besuch haben.«

Lisa ließ ihre Locken ins Gesicht fallen, um ihre roten Wangen zu verbergen, und versuchte verzweifelt, ihre Bluse mit den Händen zusammenzuhalten. Sie konnte es nicht fassen. In letzter Zeit war sie vor fremden Menschen eindeutig zu oft nackt gewesen.

»Nein, das konnten Sie nicht wissen, Makoto. Bitte entschuldigen Sie mich. Ich habe nicht mehr … ähm, an Sie gedacht. Ich bitte vielmals um Verzeihung.« John straffte seine Schultern und strich sich über die aufgelösten Haare. Lisa war fast neidisch, dass er nach diesem sexuellen Zwischenspiel ganze Sätze hervorbrachte, die auch noch sinnvoll klangen. Sie hätte nur vor sich hin gestottert.

»Was bei einer so hübschen Lady ganz verständlich ist. Wenn ich das anmerken darf, Miss?« Lisa sah den anderen Mann an, der sie sehr freundlich anlächelte. Sie lächelte zurück und fühlte sich ein klein wenig besser. »Ich freue mich, dass Sie offenbar über die Feiertage nicht allein sein werden.«

Lisa sah überrascht zu John hoch. War es nicht ein entscheidender Vorteil, wenn man Familie hatte, dass man an Feiertagen nie alleine war?

John ging nicht weiter auf die Bemerkung seines Gärtners ein und fragte stattdessen: »Ein Sturm zieht auf?«

Makoto nickte zustimmend. »Sie haben im Radio davor gewarnt. Ich mache jetzt Schluss für heute, wenn es recht ist?«

»Selbstverständlich, Makoto. Ich wünsche Ihnen schöne Feiertage. Bitte denken Sie an die Geschenke für Ihre Enkelkinder und Ihr Gehalt.«

Der Mann verbeugte sich leicht und antwortete: »Wie immer sind Sie zu großzügig. Ich danke Ihnen, Mr McDermit. Auch Ihnen schöne Festtage.«

Damit verschwand er, und Lisa legte beide Hände vors Gesicht. »O mein Gott!«

»Wenn du darauf bestehst …«, sagte John und grinste sie an. Er nahm ihre Hände in seine, um in ihr Gesicht sehen zu können.

»Das ist so peinlich …«

»Sei nicht albern. Er wird es wohl verkraften.«

»Hast du sein Gesicht gesehen?«

»Das habe ich … Ihm gefiel offenbar, was er sah. So wie mir.« Er streichelte ihre Hand mit dem Daumen, als würde er es gar nicht bemerken. Als er dann über die empfindsame Unterseite ihres Handgelenks strich, sendete es ein leichtes Kribbeln durch ihren Körper. Sie hätte sich zu gern erneut in seine Arme geworfen, um da weiterzumachen, wo sie aufgehört hatten. Doch die Unterbrechung hatte ihre Gedanken geklärt und sie daran erinnert, dass es nie gut war, sich kopfüber in die nächste Affäre zu stürzen, wenn die andere noch nicht mal abgekühlt war.

Sie hatte das schon zu oft getan, und es hatte nie gut geendet. Sie entzog ihm schweren Herzens ihre Hand und sah ihn bedauernd an.

»Wie ich sehe, haben sich unsere Pläne geändert«, stellte John nüchtern fest und fuhr sich erneut durch sein leicht zerzaustes Haar.

Lisa musste sich zwingen, einen Schritt von ihm zurückzutreten. »Du weißt doch, warum ich an jenem Abend getrunken hatte … Ich kann nach Ethan nicht direkt wieder eine neue Affäre beginnen.«

»Warum nicht? Wieso sollten wir keinen Spaß miteinander haben? Oder ist es wirklich dein Plan, von nun an auf Frauen zu stehen? Vertrau mir, wenn ich dir sage, dass du das vergessen kannst. Du bist kein Mädchen für ein Mädchen. Du gehörst zu einem Kerl.«

»Glaubst du an das Schicksal? Oder eine Art übernatürliche Fügung, John?«, fragte Lisa und sah ihn offen an.

»Keine Ahnung … wohl eher nicht.«

»Nun, ich schon. Und wenn uns ein Asiate und ein Sturm dazwischenfunken, würde ich das als einen Wink mit einem enorm großen Zaunpfahl bezeichnen.«

John überbrückte mit einem großen Schritt die Distanz zu Lisa, schlang einen Arm um ihre Taille und zog sie zu sich heran. Die andere Hand umfing ihre Wange und fuhr in ihre Locken. Sie schloss die Augen und seufzte leise.

»Fühlt sich das nicht eher nach Fügung an?«, hauchte er und lockte mit einem Strauß voller Verheißungen.

Doch Lisas Herz war gerade erst gebrochen worden. Die Erinnerung an diese letzte Enttäuschung war viel zu frisch. Sie wusste, sie musste etwas ändern, und da sie sich keinen Mann backen konnte, der ihr Geborgenheit und Liebe bot, war die Lösung ganz einfach: Sie musste sich selbst ändern, um etwas zu verändern.

John lehnte seine Stirn an ihre und wartete darauf, dass sie ihn küssen würde. Er ließ ihr die Wahl, was es Lisa noch viel schwerer machte, endgültig zu gehen. Sie atmete tief durch, dann küsste sie ihn auf die Wange und löste sich blitzschnell aus seiner Umarmung. Sie schnappte sich die Jacke, die er ihr ausgezogen hatte und die noch auf dem Pick-up lag, und floh aus der Werkstatt. Hätte sie noch einmal zurückgesehen, hätte sie Bedauern in seinem Blick erkannt.

5

*D*er Wind wehte so heftig, dass Lizzy froh war, als Nic die Eingangstür hinter ihr schloss.

»Unfassbar! Dass wir keinen Schnee zu Weihnachten haben, ertrage ich mittlerweile mit Fassung, aber dieses Wetter?« Lizzy schüttelte den Kopf und wurde von ihrem Neffen und ihren Nichten mit lautem Geschrei empfangen.

Sophie erschien im Flur und scheuchte die drei Kinder zurück ins Wohnzimmer, damit Lizzy nicht zu Fall gebracht wurde. »Hallo, meine Liebe, komm erst mal rein.«

»Hier sind noch ein paar Geschenke, die die Kinder nicht sehen sollten«, wisperte Lizzy und drückte ihrem Bruder und Sophie ihre und Lisas Einkäufe in die Arme.

»Himmel, wo sollen diese Sachen nur alle hin? Hätte ich gewusst, dass wir an Weihnachten ein Spielzeuggeschäft eröffnen, hätte ich die Kinderzimmer vorher leer geräumt«, sagte Nic nüchtern und betrachtete all die Tüten und Päckchen.

»Wie geht es ihr?«, fragte Lizzy, und er verzog das Gesicht zu einer Grimasse.

»Sie ist motzig, weil sie ihr perfektes Weihnachtsfest nicht selbst vorbereiten kann.«

»Sei nicht so hart zu ihr. Es ist ein besonderes Fest für Mia, weil es das für sie und Alan immer gewesen ist«, ergriff Sophie Partei für ihre Enkelin.

»Das ändert aber nichts daran, dass sie sich schonen muss, weil sie und Rocker Nummer vier noch ein wenig Zeit zusammen verbringen müssen«, seufzte Nic, und man sah ihm die Sorge um Mia an den Schatten unter den Augen an. »Rede bitte mit ihr, Lizzy. Sie ist unvernünftig.«

Lizzy nickte und ging in die Richtung, in die Nic deutete. Sie sah ihre Freundin an dem großen, gemütlichen Esstisch vor einem Haufen Plätzchen sitzen, die sie in bunte Tütchen verpackte. Als sie Lizzy auf sich zutreten sah, lächelte sie zwar, aber Lizzy ließ sich nicht täuschen. Mia war nicht nur erschöpft, sie war auch sehr besorgt.

»Hey …«

»Hi, hast du alles bekommen?«, fragte Mia ohne Umschweife, und Lizzy ließ sich auf den freien Stuhl neben sie sinken. »Wir brauchen noch Geschenkpapier, aber dieses blöde Telefon war kaputt und ich konnte dich nicht mehr angerufen. Kannst du vielleicht Lynn fragen, ob sie noch welches hat?«

Lizzy ergriff sanft, aber bestimmt Mias Hand und nahm ihr die Tütchen und Kekse ab, die sie so eifrig verpackte. Mia wollte gerade protestieren, als sie beim Anblick von Lizzys Miene verstummte.

»Wie lange bin ich schon deine beste Freundin, Mia?«, fragte Lizzy und betrachtete sie eingehend.

»Schon immer.«

»Wie oft konntest du dich da auf meinen Rat verlassen?«

»Abgesehen von deiner scheußlichen Typberatung mit vier Jahren, die einen raspelkurzen Pony zur Folge hatte …« Lizzy rollte mit den Augen. »Fast immer.«

Lizzy nickte zufrieden. »Dann hör mir jetzt genau zu: Du musst damit aufhören. Du wirst jetzt mit mir mitkommen und dich in dein Bett legen. Denn da gehörst du schon seit einer langen Zeit hin.«

»Aber …«

»Ich weiß, du möchtest, dass das Weihnachtsfest perfekt und wunderschön für die Kinder ist. Du wolltest auch, dass meine Verlobungsfeier schön ist, und hast dich völlig verausgabt. Aber du vergisst, was für uns alle am wichtigsten ist: dass du bei uns bist und nicht im Krankenhaus liegst. Da bringe ich dich aber persönlich hin, wenn du dich nicht ab sofort an die Anweisung deiner Ärzte hältst.« Lizzy sah Mias Widerstand schwinden und fügte mitfühlender hinzu: »Du bist hochschwanger, Mia. Du trägst Verantwortung für dein Leben, genauso wie für das des Kindes. Sei vernünftig. Wir werden uns um alles kümmern. Du weißt doch, dass wir immer alles zusammen machen. Du bist nicht alleine.«

Sie half Mia, sich von ihrem Stuhl zu erheben, und ging mit ihr dann im Schneckentempo in den ersten Stock. Im oberen Flur begegneten sie Nic, der vor Erleichterung beinahe Lizzy umarmt hätte, wenn Mia ihm nicht einen so giftigen Blick zugeworfen hätte, dass er es nicht wagte. Lizzy verfrachtete ihre Freundin ins Bett, brachte ihr ein Buch und beauftragte Nic, den Fernseher von unten ins Schlafzimmer zu bringen und anzuschließen. Dann rief sie Liam, ihre Eltern und Celine an. Sie würde Weihnachten nicht ausfallen lassen, sondern für Mia ein wundervolles Fest im Kreise ihrer Lieben organisieren.

Wie praktisch!, schimpfte eine ironische Stimme in Lizzys Unterbewusstsein. So hast du keine Zeit, auch nur einen Gedanken an dein eigenes Problem zu verschwenden.

* * *

Lisa eilte zu ihrem Auto und befand sich plötzlich in einem Regenguss, der sie innerhalb von Sekunden bis auf die Haut durchnässte. Sie blickte zum Himmel hoch und suchte verzweifelt nach ihrem Autoschlüssel, bis ihr einfiel, dass er noch im Zündschloss steckte. Eine Windböe erfasste sie, und sie schnappte erschrocken nach Luft.

Wenige Augenblicke später saß sie wie ein begossener Pudel in ihrem Auto und sah zu dem Mann vor der Garage zurück. Er schaute ihr nach, doch auf die Entfernung konnte Lisa seinen Gesichtsausdruck nicht deuten. Trotzdem kam es ihr vor, als könnte sie seine Hände noch auf ihrer Haut spüren. Lisa wurde ganz warm, und sie wusste nicht, ob sie die richtige Entscheidung getroffen hatte. Wieso war es, als zöge sie jede Faser ihres Körpers zu ihm zurück?

Es vergingen Minuten, in denen sie sich nur weiter anstarrten. Ein weiterer Windstoß pfiff heulend über das Auto hinweg, und Lisa ließ den Motor an. Es tat sich jedoch nichts. Sie drehte den Schlüssel erneut herum, doch immer noch gab der Motor nur ein seltsames, gurgelndes Geräusch von sich. John kam ein paar Schritte auf sie zu, hielt dann aber inne, als es beim dritten Versuch klappte und ihr Motor laut aufheulte. Er schien enttäuscht die Schultern hängen zu lassen, oder bildete sie sich das nur ein? Seufzend begann sie, den Wagen zu wenden, als weitere, noch stärkere Sturmböen aufkamen und sie ein seltsames Geräusch wahrnahm. Sie wandte sich verwundert zu Johns Haus um und musste feststellen, dass dort niemand mehr stand.

Im nächsten Moment wurde ihre Autotür aufgerissen, und Lisa sah in Johns ernstes Gesicht.

»Sofort raus hier!«, brüllte er.

»John, ich …«

»Halt den Mund, du verrücktes Weib, und hör auf mich!«, schrie er über den tosenden Sturm hinweg.

Lisa folgte verblüfft seinen Anweisungen und ließ sich von ihm aus dem Auto ziehen. Sie richtete ihren Blick nach oben und erstarrte in ihrer Bewegung. Die Bäume, die Johns Anwesen umgaben, bogen sich derart heftig, dass mehrere von ihnen umzustürzen drohten. Schon hörte Lisa ein lautes Bersten und sah, wie der Baum direkt über ihr zu fallen begann. Er wurde vom Geäst der anderen Bäume gebremst, und John zerrte sie in Sicherheit, bevor der Stamm auf ihr Auto krachte und den Kofferraum vollkommen eindrückte. John presste Lisas nassen, zitternden Körper an sich und streichelte über ihr Haar, während beide geschützt im Windschatten der Hausmauer dem Naturschauspiel zusahen. Noch ein weiterer Baum fiel um, richtete aber keinen Schaden mehr an.

»Falls du noch mal übers Schicksal reden möchtest, wäre jetzt ein guter Zeitpunkt, Babe«, murmelte er in ihr Ohr. Sein warmer Atem kitzelte ihren Nacken und ließ Lisas erschauern.

Sie sagte nichts dazu und schlang ihre Arme um seine Hüften. Sobald der Sturm eine kurze Verschnaufpause einlegte, liefen sie Hand in Hand in die Garage, die John mit den Rolltoren absicherte. Dann führte er sie durch den Garageneingang ins Haus, das Lisa nur flüchtig betrachtete. Sie stand noch völlig unter Schock und war fast zu einem Eiszapfen erstarrt. John brachte sie schnurstracks in ein geräumiges Badezimmer im ersten Stock, in dem eine große Badewanne auf Löwenfüßen stand. Er drehte den Wasserhahn auf und gab Badesalz dazu, während Lisa ihn ganz verzückt anblickte und lächelte.

»Ich wollte immer schon mal in so einer Wanne liegen.«

Er grinste schelmisch. »Dann wird dieser Traum wohl wahr werden, Babe.« Lisa kniff die Augen bei diesem Kosewort, das er eben schon einmal gesagt hatte, zusammen und schnaubte unzufrieden. »Was? Dich stört ›Babe‹?«

»Irgendwie erfüllt das jedes Klischee.« Sie schüttelte den Kopf und winkte ab.

Doch John trat vorsichtig auf sie zu, bis sie mit dem Rücken an der Wand stand. Er stützte seine muskulösen Arme rechts und links neben ihrem Kopf ab und sah ihr in die Augen. »Du glaubst, ich nenne alle Frauen so?« Es klang eher wie eine Feststellung als eine Frage.

»Ist es nicht so?«, hauchte sie, gefangen vom Blick seiner blauen Augen.

»Ist das wichtig? Ich dachte, du wolltest dich vom Schicksal nur noch zu einer anderen Frau leiten lassen?«

Sie rollte mit den Augen und wollte ihn gerade in seine Schranken weisen, als er abrupt seinen Kopf zu ihrem Hals senkte und dort mit seiner Zunge kleine Kreise zeichnete. Lisa stöhnte auf und strich mit ihren Händen, ohne dass sie etwas dagegen tun konnte, über seine Schultern, streichelte seinen Nacken und fuhr durch sein nasses, gekräuseltes Haar. Johns Bartstoppeln kratzten sie leicht, was sie unerträglich erregend fand.

Er begann, an ihrem Ohrläppchen zu knabbern, und schob ihre nassen Haare zur Seite. Sein starker Körper drängte sie gegen die Wand, strich ihr Bein hinab und winkelte es an. Dann platzierte er sich zwischen ihre Beine und rieb sich an Lisa. Er schob die ruinierte, nasse Bluse über ihre Schultern und zerrte an dem darunterliegenden BH.

In Lisas Kopf erinnerte sie eine sehr zaghafte Stimme daran, dass sie damit hatte aufhören wollen. Doch für diese Form der Gedanken ließ ihr Körper keinen Raum. Sie sehnte sich nach Johns nackter Haut auf ihrer und seinen Händen in ihrem Haar, die es vollkommen zerwühlen würden. Sie wollte seinen Körper mit ihrer Zunge erforschen und gemeinsam diverse Höhepunkte erreichen.

Diesmal protestierte Lisa nicht und half dabei, ihren schlichten BH und alles andere auszuziehen. John glitt mühelos aus seiner Kleidung und führte Lisa zu der Wanne, die inzwischen fast bis zum Rand mit heißem Wasser gefüllt war. Er drehte den Hahn zu, wandte sich zu ihr um und betrachtete sie begierig.

Obwohl Lisa nackt vor ihm stand, fühlte sie sich seltsam wohl. Sein offen gezeigtes Verlangen nach ihr ließ sie die überflüssigen Pfunde, die sie nie loswurde, oder die viel zu helle Haut mit den unzähligen Sommersprossen vergessen. Sie fühlte sich nicht nur sexy, sie wollte ihn ganz und gar verführen. Mit einem verführerischen Blick auf ihn stieg sie in die Wanne, John folgte ihr wortlos und setzte sich so, dass sie zwischen seinen Beinen lag.

Eine Weile blieben sie so liegen, lauschten dem pfeifenden Wind und den klappernden Fensterläden. Das heiße Wasser und der wohltuende Duft entspannte sie beide. Dann glitten Johns kräftige Finger über ihren Körper, und Lisa zuckte vor Lust zusammen. Immer wieder strichen seine Daumen über ihre Brustwarze, die sich vor Erregung zusammenzog. In ihrem Rücken spürte sie seinen geschwollenen Penis, der zu pulsieren schien. Er küsste ihren Nacken, ihren Hals, leckte und biss ihre empfindliche Haut. Schließlich streichelte er ihren Bauch, glitt zärtlich über die Innenseite ihrer Schenkel, die er spreizte, hielt jedoch immer wieder kurz vor ihrer intimsten Stelle inne.

Dieses neckische Spiel trieb Lisa fast in den Wahnsinn, und sie wölbte sich ihm lustvoll entgegen. Der Anblick dieser Männerhände, die ihre Leidenschaft auf diese neue Art in die Höhe trieb, machte sie wahnsinnig. Kein Mann hatte sie je so angefasst. Es war eine süße Qual, von der sie nicht genug bekommen konnte.

»Bald halte ich es nicht mehr aus, Babe«, wisperte er zu ihrer Überraschung plötzlich in ihr Ohr, und ein erregender Schauer glitt über sie, als sein heißer Atem ihre Ohrmuschel streifte. Sie tat doch gar nichts – er war es doch, der sie liebkoste. Sie wollte ihm gerade sagen, dass er sich nicht zurückhalten sollte, als seine Finger endlich zu ihrem warmen, weichen Fleisch fanden.

Lisa stöhnte laut auf. Ein Geräusch, für das sie sich bei Ethan geschämt hätte. Nicht so bei John.

»Ja, Babe ... komm für mich. Lass mich hören, wie sehr du es willst.« Seine raue, heisere Stimme sprach für seine eigene Lust.

Immer wieder umkreiste er ihre Klitoris, bis der Höhepunkt Lisa den Atem raubte und sie unter Johns Berührungen verging. Sie kostete den Orgasmus bis zur letzten Sekunde aus.

John streichelte jeden Zentimeter ihrer Haut, den er von seiner Position berühren konnte, doch Lisa wollte mehr. Trotz ihres Höhepunkts war ihre Sehnsucht nach John keineswegs gestillt worden. Insofern das überhaupt möglich war, wollte sie ihn noch mehr. Sie wollte ihn in sich spüren.

Sie wandte sich zu ihm um, blickte in seine vor Lust dunklen Augen und lächelte lasziv. Ein warmes Gefühl breitete sich in ihrem Inneren aus. Sie griff zu dem Duschgel, das neben ihnen stand, gab eine kleine Menge davon auf ihre Hand und begann, John zu waschen, ihn zu berühren. Sie zeichnete jeden seiner eindrucksvollen Muskeln nach, ehe sie tiefer glitt und seinen zum Zerreißen gespannten Schwanz zu fassen bekam. Sie glitt auf und ab, zuerst langsam, dann schneller und beobachtete verzückt, wie er den Kopf in den Nacken warf und sich unter ihren Berührungen wand. John richtete sich auf, und Lisa wusch ihn mit Wasser, ehe sie sich hinabbeugte und seinen Steifen mit dem Mund aufnahm.

»Verfluchte Scheiße, Babe«, rief John und berührte ihren Kopf mit seinen Händen. »Ich will dich … ich will dich ficken, und zwar sofort!«, knurrte er, unterbrach ihren Blowjob und stieg eilig aus der Wanne. Er reichte ihr eine Hand, um ihr hinauszuhelfen, trocknete sich notdürftig ab und tat das auch bei ihr. Anschließend hob er sie auf seine Arme und trug sie mühelos aus dem Bad. Er lief den Flur entlang, ehe er die Tür zu einem Zimmer öffnete und Lisa auf eine weiche Matratze legte.

»Bleib genau da«, ordnete er in einem Ton an, der keinen Widerspruch duldete, und kramte in einer Schublade. Als er zurückkehrte, rollte er ein Gummi über seinen Schwanz und legte sich auf sie. »Ich hoffe, du hast dieses Mal nicht vor abzuhauen, denn ich habe noch einiges mit dir vor, Babe.«

Ein Kichern entwich Lisa, und sie murmelte: »Das kann ich mir um nichts in der Welt entgehen lassen.«

»Richtige Antwort!« Endlich drang er in sie ein und hielt jedes unausgesprochene Versprechen.

* * *

Der Sturm war auch knappe zwei Stunden nach ihrem gemeinsamen Bad nicht abgeflaut, und Lisa stand in eines von Johns Hemden gehüllt vor der großen Fensterfront des Wohnzimmers, von der aus man aufs Meer blickte. Die traumhafte Lage allein machte das Haus schon einzigartig. Lisa sah den Wellen dabei zu, wie sie hoch über den Sandstrand gegen die Klippen schlugen. Der dunkle Himmel wurde immer wieder von Blitzen erhellt, das Donnergrollen hörte sich bedrohlich an. Doch sie empfand keine Angst. Sie fühlte sich ungewohnt sicher, trotz des vorigen Erlebnisses mit dem Baum.

Johns Zuhause war ganz anders, als sie es sich vorgestellt hatte. Es war kein trendiges Loft mit modernen Möbeln und allerhand Hightech, sondern es war hell und in freundlichen Farben gestrichen. Die Möbel waren klassisch modern, und in jedem Zimmer wurde deutlich, dass hier regelmäßig Kinder lebten. Der große Sitzsack, der im Wohnzimmer vor dem Fernseher lag, die Kinderbücher in den Regalen, die gemalten Bilder und die unzähligen Fotos zweier hübscher Mädchen waren nur die auffallendsten Dinge. Im Badezimmer hatte Lisa Hello-Kitty-Zahnbürsten, bunte Tritthocker, farbenfrohe Waschlappen und kuschelige Bademäntel in Tierform gesehen. Im Flur standen Sitzhocker, aus denen der Arm eines Stofftiers herausragte, und auf dem Podest im Wohnzimmer, das über mehrere Stufen zu erreichen war, waren neben einem Piano mehrere Instrumente aufgestellt. Ein Keyboard war in Kindergröße eingestellt, und eine Kindergitarre hatte Lisa ebenfalls gesehen.

Ein paar Bilder zeigten eine schöne Frau, die ohne jeden Zweifel die Mutter seiner Kinder und damit seine Ex-Frau war. Dieser Anblick nagte überraschend stark an ihr, wozu sie kein Recht hatte. Dennoch konnte sie nichts dagegen tun.

Sie holte tief Luft, weil das warme Gefühl, das sich in ihrem Inneren ausbreitete, ihr Angst machte. Sie hatte John natürlich von

Anfang an attraktiv, sein Lächeln und den Ausdruck in seinen Augen schon von Beginn an anziehend gefunden, und der Sex hatte all ihre Erwartungen noch übertroffen. Außerdem hatten sein gutmütiger Charakter, seine Rücksichtnahme und Gelassenheit sie für sich eingenommen. Sie stieß den angehaltenen Atem aus und schüttelte den Kopf. Das war so typisch für sie. Sie stürzte sich nach einer Liebeskatastrophe augenblicklich in das nächste Abenteuer. Dabei hatte sie heute Nachmittag nur herfahren wollen, um ihm die Meinung zu sagen.

Sie wusste nun, dass das eine Lüge gewesen war – Lisa hatte sich erst selbst dabei ertappen müssen. Sie hatte ihn wiedersehen wollen. Doch sie fürchtete sich vor dem Gefühl, das John in ihr auslöste. Sie mochte ihn!

Er war zwar Teil einer Rockband, äußerst attraktiv und vielleicht sogar ein Frauenheld, aber er war vor allem ein Vater, der offenbar sehr an seiner Familie hing. Das waren Eigenschaften an einem Mann, die man nicht so oft fand. Vor allem Lisa begegnete solchen Männern nicht oft, und wenn sie es doch tat, waren sie verheiratet. Zumeist fiel sie aber auf Betrüger oder auf solche Männer rein, die in ihr nur einen Zeitvertreib sahen. Die letzte große Enttäuschung, Ethan, war noch keine Woche her – war sie wirklich schon wieder bereit, ihr Herz erneut zu verlieren? Wies das Schicksal ihr diesen Weg, indem es über Johns Haus förmlich eine entsprechende Leuchtreklame angebracht hatte? Lisa schüttelte den Kopf, um ihre durcheinanderwirbelnden Gedanken zu ordnen. Vielleicht wurde es für sie Zeit, sich eine Weile treiben zu lassen.

Sie verschränkte die Arme vor der Brust und nahm plötzlich ein Geräusch hinter sich wahr. Als sie sich umwandte, erblickte sie John. Er hatte sich eine Jeans angezogen und lehnte mit ebenfalls verschränkten Armen am Türrahmen der Küche und sah sie einfach nur an. Sein Blick war derart intim, dass Lisa sich unwohl fühlte und begann, an seinem Hemd herumzuzupfen.

»Warum schaust du so?«, fragte sie errötend.

»Mir gefällt, was ich sehe. Darf ich da nicht gucken?« Sein Mund verzog sich zu einem Lächeln, das wiederum Lisa lachen ließ.

Sie schüttelte den Kopf und wechselte lieber das Thema. »Du hast ein wunderschönes Haus. Ich liebe diese Aussicht!«

John kam langsam auf sie zu und antwortete: »Du solltest diese Aussicht genießen, wenn die Welt nicht gerade untergeht. Zum Beispiel bei Sonnenaufgang oder -untergang. Es ist atemberaubend!«

»Kommen dir hier die Ideen für deine Songs?«

Er nickte und kratzte sich am Kopf. »Die Ideen habe ich in den verrücktesten alltäglichen Momenten, aber ich setze sie hier um.« Er deutete auf das Klavier, das auf dem Podest vor der Fensterscheibe stand.

»Ich finde es großartig, wenn man seine Gefühle auf diese Art und Weise ausdrücken kann. Manchmal ist es so schwer …«

Er umfing Lisas Gesicht mit seinen großen Händen und beendete ihren Satz: »… sie mit einfachen Worten auszudrücken. Ja! Aber eine gute Melodie bewirkt, dass einfache Wörter wie ›weiche Haut‹ gleich so viel mehr bedeuten.« Dann fuhr er mit seinem Daumen über die zarte Haut an Lisas Hals, was einen Schauer über ihren Körper jagte. Draußen wurde es immer dunkler, und durch den Ausfall des Stroms blieb es, bis auf die einzelnen Blitze, auch drinnen finster, doch Lisa konnte Johns Augen genau erkennen und fühlte sich gesehen wie lange nicht mehr. Das war ihr so fremd, dass sie den Moment sofort ruinierte. »Ist der Strom endgültig weg?«

John lächelte verschmitzt und ließ von ihr ab. »Ich fürchte ja. Wolltest du jemanden anrufen?« Seine Frage hörte sich beiläufig und nur milde interessiert an, aber Lisa glaubte, Unzufriedenheit in seinem Gesicht abzulesen.

Lisa nickte beiläufig. »Abby. Mein Akku ist allerdings leer.« Nachdenklich sah sie wieder aus dem Fenster auf das tosende

Meer. Es war traurig, aber es gab niemanden, der sich für einen Anruf von ihr wirklich interessiert hätte. Ihre Schwester war genervt von ihr und über die Feiertage zu ihrer Freundin geflüchtet. Tante Margie war sicher längst betrunken oder genoss die sturmfreie Bude mit einem ihrer Liebhaber. Lizzy und Mia erwarteten heute keinen Anruf mehr von ihr, und ihre Mutter ... die würde ihren Namen kaum noch mit ihrer Tochter in Verbindung bringen. Wen hätte sie also noch anrufen sollen? Plötzlich fühlte sich Lisa völlig allein auf der Welt. Würde die Welt untergehen, mit wem würde sie die letzten Stunden ihres Lebens verbringen? Sie unterdrückte die aufsteigenden Tränen, was John jedoch bemerkte.

»Hab ich was Falsches gesagt?«, fragte er vorsichtig, und Lisa schüttelte den Kopf.

»Nein«, versicherte sie schnell und wischte sich über ihre Augen. »Es ist nur ... Hast du dich je vollkommen allein auf dieser Welt gefühlt?«

John dachte einen Moment nach, und Lisa schämte sich bereits für diese Offenbarung, als er sich räusperte und antwortete: »Jeden Tag seit meiner Trennung von Maureen.«

Das überraschte Lisa. »Es muss schwer sein, nach einer so langen Beziehung allein zu leben.«

»Das Schlimmste waren die Nächte. Vorher lag mindestens ein Mensch neben mir, wenn nicht sogar drei. Doch plötzlich war da niemand mehr, der nachts in mein Bett kam oder zum wiederholten Mal eine Gutenachtgeschichte hören wollte. Ich war in dieser Stille der Nacht regelrecht gefangen. Noch heute ist der erste Abend nach dem Besuch meiner Kinder der härteste. Ich weiß, das klingt verrückt: Ich bin ein umjubelter Star einer Band und jammere über das Alleinsein. Aber in Wahrheit isoliert einen dieser Job unglaublich. Man kann nicht losziehen und einen draufmachen, ohne am nächsten Tag in der Zeitung davon zu lesen. Wenn man eine Frau trifft, weiß man nie, woran sie tatsächlich interessiert ist.« Er schwieg kurz. »Ich glaube, irgendwann ist man von all diesen schlechten Erfahrungen so ermüdet, dass man sie nicht mehr machen möchte.« Er sah sie an. »Verstehst du, was ich meine?«

Lisa nickte, auch wenn sie sein Leben das erste Mal von dieser Seite betrachtete. Natürlich hatte sie durch Mias und Lizzys Beziehungen zu Nic und Liam die Folgen des Starrummels mitbekommen, trotzdem wusste man als Außenstehender nie so richtig, wovon sie sprachen.

»Deine Ehe ist daran zerbrochen?«, fragte sie leise.

Er zuckte mit den Achseln. »Zum Teil, ja. Aber als wir uns verliebten, da war ich noch nicht berühmt. Wir waren jung, wussten beide nicht, wohin uns das alles führt. Dann kam der Ruhm und das Geld, und plötzlich wurde es immer schwieriger für Maureen, mit der oft wochenlangen Trennung klarzukommen. Wir haben alles versucht, denke ich. Seit einiger Zeit ist Maureen nun mit einem anderen Mann verheiratet. Es ist also für immer vorbei.«

»Und dennoch fragst du dich regelmäßig, ob ihr nicht doch noch eine Chance habt?«, fragte Lisa vorsichtig.

John sah sie nachdenklich an und nahm eine ihrer Hände in seine. »Jeden Tag. Aber wann ist man jemals völlig sicher?« Er seufzte und fügte dann hinzu: »Und du? Fühlst du dich allein auf dieser Welt?«

»Guter Schachzug, Mr McDermit«, entgegnete sie lächelnd und wurde wieder ernst. »Trotz Lizzys Einladung hatte ich vor, mein Weihnachten allein vor dem Fernseher zu verbringen und dabei Frühlingsrollen und Hähnchen süßsauer aus der Pappschachtel zu essen … Und wenn man nicht mal an Weihnachten eine nervtötende Familie besuchen muss, ist man wohl ziemlich allein.«

»Selbst wenn man eine hat, heißt das nicht, dass man weniger allein ist.« Einer von Johns Daumen zeichnete kleine Kreise auf Lisas Handrücken, und sie genoss diese Form der Intimität. Gewissermaßen fühlte sie sich entblößter als in Johns Bad und Bett kurze Zeit zuvor.

»Mag sein, aber ich wünsche mir dennoch Menschen um mich herum. Jedes Mal, wenn ich Lizzys und Mias Familie miteinander erlebe, überfällt mich ein Gefühl von Neid. Ich schäme mich zwar dafür, aber ich kann nichts dagegen tun. Diese Familien sind einfach wunderbar.«

John stimmte lachend zu. »Ja, aber Familie bedeutet auch Verantwortung. Es bedeutet, dass man nicht fortgeht, wenn es schwierig wird. Das ist auch nicht für jeden was.«

»Du bist nicht fortgegangen, als es schwierig wurde?«

»Nein, niemals. Ich bin kein perfekter Ehemann und Vater gewesen, aber ich bin immer für meine Mädchen da.« Lisa fragte sich, ob er mit »meine Mädchen« auch seine Ex-Frau meinte. Ein nagendes Gefühl von Eifersucht erfüllte sie. Warum gab es keinen Mann, der so für sie fühlen wollte? Wo waren diese Kerle nur?

»Da das Schicksal dich hier festsitzen lässt, würde ich vorschlagen, dass wir diese Fügung annehmen und uns heute nicht allein fühlen, okay?« Er küsste Lisa aufs Haar und zog sie hinter sich her. »Komm, wir schauen mal, was der Kühlschrank so hergibt, bevor alles verdirbt.«

John war ein ganz ausgezeichneter Koch, zumindest behauptete er das von sich selbst. Denn ohne Strom konnten sie sich nur ein Sandwich machen. Trotzdem dekorierte er das mit lustigen Männchen, die er aus einer Gewürzgurke schnitzte, und Lisa lachte, als ihres ein Röckchen aus einer halben Minitomate trug. Sie nahmen nebeneinander am Tresen der kleinen Küchentheke Platz. Lisa inhalierte ihr Sandwich förmlich, was John grinsend dazu brachte, ihr ein weiteres zu machen.

»Wann hast du das letzte Mal was gegessen?«

Lisa dachte angestrengt nach. Der Morgen mit Lizzy fühlte sich meilenweit oder tagelang entfernt an. »Ursprünglich wollten Lizzy und ich mit Mia frühstücken gehen. Aber dann kam der Notanruf von Mia, weil sie bereits Wehen hatte und nur noch liegen darf. Wir haben dann die letzten Erledigungen für sie gemacht.«

»Es ist noch zu früh für das Baby, oder?«

Lisa nickte, und es erwärmte ihr Herz, dass John sich bestens mit diesen Dingen auskannte.

»Nach einem gefühlten Marathon waren wir dann bei Jeff, als meine Schwester mir von dir erzählte, und dann habe ich deine Adresse aus Lizzy herausgepresst.« Sie grinste schelmisch, wobei sie sich ein klein wenig wie eine Drama-Queen vorkam. Johns Augen leuchteten. »Ein bisschen melodramatisch. Das gebe ich ja zu.«

»Ich weiß nicht, ob du dich mit Kindern auskennst. Aber ich habe zwei Mädchen, die sich wie Madonna aufführen, wenn man ihnen den falschen Haarreif anziehen will. Es gibt also nicht viel, was mich beim weiblichen Geschlecht noch überraschen kann.« Lisa kicherte hinter vorgehaltener Hand und nahm das frisch zubereitete Sandwich entgegen. »Vielleicht war es auch nur ein Vorwand deines Unterbewusstseins, weil du mich in Wahrheit sehen wolltest, um bestimmte Dinge zu tun …« Er hob grinsend die Brauen, und Lisa verdrehte die Augen.

»Du bist gar nicht von dir selbst überzeugt, was?«

»Ich sage nur, wie es ist. Außerdem genieße ich deinen Besuch sehr. Denn in dieser Nacht kannst du – ohne Auto und im Sturm – nicht klammheimlich verschwinden, sodass ich all diese Dinge mit dir tun kann, die seit unserer ersten Nacht in meinem Kopf herumschwirren.« Er grinste anzüglich, und Lisas Mund blieb offen stehen. »Falls du es doch versuchst, weiß ich ja jetzt, wie ich dich dazu bringe, zu mir zu kommen. Ich werde einfach deine Schwester aufsuchen …«

»Dass ich abgehauen bin, wirst du mir so schnell nicht verzeihen, was?«

»Nun, das gehört ja auch nicht zur guten Kinderstube, oder?«

»Eine Frau auf der Ladefläche eines Pick-ups zu verführen, während der Gärtner noch da ist, wohl auch nicht«, bemerkte sie spitz, und John verschluckte sich fast an den Krümeln seines Sandwiches. Er hustete und trank einen Schluck Wasser. Lisa schenkte ihm ein Lächeln.

»Hast du noch Hunger?«, fragte er schließlich heiser.

»Wieso?«, fragte sie, während sie die Remoulade von ihren Fingern schleckte.

Seine Augen wurden schmal, und er nahm ihre Hand und legte sie auf sein Bein. Dann führte er ihre Finger behutsam seinen Schenkel entlang nach oben. Lisa bekam große Augen, und ein wissendes Lächeln umspielte ihren Mund.

»Diese Nacht gehörst du mir«, raunte John ihr zu, und dieser eine Satz versprach all die wundervollen Dinge, die Lisa sich wünschte. Eng umschlungen gingen sie in sein Schlafzimmer.

6

Es ist großartig, dass du das für Mia machst«, sagte Sophie. Lizzy, die gerade die Weihnachtssocken der Kinder befüllte, nickte unwirsch und nahm von Sophie die kleine Figur entgegen, die Josh sich so sehnlich für sein Piratenschiff wünschte. »In der Familie macht man so was eben füreinander!«

»Ja, das ist wohl richtig, Lizzy. Familie und Freunde tun solche Sachen. Sie sind füreinander da, wenn es einem schlecht geht.« Die alte Dame sah Lizzy bedeutungsschwer an, wodurch sie innehielt.

Das war mal wieder typisch für Liams Großmutter. »Ich weiß nicht, was du meinst, Sophie. Mia ist diejenige, die gerade eine schwere Zeit durchmacht.«

»Na, na, na, Elizabeth Donahue! Selbst deine Mutter hat mehr Talent zu lügen.«

Lizzy ergab sich, ohne überhaupt den Versuch zu unternehmen, es weiter abzustreiten. Sie vergewisserte sich nur, dass Liam außer Hörweite war, und zischte dann: »Bist du wieder allwissend, was?«

»Es ist ein Segen und ein Fluch.« Sophie zuckte mit den Schultern. »Ich kann nichts dagegen tun. Ich weiß halt gern, was in meiner Familie wirklich los ist.«

»Und hältst uns damit alle ordentlich auf Trab. Manche Geheimnisse sind eben genau das, weil man noch nicht bereit ist, sich damit auseinanderzusetzen.«

»Nein, meine Liebe, das ist nicht wahr. Geheimnisse zerstören Vertrauen. Und ist dieses erst einmal zerstört, ist die Liebe auch schnell vorbei.« Lizzy schluckte und erwiderte nichts darauf, weil sie wusste, dass Sophie damit recht hatte. »Was quält dich nur so?«

»Woher weißt du es?«, fragte Lizzy statt einer Antwort. Plötzlich dachte sie daran, dass es Liam vielleicht auch aufgefallen war, wenn sie nicht mal Sophie täuschen konnte.

»Du strahlst immer wie die Sonne, und seit Liam an deiner Seite ist, leuchtet ihr beide noch viel heller. Aber seit eurer Verlobungsfeier ist dieses Strahlen weg.«

»Das heißt, er weiß es auch?«

»Liam kommt viel mehr nach Alan als Mia. Er ist viel melancholischer und auch feinfühliger. Ich denke, wenn er es nicht bereits ahnt, dauert das nicht mehr lange. Aber, Liebes, was kann so schlimm sein, dass du es ihm nicht erzählen kannst?«, fragte Sophie und legte mitfühlend eine Hand auf ihren Arm.

Lizzy schluckte. Sie ahnte, es würde ihr guttun, endlich über ihre Sorgen zu sprechen, doch in diesem Moment ertönten Liams und Nics feixende Stimmen. Sie trugen den bombastischen Weihnachtsbaum ins Wohnzimmer, und der Moment, sich Sophie anzuvertrauen, war vorüber.

»Wie sieht es bei euch Ladys aus?«, fragte Nic und griff nach einem Bier. Ein weiteres reichte er Liam, das andere bekam Sophie.

»Möchtest du auch ein Bier, Lizzy?«, fragte Liam, doch sie schüttelte nur abwesend den Kopf. Sein Blick ruhte einen kurzen Moment besorgt auf ihr, dann wandte er sich seufzend ab. Lizzy sah ihm nachdenklich nach. Hatte Sophie womöglich recht? Wusste Liam bereits, dass etwas im Busch war?

* * *

Zuerst dachte Lisa, dass sie von den Sonnenstrahlen in ihrem Gesicht wachgekitzelt worden wäre. Doch als sie die Augen aufschlug, war es noch dunkel. Allerdings schien der kräftige Sturm nachgelassen zu haben. Es pfiffen keine Böen mehr ums Haus, und Lisa fragte sich, ob sie wohl von Sonnenstrahlen geträumt hatte. Als ein klirrendes Geräusch ertönte, blickte sie zur holzverkleideten Dachschräge hoch und lauschte. Da erklang wieder ein Rumpeln, und Lisas Hand glitt wie von selbst zur anderen Betthälfte, um John zu wecken. Diese Seite war allerdings leer. Lisa hatte gar nicht bemerkt, dass er aufgestanden war, und sie beschloss sicherheitshalber, nach dem Rechten zu sehen.

Sie stieg aus dem Bett und sah an ihrem nackten Körper hinunter. Ob es John gefallen würde, wenn sie nur mit seinem Hemd bekleidet auf die Suche nach ihm gehen würde? Sie biss sich unsicher auf die Lippen und entschied, mal etwas zu wagen. Sie legte das Hemd wieder weg und schlich sich dann auf Zehenspitzen die Treppe aus dem Dachgeschoss hinunter. Vom ersten Stock aus schaute sie über das Geländer in das weitläufige Wohnzimmer im Erdgeschoss. John war nirgends zu sehen, und so huschte sie zur Treppe. Alles war ruhig, und Lisa wollte gerade zurück ins Bett gehen, als ihr eine Gestalt auf dem Sofa auffiel.

Warum schlief John denn auf dem Sofa? Hatte er kein Interesse daran, die Nacht mit ihr in seinem Bett zu verbringen? Oder noch schlimmer: Hatte sie geschnarcht? Oder gesabbert? Sie beschloss, ihn zu wecken, beugte sich über die eingemummelte Gestalt und berührte sie an der Schulter.

»John? Komm doch wieder zu mir ins Bett«, flüsterte sie, gerade laut genug, um ihn sanft zu wecken.

Plötzlich drehte sich die Gestalt um, und im Mondschein erkannte Lisa zumindest so viel, dass es nicht John war, dem sie gerade völlig nackt ein unmoralisches Angebot gemacht hatte.

»Wenn de misch so direkt frachst …«, antwortete er, und Lisa tat das Erste, was ihr einfiel. Sie schrie überrascht auf und machte einen Satz nach hinten, stolperte über herumliegende Schuhe, landete, wie Gott sie erschaffen hatte, auf dem Po vor dem Fremden. »Vor allem, wenn du so aussiehst«, fügte er lallend hinzu und wollte Lisa helfen aufzustehen. Doch als sie seinen unsicheren Stand bemerkte, erkannte sie, dass er nicht mehr ganz zurechnungsfähig war. Mit anderen Worten: Er war sternhagelvoll.

»Was ist denn jetzt wieder los?«, ertönte Johns Stimme genervt, und Lisa wäre am liebsten im Erdboden versunken. »Lisa?«

Sie bedeckte mit einer Hand ihre Blöße, während die andere ihre Brüste verdeckte, und rappelte sich dann eilig auf. »Ja, ich«, murmelte sie trocken. Der andere Mann wankte und fiel aufs Sofa zurück.

»Ist alles okay?«, fragte er und blieb vor den beiden stehen. Er leuchtete ihr mit einer Taschenlampe ins Gesicht, was sie blendete. »Entschuldige!«

»Definiere ›okay‹«, bat sie und wandte sich beschämt von ihm ab.

»Ich dachte, du schläfst …«

»Ich bin wach geworden, hab es rumpeln gehört und hab mich auf die Suche nach dir gemacht. Ich dachte, du schläfst auf dem Sofa, und wollte dich wecken, um …«

»Sie wollte misch ins Bett mitnehmen …«

Lisa sah das Zucken um Johns Mundwinkel und war kurz davor, ihn fest zu schlagen.

»Du wolltest meinen Vater mit ins Bett nehmen?«

Lisas Augen wurden tellergroß. »Dein … dein Vater?«

»Bei dem Körper kann auch ein alter Kerl wie ich schwach werden«, murmelte der andere Mann, während er schon wieder in eine Art Dämmerschlaf fiel.

Johns Blick wanderte an Lisa hinab, und dann war es um ihn geschehen. Er lachte so laut und ausgelassen, wie Lisa ihn noch nie hatte lachen hören. Das und der Schock ließen sie an Ort und Stelle verharren. Es dauerte eine ganze Weile, bis John sich beruhigt hatte, und Lisa wartete geduldig mit vor der Brust verschränkten Armen. Nach einem letzten Blick auf den älteren Mann auf dem Sofa marschierte sie in Johns Schlafzimmer zurück. Er folgte ihr kurze Zeit später und fand sie mit der Decke über dem Kopf im Bett liegend. Sie hörte ihn wieder lachen und wurde langsam ärgerlich.

»Hast du eine Ahnung, wie schrecklich ich mich fühle?«, schnappte sie. Da spürte sie, wie Johns Körper die Matratze hinunterdrückte und er nach ihr tastete.

»Es tut mir leid, dass ich gelacht habe … aber …« Und da brach es wieder aus ihm heraus. Lisa schnaubte genervt. »Es ist das erste Mal seit langer Zeit, dass mich jemand so zum Lachen gebracht hat«, fügte er mühsam beherrscht hinzu.

Das versöhnte Lisa ein wenig, und sie sah ihn über den Rand der Bettdecke an. »Wie kommt das?«

»Keine Ahnung … ich hatte eben in den letzten drei Jahren nicht viel zu lachen.«

Lisa streckte ihre Hand nach seinem Gesicht aus und streichelte über seine Wange. »Das ist sehr schade. Denn dein Lachen ist wundervoll.«

Einige Momente verstrichen, während sie sich einfach nur ansahen. John schmiegte sich in ihre Hand. Dann prustete er allerdings wieder los, und diesmal lachte Lisa mit. Eine ganze Weile später wischten sie sich die Lachtränen aus den Augen, lagen nebeneinander und sahen zur Decke hoch.

»Erinnere mich bitte daran, dass ich in Zukunft nie wieder nackt sein werde«, bat sie eindringlich, und John drehte sich abrupt zu ihr.

»Auf keinen Fall!«

»Denk nur daran, was passiert, wenn ich es bin.«

»Oh, ich erinnere mich sehr genau an diese Sachen«, raunte er, und Lisa lächelte.

Dann hielt sie sich die Hände vor die Augen. »Dein Vater …«

»… schläft seinen Rausch aus. Wahrscheinlich kann er sich morgen nicht mal daran erinnern.«

»Das will ich schwer hoffen«, seufzte sie und schüttelte den Kopf. »Wie kam er bei dem Sturm überhaupt hierher?«

»Jeff hat ihn hier abgeliefert, da war das Unwetter schon fast vorbei.« John seufzte. »Es gibt bestimmte Tage im Jahr, da lässt mein Vater sich richtig volllaufen. Dann kommt er zu mir, um nicht allein zu sein.«

Lisa spürte, dass dies ein schwieriges Thema war. »Darf ich fragen, was das für Tage sind?«

»Tage, die er sonst mit meiner Mutter verbracht hat.«

»Ist sie …«

»Ja, vor fast drei Jahren. Ein Schlaganfall. Es kam aus heiterem Himmel.«

»Das tut mir sehr leid.« Lisa sah ihn von der Seite an. Wieder berührte sie ihn, diesmal an der Brust, was John ein kurzes Lächeln entlockte.

»Es kam so plötzlich. Vom einen auf den anderen Tag war sie nicht mehr da. Meine Mutter war immer sehr auf ihre Gesundheit bedacht und hat viel Sport getrieben, nie geraucht und ein vorbildliches Leben geführt. Sie war auch eine begeisterte Köchin. Ich glaube, niemand wird je einen so leckeren Gänsebraten machen können wie sie. Ich versuche es jedes Jahr, aber er will nicht halb so gut wie ihrer schmecken.«

Lisa lächelte mitfühlend. »Dann hattest du ein paar harte Jahre«, stellte sie fest. »Deine Scheidung und der Tod deiner Mum …«

John nickte und drehte sich auf die Seite. Er stützte sich auf die Ellbogen und legte den Kopf in seine Hand. »Was ist mit dir? Erzähl von deiner Familie.«

Lisa sah zur Decke hoch. Wie sollte sie ihm erklären, dass sie kaum wusste, was dieses Wort bedeutete, und sich dennoch nichts sehnlicher wünschte? »Ich sagte doch: Ich bin allein.«

»Niemand ist vollkommen allein. Du hast eine Schwester. Und was ist mit euren Eltern?«

Oft war es einfacher zu sagen, dass ihre Eltern tot waren. Die wenigsten stellten danach noch Fragen, und Lisa blieb es erspart, tiefer in ihren verdrängten Empfindungen zu graben. Doch als sie schon bereit war, John dieselbe Lüge aufzutischen, sah sie das echte Interesse in seine blauen Augen und konnte es nicht.

»Tja, meine Mutter ist psychisch krank. Sie lebt im St. George Health Care.« Lisa beobachtete Johns Reaktion darauf genau, aber er zuckte nicht mal mit der Wimper.

»Was hat sie?«

»Schizophrenie.« Lisa holte tief Luft und fügte erklärend hinzu: »Das ist eine dauerhafte psychische Erkrankung. Sie hat Halluzinationen und nimmt alles um sich herum anders wahr.«

Nun war es John, der sie sanft berührte und dann ihre Hand mit seiner verschränkte. »Wie lange lebt sie schon im Krankenhaus?«

»Eine ganze Weile hat unser Leben zusammen funktioniert. So richtig schlimm wurde es erst nach Abbys Geburt. Das Jugendamt hat uns dann irgendwann zu unserer Tante Margie gebracht, die uns bei sich wohnen ließ.« Sie war noch nicht bereit, ihm ihre ganze Geschichte zu erzählen.

»Wo war euer Vater?«

Lisa ballte ihre freie Hand so fest zur Faust, dass ihre Nägel in die Handfläche drückten. »Er hat uns nach Mums Diagnose verlassen und ist nach Australien ausgewandert. Das hat einen Schub bei ihr ausgelöst und es so viel schlimmer gemacht.«

»Er hat seine Kinder bei einer kranken Frau gelassen, die sich offenbar nicht um zwei kleine Kinder kümmern konnte?«

»Ja, den Oscar für den besten Dad bekommt er nicht«, scherzte Lisa, um ihre wahren Gefühle zu überspielen.

»Hat er sich nie nach euch erkundigt?«

»Er hat uns Postkarten geschickt und versprochen, uns zu sich zu holen, damit wir uns die Koalabären ansehen können. Ich weiß noch, dass Abby zum vierten Geburtstag einen Koala als Stofftier bekommen hat, den sie bis heute unter ihrem Bett liegen hat. Doch danach haben wir nie wieder etwas von ihm gehört. Vor vier Jahren hat er aufgehört, für die Unterbringung meiner Mutter zu bezahlen, und die Scheidung eingereicht. Erst da habe ich erfahren, dass er in Cumbria lebt und eine neue Familie hat.« Die Verbitterung kroch ihr in Form von Galle die Kehle hoch. Es tat weh, ihr Leben auf die Grundgerüste der Mauern runterzubrechen, und dennoch fühlte sie sich anschließend leichter.

»Das ist hart. Es ist aber sein Nachteil. Er hat dadurch zwei wundervolle Töchter verloren.«

»Das ist lieb. Wie du siehst, habe ich eine verkorkste Familie. Und ich mache mir solche Sorgen um Abby. Sie war so klein, als all das geschah, und kann sich kaum an etwas erinnern. Man müsste meinen, ich sei das Problemkind, aber …«

»Ich denke, genau aus dem Grund, weil du alles mitbekommen hast, kannst du diese schrecklichen Dinge anders verarbeiten. Wohingegen Abby womöglich einfach sauer auf die ganze Welt ist und nicht versteht, was damals wirklich vorgegangen ist.«

»Mag sein … ich hatte immerhin Abby, um die ich mich kümmern konnte, aber sie hatte keine Verantwortung, die sie aufrecht gehalten hatte.«

»Und wer hat sich um dich gekümmert?«, fragte John.

Als Lisa seinem Blick auswich, rollte er sich halb auf sie und stützte die Ellbogen rechts und links von ihr ab, während seine Hände ihre Haare durchwühlten. Sanft liebkoste er mit seinen Lippen ihre Stirn, die Nase, die Wange und anschließend Lisas Lippen. Ihre Leidenschaft erwachte erneut und bekämpfte den jeweiligen Schmerz des anderen. Sie klammerten sich aneinander wie gebrochene Herzen, die sich vervollständigten, und verloren sich für einige Zeit ineinander.

7

chte Sonnenstrahlen versprachen einen goldenen Tag, und John lachte beim Anblick seiner Jungs, wie er seine Bandkollegen immer noch nannte, obwohl sie inzwischen längst zu Männern herangereift waren. Nachdem er nach einer unruhigen Nacht unerwartet erholt aufgewacht war und die rote Lockenpracht gesehen hatte, die über dem Kissen und seiner Brust ausgebreitet war, hatte er sich das erste Mal seit einer Ewigkeit vollkommen erfüllt gefühlt. Lisa hatte sich vertrauensvoll an ihn gedrängt und ihren Kopf auf seine Brust gebetet, und er hätte noch viel länger so daliegen können. Lisas leise Atemzüge, die Hitze ihrer Haut so nah an seinem Körper zu spüren und das Glücksgefühl, das sein Innerstes durchwärmte, hatten ihn breit und sicher dümmlich grinsen lassen.

Die Anwesenheit seines Vaters und die damit verbundene Unruhe hatten ihn dennoch aus dem Bett getrieben. Sein Vater schlief jedoch den Schlaf der Gerechten, während John mit einer frisch aufgebrühten Tasse Kaffee in der Hand das volle Ausmaß des Sturmschadens betrachtete. Unzählige Äste lagen auf dem Boden, zwei Bäume waren umgekippt und hatten nicht nur Lisas Auto, sondern auch den Zaun beschädigt. Er hatte ein Foto in die WhatsApp-Gruppe seiner Bandkollegen geschickt, die alle nach und nach ihre Bestürzung äußerten. Nicht mal eine Stunde später tauchten sie nun einer nach dem anderen auf.

Das war der Grund, warum diese Jungs nicht bloß seine Kollegen und Freunde waren. Sie waren seine Familie. Obwohl nicht das gleiche Blut in ihren Adern floss, hielt sie etwas zusammen, was noch viel wichtiger war: Liebe. Sie hatten gemeinsam und jeder für sich viel durchgemacht, und dennoch waren sie immer füreinander da. So wie auch jetzt. John öffnete Stan und Jim, die wie meistens gemeinsam erschienen. Liam kam direkt hinter ihnen, während Nic eine halbe Stunde später mit dunklen Rändern unter den Augen vor seiner Tür stand. Wie üblich hatte John die Schürze angezogen, schlug fast zwanzig Eier in die Pfanne und opferte seinen Frühstücksspeck, während er in der anderen Pfanne Pancakes machte. Die Swores hatten immer einen ordentlichen Appetit, und für ihn war es Ehrensache, dass er ihnen Frühstück machte, wenn sie vor ihrer üblichen Aufstehzeit bei ihm aufschlugen. Vom köstlichen Essensduft kam auch sein Vater wenig später in die Küche geschlurft.

»Guten Morgen, Jungs«, grüßte er die Runde, während er John die Schulter tätschelte, wie er es immer tat, wenn sie sich sahen. Sie tauschten einen kurzen, bedeutsamen Blick und kamen stillschweigend überein, nicht näher auf den Zustand seines Vaters gestern Abend einzugehen. Dafür hielt er nicht mit etwas anderem hinterm Berg. »Also, Junge, wer war diese wahnsinnig hinreißende Frau, die du diese Nacht vor mir in deinem Schlafzimmer versteckt hast?«

Sofort betrachteten ihn fünf gespannte Augenpaare. »Eine Frau?«, horchte Jim begierig auf. »Wer ist es?«

»Doch nicht etwa Lisa?«, fragte Liam höchst überrascht.

Auch Nic riss es aus seinem tranceähnlichen Zustand. »Lisa ist noch hier?«

John hob die Hand wie ein Stoppschild. »Kein Kommentar!«

»Eins kann ich euch sagen: Sie hat wahnsinnig schöne …«, begann sein Vater, und John warf ihm einen warnenden Blick zu, »… Augen.«

»Er sieht ziemlich mitgenommen aus, aber auf eine gute Art, findet ihr nicht auch?«, erklärte Jim diabolisch grinsend.

»Ja, so als wäre er in dieser Nacht ordentlich ge…«

»Ich muss doch sehr bitten, Stanley!«, warnte ihn sein Vater lächelnd.

»Verzeihung, Mr McDermit«, murmelte dieser und errötete ein wenig. Dieser Anblick entschädigte John für die Frotzeleien seiner Freunde. »Ich wollte bloß sagen, dass er ordentlich mitgenommen wirkt.«

»Natürlich«, lachte Liam.

Jim ertränkte seine Pancakes gerade im Sirup, als John die Schürze zur Seite legte und eine weitere Tasse mit Kaffee füllte. »Na, weckst du dein Dornröschen nicht mit einem Kuss?«, frotzelte Jim, und Stan feixte.

»Kein Kommentar«, rief John mit todernster Stimme.

»Ich bin doch nicht von der Presse«, empörte sich Stan, und John entgegnete lächelnd: »Nein, bloß eine Nervensäge.«

»Ich würde deine Freundin gern richtig kennenlernen«, rief sein Vater hinter ihm her.

John ignorierte ihn, schnappte sich die frisch getrockneten Kleidungsstücke von Lisa, die er auf dem Treppengeländer aufgehängt hatte, und verschwand damit eilig in der oberen Etage. Vorsichtig öffnete er die Tür zu seinem Schlafzimmer und sah Lisa im Evakostüm im Sonnenlicht stehen. Er hielt kurz inne, um diesen Anblick zu genießen, als sie sich zu ihm umdrehte.

Ihre roten Locken fielen ihr über den nackten Rücken, und John war kurz davor, erneut über sie herzufallen. Hatte er jemals eine solche Schönheit gesehen? Sie war wie eine Sirene, die ihn willenlos zurückließ. Alles, woran er denken konnte, waren ihre heißen Lippen, die diese wunderbaren Sachen mit seinem Körper anstellen konnten, und ihr weiches Fleisch, in das er sich sogleich wieder versenken wollte. Seine Jeans spannte, und das Pulsieren nahm zu. Er kämpfte gegen das unbändige Verlangen an, sie erneut unter sich zu vergraben.

»Guten Morgen, Babe.« Sie verzog das Gesicht kurz bei der Nennung des Kosenamens, und John grinste darüber.

»Guten Morgen, du bringst mir also den Kaffee hoch?«

»Ich dachte, du könntest diese Sachen gut gebrauchen und bräuchtest vielleicht etwas Starthilfe.« Er zwinkerte ihr zu und deutete auf die Kleidung, die über seinem Arm hing. »Es sei denn, du möchtest noch eine Show für meinen Vater einlegen. Den hast du nämlich tief beeindruckt. Er redet von nichts anderem als von dir. Und das will was heißen. Er spricht nämlich im Allgemeinen eher wenig.«

Lisa ließ sich auf das Bett sinken und schlug die Hände vors Gesicht. »O nein! Er hat es also nicht vergessen?«

»Er kann sich an nichts mehr erinnern …«, John ging vor ihr auf die Knie und betrachtete sie eingehend. Lisas Miene hellte sich auf, »… abgesehen von der Begegnung mit dir.«

Sie boxte mit der Faust gegen seinen Oberarm, und er lachte auf. »He, das solltest du als Kompliment auffassen.«

»Ich werde dieses Schlafzimmer nie mehr verlassen!«

»Und da hätte ich absolut nichts dagegen. Wirklich gar nichts. Du könntest genau so bleiben und mit mir den Rest unseres Lebens hier im Schlafzimmer verbringen. Allerdings werden meine Kinder diesen Plan durchkreuzen. Und mein Dad möchte dich gerne kennenlernen. Komm schon, Lisa, sei kein nackter Frosch!« Nur mit Mühe unterdrückte er einen erneuten Lachanfall. Als es doch aus ihm herausbrach, warf Lisa ihm einen ironischen Blick zu. Sie nahm ihre Kleidungsstücke an sich. Als sie den frisch gewaschenen Minnie-Mouse-Slip betrachtete, lächelte sie genauso wie John.

Er wischte sich die Lachtränen aus den Augen. »Ich dachte mir, dass es dich glücklich machen würde, wenn du Minnie wieder hast.«

»Ich komme in ein paar Minuten.«

»Das Wichtigste habe ich vergessen …«, murmelte John, beugte sich vor und hob ihr Kinn leicht an. Dann küsste er sie, begierig, innig, so, dass er mehr von ihr wollte. Heilige Scheiße. Wenn diese Verrückten nicht in seiner Küche sitzen würden, könnte er sich nehmen, was er wollte. Es kostete ihn unglaublich viel Kraft, sich von ihr zu lösen.

Diesmal vollkommen bekleidet betrat Lisa wenig später den Wohnbereich. Da John ihre Bluse gestern zerstört hatte, trug sie eins seiner T-Shirts, die so groß waren, dass sie ihr auch als Nachthemd hätten dienen können. Deswegen hatte sie einen Knoten an der Hüfte gemacht, und es war ein schmaler Streifen nackter Haut zu sehen.

Dieser Anblick traf ihn sogleich mit einer weiteren Welle Leidenschaft. Was war nur los mit ihm? Er hatte so viele Frauen gehabt, die ihn keineswegs auf diese Weise berührt hatten. Der Anblick der Jungs überraschte Lisa offenbar, dann hellten sich ihre Züge wieder auf.

»Guten Morgen«, grüßte sie seine Kollegen und errötete verräterisch.

»Na hoppla! Ich dachte, du stehst nicht so auf Liverpool, John«, witzelte Jim und deutete auf Lisas Busen.

Erst jetzt bemerkte er den Aufdruck der Fußballmannschaft von Liverpool.

Stan, der Schlagzeuger der Swores, hielt sich den Bauch vor Lachen, während Nic mit starken Schatten unter den Augen in sein Sandwich biss.

»Benehmt euch, Jungs«, mahnte er und warf eines der Küchenhandtücher nach Jim, der frech grinste. Als er Lisas Blick bemerkte, lächelte er und rollte mit den Augen. »Die Kinder sind da. Willkommen in meiner Welt!«

»Bei allem, was man so hört, stehst du doch auf alles, was Bälle hat, oder, John?«, konterte Lisa. John lachte, und ein Johlen ging durch den Raum.

Nic pfiff kurz anerkennend und legte den Arm um ihre Schultern. »Richtig so! Lass dich bloß nicht von den nichtsnutzigen Kerlen einschüchtern.«

Lisa sah zu ihm hoch. »Wie geht's Mia?«

»Es geht so …« Ein besorgter Ausdruck huschte über Nics müde Züge.

Lisa beteuerte: »Wenn ich etwas tun kann, dann lasst es mich wissen, okay? Ich helfe gerne.«

»Wir kommen darauf zurück.« Nun zwinkerte er ihr gut gelaunt zu und wirkte wie der Nic, den sie alle kannten. Unbeschwert und lebensfroh. Doch John wusste es besser. Die Sorge um Mias Schwangerschaft und das ungeborene Baby hielten seinen Freund in Atem.

Liam sah Lisa dafür bedeutungsschwer an. »Was bedeutet, dass du ihnen deine Hilfe aufdrängen musst.«

»Kein Thema, sobald ich von hier weg komme.«

»Deswegen sind wir alle hier«, rief Jim und schaufelte einen Haufen Rührei auf seinen Teller.

»Echt?«

»Na, dein Auto sieht arg hilflos aus, Lisa.« Liam sah aus dem Fenster hinaus, und Lisa folgte seinem Blick. Ihr kleines Auto war von dem umgekippten Baum völlig eingekeilt und vermutlich ziemlich verbeult.

Sie seufzte besorgt. »Das heißt dann wohl, Nachtschichten schieben …«

John trat zu ihr und umfing ihre Schultern, was – wie er glücklich registrierte – sofort einen Schauer über ihren Körper jagte. Dann wisperte er in ihr Ohr: »Mach dir um die Kosten keine Sorgen. Es ist schließlich mein Baum gewesen, der umgefallen ist.«

Lisa sah zu ihm hoch und schüttelte den Kopf. »Bist du denn versichert?«

»Mach dir darüber keine Gedanken. Ich kümmere mich schon darum.«

»Darüber reden wir noch.« Sie schüttelte unzufrieden den Kopf.

»John macht es dir bestimmt auch so …«, merkte Jim an und gluckste los.

»Ja, schließlich ist er geschickt mit den Händen!« Stan grinste von einem Ohr zum anderen. Liam schubste ihn spielerisch vom Hocker, und Stan beschwerte sich lautstark. »Ich sprach von seinen Autokenntnissen.« Der Schalk tanzte in seinen Augen.

»Benehmt euch, Jungs!«, rief plötzlich sein Vater. Er kam offenbar aus dem Bad und hatte sich für Lisa ansehnlich gemacht. Finlay war eine ältere, grauhaarige Ausgabe von ihm selbst. Seine Augen glichen seinen bis ins kleinste Detail. Er war ebenso groß und breit gebaut wie John und wirkte kein bisschen schwächlich, obwohl er stark auf die siebzig zuging. John kannte die Wirkung nur zu gut, die sein Vater auf andere, selbst auch auf ihn hatte. Lisa blickte prüfend an sich hinunter, als ob sie sichergehen wollte, dass sie angezogen war. »Manchmal benehmen sich diese Kerle noch wie die kleinen Kinder, die bei uns in der Küche auf Frühstück warteten, bevor sie ihre Umgebung aufmischten.«

»Mr McDermit!« Lachend salutierten die Swores.

Johns Vater lachte auch und wandte sich dann Lisa zu. »Ich glaube, ich habe mich gestern Nacht nicht vorgestellt … Mein Name ist …«

»Nein, wohl eher nicht, Dad.« John gluckste, und Lisa verpasste ihm einen Ellbogenhieb in die Seite.

»Entschuldige, Babe«, flüsterte er ihr zu und küsste sie auf die Stirn. »Aber es bricht einfach so aus mir heraus, wenn ich daran denke.«

»Danke, Mr McDermit. Ich bin Lisa.«

»O bitte, keine Förmlichkeiten. Darüber sind wir längst hinaus, oder?« Er zwinkerte ihr zu, was Lisa erröten ließ. »Ich bin Finlay, und es gibt absolut nichts, wofür du dich schämen müsstest.« Nun grinste er leicht verschlagen.

»Ich hatte gehofft, dass Sie … äh … du alles vergessen hast.«

»Das wünsche ich mir jedes Mal, glaub mir, Kleines.« Diesmal huschte ein trauriger Zug über sein Gesicht, und John, der zum Herd zurückgegangen war, beobachtete, wie Lisa mitfühlend seinen Arm drückte.

»Achtung!«, warnte er und stellte neben Nic einen Teller mit Rührei und Pfannkuchen ab. An Lisa gewandt, fügte er hinzu: »Du solltest endlich mal was essen.«

»Um zu Kräften zu kommen?«, fragte Stan und kicherte albern.

»Hast du sie so hart rangenommen?« Ein Stöhnen ging durch den Raum, und Jim grinste breit. »Was denn? Ich frag doch nur!«

»Du bringst unsere Lady in Verlegenheit«, mischte sich Liam ein, aber Lisa winkte ab.

»Welche Lady? Und woher willst du Grünschnabel schon wissen, was eine Frau tatsächlich will?« Nic lachte und bedeutete Lisa einzuschlagen, was sie sofort machte.

»Ich werde von den Mädels nur so umschwärmt … ich weiß, wovon ich rede«, empörte sich Jim.

»Ach ja? Und wie oft kommen deine One-Night-Stands zurück?«, fragte sie und begann mit ihm und den anderen Jungs eine lustige Diskussion über Männer, Frauen und Affären.

»Ich muss schon sagen, ich mag die Kleine«, sagt Finlay leise zu John, der Lisa glücklich anlächelte.

»Ich auch, Dad. Ich auch«, sagte er.

* * *

Die Swores waren nach dem Frühstück etwa zwei Stunden damit beschäftigt, den Baum von Lisas in Mitleidenschaft gezogenem Wagen zu schaffen. Er war zu schwer, um ihn gemeinsam wegzuheben. Den Baum einfach vom Auto zu zerren und mit einem von Johns Pick-ups abzuschleppen, kam auch nicht infrage. Immerhin wollte Lisa den Schaden an ihrem Auto so gering wie möglich halten. Daher besorgte Liam eine elektrische Säge aus Richards Werkzeugschuppen, und sie zerstückelten den massiven Stamm.

Richard und Lizzy schlossen sich ihnen kurzerhand an, um den Vorbereitungen für das morgige Weihnachtsfest für kurze Zeit zu entgehen.

Gerade setzte sich Lizzy neben Lisa auf die Eingangsstufen zu Johns Haus. Lisa hatte die deutliche Anweisung erhalten, möglichst weit weg von der Autobergung zu bleiben, weil sie die Männer mit ihrer Sorge um den Lack in den Wahnsinn getrieben hatte.

Lizzy legte die Hände auf ihren Knien ab und stützte den Kopf darauf. »Du bist also noch hier, ja?«

Ihr wissendes Grinsen reichte von einem Ohr zum anderen, und Lisa bemühte sich gar nicht erst, sie an der Nase herumzuführen. »Sieht ganz so aus …«

»Hast du John denn wenigstens ordentlich die Meinung gesagt?«

»Auf jeden Fall! So was kann ich doch nicht auf mir sitzen lassen.« Die beiden Freundinnen grinsten.

»War das, bevor oder nachdem ihr übereinander hergefallen seid?«

Sie brachen in schallendes Gelächter aus, und John erkundigte sich: »Was ist denn bei euch los?«

»Ach, nichts weiter. Ich war nur an Lisas dramatischer Sturmnacht interessiert«, rief Lizzy zurück.

John lachte ausgelassen und zwinkerte Lisa zu, die ihn versonnen anlächelte.

»Na, wenn ich das so sehe, dann fügt sich das Schicksal ja wirklich zusammen. Ich freu mich für euch«, wandte sie sich nun leiser an Lisa.

»Ach, sei nicht albern, Lizzy. Wir haben einfach nur Sex, das ist alles.«

Ihre Freundin sah sie an, als glaubte sie ihr kein Wort. »Du willst mich wohl auf den Arm nehmen? Einfach nur Sex?«

Da seufzte Lisa. »Na gut, es ist atemberaubender und süchtig machender Sex. Das gebe ich zu.«

»So wie er dich ansieht und du ihn anschmachtest, ist da sicher noch etwas mehr.«

»Letzte Woche habe ich noch auf den Antrag eines anderen Mannes gewartet. Ist es klug, sich da direkt in die nächste Geschichte verstricken zu lassen?«

»›Es ist, was es ist, sagt die Liebe.‹ Diesen Satz solltest du dir merken. Dein Kopf entscheidet nicht darüber, was in deinem Herzen los ist. Lass dich doch einfach treiben, Lisa.«

»Und was hat mir dieses Treibenlassen in den letzten Jahren gebracht? Eine Enttäuschung nach der anderen.«

»Aber John ist anders, glaub mir. Er ist kein Schürzenjäger. Wenn er dich hierbehält, dann mag er dich. Da bin ich sicher.«

»Und was ist mit seiner Familie?«

»Das ist längst vorbei. Maureen hat vor eineinhalb Jahren wieder geheiratet.«

»Das heißt doch nichts. Manche Beziehungen sind für die Ewigkeit bestimmt. So wie Nic und Mia oder du und Liam. Euch wird nie etwas trennen.«

Lizzy blieb Lisa eine Antwort darauf schuldig. Stattdessen schaute sie zu Liam, dessen braune Locken in seine Stirn gefallen waren.

Als er über etwas lachte, das Nic gesagt hatte, fiel Lisa auf, wie Lizzy schmerzhaft das Gesicht verzog. »Lizzy?« Behutsam berührte sie die Schulter ihrer Freundin. »Ist alles in Ordnung? Du bist schon seit Tagen so bedrückt. Was ist nur mit dir? Ist was passiert?«

Lizzy sah ihr in die Augen. »Nicht hier. Ich … ich will nicht, dass Liam etwas bemerkt.«

Die Männer hatten das Auto vom Baum befreit und kamen nun auf sie zu.

Lisa nickte und fragte: »Wo dann?«

»Feierst du nun mit uns Weihnachten? Oder hast du schon Pläne mit John?«, wechselte Lizzy abrupt das Thema.

»Nein, ich habe Pläne. Ich werde –«

»Allein vor dem Fernseher sitzen? Vergiss es! Du feierst mit uns. Vielleicht feiern wir einfach alle zusammen?«, überlegte Lizzy laut und wandte sich an Nic, der eben vor ihnen zum Stehen gekommen war. »Oder meinst du, das ist zu viel Aufregung für Mia?«

»Die Ärztin sprach nur von körperlicher Belastung, die sie vermeiden soll. Solange sie ihren hübschen Hintern auf dem Sofa behält, dürfte alles gut sein. Ich glaube, Mia würde es gefallen und sie sogar genug ablenken, um die nächsten Wochen durchzuhalten.«

»Es müssen zwar noch um die eine Million Dinge erledigt werden, aber wenn jeder was macht …«

»Was hältst du davon, John?«, rief Nic eifrig.

»Wovon?«

»Wenn wir unsere Weihnachtspartys zusammenlegen? Hast du die Mädchen?«

»Sie kommen heute Abend. Ich glaube, sie fänden es großartig.« Johns Blick glitt zu Lisa. »Wirst du auch da sein?«

»So wie es aussieht …«

»Was denkst du, Dad?«

»Wie könnte ich mich denn da querstellen?«

* * *

»Dieser Plumpudding ist eine Katastrophe«, rief Lynn und sah Sophie entsetzt an. »Wie viel Scotch hast du da bloß reingekippt?«

»Es gab keine genaue Mengenangabe. Du hast nur gesagt, es soll schmecken«, gab diese zur Antwort.

»Aber jetzt schmeckt er nur noch danach.«

Sophie steckte gelassen einen Finger in den Pudding und leckte ihn ab. Lynn sah sie tadelnd an. »Stell dich nicht so an, Lynn. So ist er eben was Spezielles für uns Erwachsene. Es gibt doch auch noch Pudding für die Kinder, ganz ohne Alkohol. Dann essen die empfindlichen Pflänzchen unter uns eben den.« Damit eilte sie zu Josh, der die Lichtgirlande für den Tannenbaum intensiv studierte und ineinander verhedderte.

Lizzy kicherte über den üblichen Wahnsinn ihrer Familien, was sofort abebbte, als Celine mit einem Tablett aus Mias Schlafzimmer zurückkam. Die Speisen waren nicht angerührt, und Celine schüttelte besorgt den Kopf.

»Dieser sture Maulesel«, schimpfte Sophie und nahm das Tablett an sich. Mit festen Schritten marschierte sie erneut zu Mia und ließ alle anderen staunend zurück.

»Wenn jemand sie zum Essen bringt, dann ist es definitiv Sophie«, erklärte Lizzy.

»Du meinst den Oberfeldwebel der Kennedys?«, berichtigte sie Celine.

»Je älter sie wird, desto hartnäckiger ist sie.«

Celine schnaubte. »Und hält uns alle auf Trab.«

»Was soll bloß aus uns werden, wenn sie mal nicht mehr ist?« Lynn stimmte in Celines Lachen ein, wirkte dann aber auch sehr nachdenklich.

»Ach was, sie ist total robust und überlebt uns wahrscheinlich alle noch«, beruhigte ihr Vater sie, der mit Nic im Schlepptau zur Tür reinkam. »In Wahrheit ist ihr Selbstgebrannter nämlich ein Lebenselixier und macht sie unsterblich.«

Lynn kicherte hinter vorgehaltener Hand, während sie ihrem Ehemann gespielt empört auf den Arm schlug. »Ach, da seid ihr ja endlich. Wo ist Liam?«

»Der kommt gleich nach. Wir haben nämlich Neuigkeiten. Wir machen eine Weihnachtsparty mit John, den Mädchen und Lisa.«

»Wie bitte?« Celine schienen die Augen auszufallen.

Auch Lynn sah nicht begeisterter aus. »Seid ihr verrückt geworden?«

»Warum?«, fragte Nic.

»Mia soll sich ausruhen. Sie ist in keiner guten Verfassung, fürchte ich.« Lynn schüttelte tadelnd den Kopf.

»Sieh dir diese zwei Glucken nur an ...« Richard wich dem in seine Richtung fliegenden Küchenhandtuch vorausschauend aus.

»Ebendeswegen dachte ich, dass das eine ganz hervorragende Idee ist, Mum. Mein Mädchen will ein Weihnachtsfest, das es in sich hat, und sie ist frustriert, weil sie das nicht haben kann. Solange sie vom Sofa aus den Trubel genießt, ist doch alles gut«, erklärte Nic.

»Ich halte das ...«, begann Celine, wurde von Sophie aber lautstark unterbrochen.

»... für die beste Idee, die dieser vermaledeite Superstar je hatte!« Sie stellte das leer geputzte Tablett vor ihnen ab. »Mia ist eine Kennedy und braucht ihre Familie und Freunde um sich. Dann wird sie die letzten Wochen schon noch schaukeln.«

»Meinst du wirklich, dass das eine gute Idee ist?«, fragte Celine besorgt.

»Aber sicher. Sie geht euch da oben ein wie eine Primel, wenn das so weitergeht.«

Liam kam als Letzter in die Küche. Er sah alle der Reihe nach an und fragte dann: »Was ist hier los?«

»Mia sollte doch besser etwas Ruhe haben, oder?«, fragte Celine.

Liam nahm die Hände seiner Mutter und sah sie gespielt ernst an. »Mum, es tut mir leid, dir das zu sagen. Aber es gibt kaum eine Familie, die lauter ist als unsere.«

»Da hat er recht, Celine. Außerdem hasst Mia Ruhe. Solange sie sich im Sitzen amüsiert, ist sicher alles in Ordnung.«

»Was sagst du dazu, Lizzy? Du bist so ruhig?«, horchte Richard nach.

»Ich finde die Idee großartig!« Langsam musste sie sich zusammenreißen, wenn sogar ihr Vater bemerkte, dass sie nachdenklich war.

»Ich hol noch etwas mehr von dem Punsch!«, rief Liam, zwinkerte ihr zu und bedeutete ihr, ihm zu folgen.

»Ich fahr mit Liam mit«, entschied sie und lächelte bei Liams erwartungsvollem Gesicht.

»Du willst dem Familienwahnsinn für kurze Zeit entfliehen und heimlich etwas knutschen? Ich bin sofort dabei.«

Lizzy lachte, als er sie auf die Arme hob und zur Tür trug. »Warte, wir müssen fragen, ob noch jemand was braucht.«

»Sie sollen uns eine Nachricht schicken«, erklärte Liam, und schon fiel Mias und Nics Tür hinter ihnen ins Schloss.

* * *

Eine gute Stunde später legte Lizzy ihren Kopf auf Liams nackter Brust ab und malte mit dem Zeigefinger kleine Herzchen auf seine Haut. Wie immer hatten sie sich mit tiefer Leidenschaft geliebt. In solchen Momenten zweifelte sie nicht eine Sekunde daran, dass sie gemeinsam alles schaffen könnten. Doch jetzt, da der Verstand langsam wieder einsetzte, lastete die Bürde ihrer Unfruchtbarkeit schwer auf ihr.

Sie zweifelte nicht an Liams aufrichtiger Liebe, und bis zu der Verlobungsfeier hätte sie nie an ein Leben ohne ihn gedacht. Sie wollte ihm so gern von allem erzählen und sehnte sich nach seiner Umarmung, die sie in Sicherheit wiegen würde. Sie wusste, er würde sie niemals deswegen verlassen. Niemals. Aber was wäre, wenn sie in zehn oder zwanzig Jahren genug voneinander hätten? Wenn sie plötzlich in jedem seiner Blicke auf fremde Kinder die Sehnsucht, selbst Vater zu werden, erkennen würde? Könnte sie diese Bürde ertragen, und zwar ein Leben lang, wenn sie genau wusste, dass es einen Zeitpunkt gegeben hatte, an dem sie es hätte verhindern können?

»Woran denkst du, Lizzy?« Liams Stimme klang ernst, und er betrachtete sie besorgt.

Sie musste ihm endlich die Wahrheit sagen! Lizzy räusperte sich. Leise sagte sie dann: »Ich denke an uns, Liam.«

»Und warum siehst du dann so aus, als hättest du gammeligen Fisch gegessen?«

»So sehe ich aus?«, versuchte sie zu scherzen.

Liams Hand streichelte ihre Wange, hob sanft, aber bestimmt ihr Kinn an, sodass sie ihm in die Augen sehen konnte, die ihr höchstwahrscheinlich alles verzeihen würden. »Tu das nicht. Schließ mich nicht aus. Was ist es, das dich seit Tagen bedrückt? Ich bin hier an deiner Seite. Ganz egal, was es ist. Wir beide schaffen das!«

Lizzy spürte Tränen aufsteigen und schloss kurz die Augen, um sich zu fassen. »Hast du schon mal an Kinder gedacht, Liam?«

»Nun, es wäre unmöglich, nicht an sie zu denken. In dem Mäuse-Tempo, in dem Nic und Mia sich fortpflanzen, kommen sicher noch ein paar mehr auf uns zu.« Sie grinste schief, und er schien sofort zu wissen, dass ihre Frage anders gemeint war. »Das war nicht das, was du mich fragen wolltest, oder?«

»Nein, ich dachte eher an deine eigenen Kinder.«

Liam runzelte die Stirn bei ihrer seltsamen Wortwahl. »Ich dachte, wir hätten noch etwas Zeit, bis dieses Thema aufkommt.« Er zuckte mit den Schultern. Plötzlich weiteten sich seine Augen.

»Bist du etwa …?« Er setzte sich so rasch auf, dass Lizzy beinahe vom Bett gekullert wäre. Als sie sich aufrichtete, blickte sie in Liams erwartungsvolles Gesicht. Sie sah Schock, Angst und … Freude. Pure Freude. Und Stolz.

In diesem Moment erkannte Lizzy, dass er sich viel mehr wünschte, Vater zu werden, als er sich selbst eingestand. Doch es vergingen noch Sekunden, bis sie die Anspannung auflöste.

»Nein, nein … ich bin nicht schwanger«, sagte sie lahm.

Sie war nicht bereit gewesen für diese Erkenntnis, und es hatte sie kalt erwischt. Ein Teil von ihr hatte gehofft, dass Liam insgeheim ein Leben zu zweit mit vielen Reisen einem Familienleben vorzog. Diese Hoffnung war nun endgültig dahin.

Er lehnte sich entspannt zurück ins Bett und lachte vergnügt. »Jetzt hattest du mich aber ganz kurz.« Lizzy setzte ein Lächeln auf, das so falsch war wie Katie Price' Brüste, doch Liam war zu abgelenkt, um etwas zu merken. »Denkst du darüber nach?«

»Jetzt, wo deine Schwester das vierte Kind bekommt, drängt sich mir der Gedanke zwangsweise auf.«

Liam ergriff ihre Hand, die sie auf dem Bett abgestützt hatte. »He, Nervensäge, lass dich deswegen nicht unter Druck setzen. Wir haben alle Zeit der Welt.«

»Du hast recht! Ich hole kurz was zu trinken, und dann sollten wir wohl langsam mal los.« Lizzy sprang aus dem Bett und zog sich Liams Pullover über ihren nackten Körper. Dabei verhedderte sie sich so umständlich darin, dass sie nicht mehr vor und zurück kam. Erst als Liam ihr zu Hilfe eilte, brachte er Ordnung in das verdrehte Kleidungsstück.

»Wie solltest du nur je ohne mich zurechtkommen, du verrücktes Huhn?« Er gab ihr einen Kuss auf die Nase, und Lizzy verließ eilig das Zimmer.

Der Schmerz in ihrem Körper war überall, als hätte sie eine schwere Grippe und fiese Gelenkschmerzen. Plötzlich bekam sie

Atemnot und musste raus an die Luft. Sie eilte nach unten, damit Liam, falls er ihr folgen würde, sie nicht sofort sah. Eilig stieß sie die Tür zum Garten auf, und ein frischer Wind wehte um ihre nackten Beine, doch Lizzy sog hastig den Sauerstoff ein. Nur langsam beruhigte sie sich und bekam wieder genügend Luft.

Ein Fellknäuel strich um ihre Beine. Charles. Er maunzte vorwurfsvoll und sah sie entrüstet an. Er forderte sein Futter ein, und da kam auch schon Pebbles auf sie zugerobbt. In den drei Jahren, die sie nun zusammenlebten, waren sie ein dynamisches Duo geworden. Charles hatte seine helle Freude daran, Pebbles zu attackieren, was sie kaum zu stören schien. Dagegen futterte Pebbles regelmäßig sein Nassfutter weg.

Lizzy wischte über ihre Augen und bückte sich zu dem Kater, den sie auf den Arm hob und fest an sich drückte. Sie sah zum Himmel hoch und fragte sich, ob Mrs Grayson wohl jetzt irgendwo dort oben war und sie beobachtete. Lizzy vermisste ihre alte Freundin und wünschte sich nur ein weiteres Gespräch mit ihr. Mrs Grayson hätte gewusst, was zu tun wäre. Warum gab sie ihr kein Zeichen, damit sie wusste, was sie machen sollte?

Lizzy brachte ihre gesamte Kraft auf, um die Gefühle, die sie eben bei ihrem Gespräch mit Liam überwältigt hatten, zu verdrängen. Sie würde ihren Kummer nicht zu ihrem Verstand vordringen lassen. Das konnte sie ihrer Familie, Liam und vor allem auch sich selbst nicht antun. Nicht jetzt vor den Feiertagen. Eigentlich sogar niemals. Denn die alles entscheidende Frage war nicht: »Wie sollten sie und Liam je ohne Kinder leben?«, sondern: »Wie sollte sie je ohne Liam leben können?«

8

Lisa fuhr langsam mit dem Finger über die Dellen in ihrem kleinen Wagen und seufzte aus tiefstem Herzen. Wie viele Nachtschichten hatte sie geschoben, um sich diesen Gebrauchtwagen leisten zu können?

»Würdest du ihn bitte mal starten«, forderte John sie auf.

Sie setzte sich hinters Steuer, tat wie geheißen und hörte den dumpfen Ton, den der Motor machte, und auch ohne Fachkenntnisse wusste sie, dass sich dieses Geräusch nicht gut anhörte. Johns gequältes Gesicht sprach Bände und setzte dem Ganzen noch ein Sahnehäubchen mit einer Kirsche auf.

Sie legte kurz die Stirn gegen das Lenkrad und trommelte dann mit den Fäusten dagegen. »Fuck!«

»Ich sagte dir bereits, dass du dir um die Reparatur keine Sorgen machen sollst. Ich werde mich um alles kümmern.«

»Ich möchte nicht, dass du dein Geld für mich ausgibst.«

»Das hat schon lange keine Frau mehr zu mir gesagt«, sagte John und sah sie grinsend an.

Lisa schüttelte den Kopf. »Das ist komisch ...«

»Inwiefern komisch?«

»Na ja ... du weißt schon.«

»Nö, eigentlich weiß ich nicht, was du meinst!« Johns Lächeln und der Schalk in seinen Augen waren der klare Beweis dafür, dass er sie zwingen wollte, es auszusprechen. Sie setzte einen ungeduldigen Gesichtsausdruck auf, stieg aus dem Auto und knallte die Tür zu. John kam geschmeidig auf sie zu und drängte sie dagegen. Lisas Blick glitt zu Stan, Jim und Finlay. Doch keiner schien Notiz von ihnen zu nehmen. »Also was genau findest du daran komisch, wenn ich dein Auto bezahle?«

»Vielleicht, dass wir Sex haben? Ich meine, würdest du das bei jedem machen, dessen Auto während des Sturms zufällig von deinem Baum zerstört wird?«

»Ich bin sogar rechtlich dazu verpflichtet, Babe. Aber dich würde ich sogar die Farbe und Marke des neuen Wagens aussuchen lassen.«

»Siehst du?«

»Was stört dich daran?«

»Du hast gesagt, dass du es schrecklich findest, dass deine meisten Bekanntschaften nur hinter deinem Ruhm oder dem Geld her sind …«

John lachte. Doch als Lisa ihn ärgerlich von sich schob, wurde er wieder ernst. »Darüber sind wir längst hinaus, oder findest du nicht?« Er fuhr durch ihre weichen Locken und ließ seine Hände dann an ihrem Rücken hinabwandern, sodass ein Schauer ihren Körper überlief. Sie reckte sich etwas, um ihn küssen zu können.

John ließ sich nicht lange bitten und kam ihrer Forderung nach. Der Kuss war sanft und dauerte lange. Erst ein Johlen und Pfiffe unterbrachen sie.

»Wie komm ich denn jetzt nach Hause?«, fragte Lisa und biss sich auf die Lippen.

»Warum bleibst du nicht einfach?«

»Über Weihnachten?« Sie zog die Stirn kraus. »Bist du sicher? Ich meine, kommen deine Kinder nicht?«

»Sie lernen dich übermorgen ohnehin kennen, und ich hätte absolut nichts dagegen, wenn ich dich hierbehalten könnte.« Er grinste und drängte seine beachtliche Erektion gegen ihre Hüften.

Sie zuckte mit den Achseln. »Und schon hast du mich überzeugt.«

»Was ist denn bitte hier los?«, mischte sich plötzlich eine fremde Stimme ein.

In der offenen Garagentür stand eine zierliche blonde Frau, die Lisa aus grünen Augen giftig ansah. Als Nächstes erkannte Lisa die zwei Mädchen von den Fotos im Haus wieder. Sie warf einen Blick zu John, der erstarrt zu sein schien. Dieser Moment war aber sofort vorüber, und seine typische Gelassenheit kehrte zurück.

»Hallo, meine zwei Mädchen! Ihr seid schon da? Das nenn ich eine echte Überraschung«, rief er zur Begrüßung, und Lisa sah, wie beide in seine Arme rannten. Er hob sie mühelos hoch. Sofort umarmten sie ihn und gaben ihm Küsschen.

Die blonde Frau, es musste Maureen sein, begrüßte Jim und Stan mit einem knappen »Hallo«. Dann wandte sie sich an John.

»Kann ich dich kurz sprechen?«, fragte sie und duldete offenbar keinen Widerspruch. Er stellte die Mädchen sanft auf den Boden und war keine zwei Schritte aus der Werkstatt getreten, da überfiel sie ihn auch schon mit lautstarkem Geschimpfe: »Was hat das zu bedeuten? Ich dachte, wir wären uns einig gewesen, dass die Kinder keinen deiner Hasen treffen müssen?«

»Meiner Hasen?«, echote John und verschränkte die Arme vor der Brust. »Ich dachte, ihr kommt erst gegen fünf.«

Während ihre Eltern sich stritten, musterten die beiden Mädchen Lisa, die sich unter den forschenden Blicken sehr unwohl fühlte. Die Große schien genug verstanden zu haben, um ihr einen abwertenden Blick zuzuwerfen. Ihre dunklen Zöpfe waren mit Schmetterlingsklammern verschönert worden, und sie sah sehr unzufrieden aus. Sie war neun, und die Kleinere war gerade sechs Jahre alt, das hatte John erzählt. Sie hatte seine Augen und Maureens blondes Haar geerbt. So wie sie da nebeneinanderstanden, zu klein, um gegen die bösen Mächte des Lebens in den Kampf zu ziehen, und dennoch stark genug, um dem Sturm zu trotzen, erinnerten sie Lisa an sich selbst und Abby.

Bevor sie ihrem Impuls folgen konnte, davonzulaufen, trat Johns Vater aus der Zwischentür zum Haus und rief den beiden kleinen Mädchen zu: »He, ihr zwei, wer begrüßt mich denn endlich?«

Augenblicklich stürzten sie stürmisch in Finlays Arme. »Grams!«

»Warum hat das so lange gedauert? Das muss schneller gehen«, scherzte er, als sich die Arme seiner Enkelinnen um seinen Hals schlangen. Als er mit den Kindern Richtung Garagentor ging, traf sein Blick Lisas, und er lächelte aufmunternd.

»Ich habe dir gestern auf die Mailbox gesprochen, dass ich früher los muss«, rief Maureen nun von draußen laut genug, dass alle es hören konnten. »Was kann ich dafür, wenn du dein Handy nicht abhörst?«

»Mein Akku war leer, und wegen des Sturms gab es keinen Strom, wie du vielleicht mitbekommen hast.«

»Daddy, hast du jetzt Hasen?«, mischte sich die Kleinste ein und brachte damit alle Anwesenden zum Lachen. Alle außer den Hasen und die Ex-Frau.

Der Gedanke an ein gemeinsames Weihnachtsfest fuhr laut hupend an Lisa vorbei und verabschiedete sich winkend.

»Mein Auto wurde von dem Baum getroffen, und ich konnte nicht weg«, warf sie ein, um John zu Hilfe zu eilen.

Maureen hob die Brauen und schüttelte den Kopf. »Übrigens hübsches T-Shirt. Es war eines meiner letzten Geschenke an ihn.«

John zischte: »Maureen!«

Lisa fühlte sich so schlecht, dass sie bereit zur überstürzten Flucht war. Doch da kam ihr jemand Unerwartetes zu Hilfe.

»Maureen, wie geht es Eric? Ist er im Auto? Ich denke, du solltest jetzt gehen, oder meinst du nicht?«, fragte Finlay, und Lisa beobachtete mit offenem Mund, wie Maureen ihn ins Visier nahm und jedes weitere Wort hinunterschluckte. Die Wirkung hatte dieser Mann offenbar auf alle Menschen.

»Wahrscheinlich hast du recht, Finlay.«

»Natürlich habe ich das.«

»Mädchen, sagt ihr Mummy auf Wiedersehen?«, fragte sie viel freundlicher und beugte sich zu ihren Töchtern hinab, die Finlay inzwischen auf dem Boden abgesetzt hatte. Dann ging sie von John begleitet die Einfahrt hinunter.

Alle warfen sich erstaunte Blicke zu, und Stan machte »Miau!« und ahmte ein Fauchen nach. Lisa beobachtete John und sah, wie er mit Maureen sprach, die daraufhin mit heftigen Gesten in ein großes schwarzes Auto stieg, auf dessen Fahrersitz ein Mann saß, den sie nicht genau erkennen konnte. Eilig fuhr es davon, und John sah einen Moment recht verloren aus.

»Auf keinen Fall einschüchtern lassen! Hunde, die bellen, beißen nicht und fühlen sich nur bedroht«, sagte Finlay zu Lisa, und sie erschrak. Doch als sie zu ihm hochsah, lächelte er, und seine Augen waren freundlich und überhaupt nicht mehr einschüchternd. »Bauch rein, Brust raus und immer lächeln«, riet er ihr. Lisa konnte nicht anders – und lächelte.

Wie üblich hatte sich das Wetter nach so einem Sturm um hundertachtzig Grad gedreht. Die Sonne schien von einem strahlend blauen Himmel, und auch wenn es für Falmouth verhältnismäßig kühl war, so war es doch ein schönes Wetter für Weihnachten. Lisa stand auf Johns Terrasse. Sie trug ihre warme Jacke und eine Sonnenbrille, die sie im Auto gehabt hatte. Der Ausblick über das Meer und einen Teil der Stadt war atemberaubend schön. Sie konnte gut verstehen, dass John sich hier wohlfühlte. Das Haus stand auf einem Grundstück, das sanft zu einer Klippe hin abfiel, wo eine breite Holztreppe zum winzigen Strand hinunterführte. Sie wollte lieber gar nicht wissen, was er für dieses Fleckchen Erde gezahlt hatte. Dafür musste man wohl wirklich Rockstar sein, um sich so etwas leisten zu können.

Lisa hatte sich nach der Ankunft von Johns Töchtern etwas zurückgezogen, um ihnen Zeit zu geben, zu Hause anzukommen. Den Blick der ältesten Tochter hatte sie nicht vergessen, und sie fühlte sich wie der berühmte Dorn in der Fußsohle. Ob es richtig war, sich zu diesem Fest in eine andere Familie zu drängen? Ihr Verstand riet ihr, sich zurückzuziehen. Doch ihr Herz wollte keine Minute mit John missen, und so war sie bislang nur auf die Terrasse geflohen. Sie wollte es auf keinen Fall schlimmer für die beiden Mädchen machen.

Eine Scheidung war nie leicht, und auch wenn Lisas Kindheitsgeschichte eine andere war, so war sie sich vollkommen im Klaren darüber, wie die beiden sich fühlen mussten. Der Anblick der Mädchen erinnerte sie sehr an Abby und sich selbst.

Der überwältigende Drang, die Stimme ihrer kleinen Schwester zu hören, zwang sie, ihr Handy hervorzuholen. Sie hatte nur eine Nachricht von Lizzy erhalten, die ihr sagte, dass es bei übermorgen blieb. Lisa sendete ein Smiley und die Frage, was sie mitbringen sollten, zurück. Dann wählte sie Abbys Nummer. Es klingelte mehrmals, als plötzlich Abbys Stimme zu hören war. Lisa wollte sie schon freudig begrüßen, als sie die Mailboxansage erkannte.

»Bin nur ich, wie ihr hört. Aber eigentlich ist es nur die Mailbox. Ich denke, ihr wisst, wie's geht! Bye!«, trällerte Abby, und Lisa hörte enttäuscht bis zum Ende zu, ohne sicher zu sein, was sie ihr sagen wollte.

»Hey, Schwesterherz, ich liebe dich … Frohe Weihnachten!« Sie legte auf und betrachtete das Hintergrundfoto auf dem Handy, das sie und Abby in einer vertrauten Pose zeigte. Es war an dem wundervollen Tag am Meer entstanden, den sie zusammen verbracht hatten, und bestimmt schon zwei Jahre alt. Damals hatte es noch nicht diese Wut in Abby gegeben, und sie hatte ihre Schwester nicht abgelehnt. Sie steckte es eilig weg, bevor ihr Herz noch schwerer wurde, und blickte wieder auf das Meer hinaus. Ihre

Haare tanzten im Wind, und Lisa schloss die Augen, um diesen Moment voll auszukosten.

»Wen hast du gerade angerufen?«

Eine zarte Stimme neben ihr riss Lisa aus ihren Gedanken. Sie blickte nach unten und sah den kleinen blonden Engel an, der sie neugierig musterte.

»Na hoppla, du hast mich vielleicht erschreckt.«

»Charlie sagt immer, ich erschrecke sie irgendwann so, dass sie tot umfällt.«

»Charlie ist deine Schwester?«, fragte Lisa und ging in die Hocke, um mit der Kleinen auf Augenhöhe zu sein. Sie nickte, und Lisa fügte hinzu: »Und du? Wie heißt du?«

»Josie«, sagte sie und begann, auf einem Bein zu hüpfen. »Schau mal, was ich kann!«

»Wow, das sieht aber wirklich schwierig aus. Meinst du, ich könnte das auch?« Josie kicherte und nickte. »So in etwa?« Lisa begann, auf einem Bein zu hüpfen, stellte sich jedoch betont dumm an. Die Kleine presste ihre winzigen Hände vor den Mund und lachte ausgelassen, sodass Lisa mit einstimmte. »Magst du es mir noch mal zeigen? Dann lerne ich es vielleicht auch.« So ging das eine ganze Weile weiter, bis Lisa sich auf den Boden fallen ließ. »Ich brauche eine Pause, Josie. Ich muss wohl noch etwas mehr üben. Hilfst du mir auf?«

Josie half Lisa auf die Beine und fragte: »Wie heißt du?«

»Ich bin Lisa, eine Freundin von deinem Daddy.«

»Ich hab dich noch nie gesehen …«

»Das stimmt. Hast du den Sturm gestern mitbekommen? Der war schlimm, oder?«

»Das Gewitter war laut. Da hab ich richtig Angst gehabt.«

»Ich auch«, bestätigte Lisa.

»Charlie hat mich ausgelacht und gesagt, dass ich ein Baby bin, weil ich bei ihr ins Bett wollte.«

»Das hat sie sicher nicht so gemeint. Aber dein Dad hat mich und euren Großvater hier übernachten lassen, weil es draußen zu gefährlich war.«

»Bleibst du heute auch bei uns? Dann könnten wir noch was zusammen spielen.« Josies euphorisches Gesicht ließ Lisa lächeln, und sie zuckte unsicher mit den Schultern.

In diesem Moment trat John auf die Terrasse. »Was tut ihr zwei denn hier?«

»Ich hab Lisa beigebracht, auf einem Bein zu hüpfen!«, rief Josie begeistert und stürmte auf ihren Dad zu.

Er nahm sie in seine Arme und grinste. »Na, das war aber sehr nett von dir, Josie. Ich glaube, jeder sollte das können.«

»Bist du blöd. Das kann sie doch längst. Jedes Baby kann schließlich auf einem Bein hüpfen«, mischte sich Charlie ein. Sie folgte ihrem Vater missmutig nach draußen und machte ein Gesicht wie sieben Tage Regenwetter.

»Gar nicht! Lisa ist sogar hingefallen«, sagte Josie zornig.

»Na, dann verarscht sie dich eben nur!«

»Charlie! Bitte lass diese Kraftausdrücke und die Streitereien sein.« John schüttelte warnend den Kopf, und das Mädchen verschränkte die Arme vor der Brust. »Das ist übrigens Lisa, eine Freundin von mir«, fügte er hinzu und sah Charlie erwartungsvoll an. Sie hatte den Blick auf ihre Schuhe gerichtet.

John räusperte sich vernehmlich, doch Lisa half ihm und sagte: »Hi, Charlie! Ist das eine Abkürzung für einen anderen Namen?«

»Für Charlotte«, murmelte sie kaum verständlich.

»Und Josie steht für …?«

»Josephine«, vollendete der blonde Engel auf Johns Arm ihren Satz.

»Mann, ich hätte auch gern einen so schönen Namen. Aber Lisa ist einfach nur …«

»… total langweilig«, sagte Charlie verächtlich.

Lisa hob die Brauen und seufzte kurz. Sie fühlte mit dem Mädchen. Anders als Josie verstand sie viel mehr von dem, was in der Garage zwischen den Erwachsenen geschehen war. Wahrscheinlich betrachtete sie Lisa als Eindringling. Man konnte ihr nichts vormachen.

»Charlie«, ermahnte John seine Tochter erneut.

Lisa winkte ab und kicherte. »Lass nur, sie hat doch recht.« Charlie sah kurz zu ihr hoch und schien etwas überrascht. »Ich finde John auch nicht sonderlich einfallsreich …«

»Wie bitte?«, rief John entrüstet und grinste Lisa an. »Lass das mal nicht meinen alten Herrn hören.« Josie lachte vergnügt, und John setzte sie ab. Sofort begann sie, jauchzend um sie alle herumzulaufen, und er jagte ihr nach.

Mitten in diesem wilden Fangspiel trat auch Finlay nach draußen und rief alle zusammen: »Ich möchte ja nicht drängeln, aber wenn wir nicht bald den Vogel in den Ofen schieben, gibt es heute Abend nichts zu essen.«

»Ich würde mich freuen, wenn Lisa zum Essen bliebe, was meint ihr?«, fragte John und sah auf seine Kinder.

Josie hüpfte sofort begeistert auf und ab und zog an Lisas Hand. »Komm, Lisa, ich zeig dir mein Zimmer.«

Die Kleine hatte einen wahnsinnigen Charme, dem Lisa sich einfach nicht entziehen konnte. Aus dem Augenwinkel nahm sie Charlies widerwilligen Blick wahr, aber John nickte zustimmend.

»In Ordnung, dann bleibe ich wohl.« Sie ließ sich von Josie ins Haus zerren, während John mit Charlie zurückblieb.

*   *   *

»Warum bist du so schlecht gelaunt, Süße? Möchtest du mir davon erzählen?«, fragte John, sobald seine Jüngste und Lisa im Inneren des Hauses verschwunden waren.

Charlie verschränkte die Arme vor der Brust. »Nö, es interessiert dich eh nicht.«

»Das ist nicht wahr, und das weißt du auch ganz genau, Prinzessin. Ich möchte immer wissen, was bei dir los ist.«

»Warum können wir nicht mit Mum und Eric zusammen Weihnachten feiern wie letztes Jahr?«

John seufzte. Das war das grausamste Weihnachtsfest seines gesamten Lebens gewesen – zumindest für ihn. Aber das vergangene Weihnachten war auch eine Liebeserklärung an seine Kinder gewesen. Es war das erste Fest nach der Hochzeit von Maureen und Eric und damit beinahe das erste ohne seine Kinder für ihn gewesen. Deswegen hatten sie sich geeinigt, die Feiertage alle gemeinsam zu verbringen. Es waren Maureens Eltern und Erics Familie anwesend gewesen, während John mit seinem Vater im Abseits gestanden hatte. Die Kinder hatten es traumhaft gefunden. John und Finlay hatten sich hingegen, sobald alle gefahren waren, zu Hause betrunken, um diesen Tag aus ihrer Erinnerung zu löschen. John hatte keinen Hehl daraus gemacht, dass es keine Wiederholung dieser Art geben würde. Von da an hatten er und Maureen sich alle Feiertage und Ferien geteilt. Dieses Jahr fuhr Maureen mit Eric zu seiner Familie, und die Kinder kamen bis über Silvester zu ihm.

»Es tut mir leid, Charlie, aber deine Mum möchte Weihnachten mit Eric und seiner Familie feiern. Ich verstehe aber, dass du traurig darüber bist.«

»Du willst lieber mit der da feiern und nicht mehr mit Mum«, schimpfte Charlie trotzig.

»Dass Lisa hier ist, liegt an dem Sturm gestern Abend. Der umgestürzte Baum ist auf ihr Auto gefallen, deswegen konnte sie nicht wegfahren. Frag deinen Grams, der war auch hier.« Das stimmte natürlich nur zur Hälfte, aber John fühlte sich damit wesentlich besser.

»Warum fährt sie dann jetzt nicht wieder?«

»Sie ist eine nette Frau, und ich möchte, dass du auch nett zu ihr bist, Charlotte. Es ist Weihnachten, und an diesem, wie an jedem anderen Tag im Jahr, ist man freundlich und hilfsbereit zu den Menschen. Lisa würde den Tag allein verbringen. Ich finde, an den Feiertagen sollte niemand allein sein, und jetzt ist diese Diskussion beendet.«

John wusste, dass Charlies – und etwas weniger auch Josies – Sorgen anderer Natur waren. Eine neue Frau an seiner Seite bedeutete für seine Mädchen eine gewaltige Veränderung. In den vergangenen Jahren hatte er alles getan, um ihnen die Angst davor zu nehmen. Doch er konnte und wollte auch nicht sein gesamtes Leben allein verbringen, nur damit seine Töchter zufrieden waren. Und das erste Mal seit einer kleinen Ewigkeit gab es da jemanden, mit dem er sich eine Zukunft vorstellen konnte.

Er sah seiner Tochter nach, die mit gesenktem Kopf ins Haus ging, und seufzte frustriert, als sein Vater wie aus dem Nichts auftauchte. Er schien seinen üblichen Strandspaziergang hinter sich gebracht zu haben.

»Frauen«, murmelte er. »Sie machen uns unser Leben schwer, aber auch aufregender, und zwar unabhängig vom Alter.«

»Keine Ahnung, was mit Charlie los ist. Sie ist doch sonst nicht so.«

»Deine Tochter hat Angst, dass sich auch in diesem Zuhause alles verändert, und sag jetzt nicht, es sei alles wie immer. Du weißt, dass sich alles verändern würde, sobald du eine Frau in dein Leben lässt.«

John schüttelte den Kopf. »Da ist doch nicht die Rede davon«, entgegnete John. »Lisa ist mein Gast – nicht mehr und nicht weniger.«

»Ach komm schon, mein Junge. Sie ist viel mehr als das, und Charlie sieht das Gleiche wie ich. Ich habe dich selten so glücklich gesehen in den vergangenen Jahren wie heute mit Lisa. Sie bringt dich auf eine Art zum Lachen, an die ich mich vage erinnere.« Der Blick seines Vaters wurde düsterer, jedoch nur für den Bruchteil einer Sekunde. »Wenn ich dir jetzt in die Augen blicke, glänzen sie das erste Mal seit deiner Trennung von Maureen. Und da ich sie gerade erwähne, möchte ich dir ans Herz legen, dich von ihr nicht verunsichern zu lassen. Du hast ein Recht darauf, glücklich zu sein, so wie deine Ex-Frau es schon eine Weile wieder ist. Es ist schlicht biestig von ihr, dir dieses Glück nicht zu gönnen. Maureen mag deine erste Liebe gewesen sein, aber sie war nicht dafür bestimmt, die eine für dich zu sein.« Finlay blickte John fest in die Augen. »Du weißt, ich habe Maureen sehr gemocht, aber sie war unfähig, sich zurückzunehmen, um dich darin zu unterstützen, deinen Traum auszuleben. Denn du warst schon lange Zeit vor ihr mit Leib und Seele Musiker. Hatten sich andere Kinder eine Actionfigur, Bälle oder die neuesten Sportschuhe gewünscht, so kauften wir für dich ein neues Musikinstrument nach dem anderen, das du innerhalb weniger Wochen spielen konntest.« John lächelte beim Gedanken an diese Zeit. »Vielleicht hätten andere Eltern versucht, ihrem Jungen den Traum von einer Musikkarriere auszutreiben. Doch deine Mutter hatte dir und mir immer gesagt, dass Träume dazu da waren, sie zu leben. Sie war so stolz auf dich, John. Auf all das, was du heute bist: Vater und Musiker. Alles, was sie und ich uns jetzt nur noch für dich wünschen, ist eine Person, mit der du dein Leben verbringen möchtest. Jemanden, der dich so liebt, wie ich sie geliebt habe.«

»Danke, Dad. Das mit Lisa ist einfach noch zu frisch, um …«

»Ich weiß doch«, unterbrach Finlay ihn und tätschelte seine Schulter. »Ob Lisa nun die richtige Frau für dich ist, kann ich nicht sagen, aber sie ist die richtige für den Moment.« Damit ließ er John stehen und verschwand im Inneren des Hauses.

* * *

Lisa verbrachte zwei geschlagene Stunden in Josies Zimmer. Es war traumhaft schön eingerichtet, und sie zweifelte keine Sekunde daran, dass Maureen ein Händchen für so etwas hatte. Josie schlief in einem weißen Hochbett, an dem ein großer Turm ein Schloss andeutete. Unter dem Bett war ein Vorhang angebracht, auf dem etliche Blumen in den Farben Lila, Rosa und Pink aufgenäht waren. Lisa hatte ihre Zeit mit einer Tee-Party mit dem Einhorn, dem Tiger und einer Puppe namens Püppi verbracht. Sie hatte Barbiepuppen gekämmt und Püppi gewickelt. Die Krönung ihrer Spielzeit war eine Feenhochzeit mit einer wunderschön verkleideten Elfe und ihrem Traumprinzen gewesen. Dazu waren natürlich wieder das Einhorn, der Tiger und Püppi eingeladen worden. Es war selbst für Lisa so schön gewesen, dass sie die Zeit völlig vergessen hatte.

Mittlerweile malten sie auf dem Zwergen-Tisch, als Lisa einen köstlichen Duft aus der Küche wahrnahm. Josie war so vertieft in ihr Bild, dass sie Lisa kaum hörte, als sie sich abmeldete.

Angezogen von dem verlockenden Duft lief sie wenig später durch das festlich geschmückte Wohnzimmer. Der Weihnachtsbaum wirkte jetzt viel stimmiger, und ein klein wenig Weihnachtsgefühl drang zu Lisa durch. Auf dem Podest sah sie Charlie an dem kleinen Keyboard sitzen und Weihnachtslieder spielen. Sie glich in diesem Moment so sehr ihrem Vater, sah so ernsthaft und konzentriert aus, dass Lisa lächeln musste.

Dann betrat sie die Küche, in der Finlay und John miteinander diskutieren.

»Ich bin sicher, dass deine Mutter die Soße immer etwas angedickt hat.«

»Und woher willst du das wissen? Soweit ich weiß, hat Mum dich keinen Fuß in die Küche setzen lassen, und jetzt weiß ich ehrlich gesagt auch, warum«, grummelte John. »Hast du seit Mums Tod je selbst gekocht, Dad?«

»Ich habe durchaus für mich gekocht!«, entrüstete sich Finlay und fuhr sich durch sein graues, halblanges Haar.

»Ich meinte keine Dosengerichte oder vorgekochte Speisen von Tante Elli, die du nur noch aufwärmen musst.«

»Ein Kerl hat am Herd nix verloren …«

John grinste, während er den Backofen öffnete und nach dem Truthahn sah. »Willkommen im einundzwanzigsten Jahrhundert, Mr McDermit.«

Lisa kicherte hinter vorgehaltener Hand und genoss die familiären Streitigkeiten.

»Lisa, meine Rettung. Zeig meinem Sohn mal, wie man eine anständige Soße kocht.« Finlay nahm ihren Arm und zog sie zum Herd. Dann floh er aus der Küche.

»Manchmal frage ich mich, wie er allein in seinem Haus überlebt und ob ihm das Wort Emanzipation geläufig ist«, seufzte John.

Lisa lachte. »Ich glaube, diese Sorge teilen alle Kinder mit Eltern aus jener Generation. Brauchst du Hilfe?«

»Fragst du mich, ob ich dringend Unterstützung benötige oder welche von dir möchte?«

»Was auch immer …«

»Ich möchte deine Gesellschaft, jetzt und später«, raunte er ihr zu, und Lisa spürte ihr Herz heftig gegen ihre Rippen schlagen.

»Ich glaube, das können wir einrichten.« Sie lehnte sich an die Küchentheke und sah ihm in die Augen.

John war kurz davor, sie zu küssen, als sie eine wütende Mädchenstimme unterbrach.

»Ich habe Durst!« Charlie stampfte auf sie zu und blieb abwartend vor Lisa stehen. »Darf ich mal?« Genervt war in diesem Fall noch milde ausgedrückt.

Lisa machte einen Schritt zur Seite, und Charlie nahm einen Becher, bis John sie daran erinnerte, dass Josie vielleicht auch Durst hatte. Mit zwei Gläsern Saft verschwand sie kurze Zeit ebenso wütend aus der Küche, wie sie gekommen war.

»Macht es überhaupt Sinn, wenn ich hierbleibe?«

John stöhnte und sagte eilig: »Ich bestehe darauf. Ihre Mutter hat sogar wieder geheiratet. Da werde ich wohl eine Freundin zu Besuch haben können, oder etwa nicht?«

Lisa betrachtete ihn nachdenklich. »Ich weiß nicht. Aus der Sicht eines kleinen Mädchens ist das alles nicht so schwarz-weiß zu betrachten. Vielleicht bin ich als andere Frau die größere Konkurrenz für sie? Vielleicht glaubt sie, dass ich dich ihr wegnehme? Oder es ist wegen Weihnachten? Das ist ein besonderes Fest für euch als Familie. Ich fühle mich nicht wohl dabei, wenn sie so unglücklich ist.«

»Wahrscheinlich denkst du dir gerade, in was bin ich da nur hineingeraten. Einmal Sex gehabt, und du bist nicht nur schwanger, sondern hast gleich zwei Kinder und einen grimmigen Schwiegervater an der Backe.«

John überspielte seine Unsicherheit zwar, aber Lisa sah sie ihm deutlich an.

Sie trat auf ihn zu und sagte leise: »Ehrlich gesagt habe ich mir das mein ganzes Leben lang gewünscht. Keine Sorge.« Sie gab ihm einen Kuss auf den Mundwinkel. »Außerdem gab es nicht nur einmal Sex. Es war oft, richtig oft und sehr, sehr gut.«

»Ich bin glücklich, das zu hören.« John beugte sich zu ihr hinab und wisperte in ihr Ohr: »Willst du, dass ich dir zeige, wie sehr?«

Sie grinste und ließ einen Kuss zu. »Was meinst du? Würdest du mich vielleicht doch lieber nach Hause bringen? Du könntest auch kurz mit reinkommen?«, bot sie dann an.

John schüttelte den Kopf. »Ich wünsche mir, dass du hierbleibst. Und ich fahre dich nur, wenn du es selbst gern möchtest.«

Das Essen brauchte noch eine weitere Stunde, in der Lisa John in der Küche half und sie über vergangene Weihnachtsfeiertage sprachen. Sie lachten und spritzten sich beim Abspülen der Töpfe und Pfannen gegenseitig nass. Als Josie aus ihrem Zimmer auftauchte, machte sie begeistert mit. Nur Charlie warf Lisa aus der Ferne so lange finstere Blicke zu, bis Finlay sich um das bockige Mädchen kümmerte, das in Lisa den Wunsch weckte, sie kräftig durchzukitzeln, bis sie endlich mitlachte.

9

Das Essen war ein Genuss gewesen. Selbst John war diesmal vollauf zufrieden.

»Was hab ich heute nur anders gemacht? Die Soße schmeckte fast wie Mums«, murmelte er vor sich hin.

»Weißt du das etwa nicht mehr? O nein, was machen wir dann im nächsten Jahr?«, fragte Lisa, die neben ihm saß und ihn gehört hatte, neckend.

»Du hast mich so abgelenkt, Miss Hanningan.«

»Wer könnte es dir verdenken?«, warf Finlay von seinem Platz gegenüber ein und prostete Lisa bedeutsam zu. Eilig fügte er mit Blick auf seine Enkelinnen hinzu: »Denn mit zwei so netten jungen Damen wie euch habe ich schon lange nicht mehr zu Abend gegessen.«

Charlie und Josie lächelten ihren Großvater an.

»Auch ich danke euch für dieses wundervolle Abendessen. Ich finde, ihr habt den Tisch ganz toll gedeckt. Vor allem diese Dekoration ist euch ganz besonders gut gelungen«, wandte sich Lisa an die beiden Mädchen.

Josie freute sich über das Lob, während Charlie sich taub stellte.

John beendete das Abendessen, und alle trugen ihr Geschirr in die Küche. Traditionell gab es erst am nächsten Morgen Geschenke – doch der Morgen war natürlich noch viel zu weit weg, also würde jeder heute Abend noch ein Geschenk aussuchen und öffnen dürfen.

Während Finlay und Lisa mit den Mädchen zu einem kleinen Spaziergang zum Strand hinunter aufbrachen, legte John die großen Geschenke unter den Baum, die kleinen verstaute er am Kamin in den Socken.

Für die Kinder war die Bescherung das Highlight des Abends, und Lisa schnappte sich seine Kamera und schoss allerhand Familienfotos der McDermits. Sogar Charlie lachte, während sie mit ihrem Grams und ihrem Dad vor der Kamera Grimassen schnitt. Ihre Kinderaugen leuchteten beim Anblick der neuen Inlineskates, die sie auspackte. Sie bevorzugte im Gegensatz zu ihrer Schwester eher sportliches Spielzeug. Josie freute sich über eine neue Barbie.

Nach der Bescherung wurde mit den Geschenken gespielt, und da das Wetter nach wie vor gut war, probierte Charlie in der Auffahrt und im hellen Licht der vielen Laternen ihre Inlineskates aus, wobei Lisa erneut viele Fotos machte. Im Anschluss gab es vor dem Zubettgehen der Kinder den Nachtisch, der nach dem üppigen Essen nicht mehr reingepasst hatte.

John verteilte das Dessert und gab Lisa noch einen kleinen Nachschlag.

»Es war einfach köstlich! Du hast wirklich gut gekocht, John«, lobte sie und rieb sich genüsslich den Bauch.

Finlay nickte zustimmend. »Wie erfrischend, dass du normale Portionen essen kannst, ohne ständig Kalorien oder Punkte oder weiß der Kuckuck was zu zählen.«

»Na ja, diesen Hintern habe ich sicher nicht, weil ich so gern Sport treibe. Ich genieße die Zeit eher mit einem guten Buch.«

»Ich finde, du bist genau richtig so, wie du bist«, sagte John, und Lisa lächelte ihn dankbar an.

»Ich finde sie schon ein wenig fett«, ertönte es von Charlie.

Johns Löffel fiel klirrend auf den Teller. Es herrschte einen Augenblick absolute Stille, dann donnerte er los:

»Charlotte Isabella McDermit!« Er schob den Stuhl geräuschvoll über den Boden zurück und stand auf. »Wie kannst du so etwas nur sagen?«

»Ich finde nun mal, dass sie fett ist. Bei Mum quillt kein Speck aus der Hose«, setzte Charlie noch eins drauf.

John sah zu Lisa, die zu sprachlos schien, um sich über die Gemeinheit seiner Tochter zu ärgern, doch er war alles andere als sprachlos.

»Ich bestehe darauf, dass du dich bei Lisa für diese Beleidigung entschuldigst, und dann gehst du –«

»Warum sollte ich mich bei ihr entschuldigen? Sie ist fett«, unterbrach Charlie ihn erneut, und er schüttelte fassungslos den Kopf.

»Und du bist ein freches und ungezogenes Kind … für das ich mich das erste Mal in meinem Leben wirklich schäme. Geh, putz dir die Zähne und verschwinde ins Bett!«

Sie stampfte die Treppe hinauf und brüllte Beleidigungen, die diesmal allesamt gegen ihn gerichtet waren. Erst als die Badezimmertür hinter ihr ins Schloss fiel, wurde es still. Unangenehm still. Lisa starrte entsetzt auf die Tischdecke. Ein Gefühl, das er durchaus mit ihr teilte. Noch nie zuvor hatte er Charlie solch verletzende Dinge zu jemandem sagen hören.

»Es tut mir so leid, Lisa, ich entschuldige mich für das Benehmen meiner Tochter. Josie, bitte sag gute Nacht zu Lisa und Grams und komm mit.«

»Gute Nacht«, murmelte die Kleine betrübt und schleppte ihre Püppi hinter sich her nach oben.

Lisa sagte ihr leise »Gute Nacht« und warf ihm dann einen Blick zu.

John folgte Josie nach oben und hatte gerade das Ende der Treppe erreicht, als er hörte, wie sich Vater an Lisa wandte. Er klang aufgebracht.

»Ich bin auch geschockt, dass sie so etwas sagt. Charlie ist nicht immer so. Ich glaube, dieses erste Jahr, das ihre Eltern getrennt voneinander feiern, verdeutlicht ihr noch einmal, dass sie sich

125

wirklich getrennt haben. Ich habe immer gesagt, dass für die Kinder klare Linien besser sind. Aber John und Maureen waren so oft getrennt und wieder zusammen, dass für sie ein schwebender Zustand entstanden ist. Diese Wischiwaschi-Situation war einfach über eine so lange Zeit für die Kinder normal, dass sie wohl immer noch denken, ihre Eltern könnten wieder zusammenfinden. Vor allem Charlie hofft darauf.«

John hielt die Luft an – was würde Lisa zu all dem sagen?

Als sie ruhig antwortete: »Das verstehe ich sogar sehr gut«, atmete er tief aus.

Ihre nächsten Worte hörte er nicht mehr, denn Josie zog ihn ins Bad, wo sich eine wütende Charlie bereits die Zähne putzte. Er konnte sich später um Lisa kümmern, erst einmal musste er seine Töchter ins Bett bringen.

Als er eine Stunde später wieder nach unten ging, blitzte die Küche vor Sauberkeit, und Lisa saß mit einem Glas Wein an der Küchentheke. Es war vollkommen ruhig im Haus. Sein Vater hatte sich wohl bereits in sein Gästezimmer zurückgezogen.

»Hast du sie ins Bett gebracht?«, fragte sie freundlich, als sie ihn sah.

John trat zu ihr, legte beide Hände auf ihre Schultern, strich ihr die Haare aus dem Nacken und küsste zärtlich die empfindsame weiche Haut an dieser Stelle.

Lisa schloss die Augen und schien es zu genießen, seine Lippen zu spüren.

»Sie sind im Bett, und ich weiß gar nicht, wie ich mich für Charlies Verhalten entschul…«

Lisa öffnete die Augen und stoppte seinen Redefluss, indem sie einen Finger sanft auf seine Lippen legte. »Bitte entschuldige dich nicht dauernd. Ich gebe zu, dass mich ihre Worte verletzt haben, aber John, sie ist hier das Kind. Sie schlägt um sich, weil sie überfordert ist, und wenn wir mal ehrlich sind, sind wir es auch. Ich hatte einen wunderschönen Abend. Es war sogar mit das schönste Weihnachtsfest, das ich je hatte.« Er wollte etwas hinzufügen, doch Lisa fuhr energisch fort: »Ich mag dich, John McDermit. Mehr, als ich es mir zu Anfang eingestehen wollte. Ich möchte das nicht ruinieren, nur weil wir es überstürzen. Deswegen werde ich jetzt auch nach Hause fahren.«

»Was? Aber …«

»Es ist die richtige Entscheidung, John. Deine Kinder brauchen vor allem ihren Vater. Sie sollen morgen früh keinen Schock bekommen, weil ich in deinem Bett liege. Ich möchte mich dieses Mal aber auch nicht mitten in der Nacht davonschleichen. Man sagte mir, das gehöre sich nicht. Ich habe vor, euch bald wieder zu treffen, und zwar bei Nic und Mia.«

Enttäuscht ließ John die Schultern hängen. Er wollte Lisa nicht gehen lassen, hatte er sich doch genau überlegt, was sie in dieser Nacht anstellen würden. Und es gefiel ihm nicht, dass seine trotzige, präpubertierende Tochter gewann. Der größere und viel wichtigere Teil von ihm öffnete in diesem Moment sein Herz für diese beeindruckende Frau. Dass sie das Wohl seiner Kinder vor ihr eigenes stellte, war … atemberaubend und so selbstlos. Kurz blitzte die Erinnerung daran, was sie ihm über ihre Familie gesagt hatte, in ihm auf.

Um den Ernst der Situation etwas aufzuhellen, sagte er betont brummend: »Und was ist dann mit meinem Weihnachtsgeschenk?«

»Wovon sprichst du?«

»Ich habe vom Weihnachtsmann ein ganz wunderbares Geschenk bekommen, das ich jetzt gerne auspacken und verwöhnen würde.«

Lisa errötete, als er seine Hände auf ihren Po legte und sie dann mit Schwung hochhob. Sie hielt sich quietschend an seinen breiten

Schultern fest und umklammerte seine Mitte mit den Beinen. Seine Lippen fanden ihre, während er sie auf der Küchenanrichte absetzte. Lisa öffnete den Mund und ließ seine neckende Zunge hinein. Sie küssten sich innig, bis es klingelte. Verwirrt sah John in Lisas glühende Augen.

Schweren Herzens schob sie ihn von sich und sagte: »Da ist mein Taxi.«

»Wie bitte? Du hast bereits eins gerufen?«

»Hör zu, John, ich war selbst ein Mädchen, das seinen Vater dringend gebraucht hätte. Du bist genau diese Art Vater, die ich vor zwanzig Jahren gern gehabt hätte. Ich möchte dich davon nicht abhalten.«

»Ist das ein Abschied?«

»Ja, für heute Abend. Wir sehen uns bei Nic und Mia, und wer weiß, vielleicht bekommst du diese Woche an einem Abend einen Babysitter? Dann koche ich für dich und lade dich in meine Wohnung ein, wenn ich nicht gerade arbeiten muss.«

Es klingelte wieder, und Lisa sprang von der Theke. Sie ergriff ihre Tasche und lief zur Tür.

John eilte ihr hinterher und umfing ihre Taille, kurz bevor sie davoneilen konnte. »Lass mich wenigstens das Taxi bezahlen ...«

»Vergiss es, McDermit. Ich bin eine Independent Woman mit Stolz. Daran kannst du dich schon mal gewöhnen.« Sie lachte und küsste ihn übermütig auf den Mund, bevor sie die Einfahrt hinunterlief. John sah ihr lächelnd nach, bis sich das Tor wieder hinter ihr schloss.

Mit einem versonnenen Lächeln ging er zurück ins Haus.

»Dieses Grinsen habe ich zuletzt vor vielen Jahren bei dir gesehen, damals, als du Maureen um ihre Hand gebeten hast.« Finlay stand mit verschränkten Armen am Treppengeländer und grinste unverhohlen.

»Meinst du?«

»Du hast es verdient, John. Aber sie hat die richtige Entscheidung getroffen. Macht einen Schritt nach dem anderen und genießt jede Minute. Daraus könnte etwas Großartiges entstehen.«

Finlay zwinkerte ihm zu, und dann setzten sie sich gemeinsam
aufs Sofa, um den Abend mit einem Glas Whiskey ausklingen zu
lassen.

* * *

Lisa betrat das Kennedy-Haus, aus dem ein Stimmengewirr he-
rausdrang, das dem Summen eines Bienenstocks glich. Sie hatte
zwei Flaschen Pernod mitgebracht und für die Kinder Trinkpäck-
chen an der Tankstelle gekauft. Es war erstaunlich, an was man
plötzlich dachte, wenn man einen Kerl kennenlernte, der bereits
Vater war. Sie schloss die Tür hinter sich und hängte ihren Mantel
zu den anderen. Dann folgte sie dem Geschnatter und dem Kin-
dergeschrei und betrat das riesige Wohnzimmer von Nic und Mia.

Die beiden hatten ein wunderschönes Haus, das modern, aber
gemütlich eingerichtet war. Mia hatte ein Händchen für solche Sachen. Mitten im Raum stand ein riesiger, bunt geschmückter Weihnachtsbaum, unter dem die ausgepackten Geschenke lagen. Die
Kinder liefen munter herum, und Lisa sah Mia auf einem der gemütlichen Sofas sitzen. Der dicke Babybauch sah an ihr, die generell
zart und klein war, viel zu groß aus und erinnerte an einen Luftbal-
lon, der unters Oberteil geschoben worden war. Jetzt blickte sie in
ihre Richtung und strahlte sie an. So war Mia schon gewesen, solange Lisa sie kannte. Wahrscheinlich war ihr zum Heulen zumute,
aber ein Lächeln, wenn sie eine geliebte Person sah, ging immer.

Lisa eilte auf sie zu und beugte sich zu ihr hinunter. »Hallo, meine Süße, wie fühlst du dich?«

»Oh, ich freue mich unglaublich, dass ihr alle da seid. So gefällt
mir Weihnachten am besten. Aber was ist nun mit deinem Auto?

Ich hab gehört, dass es hin ist. Wie bist du überhaupt hierhergekommen?«

»Ich habe den Bus genommen«, antwortete Lisa stolz. Sie strich Mia über das Haar und sah auf den gewaltigen Babybauch. »Wie geht's dem kleinen Rockstar da drin?«

»Ich nehme an, das Baby findet es kuschelig warm.«

»Das darf auch ruhig noch so bleiben, oder?«

»Wobei ich froh bin, wenn die letzten Wochen auch noch rum sind.«

Das waren ganz neue Töne. Mia hatte bisher jede Schwangerschaft genossen, und Lisa sah sie skeptisch an. »Bist du sicher, dass alles gut ist?«

»Der Lagerkoller, sonst nichts. Übrigens siehst du sensationell aus. Dreh dich mal.«

Lisa trug eins dieser vorteilhaften knielangen Kleider, die ihre üppige Figur weich umspielten. Das sanfte Grün betonte ihre Haare. Sie errötete leicht und freute sich insgeheim sehr über das Kompliment. Sie hatte sich extra herausgeputzt, weil sie John heute wieder treffen würde. »Ich danke dir!«

»John gefällt es sicher«, wisperte Mia nun auch prompt und zwinkerte Lisa verschwörerisch zu.

»Wer hat …« Lisa stöhnte. »Lizzy, diese alte Quasselstrippe!«

»Eigentlich war es Liam. Er hat für solche Dinge ein Gespür, und er war immer schon das Klatschweib. Frag nur mal Nic. Aber ich möchte jedes winzige Detail hören, sobald ich etwas von diesem Wackelpudding habe, der da vorn gerade angeschleppt wird.« Lisa kicherte bei Mias entschlossenem Gesichtsausdruck. »Was denn? Ich bin schwanger und darf alles essen, was ich will. Wenn ich ihn schon nicht zubereiten darf.«

»Wofür dir alle sehr dankbar sind …«, murmelte Lisa und wurde von Mias Faust am Oberarm getroffen, allerdings viel zu sanft, um ihr wirklich wehzutun.

»He!« Mia lachte. Ihre schrecklichen Kochkünste waren für Gäste bislang immer eine Zumutung gewesen. Deswegen gab es im Hause Donahue häufiger ein Barbecue als ein Dinner.

Als Mia mit den Wimpern klimperte und weiter um Pudding bettelte, gab Lisa sich geschlagen und sagte lächelnd: »Schon gut, ich geh ja schon was für dich holen.«

»Nicht zu wenig, ja? Danke, Freundin!«

Auf dem Weg zum Büfett begrüßte Lisa die halbe Familie Kennedy und alle Donahues. Sogar Lizzys Schwester Joss war mit ihrem Mann und Kind aus Irland angereist. Sie ergatterte etwas Wackelpudding für Mia und sah, als sie bei ihr ankam, dass sie sich bereits über ein anderes Gebäck hermachte.

»Stell es einfach da ab. Ich kümmere mich gleich darum.«

»Das sehe ich! Du bist eine Essensvernichtungsmaschine, was?«

Nic hatte sich zu Mia gesetzt und lachte über Lisas verdatterten Gesichtsausdruck. »Frohe Weihnachten und willkommen in meinem Wahnsinn.«

Lisa stimmte in das allgemeine Gelächter ein und sah Liam nachdenklich mit einem Bier in der Hand neben dem Baum stehen. Er wirkte selbst auf die Entfernung so bedrückt, dass sie ihn am liebsten gefragt hätte, was denn los sei. Sie ahnte nach dem seltsamen Gespräch mit Lizzy vor zwei Tagen, dass irgendwas im Busch war. »Wo steckt Lizzy?«

»Sie schwirrt hier irgendwo rum. Irgendetwas stimmt mit ihr nicht. Sie benimmt sich ganz seltsam. Wir sollten eine Intervention starten.« Mia sah nachdenklich aus.

»Soll ich mal nach ihr sehen?« In diesem Moment klingelte es, und einen Moment später stürmten Charlie und Josie ins Wohnzimmer. Kurz nach ihnen traten auch John und Finlay durch die Tür, und Lisas Puls beschleunigte sich sofort. John sah so anziehend aus in seiner dunklen Jeans und dem eng anliegenden blauen Pullover. Ihre Blicke begegneten sich, und aus Johns Grinsen wurde ein anerkennendes Lächeln. Selbst auf die Entfernung fühlte Lisa sich in dem Outfit, das sie nur für ihn trug, mehr als sexy.

Josie lief sofort auf Liam zu, der das Bier abstellte und sie einmal in die Luft warf. Natürlich hatten die Kinder einen guten Draht zu den Swores. Immerhin waren sie alle irgendwie Onkel für die Kinder, so viel Zeit, wie sie miteinander verbrachten.

Jemand piekte ihr in die Seite, und Lisa folgte Mias Blick, der sich auf Lizzy gerichtet hatte. Sie stand in der Tür zur Küche und sah zu Liam, der nun umringt von Josie, Charlie und Josh vor dem Weihnachtsbaum kniete und mit ihnen eins der neuen Spielzeuge betrachtete. Lizzy sah aus, als sei sie Gast einer Beerdigung.

Als sie plötzlich herumwirbelte und davoneilte, wechselte Lisa einen Blick mit Mia. »Ich geh zu ihr, okay?«

Mia nickte frustriert und zuckte hilflos mit den Achseln. Lisa drückte ihre Hand kurz und wusste, wie schwer es ihr fiel, nicht selbst nach ihrer Freundin sehen zu können. Auf dem Weg zur Tür ging sie nahe an John vorbei und berührte seine Hand. Er warf ihr einen sehnsüchtigen Blick zu.

Doch John musste warten – Lisa wollte endlich wissen, was mit ihrer Freundin los war. Als Erstes sah sie im ersten Stock nach Lizzy, fand sie jedoch nicht.

Sie stand gerade im Flur und überlegte, was sie nun tun sollte, als Sophie mit ein paar Flaschen Selbstgebranntem aus dem Keller kam. »Suchst du Lizzy?« Lisa nickte, und sie deutete verschwörerisch in den Keller.

Leise eilte Lisa die Holzstufen ins Dämmerlicht hinunter. Sie hörte, wie unten jemand die Nase hochzog, und folgte dem Geräusch. Da saß ihre Freundin an einer kalten Kellerwand gelehnt mit verweinten Augen und an die Brust gezogenen Beinen. Lisa ließ sich neben ihr auf den Boden sinken. Sie berührte Lizzy nicht, aber streckte die Hand aus, falls sie sie haben wollte.

Lisa blickte in traurige blaue Augen, was allein schon ungewöhnlich war. Sie hatte Lizzy schon wütend, oft albern und meistens lachend gesehen. Aber traurig war sie nur bei Alans Beerdigung oder während Lynns Krankheit gewesen. Und selbst in diesen schweren Zeiten hatte sie ihren Humor nie wirklich verloren und es immer geschafft, Mia oder sie zum Lächeln zu bringen. Es gab kaum einen lebensbejahenderen Menschen als Lizzy. Jetzt sah sie so todtraurig aus, dass Lisa Angst hatte, etwas Schreckliches sei passiert.

»Was ist mit dir, Lizzy?«

»Es ist was Furchtbares geschehen.«

»Erzähl es mir!«

»Ich habe vor ein paar Wochen den Gentest für das Brustkrebsrisiko gemacht und –«, begann Lizzy.

»Wirklich?«, unterbrach Lisa sie verdutzt. Sie hatte oft auf Lizzy eingeredet, doch diese hatte dem Test immer ablehnend gegenübergestanden.

»Es war eine spontane Entscheidung bei meinem letzten Frauenarztbesuch. Alle lagen mir in den Ohren deswegen, weil Josslin ihn ja auch gemacht hat. Also dachte ich, bring ich es einfach hinter mich.«

»Bitte sag mir, dass sie nichts gefunden haben.«

»Nein, sie haben nichts gefunden. Das ist nicht das Problem.«

»Moment … jetzt bin ich verwirrt. Das sind doch gute Nachrichten, oder nicht?«

»Ich bin unfruchtbar, Lisa! Ich werde wahrscheinlich keine Kinder bekommen können.« Lizzy atmete erleichtert aus und murmelte: »Endlich habe ich es ausgesprochen. Ich bin unfruchtbar.«

Lisa konnte sie nur geschockt ansehen. Damit hatte sie nun gar nicht gerechnet. »Aber wie konnten die das anhand des Gentests feststellen?«

»Es wurde eine grundsätzliche Untersuchung der Brüste und der Gebärmutter vorgenommen. Dabei hat mein Arzt eine seltsame Verkrümmung meiner Eierstöcke festgestellt. Ich muss zugeben, dass ich nach der Information, dass ich womöglich keine Kinder kriegen kann, aufgehört habe zuzuhören.«

»O nein«, sagte Lisa und nahm jetzt doch einfach ihre Hand. »Das tut mir wirklich schrecklich leid, Lizzy. Aber heutzutage gibt es so viele Methoden, doch noch Kinder zu bekommen …«

»Wohl nicht in diesem Fall. Der Arzt meinte, mit dieser Anomalie sei die Chance größer, dass ein Meteorit in die Erde knallt, als dass ich schwanger werde.«

»Wie bitte? Das hat er so gesagt? Das gibt's ja gar nicht!«

»Ich habe, wie gesagt, danach nicht mehr genau zugehört. Ich wollte nur noch nach Hause, weil ich ja alles für die Verlobungsfeier vorbereiten musste.«

»O Gott, Lizzy! Nach dieser Nachricht hast du das alles allein durchgestanden?«

Lizzys Augen füllten sich mit Tränen, und sie schüttelte den Kopf. »Das Verrückte ist, dass ich bis letzte Woche nicht mal an eigene Kinder gedacht habe. Ich meine, Liam und ich wollten später welche, wenn wir die Welt erkundet haben und unsere Karrieren uns nicht mehr so erfüllen. Aber seit dieser Nachricht kann ich nur noch an Kinder, Babys und Babybäuche denken.«

Das verstand Lisa sehr gut. Sie fühlte sich oft ähnlich. Sie freute sich über die Beziehungen ihrer Freundinnen und war froh, wenn sie selbst einen miesen Kerl losgeworden war. Aber wenn sie sonntags im Café saß oder am Strand ein Buch las und dann all die glücklichen Paare und Familien sah, wuchs ihre Sehnsucht nach Liebe manchmal so unbändig, dass sie gehen musste. »Weiß Mia davon?«

»Wie soll ich unserer gebärfähigen Mutter Teresa sagen, dass ich nicht fähig bin, sie anzusehen, weil ich wahrscheinlich niemals ein eigenes Kind bekommen werde?« Lizzy schloss die Augen, und Lisa nahm sie in die Arme. Eine Weile saßen sie einfach nur so da.

»Ich fühle mich schrecklich, weil ich das gerade gesagt habe. Aber wie kann etwas für Mia so leicht und für mich unmöglich sein? Es ist nicht fair. Absolut nicht, aber ich weiß, dass Mia nicht das Problem ist.« Lizzy beruhigte sich etwas.

»Weiß Liam es?«

Nun seufzte Lizzy und schüttelte den Kopf. »Ich kann es ihm nicht sagen.«

»Was soll das heißen? Natürlich, du musst es ihm sagen.«

»Du verstehst das nicht. Liam wünscht sich Kinder. Er ist der perfekte Dad. Du weißt doch selbst, wie toll er mit seinem Neffen und seinen Nichten umgeht. Er hat eine Heidenangst davor, selbst welche zu haben, aber er liebt sie. Wie könnte ich ihm den Wunsch nach eigenen Kindern dann nehmen?«

»Lizzy, du bist Liams Verlobte und bald seine Ehefrau. Er liebt dich, und ihr werdet gemeinsam eine Lösung finden. Davon bin ich überzeugt. Ich kenne niemanden außer euch, abgesehen von Nic und Mia, die so etwas durchstehen können. Wirklich niemanden. Ihr schafft das, ganz sicher.«

»Ich weiß nicht. Ich kann nur daran denken, dass er mich irgendwann dafür hassen könnte, diesen Traum für mich aufgegeben zu haben.«

»Wer sagt denn so was? Jetzt hör mir mal ganz genau zu. Ein Arzt, der dir auf diese Art sagt, dass du keine Kinder haben wirst, sollte nicht mehr persönlich mit Patienten zu tun haben. Es gibt heutzutage so viele Möglichkeiten, Eltern zu werden. Bitte hol weitere Meinungen ein. Lass dich nicht von der Meinung eines Arztes so aus der Bahn werfen, Lizzy. Ich bring dich mit den besten Ärzten in unserer Klinik zusammen, und wenn es bessere gibt, werden sie dich dorthin verweisen. Du darfst nicht aufgeben. Ihr habt so viele Möglichkeiten.«

In Lizzys Augen glänzte plötzlich ein kleiner Hoffnungsschimmer, und sie fiel Lisa impulsiv um den Hals.

»Ich habe heute Nachtschicht. Ich muss einspringen, weil eine Kollegin krank geworden ist. Aber ich würde das gerne nutzen und dir einen Termin bei unserer Gynäkologin machen. Sie ist unglaublich nett und kennt viele gute Ärzte.«

»Ja, das wäre ganz großartig, Lisa. Danke schön.«

»Ich bin für dich da, Lizzy. Das weißt du, oder? Wir alle sind es.«

»Ich weiß, aber ich konnte es bisher niemandem sagen. Solange es niemand wusste, war es nicht wahr. Verstehst du?«

Lisa nickte. »Meinst du, es geht wieder? Ich ekele mich vor diesen riesigen Kellerspinnen und kann förmlich spüren, wie sie mich als ihre Beute ins Auge gefasst haben.«

Lizzy kicherte und ließ sich von Lisa auf die Beine helfen. »Tu mir nur bitte einen Gefallen, ja? Sag Mia nichts davon. Sie hat schon genug Sorgen, und ich möchte nicht, dass meine Unfruchtbarkeit ihrer Fruchtbarkeit Probleme macht.«

»Es wird verdammt schwer, sie von dir abzulenken. Sie hat bereits Lunte gerochen.«

»Oh, oh … in der Hinsicht ist sie ganz und gar die Enkelin von Sophie Kennedy.« Lizzy verzog das Gesicht. »Aber ich hatte schon mehr als genug Übung damit.«

10

Die gemeinsame Weihnachtsfeier entpuppte sich als wunderbares Fest. Die Stimmung war gut, es wurde viel gelacht, und die Kinder hatten großen Spaß. Charlie und Josie spielten mit den jüngeren Kindern im Garten, und Lisa lächelte, als sie John, Stan, Jim und Liam mit ihnen draußen herumtollen sah. Sie hatte bisher kaum Gelegenheit gefunden, mit John zu sprechen, aber sie war schon glücklich, dass er sich in unmittelbarer Reichweite aufhielt.

Lisa ließ sich gerade mit einer heißen Tasse Kaffee neben Mia aufs Sofa sinken, als es erneut klingelte.

»Ich mach auf!«, rief Lizzy und grinste von einem Ohr zum anderen.

Bevor Lisa sich fragen konnte, was sie wohl schon wieder ausgeheckt hatte, trat Lizzy mit einem neuen Gast im Schlepptau ins Wohnzimmer. Lisa traute ihren Augen kaum – vor ihr stand Abby in ihrer üblichen zerrissenen Strumpfhose, den zahlreichen Ohrringen und dem viel zu kurzen Minirock.

Sie sprang so freudig auf, dass sie einen Teil ihres Kaffees verschüttete, und lief auf ihre Schwester zu. »Abby!« Eine Welle voller Glück schwappte über Lisa hinweg, und sie zog Abby in ihre Arme. Diese umarmte sie zögerlich und eher halbherzig zurück, doch alles war besser, als an Weihnachten ohne sie zu sein.

»Komm schon, Lisa! Du bist schrecklich peinlich.«

»Ich freue mich sehr, dass du hier bist. Wie … wer?«, stotterte sie und sah von ihrer Schwester zu Lizzy, auf die Abby nun mit dem Finger zeigte.

»John hat mich angerufen und auf die Idee gebracht. In meinem Musiklabel ist gerade eine Stelle frei, und da Abby die perfekte Besetzung dafür wäre, habe ich sie gefragt, ob sie nicht Lust hat, heute zu kommen. So können wir uns schon ein bisschen beschnuppern. Und wie es der Teufel so will, hatte sie noch nichts vor.«

Lisa lächelte Lizzy dankbar an und formte, als Abby den Blick durch den Raum schweifen ließ, mit den Lippen das Wort »Danke!«. Dann hakte sie sich bei ihrer Schwester unter und führte sie zum Büfett. »Falls du noch was essen möchtest, solltest du dich beeilen. Mia verschlingt solche Unmengen, dass ich es kaum glauben kann.«

Abby lächelte, winkte jedoch ab. »Ich bin nicht hungrig.«

»Wie war dein Weihnachten bisher?« Lisa beobachtete ihre Schwester genau und glaubte, etwas Unsicherheit in ihren Augen aufflackern zu sehen.

»Wir haben Party gemacht, und ich war bei meiner Freundin. Es war echt super«, erklärte sie hastig und vermied es, Lisa anzusehen.

Kurz zuckte Lisa bei ihrer begeisterten Berichterstattung zusammen, dann ermahnte sie sich, dass sie selbst auch ein schönes Weihnachtsfest gehabt hatte. »Wann stellst du mir deine Freundin mal richtig vor? Wir können ins Kino gehen oder was essen?«

»Mach keine große Sache draus. Sie ist nicht so der Typ für ein schickes Restaurant.«

»Seit wann bin ich denn der Typ dafür? Ich esse gern im Takeaway. Ich dachte an etwas Lockeres. Ich würde sie nur gern mal kennenlernen.«

Abby verzog das Gesicht zu einer amüsierten Grimasse. »Manchmal bist du wie Mum!« Lisa erstarrte, und Abbys Gesichtsausdruck wurde ernst, beinahe besorgt, als sie eilig hinzufügte: »Du weißt, wie ich das gemeint habe.«

»Ja, ich weiß sehr genau, wie du das gemeint hast.« Lisa trat einen Schritt zurück und sah Abby ausdruckslos an. »Dann lern mal deine zukünftigen Kollegen kennen, deswegen bist du ja hier, nicht wahr? Ich sollte eh langsam abhauen. Es gibt Menschen, die arbeiten müssen.«

Ohne ein weiteres Wort machte Lisa auf dem Absatz kehrt. Sie hörte, wie Abby ihren Namen rief, aber sie ignorierte es.

Sie musste dringend hier raus. Die Luft war zu stickig und der Raum viel zu klein für die Flut an Gefühlen, die sie zu überwältigen drohte, wenn sie mit ihrer Schwester zusammen war. Abby war eine Naturgewalt und konnte sie auf eine Art verletzen, in der es sonst keiner schaffte. Sie schnappte sich ihren Mantel und ihre Tasche und rannte förmlich aus der Haustür.

* * *

John hatte Lisas Gespräch mit Abby beobachtet und war ihr sofort gefolgt, als er gesehen hatte, wie sie aus dem Zimmer stürzte. Was auch immer vorgefallen war, es musste etwas Ernstes sein. Lisa war keine verweichlichte Frau. Sie steckte einiges weg. Als er sie nun so traurig auf der schmalen Sitzbank vor Mias und Nics Haus sitzen sah, zog sich sein Herz zusammen. Er hasste es, sie so traurig zu erleben, wollte sie lächeln und glücklich sehen. Nur deshalb hatte er Lizzy auf die Idee gebracht, Abby heute ebenfalls einzuladen. Er konnte sich vorstellen, wie schwierig es für Lisa war, Weihnachten ohne den einen Menschen zu verbringen, den sie so sehr liebte.

»Hey, Babe, was war los?«

Lisa hob den Kopf und schenkte ihm ein kleines Lächeln, das nicht ihre Augen erreichte. Sie sah unglaublich verloren und einsam aus. John konnte mit einem Mal das Mädchen hinter der selbstständigen und toughen jungen Frau erkennen, und er hätte sie zu gern in seine Arme gezogen. Allerdings hielt er sich zurück, denn ein untrügliches Gefühl warnte ihn, dass sie sich nur noch schwächer vorkommen würde. Also setzte er sich neben sie und gab ihr Zeit. Auf der kleinen Straße vor dem Vorgarten fuhr erst ein, dann ein zweites Auto an ihnen vorbei. Sonst war alles still. Vorsichtig berührte er Lisas Hand, die die Sitzfläche der Bank umklammert hielt.

Sie schniefte kurz. »Das war ein ganz normales Aufeinandertreffen mit meiner Schwester. Abby ist … Abby.« Für eine weitere Erklärung schien sie nicht die richtigen Worte zu finden.

»Zumindest ist sie hier, oder?«

Lisa nickte und sah zum Himmel hoch. »Meine Mum ist auch hier auf dieser Welt, und zugleich ist sie es auch wieder nicht. Manchmal reicht es nicht, nur da zu sein. Manchmal musst du jemanden haben, der deine Hand nimmt und bereit ist, sie nie wieder loszulassen, was auch immer geschieht.« John nickte. Das verstand er gut. »Seit Abby geboren wurde, halte ich ihre Hand. Doch sie lässt meine immer wieder los. Nein, eigentlich stößt sie mich sogar andauernd weg …«

Als Lisa abbrach und ihn von der Seite ansah, sagte er mit fester Stimme: »Das ist der Moment, wo du nicht loslassen darfst, Lisa. Ich weiß, es fühlt sich gerade an, als sei das die Lösung für all eure Probleme. Aber in Wahrheit braucht sie dich, egal wie sehr sie dich auch wegstößt. Halt sie weiter fest – so machen Eltern das nun mal.« Lisa sah ihn überrascht an, und er sprach weiter: »Nach allem, was ich von eurer Familie und dir weiß, bist du alles auf einmal, Lisa. Du bist nicht nur ihre Schwester. Du bist ihre Mum, ihr Dad, ihre Zuflucht und ihr Zuhause. Eltern fühlen sich sehr oft so wie du dich gerade. Ich denke auch, dass es immer schwieriger wird, je älter die Kinder werden, aber sie brauchen dich in jeder Sekunde.« Tränen traten in ihre Augen, und John sah genau, dass sie dagegen ankämpfte. »Eines frage ich mich aber …« Er verflocht ihre Finger miteinander. »Wer hält deine Hand?«

Das brachte den Damm schließlich zum Brechen, und Tränen flossen über Lisas Wangen. John zögerte nun nicht mehr. Er öffnete die Arme und umfing ihren bebenden Körper. Als sie ihn gefragt hatte, ob er sich je vollkommen allein auf der Welt gefühlt hatte, hatte sie das wirklich so gemeint. Johns Herz öffnete sich noch ein wenig mehr für diese Frau in seinen Armen.

* * *

Lizzy war Abby in den Garten gefolgt und wollte ihr zureden, ihre Schwester nachzugehen, als sie neben Abbys Stimme noch eine weitere, männliche Stimme vernahm. Sie blieb abrupt stehen, bevor sie ganz um die Ecke treten konnte, und horchte auf.

»Hallo, schöne Frau, wir sind uns noch nicht vorgestellt worden. Ich bin Jim …«

Kurz fragte Lizzy sich, was Jim hier draußen tat, dann sah sie zu Abby, deren Profil sie von ihrem Versteck aus gut sehen konnte. Keiner von den beiden bemerkte sie.

Abby hob die Brauen, während sie an ihrer Zigarette zog und den Rauch zur Seite pustete. »Was hast du hier hinten zu suchen?«

»Ich habe mir nur diese wundervollen Pflastersteine angesehen und bin sicher, dass sie auch dein Interesse wecken werden«, entgegnete Jim in seiner üblichen selbstgefälligen Art.

Lizzy rollte mit den Augen. Er verarschte sie, und Abby erkannte das ebenso.

Sie verschränkte die Arme vor der Brust und erklärte: »Ich denke, du bist aus einem anderen Grund hier.«

»Aha, und welches Verbrechens werde ich genau beschuldigt?«

»Du hast irgendwas genommen«, zischte sie und verstellte ihm den Weg, als er sich an ihr vorbeidrängen wollte.

Jetzt konnte Lizzy auch Jim sehen, und sie hielt geschockt den Atem an. Er war schrecklich blass, und seine Augen wirkten selbst aus der Entfernung fremd, so als hätte er sich zugedröhnt.

Jim grinste und schüttelte den Kopf.

»Du hast sicher schon ein Bier zu viel getrunken«, sagte Abby.

»Ganz sicher nicht!«

Abby sah ihn herausfordernd an. »Vielleicht sollte ich Lisa und John hiervon erzählen?«

Plötzlich wurde Jim ernst, er packte sie am Ellbogen und zischte: »Hör mir genau zu, Miss Marple! Ich brauch nur ...« Er hielt inne und schien plötzlich verzweifelt. »Kennst du das Gefühl, dass du inmitten einer Horde von Menschen stehst und dich trotzdem vollkommen allein fühlst?« Abby starrte ihn an und nickte dann zögerlich. »So geht es mir immer. Ich halte den Druck nur aus, wenn ich ein wenig nachhelfe. Das ist nicht gefährlich oder ungewöhnlich in meinem Job. Dieser Druck macht mich sonst fertig.«

»Das Gefühl kenne ich. Egal, was ich anpacke, alles geht schief. Ich sehe meine Schwester zehn Minuten und was passiert? Sie ist schon angepisst wegen einer dummen Bemerkung.«

Jim nickte heftig. »O ja, meine Jungs sind ständig sauer, weil ich mich verspäte, obwohl ich nur aufgehalten werde. Immer sind sie sauer!« Sie sahen sich an. »Könntest du das, was du gesehen hast, für dich behalten?«

»Okay. Aber nur, wenn du mich von hier wegbringst. Dieses ›Friede, Freude, Eierkuchen‹-Ding macht mich ganz irre.«

Jim grinste sie an und sagte: »Ich sehe, wir verstehen uns. Na komm schon! Worauf wartest du?« Er hielt ihr eine Hand hin, und Abby zögerte kurz.

Das war der Moment, in dem Lizzy einschreiten musste. Also schlich sie zwei Schritte zurück und nahm Anlauf. Sie lief mit Schwung um die Ecke herum und rannte beinahe in Jim, der sie verblüfft ansah.

»Ups«, entfuhr es Lizzy. »Super, ihr habt euch schon kennengelernt. Ich war nämlich auf der Suche nach Abby. Da drinnen gibt es einige Leute, die ich dir gern vorstellen würde.« Lizzy bemühte sich um ein unvoreingenommenes Lächeln. Abby runzelte die

Stirn und sah von Jim zu ihr und wieder zurück. Für einen winzigen Augenblick schien sie hin- und hergerissen zu sein.

»Es war total nett von dir, mich einzuladen, aber Lisa und ich … das ist im Augenblick schwierig. Ich glaube, es ist besser, ich lerne die anderen in den nächsten Tagen kennen und verschwinde jetzt lieber.«

»Was? Du willst schon gehen?«

»Du hast doch gehört, was sie gesagt hat«, mischte sich Jim ein, und Lizzys kühler Blick glitt zu ihm, und er verstummte sofort.

»Es tut mir leid, Lizzy.« Abby ging zu Jim, der ungeduldig und ungewöhnlich unruhig von einem Bein aufs andere trat.

Als Lizzy ihnen zurück zur Terrassentür folgte, musterte sie Jim nachdenklich. Er war in letzter Zeit öfter nervös. Waren wirklich Drogen im Spiel? Sie selbst hatte damit zwar keine Erfahrungen gemacht – ebenso wenig wie Liam, der schlicht zu vernünftig dafür war –, aber sie kannte die Problematik bei einigen ihrer Künstler. Manche hatten es im Griff, anderen entglitt die Kontrolle völlig.

Bevor Abby mit Jim im Haus verschwinden konnte, hielt Lizzy sie am Arm fest. »Bist du dir ganz sicher? Ich weiß, wie sehr Lisa dich liebt und dich heute gern um sich hätte. Egal, was zwischen euch vorgefallen ist, wenn du euch eine Chance gibst, wird es bestimmt wieder …«

Abby seufzte, schüttelte jedoch den Kopf. »Lisa ist nicht das Problem«, entgegnete sie nur und sah ins Innere des Hauses.

Lizzys Blick folgte ihrem, und sie betrachtete zuerst Mia, die rund und erschöpft aussah, aber glücklich lächelte. Neben Mia saß Nic, der Josh auf dem Schoß sitzen hatte, während die Zwillinge vor ihnen auf dem Boden fröhlich Kekse in sich hineinstopften. Celine und Hank, ihr Lebenspartner, standen im Türrahmen unter einem Mistelzweig. Sie sahen sich verliebt an und küssten sich dann innig. Neben dem Christbaum spielten die Kinder, während sich Eltern und Großeltern um den Abwasch kümmerten. Zuletzt sah sie wieder zu Abby, in deren Blick eine Sehnsucht nach etwas lag, das Lizzy im Überfluss hatte. Plötzlich erkannte sie ihren Fehler. Abby hatte niemals in ihrem Leben irgendwohin gehört. Sie gehörte zu niemandem außer zu Lisa. Es gab keine Mutter oder einen Vater, der sich um ihr Wohl kümmerte. Das musste ein schreckliches Gefühl sein, und Lizzy wünschte, sie hätte früher darüber nachgedacht. Sie kannte schließlich Lisas und Abbys Vergangenheit.

»Daran, wie eine Großfamilie auf dich wirkt, habe ich nicht gedacht«, sagte sie kleinlaut, und Abby zuckte mit den Schultern. Der Moment, in dem sie Lizzy einen Blick hinter die Fassade gewährt hatte, war vorüber. Sie hatte ihren Panzer wieder angelegt.

Jim hatte sich seine Jacke geholt und kehrte nun auf die Terrasse zurück. »Da steigt diese Party in Sussex. Hast du Bock?«, fragte er Abby.

Diese nickte und hob die Hand zum Abschied. »Bye, Lizzy.«

Lizzy sah zu Jim. Er hatte eine Hand in die Hosentasche gesteckt und spielte mit der anderen mit dem Autoschlüssel. Seine grünen Augen waren durch das Zeug, das er womöglich genommen hatte, glasig. Er wollte doch wohl nicht etwa fahren? Sie wandte sich an ihn: »Hey, Jim, ich finde, du solltest nicht mehr fahren!«

»Was? Wie kommst du darauf?«

Lizzy trat näher. »Hast du nicht schon mehr als ein Bier getrunken?«

»Kein einziges«, erwiderte er und rollte genervt mit den Augen.

»Hast du was genommen? Oder warum siehst du so vollgedröhnt aus?«

»Was soll der Scheiß, Lizzy?« Nun baute er sich angriffslustig vor ihr auf. Etwas stimmte ganz und gar nicht. »Ich nehme keine Drogen, und selbst wenn, muss ich mich vor dir nicht rechtfertigen. Du bist kein Teil der Band.«

»Das ist mir scheißegal. Ich werde dich nicht fahren lassen, wenn du nicht Herr deiner Sinne bist«, erwiderte sie in ihrer »Ich bin der Boss«-Tonlage.

Abby schien nervös zu werden, und Lizzy hoffte, dass sie vernünftig genug wäre, nicht in sein Auto zu steigen.

»Wie willst du mich davon abhalten? Holst du Liam? Den braven Liam, den Musterknaben?«

Bevor sie darauf etwas erwidern konnte, griff Abby nach Jims Autoschlüssel.

»Ich pass auf ihn auf und bringe ihn sicher heim ins Bett«, sagte sie zu Lizzy, die ein ungutes Gefühl bei der Sache hatte. Sie wusste aber auch, dass es schwierig war, Jim in diesem Zustand zur Vernunft zu bringen.

Als Jim bei Abbys Worten breit zu grinsen begann, fügte diese hinzu: »Und nur damit du's weißt: Ich steh nicht auf Typen.«

»Was? Du stehst auf Weiber?« Er grinste noch breiter. »Heiß! Vielleicht könnten wir –«

»Vergiss es und halt die Klappe. Es sei denn, du möchtest, dass Lizzy die Polizei ruft?«

Er hob beide Hände, als würde er sich ergeben. »Ich bin ja schon ruhig.« Er tippte sich zum Zeichen des Abschieds an die Stirn und warf Lizzy einen letzten Blick zu, ehe er mit Abby durch den Garten Richtung Straße ging, wo anscheinend sein Auto geparkt war.

Lizzys Magenschmerzen nahmen zu. Was sollte sie machen? Die Drogengeschichte um Jim war nichts Neues – bis eben hatte sie jedoch gedacht, dass er sie unter Kontrolle hatte. Sie musste Liam sagen, was sie eben beobachtet hatte, damit die Swores gemeinsam entscheiden konnten, was zu tun war. Als sie zurück ins Wohnzimmer ging, überlegte sie, ob sie Lisa wegen Abby informieren sollte. Sie entschied sich dagegen. Lisa würde sich ohne Frage Sorgen machen. Und Abby hatte schließlich die Situation gerettet, vielleicht würde sie wirklich dafür sorgen, dass Jim ins Bett kam statt zur nächsten Party.

* * *

»Darf ich dich nach Hause fahren?«, meldete sich eine dunkle Stimme, als Lisa gerade dabei war, sich anzuziehen. Nach ihrem tollen Gespräch auf der Bank waren die beiden wieder ins Haus gegangen, doch jetzt wollte sie aufbrechen. Galant half John ihr in den Mantel, und sie lächelte, als sie die sanfte Berührung im Nacken spürte.

»Ich muss gleich zum Nachtdienst«, erklärte sie, während seine Lippen ihren Hals küssten. Seine Bartstoppeln kratzten leicht über ihre empfindsame Haut.

»Ich dachte, gehört zu haben, dass du erst gegen zehn anfängst.«

Nun wandte sich Lisa ganz zu ihm um und legte eine Hand auf seine Brust. »Da haben Sie richtig gehört, Mr McDermit. Aber was ist mit Ihrem Vater und den Kindern?«

»Liam und Lizzy bringen sie nach Hause.«

»Du hast ja alles sehr gut organisiert, was?«

»Ist wahr.«

»Dann sage ich nicht Nein.«

Seine Augen strahlten, und er bedeutete ihr, einen Augenblick zu warten, damit er seine Sachen holen und sich verabschieden konnte.

Wenig später öffnete er Lisa die Beifahrertür und half ihr beim Einsteigen in seinen Pick-up.

»Wow, was für ein riesiges Auto.«

»Ich habe eine Schwäche für amerikanische Autos.«

»Dieser Gedanke kam mir auch kurz, als ich in deiner Garage stand. Da sah mein kleiner Peugeot ziemlich verloren aus.«

John grinste und bog von der Einfahrt auf die Straße ein. »Ich kümmere mich gut um den Kleinen. Keine Sorge.«

Lisa streckte eine Hand nach ihm aus und streichelte ihm über den muskulösen Arm. »Du kümmerst dich um jeden gut. Zumindest habe ich diesen Eindruck. Du bist ein unglaublich guter Vater, ein ziemlich toller Sohn, ein guter Automechaniker und …«

»Ja?«

»Ein ziemlich guter Sänger?« Er machte ein enttäuschtes Gesicht, und Lisa kicherte amüsiert vor sich hin. »Hattest du etwas anderes erwartet?«

»Du bist ein Luder, Lisa Hanningan.«

»Wieso bist du so gut darin, Autos zu reparieren?«, wechselte sie das Thema.

»Wie kommst du darauf, dass ich gut darin bin?«, neckte John sie zurück.

»Okay, anders formuliert: Wie kommt es, dass du so viel über Autos weißt?«

»Mein Onkel hatte eine Werkstatt, in der ich schon als kleiner Junge mitgeholfen habe. Mein Onkel hat mir auch alles beigebracht. Wahrscheinlich hat er gehofft, dass ich seine Werkstatt eines Tages übernehme, wenn er in den Ruhestand geht.«

»Aber du bist lieber Musiker geworden?« John nickte. »Waren deine Eltern nicht dagegen?«

»Nein, überhaupt nicht. Sie haben immer an mich geglaubt, und meine Mum wollte nur, dass ich das mache, was ich liebe.«

»Hört sich nach einer tollen Mum an.«

»Das war sie. Die beste, um ehrlich zu sein. Ich weiß, ich klinge wie ein Muttersöhnchen. So war es nicht. Wir hatten nur schon immer eine sehr ehrliche und offene Beziehung. Ich weiß noch, dass es meine Mum war, die mich damals aufgeklärt hat. Mein Dad saß nur mit hochrotem Kopf daneben und brachte keinen Ton heraus.« John lachte, als er sich daran erinnerte.

»Ich wünschte, ich hätte solche Erinnerungen an meine Familie.«

Johns Lachen verklang, und er sah sie ernst an. »Es tut mir sehr leid, Lisa.«

»Ach was, du brauchst dich nicht für deine glückliche Kindheit zu entschuldigen. Ich bin froh, dass du sie hattest, und freue mich, dass du es Josie und Charlie so leicht wie möglich machen möchtest. Das ist es, was Eltern für ihre Kinder tun sollten.«

»Siehst du deine Mum oft?« Lisa rutschte peinlich berührt auf ihrem Sitz herum. »Entschuldige, ist dir diese Frage unangenehm?«

Sie zögerte und rang mit sich und den richtigen Worten. »Äh … ich habe meine Mutter schon eine ganze Weile nicht mehr besucht.«

»Ist sie so durcheinander?«

»Ich weiß es ehrlich gesagt nicht.« Lisa seufzte und fuhr erklärend fort: »Eines Tages, ich war ungefähr acht und Abby gerade zwei Jahre alt, sollten wir abends baden. Abby war zuerst dran, und als ich ins Bad kam, drückte meine Mutter sie unter Wasser und starrte vor sich hin. Abby wäre beinahe ertrunken, hätte ich sie ihr nicht entrissen.« John starrte sie sprachlos an, und sie sprach rasch weiter: »Ich weiß, sie hatte eine akute Psychose. Das sind so Schübe, die Patienten mit Schizophrenie bekommen. Sie war nicht sie selbst und wurde von den Stimmen in ihrem Kopf dazu gedrängt, aber ich kann es ihr trotzdem nicht verzeihen.«

John fuhr rechts ran. Er schien zutiefst geschockt. »Damit hätte ich jetzt nicht gerechnet. Was ist danach passiert?«

»Ich hatte Angst, Abby aus den Augen zu lassen, und bin nicht mehr in die Schule gegangen. Irgendwann kam meine Lehrerin bei uns zu Hause vorbei, und alles flog auf. Mum kam in die Klinik und wir zu unserer Tante Margie. Die schleppte mich und Abby ein paar Jahre regelmäßig in die Klinik. Doch irgendwann war sie die ständigen Kämpfe mit mir leid und ließ mich zu Hause. Ich glaube, Abby besucht unsere Mutter regelmäßiger. Aber ich kann es einfach nicht.«

»Es tut mir so leid, Lisa! Ich wünschte, ich könnte etwas von dem, was dir zugestoßen ist, ändern.«

»Danke, aber ich komme klar. Es wissen nur ganz wenige Menschen, was wirklich geschehen ist. Bitte sag es niemandem. Für Abby ist es schlimm, wenn andere Bescheid wissen.«

John nickte verständnisvoll und streichelte ihre Hand. »Es ist ganz erstaunlich.«

»Was?«

»Dass aus dir durch diese schreckliche Sache eine so wundervolle, leidenschaftliche und gute Frau geworden ist.«

»Durch die Tat meiner Mutter? Du meinst wohl eher, trotz dieser Sache?«

»Nein, ich meine durch all das, was in deiner Kindheit geschehen ist, ist ein besonderer Mensch aus dir geworden. Menschen, die ohne Hindernis ihr Leben durchschreiten, mögen charmant sein oder freundlich. Aber sie mussten nie gegen den Teufel persönlich antreten. Du bist beeindruckend, Babe!«

Lisas Augen glänzten verräterisch. Sie hatte es immer anders gesehen. Sie hatte diesen Teil ihres Lebens immer verstecken wollen, weil sie sich dafür geschämt hatte. Aber so wie John es sagte, sollte sie stolz darauf sein. Das war eine völlig andere Art, damit umzugehen.

John betrachtete sie nachdenklich. »Hast du Hunger? Was hältst du von einem winzigen Abendessen? Nur wir beide?«

Lisa sah auf die Uhr und fragte: »Hast du bei Nic und Mia nicht genug gegessen?«

»Oh, ich habe niemals genug gegessen.«

»Ich könnte noch einen Happen vertragen, bevor ich zum Dienst muss.«

»Sehr gut. Es gibt da diesen unglaublich guten Italiener …«

Lisa lachte. »Lass mich raten? Pedros?«

»Du kennst ihn?«

»Ich vergöttere die Lasagne seiner mamma!«

Da strahlte John, setzte den Blinker und fuhr zu Pedros. Er bestellte für Lisa und sich Lasagne, und dann verbrachten sie den

Abend ohne hemmungslosen Sex, dafür aber mit einem intensiven Gespräch. Sie berührten sich zärtlich, wie es bei einem richtig guten ersten Date sein sollte. Sie lachten erstaunlich viel und knutschten in Johns Auto auf dem Krankenhausparkplatz, bis die Autoscheiben beschlugen und Lisa ihn schweren Herzens zurückließ, um ihren Dienst anzutreten.

11

ie Nachtschicht hatte so einige Nachteile, wie zum Beispiel den durcheinandergeworfenen Biorhythmus oder der Kampf gegen die Müdigkeit. Einer der Vorteile war jedoch, dass man nicht um fünf aus dem Bett geklingelt wurde, sondern es sich da erst so richtig gemütlich machen konnte. Außerdem hatte man in der Regel nur wenig zu tun und musste nicht mit nervigen Kollegen zusammenarbeiten oder womöglich seinen Ex wiedersehen.

In Erinnerung an den wundervollen Abend mit John stieg Lisa mit dem gerade erst gekauften Kakao to go herzhaft gähnend die Stufen zu ihrer kleinen Wohnung hoch. Als sie in ihrem Stockwerk angekommen war und um die Ecke in den engen Flur bog, sah sie jemanden gegenüber ihrer Tür warten, mit dem sie nicht gerechnet hatte. Beinahe hätte sie kehrtgemacht, doch die aufflammende Wut hielt sie an Ort und Stelle.

Ethan lehnte an der Wand und hatte die Beine überkreuzt. Er trug eine weiße Arbeitshose und einen hellblauen Pullover unter der offen stehenden Jacke. Das hellbraune Haar war mit etwas Gel zurückgestrichen. Er sah wie immer sehr gut aus, und Lisa musste sich eingestehen, dass ihm ihre Verwünschungen keine hässlichen Warzen oder Fettpolster eingebracht hatten. Leider!

Und dennoch, er übte nicht mehr dieselbe Anziehungskraft auf sie aus wie vor diesem verhängnisvollen Abend in seinem Büro. Lisa war schließlich nicht masochistisch veranlagt. Als er sie weiter schweigend mit seinem typischen Dackelblick ansah, als hätte er nur vergessen, die Spülmaschine auszuräumen oder seine Socken in die Wäsche zu schmeißen, räusperte sie sich. »Ethan …?«

»Hallo, Lisa«, begrüßte er sie vorsichtig. Sie legte die letzten Meter zu ihrer Wohnungstür zurück und suchte nach dem Schlüssel in der Tasche. »Können wir uns unterhalten?«

Er durfte auf keinen Fall dieses Gespräch kontrollieren, also erwiderte sie kühl: »Unterhalten? Wir? Worüber genau?« Sie dachte einen Moment gespielt ernst nach. »Ach, du meinst doch nicht etwa über den Abend, an dem ich dich splitterfasernackt in deinem Büro mit deiner neuen, oder sagen wir lieber alten Verlobten vorgefunden habe? Oder vielleicht möchtest du auch nur über die letzten drei Monate sprechen, in denen du vergessen hast zu erwähnen, dass du bereits vergeben bist? Vielleicht bist du aber auch nur hier, um mit mir die Schichtpläne für das neue Jahr durchzugehen. Egal, was es ist, ich bin zu müde dafür!«

»Es ist nicht so, wie du denkst –«

»Das hast du jetzt nicht gerade gesagt, oder?« Lisa brach in Gelächter aus.

»Ich bin hier, um dir alles zu erklären.«

»Welche Erklärung könntest du mir geben, die mich dazu bringt, mich besser zu fühlen?«

Er warf die Hände in die Luft. »Ich war ein Idiot, Lisa. Ich wusste einfach nicht, wie ich dir diese Sache sagen sollte –«

Lisa unterbrach ihn erneut. »Wie wär's mit: Tut mir leid, aber aus uns wird nichts, denn ich habe bereits eine Freundin. Warum hast du mich überhaupt erst angebaggert?«

»Weil du einfach wunderschön und sexy bist.« Er trat näher an sie heran, und sie sah ihn entsetzt an.

»Vergiss es, Ethan. Denk nicht mal dran.«

»Gut, dann nicht. Aber ich wollte dich vor Miranda warnen. Sie kann eine Furie sein.«

»Ich glaube nicht, dass ich dafür verantwortlich gemacht werden kann, wenn du mir drei Monate lang eure Beziehung verheimlichst, oder?«

»Unterschätze sie einfach nicht«, riet er ihr und sah aus, als wollte er dafür auch noch ein Dankeschön.

»Entschuldige, Ethan, aber du hast mich in diese Situation gebracht. Es wäre besser, wenn du deine beißwütige Freundin zurückpfeifen würdest, sonst mache ich dir das Leben zur Hölle.«

Er hob belustigt die Brauen. »Wenn du hoffst, mich mit dieser Drohung einzuschüchtern, dann muss ich dich enttäuschen. Das macht mich höchstens geil.«

Lisa sah ihn entsetzt an, als er noch näher kam. Er stützte einen Arm neben ihrem Kopf ab und sah sie anzüglich grinsend an.

»Was willst du schon gegen mich unternehmen? Ich könnte es dir höchstens noch mal so richtig besorgen, wenn du darauf bestehst.«

In den drei Monaten intensiver Intimitäten und häufiger Dates hatte Lisa diesen Teil von Abartigkeit an Ethan wohl schlichtweg übersehen. Er war offenbar ein Meister darin, die Menschen zu täuschen. Sie holte tief Luft und zischte: »Verzieh dich Ethan, oder …«

»Oder? Bringst du dann deinen neuen Rockstarfreund her?«

Lisa fand es überflüssig, ihm darauf zu antworten, also öffnete sie schweren Herzens den Kakaobecher und kippte die braune, noch dampfende Flüssigkeit über seine Beine. Derb fluchend sprang er zurück und schrie vor Schmerz auf.

»Du solltest diese Hose schnellstens waschen, sonst gibt es böse Flecken. Brandsalbe wäre sicher auch keine schlechte Idee.« Mit diesen Worten wandte sie sich ab, schloss die Tür auf, trat hindurch und schlug sie vor Ethans Nase zu. Kurz lehnte sie sich mit geschlossenen Augen dagegen. Wieso ging sie nur ständig solchen Typen ins Netz? Nur eines war ihr jetzt vollkommen klar: Man hätte ihr Ethan nackt auf den Bauch binden können, und bei Lisa wäre nichts gelaufen.

Nach einer Weile, es war alles still vor der Tür, sah sie durch den Spion und stellte erleichtert fest, dass Ethan fort war. Trotzdem schloss sie die Tür sicherheitshalber ab.

Woher wusste er nur von ihr und John? Nicht mal sie selbst war sich über ihren Beziehungsstatus im Klaren. Sie ging in ihre winzige Küche, um sich etwas zu trinken zu holen, und sah dann auf dem Weg ins Schlafzimmer, dass ihr Anrufbeantworter blinkte.

»Hey, Babe!«, ertönte Johns Stimme und zauberte eine Gänsehaut auf Lisas Körper. »Ich bin heute den ganzen Tag und die Nacht mit den Jungs in London. Ich würde dich morgen gern sehen und all die vielen Unanständigkeiten mit dir machen, die du mir gestern ins Ohr geflüstert hast. Melde dich doch kurz, ob du Zeit hast.«

Lisa seufzte, und das klang sogar in ihren Ohren nach einem akuten Fall von Verliebtheit. Nach dem gestrigen Abend war das auch kaum anders möglich. John war ein Traumtyp. Außerdem waren nicht alle Kerle solche Arschlöcher wie Ethan.

Lisa stieg aus ihren Klamotten, zog sich ein T-Shirt über und schlüpfte unter ihre weiche Bettdecke. Dann schloss sie die Augen. Vielleicht sollte sie nicht zu viel nachdenken, sondern sich einfach treiben lassen und sehen, ob es sie zufällig zu John brachte.

∗　∗　∗

»Hat einer von euch etwas von Jim gehört?«, fragte Pablo und sah von einem Swores-Mitglied zum nächsten. »Wo steckt er nur wieder?«

»Gestern war er noch bei uns.«

»Er wusste, dass ihr heute ein Meeting habt?« Alle nickten, wenn auch zögernd. Pablo holte tief Luft und sah besorgt aus. »Nun gut, dann werden wir die Gelegenheit nutzen und uns jetzt über Jim unterhalten.«

»Ich finde nicht, dass wir über ihn reden sollten, wenn er nicht dabei ist«, gab Nic zu bedenken.

Stan stimmte ihm sofort zu. »Genau. Er sollte sich zumindest selbst verteidigen können.«

»Nur leider können sich Drogenabhängige nicht wirklich verteidigen, oder?« Pablos Miene war ernst, und er schüttelte den Kopf.

»Willst du damit sagen, dass er rückfällig geworden ist?«, fragte John entsetzt.

John fiel auf, dass Stan auffällig ruhig wurde, als ihr Manager zu erzählen begann: »Vor vier Wochen bekam ich einen Anruf von einer Journalistin, die mich darum bat, Stellung zu Jims Drogenproblemen zu nehmen. Natürlich verweigerte ich jegliche Aussage, aber sie erzählte mir von ein, zwei Partys, die er wohl im Drogenrausch gefeiert hat.«

Nic unterbrach Pablo: »Welche Journalistin war das?«

»Cathy Young.«

»Natürlich, diese Hexe!«, schnaubte Stan.

»Aber eines muss man ihr lassen, sie ist echt clever und hat schon manches Foto von mir gemacht, wo ich sie echt nicht vermutet hätte.« Liam grinste anerkennend.

»Jedenfalls solltet ihr im Moment etwas vorsichtiger sein, wenn ihr keine Geschichte über euch in der Zeitung lesen wollt. Sie ist auf der Suche nach einer neuen Story.« Pablo holte tief Luft und redete weiter: »Jedenfalls bin ich etwas aufmerksamer geworden, und Jim scheint tatsächlich ein altes, neues Problem zu haben. Er hat seit einiger Zeit entweder schlechte Laune oder ist völlig euphorisch. Er vergisst andauernd Termine wie den für die Fotos. Das Gespräch bei DMDA hat er auch versaut. Es geht nicht darum, ihm daraus einen Vorwurf zu machen, aber wir sollten überlegen, wie es weitergeht.«

»Meinst du, er steckt wieder voll drin?«, fragte Nic.

»Lizzy war gestern mehr oder weniger Zeuge davon, wie er etwas genommen hat«, offenbarte Liam nun.

»Was?«, rief Nic geschockt. »Und das sagt sie mir nicht?«

»Sie hat es mir gestern Abend erzählt, nachdem er weg war. Er wollte zu irgendeiner Party und selber fahren, aber Lizzy war dagegen. Am Schluss ist Abby gefahren.«

»Abby?«, fragte John nun schockiert. Das war das Letzte, was Abby brauchte. So wie Lisa es angedeutet hatte, steckte sie schon in genug Schwierigkeiten.

Liam blickte ihn bedauernd an, dann wandte er sich an Stan. »Was sagst du dazu? Immerhin seid ihr ständig zusammen unterwegs.«

»Nachdem Melanie ihn abserviert hat, hat er etwas mehr gefeiert als sonst, aber müssen wir da direkt von einem neuen Drogenproblem anfangen?«, entgegnete Stan, schien aber selbst nicht sonderlich überzeugt.

»Sag du es uns! Soweit ich weiß, ist er dein bester Freund. Hat er ein Problem oder nicht?«, fragte John erneut.

Stan schwieg, was Antwort genug war.

Nic murmelte entsetzt: »Also müssen wir ihn wieder völlig abstürzen lassen und dann in eine Entzugsklinik bringen?«

»Vielleicht sollten wir zuerst mit ihm reden«, schlug John vor, was Nic nur belächelte.

»Das hat beim letzten Mal ja so gut funktioniert.«

»Ich erinnere mich an die Zeit vor Mia, als du der Trauerkloß in der Band warst. Wir haben uns riesige Sorgen um dich gemacht, dass du nicht mit dem Zeug und den Problemen mit Mia klarkommst. Hättest du nicht auch gewollt, dass wir mit allen Mitteln versuchen, dir zu helfen, anstatt dich mit hundertachtzig vor die Wand fahren zu lassen?«

Nic ließ die Schultern hängen. »Ich hatte es immer im Griff. Dennoch hast du recht«, stimmte er ihm zu.

John sah in die Runde. Nach all den Problemen mit Jim in den letzten Jahren war es ihnen allen wohl irgendwann normal erschienen, dass er nur noch mit Drogen klarkam.

»Ich fürchte zwar auch, dass er sich die Problematik noch nicht eingestehen will, ich stimme John zu. Wir sollten mit ihm reden und versuchen, ihm zu helfen, bevor die Karre in den Dreck gefahren ist«, meinte Liam, und Pablo klatschte in die Hände.

»Würdest du das übernehmen, Stan?« Stan sah zwar nicht glücklich über diese Aufgabe aus, aber er nickte zögerlich. »Dann beenden wir jetzt unser Meeting und genießen danach unser Mittagessen.«

Trotz Jims Abwesenheit entspannten sich die Freunde wenig später bei ihrem Lunch und lachten über Geschehnisse in Bodwin und auf Liams Verlobungsfeier.

»Ich kann immer noch nicht fassen, dass du heiraten wirst, und dann auch noch Lizzy«, lachte Pablo. »Ich erinnere mich noch zu gut an den Tag im Studio vor ein paar Jahren, als du mir von eurer WG erzählt hast. Du warst kurz davor, zu verzweifeln.«

Nic stimmte in das Gelächter ein. »An der Verzweiflung hat sich zum Teil nicht viel geändert, oder?«

Liam grinste nur und hüllte sich in verdächtiges Schweigen.

John wollte schon fragen, was ihn bedrückte, als sein Handy klingelte. Verwundert erkannte er Maureens Nummer und fragte sich, ob vielleicht was mit den Mädchen war. Aber dann hätte sein Vater doch zuerst ihn angerufen, oder nicht? Besorgt stand er vom Stuhl auf und verließ das Lokal. Er hob ab und fragte: »Maureen? Ist alles in Ordnung?«

»Ob alles in Ordnung ist, fragst du mich? Im Ernst jetzt?«, fauchte sie durch den Hörer.

»Was habe ich jetzt schon wieder falsch gemacht?«

»Hast du mir etwas zu erzählen über eure Weihnachtstage?«

John runzelte die Stirn. »Nein, Maureen, habe ich nicht. Außer dass alles ganz wundervoll war.«

»Das glaube ich dir aufs Wort, mein Lieber!« Die Ironie ihrer Worte stieß ihn vor den Kopf. »Hast du schon mal einen Blick in die Zeitung geworfen?«

John presste die Zähne aufeinander. »Ich verliere gleich die Geduld, wenn du mir nicht sagst, was dich so aufgebracht hat.«

»Dann beantworte mir doch eine Frage, John: Haben meine

Kinder Weihnachten mit ihrem Vater und einer mir gänzlich unbekannten Frau verbracht?«

John knirschte genervt mit den Zähnen und knurrte: »Wenn du damit meinst, dass Lisa am ersten Abend bis zum Essen geblieben ist, dann ist die Antwort Ja. Aber als fremd würde ich sie nicht bezeichnen. Immerhin seid ihr euch schon einmal in der Garage begegnet. Zuletzt erst in meiner Werkstatt. Du kennst sie also.«

»Kennen würde ich das nicht nennen. Ich habe kaum zwei Sätze mit ihr geredet. Aber das spielt auch keine Rolle, John, weil ich es hasse, angelogen zu werden. Es gibt Beweise dafür, dass sie auch gestern bei euch war, und ich kann es nicht glauben, dass wir ernsthaft dieses Gespräch führen. Vor allem, nachdem du mir damals so viele Steine mit Eric in den Weg gelegt hast.«

»Welche Steine habe ich euch denn bitte in den Weg gelegt? Meinst du etwa die Nacht deines Junggesellinnenabschieds, an dem du an meiner Tür geklingelt und mit mir die Nacht verbracht hast? Meinst du etwa diesen Stein? Denn ich war es nicht, der dich dazu getrieben hat, fremdzugehen …«

»Darum geht es jetzt nicht, John. Ich hasse es, auf diesem Weg erfahren zu müssen, dass meine Kinder ihre Zeit mit einer anderen Frau verbringen müssen. Charlie hat gestern Abend am Telefon geweint, und ich wusste nicht, warum. Aber dieses Foto erklärt einfach alles!«

»Verfluchte Scheiße, wovon sprichst du überhaupt?«

»Ich rede von den Fotos in der Zeitung, John!«

»Ich habe heute noch keine Zeitung gesehen.«

»Nun, dann würde ich dir vorschlagen, eine zu besorgen. Ich jedenfalls habe eine ziemlich genaue Vorstellung davon, wie das Weihnachtsfest meiner Kinder ausgesehen hat. Sie wollten es mit dir verbringen, John. Nur mit dir!«

»Das ist nicht wahr, Maureen! Sie wollten Weihnachten mit uns beiden verbringen. Sie hoffen immer noch, dass wir wieder zusammenkommen.«

»Nun, das ist ja jetzt wohl nicht mehr möglich, oder?«

»Fragst du mich das wirklich? Geht es eigentlich darum, Maureen?« Er schlug die Faust gegen die Ziegelsteine der Wand. »Du hast vor drei Jahren die Scheidung von mir verlangt und vor eineinhalb Jahren einen anderen Mann geheiratet. Wie kann es da erst jetzt an mir liegen, dass wir nicht mehr zusammen sein können?«

»Ich will nicht, dass meine Kinder mit einer Frau zusammen sind, die ich nicht kenne.«

»Entschuldige, Maureen, aber bei Eric hast du auf meine Gefühle deswegen auch keine Rücksicht genommen. In diesem Fall muss es dir genügen, dass ich Lisa gut genug kenne und ihr vertraue.«

»Ich zweifle nicht daran, wie gut du sie kennst …«

»Ich lege jetzt auf, Maureen, und gebe dir Zeit, über deine Forderungen noch einmal nachzudenken. Wenn du mit mir ein vernünftiges Gespräch führen kannst, dann darfst du gern noch mal anrufen!«

Er legte wutschnaubend auf und starrte auf das Telefon in seiner Hand. Ein Foto seiner beiden Kinder war darauf zu sehen, und er fragte sich, wieso eigentlich alles immer seine Schuld war.

Am Anfang ihrer Beziehung hatten Maureen und er nie daran gedacht, dass seine Musikerkarriere je wirklich in Gang käme. Als es dann doch so weit war, hatte sie sein Rockstarimage angemacht. Als Charlie geboren wurde, begann sie am Erfolg der Swores zu zweifeln und flehte John an, sich endlich einen vernünftigen Job zu suchen. Dann kam der Durchbruch, und sie war stolz auf ihn und genoss es, sich endlich keine Gedanken mehr um Geld machen zu müssen. Sie liebte es, Geld für gute Kleidung auszugeben und nicht mehr bei Walmart einkaufen zu müssen.

Seine Karriere forderte aber auch ihren Tribut, wie nun mal alles seinen Preis hatte. Er war oft von zu Hause weg, und obwohl er versuchte, den Spagat zwischen dem Familienleben und den Pflichten als Bandmitglied hinzubekommen, schien er immer irgendetwas falsch zu machen. Ihre Liebe zueinander war groß, aber die Differenzen wurden immer größer. Jede Trennung war schrecklich gewesen. Als Maureen Eric kennenlernte und von John die Scheidung wollte, dachte er, dass es endgültig aus wäre. Doch auch danach kam es noch zum Sex zwischen ihnen.

Für die Mädchen war diese Situation auch schwierig. Denn obwohl ihre Eltern geschieden waren und Maureen mit einem anderen Mann verheiratet war, glaubten sie immer noch, dass es ein Zurück gab. John seufzte und sah sich nach dem nächsten Kiosk um. Dort kaufte er ein Päckchen Kaugummi und betrachtete den Zeitungsständer. Er brauchte nicht lange zu suchen, um den Grund für Maureens Zorn zu finden. Ein Foto von Lisa und ihm prangte auf einer Titelseite. Ein sehr vertrautes Foto, das bei Nic und Mia im Vorgarten aufgenommen worden war. John kniff die Augen zusammen und zerrte ein Exemplar aus dem Ständer. Er bezahlte das Schmierblatt und den Kaugummi und blätterte zu dem Artikel über sich.

Rockstar John McDermit offenbar frisch verliebt!

Die Swores schreiben und performen nicht nur erfolgreiche Songtexte, sondern bieten auch jedem Autor eine Steilvorlage für romantische Liebesgeschichten. Zu Weihnachten fand offenbar der gut aussehende und stille Schotte sein neues Glück. Verdient hat er es ja, nach etlichen Affären und seiner On-Off-Ehe mit seiner Ex-Frau. Aber wie ist es denn, Mr McDermit? Ist Lizzy Donahues Freundin Lisa Hanningan nun Ehefrau Nummer zwei oder nur eine weitere Liaison? Und noch interessanter wäre zu wissen: Was sagt besagte Ex-Frau zur neuen Stiefmutter ihrer Kinder?

John schnaubte und hätte am liebsten den Kopf gegen die nächste Wand geschlagen. Natürlich brachte Maureen ein solcher Artikel gegen Lisa auf. Als Ehefrau genoss man nur selten die Toleranz der weiblichen Fans, und Maureen wurde nur allzu oft und nicht ganz unbegründet als Zicke abgestempelt. Nun in der Presse so vorgeführt zu werden, musste sie furchtbar kränken. Mitgefühl erfüllte John, das sogleich wieder abebbte, als er sich an all die unsensiblen Dinge erinnerte, die Maureen ihm angetan hatte. Und wer hatte diesen Artikel geschrieben? Cathy Young natürlich, diese Hexe!

* * *

Lisa trug bereits ihr Joggingoutfit und stand an der Tür, als ihr Telefon klingelte. Sie zögerte einen Augenblick, entschied sich dann aber gegen dieses Gespräch. Es hatte eine Ewigkeit gedauert, bis sie sich gegen Mittag aus dem Bett gequält hatte, um zu joggen und ihren ohnehin zu kurvigen Körper nicht noch weicher werden zu lassen. Sie ließ den Anrufbeantworter drangehen und sprang erst den Flur und dann die Stufen ihres Treppenhauses euphorisch hinab, sodass ihr Pferdeschwanz fröhlich auf die Schultern tippte.

Bei den Briefkästen traf sie Mitch, den jungen Nachbarn, der wie immer ein Gespräch mit ihrem Busen zu führen schien. »Hallo, Lisa, komisch, was da draußen heute für ein Betrieb ist ...«

»Vielleicht ist die Hauptstraße wieder gesperrt und die Umleitung verläuft hier lang. Sag mal, hast du das Paket bekommen? Ich hab es dir letzte Woche vor die Tür gelegt.«

»Ja, vielen Dank noch mal ... Lust auf einen Kaffee? So als Dankeschön?«

Lisa sah ihn tadelnd an. »Du bist echt süß, aber, Mitch, du weißt doch, dass daraus niemals etwas wird. Bis bald.«

»Einen Versuch war's wert. Ich bleib hartnäckig!« Lisa schüttelte den Kopf und stieß die Tür zur Straße auf. Ein paar Blitze blendeten sie unvorbereitet, und sie hielt sich die Hand vor die Augen.

»Sind Sie Lisa Hanningan?«

»Sind Sie Johns neue Freundin?«

»Haben Sie Weihnachten zusammen verbracht?«

»Gab es schon einen Antrag?«

»Haben Sie schon seine Kinder kennengelernt?«

Lisa war wie zur Salzsäule erstarrt und sah auf die vielen fremden Füße, die sich vor ihrem Haus versammelt hatten. Denn in die Gesichter der Menschen konnte sie nicht schauen, ohne zu erblinden. Das war doch wohl ein schlechter Scherz? Das musste es sein! Wie hatte die Presse überhaupt Wind davon bekommen, und wie hatte man sie so schnell ausfindig gemacht? Lisa konnte es nicht fassen. Sie machte einen unbeholfenen Schritt zurück, bis sie sehr undamenhaft über einen erhöhten Pflasterstein stolperte und auf ihren Po fiel. Es konnte nicht mehr schlimmer kommen, dachte sie und rappelte sich auf. Mitch öffnete die Haustür, und ohne auf eine der laut gebrüllten Fragen der Reporter einzugehen, flüchtete Lisa hinein.

»Abgefahrener Scheiß! Was ist denn mit denen los?«, rief er aus. Lisa antwortete ihm nicht. Sie hatte immer noch das Gefühl, nicht alle Zusammenhänge zu verstehen, und trat wie in Trance den Weg nach oben an. Sie hatte kaum ihre Wohnungstür hinter sich geschlossen, als sie zum Telefon stürzte und die Anrufbeantwortertaste drückte.

Johns Stimme erklang: »Lisa, ich bin's noch mal, John. Du musst mich sofort zurückrufen, wenn du das abhörst.« Diesen Anruf hatte sie offenbar verpasst, als sie noch geschlafen hatte. Den nächsten, ebenfalls von John, hatte sie bewusst ignoriert.

»Hier ist die Hölle los, Lisa. Wir sollten dringend über den Zeitungsartikel reden. Ruf mich an!«

Zeitungsartikel? Mit zitternden Händen drückte sie die Rück-ruftaste und wartete darauf, dass John abhob.

»Hey, Babe, geht es dir gut?«

»Ich denke schon – wenn man mal davon absieht, dass ich gera-de von einer Reportermeute vor der Tür empfangen worden bin.«

»O nein, sie sind schon bei dir? Wie macht diese Hexe das nur?«

»Wer genau sind ›sie‹, John? Und wer ist die Hexe? Was zum Teufel ist hier los?«

»Eine Journalistin namens Cathy Young hat ein Foto von uns in der Zeitung veröffentlicht …«

»Wie kommt sie bitte an ein Foto von uns, wenn nicht mal ich eins habe?«

Sie hörte Johns erleichtertes Lachen. »Gestern im Vorgarten von Mia und Nic wurden wir beobachtet …«

»Bitte? Du meinst doch nicht etwa von dieser Journalistin?«

»Wahrscheinlich schon, ich weiß auch noch nicht viel. Das Pro-blem ist, dass sie damit jetzt auch die anderen Klatschreporter auf uns aufmerksam gemacht hat und sie jetzt alle diese Story aus-schlachten wollen.«

»Das erklärt natürlich auch, woher Ethan davon wusste«, mur-melte sie mehr zu sich selbst.

»Ethan? Du meinst dieses Arschloch von Ex-Freund?«

»Ja, er war heute Morgen bei mir und …«

»Er war bei dir?«, knurrte John, und Lisas Herz schwoll an vor Glück.

»Ja, aber mit dem werde ich schon fertig. Aber einige der Repor-ter vor meinem Haus haben ganz fiese Fragen gestellt …«

»Es tut mir so leid, Lisa! Die sind wie Aasgeier und stürzen sich auf jede Kleinigkeit. Ich dachte, wir wären vorsichtig gewesen.« Sie hörte das Bedauern in seiner Stimme, und er klang zudem sehr nervös.

Lisa wollte nicht, dass er sich sorgte. Sie war aus härterem Holz geschnitzt. »Nun, ich bin gerade mehr darüber besorgt, dass ich mich bis auf die Knochen blamiert habe und etliche Kameras dabei waren.« Sie legte die Hand über die Augen.

»Sag nicht, du warst wieder nackt?« Sie hörte Johns Grinsen förmlich durchs Telefon.

»Ich war nicht nackt, McDermit!«, rief sie aus, lächelte aber. »Aber … und es ist ein großes Aber … ich hatte mein Sportoutfit an, weil ich joggen gehen wollte. In dieser Hose ist mein Hintern riesig, und meine Oberschenkel laden jeden Wolf herzlich zum Dinner ein.«

»Oh, ich liebe diese Schenkel und ganz speziell deinen Hintern«, raunte er durch den Hörer, was Lisa die Röte ins Gesicht trieb.

»Weiß der Kuckuck, warum.«

»Das kann ich dir gern heute Abend zeigen, wenn du …«

»Ich habe Nachtdienst, John«, raubte Lisa ihm all seine Illusionen.

»Melde dich krank!«, flehte er.

»Nein, du Verrückter. Ich muss Geld verdienen, und außerdem möchte ich nicht, dass jemand für mich einspringen muss.« John seufzte gequält. »Aber das Schlimmste an meinem Auftritt war, dass ich auf besagten Hintern gefallen bin.« Nun lachte John, und Lisa schmollte beleidigt.

»Du hast wirklich ein Talent, dich im richtigen Moment in Szene zu setzen, Babe!«

»Komm du mir nach Hause, dann zeig ich dir, wie ich mich richtig in Szene setze«, schimpfte sie, doch John antwortete nur: »Darauf freue ich mich schon seit dem Moment, als du gestern Abend mein Auto verlassen hast.«

Lisa lachte. »Irgendwelche hilfreichen Ideen, wie ich aus dem Haus komme, ohne von denen gesehen zu werden?«

»Gibt es bei dir einen Hintereingang, eine Garage oder sonst was, wo du rausgehen kannst?«

»Deswegen tragt ihr Stars immer diese riesigen Sonnenbrillen, oder?«

John lachte wieder und sagte dann leise: »Ich vermisse dich, Babe. Ich komme dich morgen holen, in Ordnung?«

»Ja, das wäre ganz wunderbar!«

Nachdem sie aufgelegt hatten, starrte Lisa wie eine Verrückte grinsend auf das Telefon. Plötzlich fiel ihr jemand ein, der wissen musste, wie man mit so einer seltsamen Situation umging.

Sie wählte die Nummer und wartete geduldig, bis abgehoben wurde.

»Hey, ich brauche deine Hilfe!«

12

Das Meer lag in seiner unendlichen Weite vor ihr, und in diesem einen Moment wünschte Lizzy sich, Teil davon sein zu können. Als Welle wollte sie all die fremden Orte dieser Welt besuchen, die sie von ihrem unerfüllbaren Wunsch ablenken würden. Sie wollte in die Geschichten fremder Menschen eintauchen, sie durch deren Augen betrachten können und so ihre eigenen Gefühle vergessen. Sie schlug die Kapuze über die im Wind wehenden Haare und schützte so ihr Gesicht vor der Kälte.

Liam war bereits am vergangenen Abend nach London aufgebrochen. Nachdem sie ihm in den Tagen zuvor so oft wie möglich aus dem Weg gegangen war, glaubte Lizzy, dass er eher deswegen gefahren war. Er war auch etwas verwundert gewesen, dass sie nicht mitfahren wollte. Immerhin war sie lange nicht mehr in der City gewesen. Sie hatte ihre Firma in Falmouth, und sie hatten sich auch hier das Haus gekauft, in dem sie vorrangig lebten.

Normalerweise besuchte Lizzy gern Mrs Graysons alte Wohnung, die seit deren Tod ihr gehörte, wenn Liam wegen der Band nach London musste. Und sie erinnerte sich auch gerne an die alte Frau, die sie so rasch in ihr Herz geschlossen hatte. Doch dieses Mal konnte sie nicht an Mrs Grayson denken, ohne sich auch an deren jung verstorbene Tochter Feline zu erinnern. Lizzy hatte ihrer alten Freundin angesehen, dass sie dieser Verlust als Mensch verändert hatte. Es war der einschneidendste Schicksalsschlag in Mrs Graysons Leben gewesen.

Lizzy hatte Angst, was ihr persönlicher Rückschlag mit ihr machen würde. Würde sie Liam verlieren? Nein, verlieren war das falsche Wort. Er würde nicht gehen, wenn sie es nicht wollte. Nun fragte sie sich kurz vor der Hochzeit plötzlich all diese Dinge, die sie sich hätte längst fragen sollen. War Liam der Mann, den sie bis zum Ende ihres Lebens lieben konnte? War sie die eine Frau für ihn? Konnte sie ihn glücklich machen? Wollten sie dasselbe? Hatten sie dieselben Ziele? Durch die Unfruchtbarkeit war es Lizzy nicht vergönnt, auf normalem Weg Mutter zu werden. Natürlich würde sie das noch mit einem zweiten Arzt bereden, aber tief in ihrem Inneren hatte sie diese Möglichkeit als gegeben angenommen.

Den gestrigen Abend hatte sie dafür genutzt, sich im Internet nach alternativen Möglichkeiten umzusehen. Doch all diese Seiten hielten nur eine Botschaft für sie bereit: Es würden harte Zeiten auf sie zukommen.

Als ihr Handy klingelte, war sie kurz versucht, nicht ranzugehen. Aber sie hatte Nic versprochen, für Mia abrufbereit zu sein, falls etwas nicht stimmte. So drückte ihr Verantwortungsgefühl die Abhebetaste.

»Hey, ich brauche deine Hilfe!«, hörte sie Lisa sagen, und Lizzy machte auf dem Absatz kehrt und ging durch den Sand zur Promenade zurück.

Nur eine halbe Stunde später fuhr sie auf das Mehrfamilienhaus zu, in dem Lisa in Falmouth lebte, und betrachtete die Ansammlung fremder Menschen vor der Haustür. Sie seufzte. Das war mal wieder so typisch. Diese Journalisten warfen sich wie Aasgeier auf jedes winzige Detail. Lizzy parkte ein kleines Stück entfernt und lief das letzte Stück zu Fuß.

Sie rief wie vereinbart bei Lisa an, die nach ihrem knappen »Hallo« sofort fragte: »Und? Sind immer noch viele da?«

»Das ist die falsche Frage, Lisa! Frag lieber, wie viele es noch geworden sind.« Lisa seufzte frustriert durchs Telefon.

»Lizzy! Da ist Lizzy Donahue!«, riefen die ersten Reporter.

Sie war erkannt worden. Lizzy lächelte, als sich ihr die ersten entgegenwarfen.

»Haben Sie die beiden verkuppelt?«

»Treffen Sie John irgendwo privat?«

»Ist es etwas Ernstes?«

Solche oder ähnliche Fragen feuerten sie auf Lizzy ab, doch sie lächelte nur weiter unverbindlich, während sie sich durch die Reporter zum Eingang drängte. Der Summer ging bereits, Lizzy drückte die Tür auf und verschwand im Hausflur. Oben an der Wohnungstür sah sie Lisa, die ihr mit nassen Haaren und in Jogginghose öffnete. Sie sah zwar etwas verängstigt aus, aber auch sehr glücklich.

»Ich fasse es nicht, dass tatsächlich noch mehr dazugekommen sind. Ich bin doch nicht Kate Moss.«

»Gott sei Dank bist du das nicht!« Lizzy nahm ihre Freundin fest in die Arme und trat in die kleine Wohnung. »Nein, du bist viel besser! Du hast dir nämlich einen der begehrtesten Männer Großbritanniens geangelt.«

»Dabei haben John und ich unsere Affäre nicht mal genauer definiert.«

»Nein, das haben diese Leute da unten für euch getan. Sieh es mal so, ein unangenehmes Gespräch weniger.« Lizzy kicherte, als Lisa ihr gespielt entrüstet gegen den Arm boxte. »Ich freu mich so für dich, Süße! Aber jetzt wird es erst richtig schwierig.«

»Hä?«

»Du musst ständig damit rechnen, dass dich jemand erkennt oder dass Fotos von dir gemacht werden. Das hat zur Folge, dass du ständig gestylt sein oder dich mit den kompromittierenden Fotos abfinden musst.«

»Ich denke, ich werde das Letztere wählen. Du hast ja keine Ahnung, wie man am Morgen nach der Nachtwache aussieht.«

»Gute Entscheidung.«

Lisa reichte Lizzy eine Tasse Tee, die sie sich selbst erst vor wenigen Augenblicken eingegossen hatte. Die Freundinnen ließen sich auf Lisas gemütlichem Sofa nieder und schauten in die Zeitung, die Lizzy auf dem Weg gekauft hatte.

Lisa schüttelte überrascht und entsetzt zugleich den Kopf. »Wie bist du damit umgegangen, als man eure Beziehung entdeckt hat?«

»Für mich war es nicht ganz so neu. Ich war ja immer schon die Schwester von Nic Donahue. Es änderte sich natürlich und wurde mehr, als ich mit Liam zusammenkam. Außerdem werden dich immer auch ein paar Fans verachten, einfach weil du etwas hast, das sie nie haben werden. Aber daran gewöhnt man sich. In deinem Fall ist es sicher etwas brisanter. Es ist allgemein bekannt, dass John und Maureen … Na ja …« Plötzlich wusste Lizzy nicht mehr, wie sie es formulieren sollte, ohne ihre Freundin zu verletzen.

»Sie sind das Traumpaar gewesen, oder?«

Lizzy rutschte unruhig auf ihrem Platz hin und her. »Ich weiß nicht … sie waren schon zusammen, seit ich denken kann. Am Anfang war es so, als würden sie für immer zusammengehören. Aber irgendwann gab es nur noch Ärger, und Maureen hat es John ziemlich schwer gemacht. Er ist einer von den Guten. Ich meine damit nicht, dass er nicht auch mal auf den Tisch hauen kann. Nein, es ist vielmehr so, dass er dir nie absichtlich wehtun würde.«

Lisa nickte nachdenklich. »Meinst du, dass das mit den beiden jemals ganz vorbei sein wird?«

Lizzy seufzte. »Du magst ihn richtig, oder?« Lisa zuckte mit den Achseln, während sie rot anlief. Lizzy ergriff ihre Hand. »Auf jeden Fall hat er niemals eine andere Frau so angesehen wie dich. Ich mag im Moment etwas durch den Wind sein, aber ich bin trotzdem nicht blind.«

»Apropos! Ich habe dir einen Termin bei unserer Gynäkologin besorgt. Ich habe oben den Zettel, ich hoffe, du kannst es dann einrichten.«

»Ich hab ein paar Termine bei BOLD, aber ich kann es bestimmt so schieben, dass es passt. Danke, Süße!«

Später bereiteten sie gemeinsam etwas zu essen vor und verbrachten den Abend damit, über die Swores zu tratschen und so ziemlich jedes Gefühl der anderen in alle Einzelteile zu zerlegen und zu betrachten. Lizzy bekam ein Glas Wein, während Lisa für die Arbeit nüchtern blieb. Trotz Reporter vor der Tür wurde es ein wunderschöner Tag mit genau der Portion Ablenkung, die Lizzy sich zuvor gewünscht hatte. Als es gegen halb neun für Lisa Zeit wurde, sich auf den Weg zur Arbeit zu machen, überlegten sie sich gemeinsam einen Schlachtplan. Draußen begann es in Strömen zu regnen, und sie hofften darauf, dass das die meisten Reporter vertreiben würde. Lisa ging mit Lizzy bis ins Erdgeschoss, verbarg sich aber vor den Blicken der Reporter und verabschiedete sich herzlich von ihrer Freundin. Lizzy wollte die Reporter ablenken, sodass Lisa sich durch den Garagenhof verdrücken konnte.

* * *

Der Plan, dass Lizzy die Presse vor der Tür ablenkte, während sie selbst durch die Garage floh, ging wunderbar auf. Lisa lief zu ihrem Starbucks um die Ecke, um sich den traditionellen Latte macchiato vor der Nachtschicht zu holen. Sie dankte Callie, der Barista, die sie bereits gut kannte, und wollte sich gerade auf den Weg zum Krankenhaus machen, als ihr eine Frau entgegentrat.

Ihre schwarze Haarmähne war zu einem hippen Bob geschnitten, sie trug Röhrenjeans und zwölf Zentimeter hohe Hacken. Lisa sah die Erscheinung, die ein Model hätte sein können, erstaunt an.

»Guten Abend, Miss Hanningan, ich dachte mir schon, dass ich Sie vor Ihrem Nachtdienst hier antreffen würde.«

»Und Sie sind?«

»Cathy Young. Ich habe –«

»Die Story über mich geschrieben«, stellte Lisa kühl fest.

»Ich hatte gehofft, Sie würden mir bei einem Kaffee ein paar Fragen beantworten.«

Lisa lächelte zuckersüß und sagte: »Aber sicher doch, Miss Young. Ich beantworte Ihnen gerne all Ihre Fragen zu meinen Privatangelegenheiten.«

»Wirklich? Das ist ja fantastisch.«

»Sie sprechen wohl kein Sarkastisch, oder?«

Die Frau ihr gegenüber sah so verdattert aus, wie Lisa es sich erhofft hatte. Diesen Moment nutzte sie für sich, um schnell zu verschwinden.

»Wenn Sie einen Star daten, dann müssen Sie auch damit rechnen, dass die Öffentlichkeit von Ihnen erfährt«, rief ihr die Reporterin nach.

Lisa machte sich nicht die Mühe, sich noch einmal umzudrehen. »Deswegen werde ich Ihnen aber trotzdem nicht die Gelegenheit geben, über John, seine Familie oder mich herzuziehen.«

»Ich werde Ihnen auf den Fersen bleiben.«

»Viel Glück dabei!«

Damit rauschte sie aus dem Starbucks und floh in das sichere Krankenhaus, das leider auch nicht mehr sicher war. Denn ihre Kollegen vom Spätdienst hatten bereits Zeitung gelesen und quetschten Lisa nach Strich und Faden aus. Erst als es zwölf Uhr schlug und Lisa eine Nachricht von John bekam, wurde sie ruhiger.

Bin gerade nach Hause gekommen, und mein Bett ist viel zu leer. Hab einen guten Dienst, Babe! Ich hole dich morgen ab!

Sein Versprechen erfüllte sie mit Euphorie und brachte sie dazu, den Nachtdienst ohne Müdigkeit zu überstehen.

Lisa war selten glücklicher gewesen, endlich den Weg nach Hause in ihre sicheren vier Wände antreten zu können. Jeder, dem sie begegnete, nachdem sie ihre Station verlassen hatte, bedachte sie mit forschenden Blicken oder tuschelte mit seinem Gegenüber. Sobald sie an den Leuten vorbei war, gab es Gekicher und Geklatsche. Der Höhepunkt ereignete sich jedoch auf der Damentoilette im Erdgeschoss.

Lisa hatte sich gerade in einer der Kabinen eingeschlossen, als die Toilettentür erneut aufging. Herein kamen ein paar Frauen, die sich über etwas kaputtlachten.

Nachdem sie sich kichernd und polternd in die Kabinen rechts und links von Lisa verteilt hatten, rief eine ihren Freundinnen zu: »Habt ihr gewusst, dass sie bis letzte Woche noch mit dem Oberarzt der Inneren geschlafen hat?«

»Dann hat sie ihn fallen lassen für diesen Rockstar? Kein Wunder, er sieht wahnsinnig scharf aus. Was er an ihr findet, verstehe ich allerdings so gar nicht. Er könnte schließlich jede haben. Habt ihr ihren Hintern gesehen? In unseren weißen Hosen sieht er riesig aus …«

»Ich glaube, McDreamy hat sie abblitzen lassen für die Tochter vom Chefarzt.«

»Was für eine tolle Frau, oder? Ich meine, sie hat zum Wohl der Patienten an ihrer Karriere gearbeitet, und was passiert? Diese rothaarige Hexe stiehlt ihr einfach den Kerl.«

»Was die Typen an den drallen Frauen nur finden? Ich meine, stell dir mal vor, ich esse seit Monaten kein Brot mehr, um Größe vierunddreißig zu behalten, und die?«

Lisa hörte die erste Spülung rauschen, dann eine zweite und Türen klappern. Sie wusste, dass sie nur zwei Möglichkeiten hatte: Entweder würde sie hier drin ausharren, bis die Weiber fertig waren, oder sie kniff den Arsch zusammen und ging da jetzt raus. Da sie inzwischen vor Wut zitterte, trat sie die Flucht nach vorne an. Sie löste den Riegel ihrer Tür und marschierte entschlossenen

Schrittes zu den Waschbecken. Sie hatte ein Lächeln aufgesetzt und sah an den offen stehenden Mündern und entsetzten Blicken von zwei jungen Schwestern, dass sie mit dieser Entscheidung richtiggelegen hatte.

Sie begann sich ungerührt die Hände zu waschen und sagte: »Hallo, Ladys, anstatt sich über mich das Maul zu zerreißen, solltet ihr euch lieber um euren eigenen Ruf kümmern. Du, Bethany, machst seit geraumer Zeit dem Professor schöne Augen, oder? Er ist viel zu alt und zu verheiratet für dich, wenn du mich fragst. Und Amy, dein Magerwahn ist krankhaft. Jeder kann die Kotzgeräusche hören, die nach jedem Cafeteria-Besuch aus dem Klo dringen. Du bist Krankenschwester und solltest wissen, wie schädlich das für deinen Körper ist.« Sie wusste nicht, wer die dritte Frau war, die sich nicht aus ihrer Kabine traute, doch es war ihr auch egal. Hoch erhobenen Hauptes sprach sie weiter: »Außerdem, wisst ihr nicht, dass Neid ganz furchtbare Stirnfalten verursacht?«

Damit rauschte sie an ihnen vorbei ins Foyer und wollte gerade das Krankenhaus verlassen, als sie im grauen Licht des Morgens durch die Glasfront eine riesige Menschenansammlung vor dem Haupteingang bemerkte.

In diesem Augenblick betrat der Professor in Begleitung seiner Tochter Miranda fluchend das Krankenhaus.

»Was zum Teufel hat das da draußen zu bedeuten? Solche Aufregung erlaube ich nicht vor meinem Krankenhaus«, echauffierte er sich, wobei kleine weiße Speicheltropfen aus seinem Mund flogen.

Lisa trat hastig einen Schritt zurück und musste sich zwingen, nicht fortzulaufen. Der Blick seiner Tochter auf sie war derart herablassend, dass sie sich fragte, warum sie gerade jetzt keinen Kakao dabeihatte.

Der Ausdruck in Mirandas Augen veränderte sich aber, als sie den Zusammenhang zwischen den Reportern und Lisa herstellte.

»Vater? Ich fürchte, eine unserer Schwestern hat es wegen ihres Liebhabers in die Zeitungen geschafft.«

»Wie bitte?«

»Entschuldigen Sie bitte, aber das ist nicht meine Schuld.« Lisa schüttelte den Kopf.

»Wessen Schuld ist es dann?«, fragte der Professor.

Lisa schenkte ihr einen giftigen Blick. »Wie wäre es mit den Reportern?«

»Miss Hanningan scheint eine flexible Einstellung zu ihren Prinzipien zu haben. Ist der Rockstar nicht auch verheiratet?«, fragte die blonde Ärztin mit der perfekt frisierten Hochsteckfrisur. Endlich schien ihr Vater die Situation vollständig zu erfassen.

»Miss Hanningan, wenn Sie hier noch länger arbeiten möchten, dann rate ich Ihnen, dafür zu sorgen, dass dieser Aufruhr umgehend beendet wird.«

Zu allem Übel trat nun auch Ethan durch die Drehtür. Mit einem belustigten Blick auf Lisa legte er den Arm um seine Verlobte. »Was ist denn das für ein Chaos da draußen? Ein klein wenig Ruhm für unser Sternchen?«

Lisa straffte sich und sah Ethan fest in die Augen. »Gott sei Dank hast du die Kakaoflecken aus der weißen Hose rausbekommen, nachdem du mich besucht hast. Glückwunsch übrigens zu diesem Hauptgewinn.«

Ethan, seine Verlobte und der Professor schnappten fast gleichzeitig nach Luft, doch bevor einer von ihnen antworten konnte, ertönte eine tiefe Stimme hinter Lisa:

»Babe, wo bleibst du denn?«

Lisa wandte sich überrascht um. Vor ihr stand John. Er lächelte sie an, und ihr Herz ging ein Stückchen weiter für ihn auf. »Wartest du schon lange auf mich?« Er legte besitzergreifend einen Arm um ihre Schultern und gab ihr einen langen Kuss.

Als Lisa sich wieder zu den anderen umdrehte, konnte sie ein

Grinsen nicht unterdrücken. Sie kuschelte sich in Johns Arme und sagte: »Danke, dass du mich abholst.«

»Ja, die Umstände tun mir sehr leid, Herr Professor«, wandte sich John höflich an den alten Herrn und fügte erklärend hinzu: »Die Reporter sind mir von zu Hause aus gefolgt und im Moment ganz wild auf ein Foto von meiner Liebsten.«

»Ja … ähm …« Der Professor stotterte unbeholfen vor sich hin und sagte dann überfreundlich: »Das sind doch keine Umstände, Mr McDermit.«

Lisa hob verwundert eine Braue. »O doch! Genau genommen haben Sie sich eben Gedanken darüber gemacht, ob es unter den Umständen noch möglich ist, mich weiter zu beschäftigen.«

»Nicht doch, Miss Hanningan! Wir können unsere beste … ähm …«

Lisa sah ihm ungerührt dabei zu, wie er sich abmühte. »Krankenschwester in der Notaufnahme«, sprang Ethan ihm bei, was ihm einen vernichtenden Blick von Miranda einbrachte.

»Äh ja, das können wir doch nicht zulassen.«

»Gut, ich möchte nämlich nicht, dass meine Freundin bei der Arbeit Schwierigkeiten bekommt. Sonst müssten wir von den Swores uns in Zukunft eine andere, aufgeschlossenere Klinik suchen, wenn wir medizinische Dienste benötigen.«

»Nein, nein, Mr McDermit. Ich kann Ihre Bedenken vollständig im Keim ersticken. Ich werde sofort unsere Sicherheitsfirma anrufen und um mehr Security-Personal bitten.«

»Das ist gut. Und es wird auch meine Kollegen freuen, das zu hören. Sonst könnte sich schließlich keine Person des öffentlichen Interesses mehr in diesem Haus behandeln lassen, nicht wahr, Professor MacAllister?«

Er nickte eifrig und klatschte dann etwas gezwungen lächelnd in die Hände. »Was bin ich froh, dass wir uns dahingehend einig sind. Grüßen Sie mir Ihren lieben Vater, ja?«

John nickte und entschied das Blickduell mit Ethan für sich, der als Letzter hinter dem Professor und Miranda zum Aufzug eilte.

Als sie alleine waren, sah Lisa John verwirrt an. »Wieso habe ich das Gefühl, dass der Professor und du euch bereits kennt?«

John lachte ausgelassen und erklärte anschließend: »Mein Vater und er waren in der Jugend Nachbarn. Er ist ebenfalls schottischer Herkunft, und die beiden Familien waren befreundet. Davon abgesehen wurde meine Mutter hier behandelt, bevor sie starb.« Ein schmerzhafter Ausdruck huschte über Johns Gesicht, und Lisa streichelte ihm, ohne darüber nachzudenken, über die Wange.

»Ich habe dir noch gar nicht gesagt, wie sehr ich mich darüber freue, dich zu sehen. War das geplant? Waren wir verabredet?«

»Ich habe doch gesagt, dass ich dich abholen werde!«

»Ich dachte, du würdest später zu mir nach Hause kommen. Bist du nicht erst vor wenigen Stunden ins Bett gegangen?«

»Mein Bett war so, so leer ohne dich. Außerdem hat mir Lizzy erzählt, wie viele dieser Aasgeier gestern vor deiner Tür standen. Ich möchte dich sicher ins Bett bringen.«

Lisa kicherte. »Wird es denn nicht noch mehr Fotos und Storys und Interesse geben, wenn wir vor dem Krankenhaus zusammen gesehen werden?«

»Wir nehmen den Tiefgaragenausgang, und ich bringe dich nach Hause.« Er küsste Lisa auf die Stirn und murmelte dann: »Außerdem sind mir all diese Fotos und Geschichten völlig egal, solange ich dich dafür an meiner Seite habe.«

Das Herz klopfte ihr bei seinen Worten bis zum Hals, und plötzlich wusste sie, dass sie längst dabei war, sich in diesen Traummann zu verlieben.

Lisa folgte John in den Keller, und ihre kleine Hand fühlte sich in seiner großen Pranke vollkommen sicher an. So sicher wie niemals zuvor in ihrem Leben. Sie stiegen in Johns Pick-up – es war ein anderer als das letzte Mal – und fuhren unbeachtet von den

Reportern vom Krankenhausgelände. Die hatten ihre Augen und Kameras einzig auf den Haupteingang gerichtet.

Als sie eine Weile unterwegs waren, lehnte Lisa sich erschöpft in den Sitz zurück.

John sah besorgt zu ihr herüber. »Du siehst müde aus. War es eine harte Nacht?«

»Nein, gar nicht. Ich bin nur so fertig wegen dem ganzen Drumherum.«

Johns Züge verhärteten sich. »Das tut mir so leid, Lisa. Ich hätte daran denken sollen, als wir vor Mia und Nics Haus saßen … Es war nur …«

»Ja?«

»Es fühlte sich vollkommen richtig an, dass wir uns dort in den Arm genommen haben.«

»Das fand ich auch, und ich bin dir nicht böse. Es hat mich nur so überrascht.« Lisa ergriff seine Hand, die er auf ihr Bein gelegt hatte. Sie lächelte ihn an. Die Erschöpfung wich einem neuen Gefühl, das durch ihre Adern rauschte. Es war Glück.

»Bist du sicher? Denn das gehört zu meinem Leben einfach mit dazu.«

»Mach dir keine Gedanken. Es sind weniger die Reporter als vielmehr die Biester bei der Arbeit. Es ist also eher mein Job als deiner, der mich quält.«

Erleichterung durchflutete John, das konnte Lisa förmlich sehen.

Sie lotste ihn zu ihrer Wohnung. Doch als sie parkten und ausstiegen, sprangen sofort drei müde Reporter von den Stufen auf. Sie schienen die ganze Nacht auf Lisa gewartet zu haben. Bevor sie ihnen zu nahe kommen konnten, hob John die Hand und führte Lisa auf ihre Haustür zu. Dabei schirmte er sie mit seinen breiten Schultern vor den neugierigen Blicken und den klickenden Kameras ab und begleitete sie hinein.

Dann nahm er wieder ihre Hand, und gemeinsam stiegen sie zu ihrer Wohnung hinauf.

Lisa schloss auf und ließ ihn als Erstes eintreten. Mit einem nervösen Kribbeln im Bauch wartete sie auf seine Reaktion. Ihre Wohnung musste ihm sehr klein vorkommen.

John sah sich in Ruhe um. Dann lächelte er sie breit an, und Lisa konnte ihr Glück kaum fassen, dass er tatsächlich hier war. Er war hier bei ihr, weil er es wollte, und er nahm dafür sogar all diese Schlagzeilen in Kauf, ganz zu schweigen von den schwierigen Umständen mit seinen Kindern. Irgendwo musste es doch einen Haken geben, oder nicht? Konnte sie wirklich darauf hoffen, dass diesmal alles gut werden würde?

Und war sie selbst wirklich bereit, das Risiko einzugehen, ihr Herz erneut an einen Mann zu verlieren, der ihr womöglich nie vollends gehören würde? Seine Worte rissen sie aus ihren Grübeleien.

»Es ist schön hier. Deine Wohnung sieht fast so aus, wie ich sie mir vorgestellt habe.«

Er trat zu der Wand, die Lisa mit Fotos und Erinnerungsstücken verziert hatte, und deutete auf eine Aufnahme, in der Lisa mit Lizzy und Mia um die Wette grinste. Daneben waren Kinderfotos von Lisa und Abby und diverse gemalte Bilder von Mias Kindern. Einige Eintrittskarten oder abgerissene Kinotickets waren dazwischen gepinnt. Doch nicht nur an der Wand herrschten bunte Farben vor. Überall standen blühende Pflanzen, die Lisa akribisch pflegte. Das kleine Sofa und die bunten Sitzkissen auf dem Boden machten den fliederfarben gestrichenen Raum zusätzlich gemütlich.

»Ich finde es sehr schön hier. Aber nimm mir diese Frage nicht übel, verdient man als Krankenschwester so schlecht, dass du dir keine größere Wohnung leisten kannst?«

Lisa seufzte. »Nicht, wenn man für einen Heimplatz bezahlen muss.«

»Du zahlst für deine Mum?«, fragte er überrascht, und Lisa zuckte mit den Achseln.

Egal, wie sie gefühlsmäßig zu ihrer Mutter stand, sie wollte, dass ihre Mum gut versorgt wurde, und verzichtete dafür auf ein luxuriöseres Leben für sich selbst. Sie errötete, als sie die offensichtliche Bewunderung in Johns Augen sah, und wandte sich ab.

»Ehrlich gesagt habe ich keine Lust, darüber zu reden. Bleibst du hier oder musst du zu deinen Töchtern zurück?« Hoffnung schwang in ihrer Stimme mit.

»Lautet die Frage, ob ich einen Babysitter engagiert habe? Dann ist die Antwort: Ja. Dad fühlt sich wie immer wohl bei mir. Vor allem, wenn die Mädchen da sind. Heute Morgen geht er mit den beiden schwimmen.« Er machte einen Schritt auf sie zu und schaute ihr tief in die Augen. Ein Prickeln lag in der Luft, und Lisa spürte, wie sich ihr Unterleib vor Aufregung zusammenzog. »Eigentlich wäre ich erst jetzt auf dem Weg von London nach Hause.«

»Und warum bist du eher gefahren?« Lisa zog sich das Shirt schwungvoll über den Kopf, sodass ihr Spitzen-BH zum Vorschein kam.

John schluckte und trat noch näher. Er war nur mehr Zentimeter von ihr entfernt, als er murmelte: »Weil alles in mir sich nach dem hier gesehnt hat.« Er umfing ihre Brüste und öffnete geschickt den vorderen Verschluss des BHs, sodass ihr Busen aus der Halterung sprang. Seine Finger glitten über die sensible Haut, streichelten ihre Brustwarze, ehe eine Hand in ihren Nacken glitt und er sie an sich zog. Begierig eroberte seine Zunge ihren Mund.

Lisa entwich ein Stöhnen. Sie presste ihren Körper gegen seine Muskeln und ließ ihre Hände unter sein Shirt gleiten. Er roch so unglaublich gut. Ein markantes Aftershave gemischt mit einer Vanillenote, die sie auch an Josies Haar wahrgenommen hatte, und etwas verboten Männliches. Sie wollte, dass er sie nahm, sie auf jede erdenkliche Art liebte: hart und weich, liebevoll und wild. Sie wollte ihm gehören. Jetzt und für immer. Seine Hand glitt unter den Bund ihrer Hose, zu ihrem Hintern, und dann fassten seine Finger in ihr Fleisch. Beinahe mühelos hob er sie an, setzte sie auf dem Esstisch ab und streifte ihre Hose samt Minnie-Mouse-Slip runter. Mit vor Lust verschleiertem Blick trat er einen Schritt zurück, betrachtete sie ganz genau und leckte sich über die Lippen. Seine Augen waren dunkel, beinahe gefährlich, als seine großen Hände über die Innenseite ihrer Schenkel glitten und zielgerichtet zum warmen, feuchten Fleisch gelangten. Er schob einen Finger in sie, und Lisa warf lustvoll den Kopf in den Nacken.

»O John«, entfuhr es ihr, und er beugte sich vor und leckte über ihre Brustwarze, die sich sogleich zusammenzog.

Immer und immer wieder glitt sein Finger in sie, während seine Zunge ein Feuer auf ihrem Körper entfachte. Ihre Haut stand in Flammen, und alles, was sie wollte, war, dass er es löschte. John McDermit. Und nur er. Eine beinahe unerträgliche Spannung baute sich in ihrem Körper auf, und Lisa ließ sich der Länge nach auf dem Tisch nieder, warf den Kopf hin und her und gab sich ihm hin. Kurz bevor ein Orgasmus ihren Körper zum Beben bringen konnte, zog John sich ruckartig zurück, und Lisa protestierte schwach. Er brachte sie dazu, sich umzudrehen, und die Kühle des Tisches besänftigte für einen Moment die Hitze in ihr. Sogleich schlugen die Flammen hoch, als er von hinten in sie eindrang und sie komplett ausfüllte. Ein animalischer Laut entfuhr ihm, und John liebte sie hart und intensiv, wie sie es sich gewünscht hatte. Es dauerte nur wenige Sekunden, bis die Welle sie beide erfasste und er in ihr und mit ihr gemeinsam kam.

13

Im Haus ihrer Eltern war es ruhig, zu ruhig für Lizzys Geschmack. Nic und Liam waren für ein Bandmeeting nach London gefahren, und da Mia nach wie vor nur im Bett oder auf dem Sofa liegen durfte, hatten die kleinen Schreihälse untergebracht werden müssen. Josh hatte die Nacht bei Sophie verbracht, während die Zwillinge bei Lynn und Richard geschlafen hatten. Lizzy war immer wieder hier gewesen, um ihre Eltern mit den Kindern zu unterstützen, wie heute Mittag. Es war laut und chaotisch um sie herum gewesen, genauso, wie sie es gern hatte. Dieser Lärm ließ nämlich keine von ihren quälenden Gedanken zu.

Vor einer knappen Stunde war Nic zurückgekommen, hatte seine Kinder eingesammelt und war dann nach Hause zu seiner Frau gefahren. Nur von Liam fehlte jede Spur. Nic hatte erwähnt, dass er in London geblieben war, um sich um ein paar Dinge zu kümmern. Lizzy war überrascht gewesen, dass Nic ihr diese Nachricht übermittelt hatte, doch sie hatte versucht, sich nichts anmerken zu lassen. Sie war jedoch überzeugt davon, dass Sophie etwas ahnte.

Lizzy wollte nach dem Kaffee mit ihrer Mutter aufbrechen, als Liams Großmutter, die vorgab, im Vorgarten zu arbeiten, sie aufhielt.

»Meinst du nicht, dass es Zeit wird, langsam auszupacken, junges Fräulein?«

Lizzy rollte demonstrativ mit den Augen, hielt aber inne, bevor sie ins Auto stieg. »Was soll ich auspacken?«

»Wie wäre es mit dem Grund für Liams Flucht nach London?« Lizzy seufzte und schlug kurzerhand die Autotür zu. Liams

»Flucht« hatte sie auch überrascht, vor allem die Tatsache, dass er ihr nicht persönlich Bescheid gab. Andererseits konnte sie es ihm kaum verübeln. Sie war ziemlich distanziert gewesen, und er dachte womöglich, dass ihr etwas Abstand guttäte. Vielleicht wollte er sie aber auch eine Weile nicht sehen. Eine Vermutung, die sie schmerzte.

Es machte sie sauer, dass Sophie sie zu einer Antwort zwingen wollte. Allein dieser Umstand war ungewöhnlich, denn Lizzy war nie sauer. Sie war immer fröhlich, eine lebensfrohe Chaotin. »Was glaubst du eigentlich, was du hier tust, Sophie? Glaubst du, du hast ein Recht auf jedes Geheimnis oder jede Sorge eines dieser Familienmitglieder? Ich hab es so satt, dass mich alle drängen, etwas zu erzählen, was ich selbst kaum verstehe. Ich hab es satt, hörst du?«

Lizzy stand mit weit vom Körper abgespreizten Armen vor Sophie. Sie fühlte sich todtraurig und hilflos, was die alte Dame offenbar spürte, denn sie machte einen Schritt auf sie zu, um sie in die Arme zu nehmen. Doch Lizzy war noch nicht so weit, und Sophie wich zurück.

»Ich habe es satt, dass alle meinen, ein Anrecht auf mich und meine Gefühle zu haben. Ich hasse es, dass die ganze Familie alles von mir wissen will. Ich scheiße auf euch alle, die mich drängen und schieben und …«

Sie begann zu weinen, und Sophie trat wieder näher und fügte leise hinzu: »… lieben?«

Daraufhin schluchzte Lizzy los und brach in Sophies Armen zusammen. Sie ließen sich auf eine der Treppenstufen sinken, und Sophie tätschelte ihren Rücken und wiegte sie wie ein Baby. Nach einer gefühlten Ewigkeit bot Sophie ihr einen ihrer Kurzen an, und Lizzy lächelte. Sie gingen hinaus in den Garten zu der Stelle, wo Sophie schon immer ihren Fusel versteckt hatte. Lizzy ließ sich auf der Schaukel im Garten nieder, und Sophie sah auf sie hinab.

»Was ist es, Lizzy? Das letzte Mal, als du so verändert warst, war deine Mutter schwer krank … Was hat dich diesmal aus dem Takt gebracht?«

»Ich werde niemals Kinder haben«, platzte Lizzy heraus und sah auf den kurz gemähten Rasen.

»Wie war das?«

»Ich habe die Gentest-Sache machen lassen, und bei den intensiven Untersuchungen kam heraus, dass meine Eierstöcke im Eimer sind.«

Sophie nickte ernst und nahm einen Schluck aus der Flasche. »Das haut einen um, das sehe ich ein.«

»Tja, das Problem ist nicht, dass Liam und ich bereits einen ernsthaften Kinderwunsch gehabt hätten, aber …«

»Aber?«

»Hast du Liam mit den Kindern gesehen? Mit seinen Nichten und Neffen? Hast du sein stolzes Lächeln gesehen, wenn sie auf ihn zurennen und begeistert ›Onkel Liam‹ rufen? Ich hab es gesehen. Ich weiß, er liebt mich, und genau darin liegt das Problem.« Sie holte tief Luft. »Er liebt mich so sehr, dass er auf alles verzichten würde, um jetzt mit mir zusammen zu sein. Aber was ist in zehn Jahren, wenn ich ihn nicht glücklich machen konnte und er sich fragt, warum er wegen mir auf ein Leben mit Kindern verzichtet hat? Was ist, wenn ich ihm nie Kinder schenken kann und tatsächlich Brustkrebs kriege und daran früh sterben werde, dann lasse ich ihn ganz alleine zurück?« Bei diesem Gedanken drang ein Schluchzer aus ihrer Kehle.

»Na, na, wo kommen denn diese furchtbaren Zukunftsvisionen her? Hast du mal mit ihm darüber gesprochen, Lizzy? Weißt du, was er darüber denkt?« Lizzy schüttelte den Kopf. »Was denkst du selbst denn über ein Leben ohne Kinder?«

Sie sah Sophie sprachlos an. Sie hatte so oft darüber nachgedacht, was Liam über ein Leben ohne Kinder denken würde, dass sie sich selbst aus den Augen verloren hatte. Überfordert stand sie von der Schaukel auf.

»Er liebt dich«, sagte Sophie ruhig.

»Darum geht es gar nicht«, rief sie aufgebracht. »Die Frage ist nicht, wie sehr er mich liebt, um dieses Leben mit mir zu führen. Die Frage ist, wie sehr ich ihn liebe, um ihm das zuzumuten.«

*　*　*

Lisa wachte von einem seltsamen Geräusch auf. Kurz fragte sie sich, wo sie war. Dann dachte sie an den heißen Sex mit John auf dem Wohnzimmertisch und erinnerte sich vage daran, dass er sie ins Bett getragen hatte. Er hatte sie hochgehoben, als würde sie nicht mehr als eine Feder wiegen.

Lisa hatte weiß Gott keine elfenhafte Figur. Im besten Fall wurde sie mollig oder kurvenreich genannt, aber sie war auch schon als dick, speckig oder drall bezeichnet worden. Sie hatte ihr halbes Leben damit verbracht, auf ihren Körper zu achten – mit mäßigem Erfolg. Während andere bei Stress Kilos verloren, futterte sie sich erst recht welche an. Es war zum Verzweifeln. Es gab so viele leckere Dinge, auf die Lisa unmöglich verzichten konnte. Irgendwann hatte sie sich mit ihrer Rundlichkeit abgefunden. Dennoch gab es Momente, in denen sie Lizzy um die schlanken, langen Beine und Mia um deren schmale Taille beneidete. Bisher hatte sie sich in Beziehungen mit Männern immer geniert. Bei John jedoch fühlte sie sich so attraktiv wie nie zuvor. Vielleicht lag es daran, dass er selbst so groß und breit gebaut war, dass sie sich neben ihm klein und zart vorkam.

Sie streckte sich und zog das sexy Nachthemd an, das sie für einen solchen Anlass gekauft hatte. Bevor sie ihr Schlafzimmer verließ, blickte sie in den Spiegel neben der Tür und hielt verwundert inne. Ihre Augen strahlten, und ihre Lippen waren von der Knutscherei leicht geschwollen. Sie strich sich durch die langen, gelockten Haare und fand sich schön. Sie wusste, sie war hübsch, wenn sie auch keinem der gängigen Schönheitsideale entsprach. Ihr Gesicht war etwas zu rund, doch die Sommersprossen auf ihrer Nase gaben der hellen Haut etwas Teint und brachten die grünen Augen zum Leuchten. Nie zuvor hatte sie sich so gesehen wie in diesem Moment, und sie fragte sich unweigerlich, ob Johns Begierde etwas damit zu tun hatte. Fand sie sich schön, weil er sie offen und ehrlich begehrte?

Sie schlich in die Küche, aus der die Geräusche drangen, die sie – das wusste sie nun – geweckt hatten. Sie lehnte sich an den Türrahmen und sah John leise vor sich hin summen, während er offenbar frisch gepressten Orangensaft in zwei Gläser schüttete. Auf dem Herd brutzelten Würstchen und Speck, und ein paar fertige Pfannkuchen standen schon auf der Anrichte. John wandte sich schwungvoll um und stellte die Gläser auf ein Tablett.

Als er sie sah, machte er ein enttäuschtes Gesicht. »O schade, ich wollte dich gerade mit Frühstück im Bett wecken.«

Lisa lächelte. »Du weißt, was eine Frau glücklich macht. Aber seit wann habe ich frische Orangen und eine Saftpresse in meiner Küche?«

»Ich war schnell einkaufen, während du geschlafen hast.« Begierig betrachtete er Lisas Körper, als er das freizügige Nachthemd erblickte, und zog sie eilig zu sich heran. »Du weißt offenbar auch, was einen Mann glücklich macht!« Er küsste sie ausgiebig, bis sein Handy klingelte. Er stöhnte entnervt auf, ging aber dran.

»Hi, Süße! Ja, ich komme gleich, wie versprochen. Hast du mit Grams schon alles für unser Barbecue vorbereitet?« Er lauschte der Antwort und sagte erstaunt: »Grams hat eine Freundin mitgebracht? Ich fass es nicht. Na, dann sind wir eine schöne Runde, was?«

Lisa betrachtete Johns glückseliges Lächeln und fragte sich, was Maureen dazu gebracht hatte, ihn gehen zu lassen. Sofort spürte sie einen stechenden Schmerz der Eifersucht durch ihre Eingeweide jagen und schüttelte über sich selbst den Kopf. Das ging sie überhaupt nichts an. Sie durfte nicht an Johns Ex-Frau denken. Sie würde nur alles kaputt machen mit diesen quälenden Gedanken.

»Keine Sorge, Josie. Wir werden extra für Püppi einen Platz finden. Ich komme bald heim, ja?« Dann verabschiedete er sich und wandte sich wieder Lisa zu.

»Josie ist ein ganz entzückendes kleines Mädchen.«

»Ja, das ist sie. Charlie ist auch ein tolles Kind, auch wenn sie es bisher nicht unbedingt gezeigt hat.«

Lisa winkte ab. »Das weiß ich doch, John. Mach dir keine Gedanken darüber. Charlie macht es mir nicht so leicht wie Josie. Das ist okay, denn für sie ist es auch nicht leicht.«

»Kommst du damit klar?«

»Mit deinen Kindern?«, fragte Lisa verblüfft und machte sich im Stehen über einen Pfannkuchen her.

»Ja, mit meinen Kindern und den Reportern und der bissigen Ex-Frau?« Er verzog plötzlich gequält das Gesicht. »Wenn man das mal so zusammenfasst, bin ich kein wirklicher Hauptgewinn.«

Lisa antwortete ernst: »Ehrlich gesagt bist du der vollkommenste Hauptgewinn. Zumindest für mich.« Sie errötete leicht, weil sie mehr von ihren Gefühlen für John offenbarte, als sie gern wollte. »Ich meine, du bist groß, sexy und unschlagbar im Bett. Was will eine Frau mehr?« Sie zwinkerte ihm zu, damit er wusste, dass sie scherzte.

John lächelte, und Lisa ahnte, dass er ihren Ablenkungsversuch durchschaut hatte. »Es gibt deutlich besseres Männermaterial als mich. Dank mir schlägst du dich mit Zicken-Terror rum, ob nun von Maureen oder Charlie. Du hast eine Meute Reporter vor deinem Haus und deinem Arbeitsplatz stehen. Die werden dich fortan keinen unbeobachteten Schritt machen lassen, bis es ein offizielles Statement von mir gibt. Ich finde nicht unbedingt, dass das zu meinen Vorzügen zählt.«

»Wahrscheinlich hat dann aber auch noch niemand dein Lächeln gesehen, wenn du mit oder über deine Kinder sprichst«, war alles, was Lisa dazu sagte. Dann fügte sie schnell hinzu: »Außerdem glaubst du nicht, was eine Single-Frau mit achtundzwanzig im Dating-Wahnsinn alles erlebt.«

»Das musst du mir mal genauer erklären. Vielleicht auch, was es mit dem Typen im Krankenhaus auf sich hatte.«

»Welchem Typen?«

John trommelte rhythmisch mit seinen Fingern auf Lisas Küchenzeile herum, was entweder eine schlechte Angewohnheit oder seiner Nervosität zuzuschreiben war. »Na, dem eingebildeten Typ mit der schmierigen Frisur.«

»Du meinst Ethan?« Lisa kaute ungewöhnlich lang auf ihrem Pfannkuchen. »Ethan ist der besagte Kerl, den ich sozusagen in flagranti erwischt hatte.«

Johns Blick verfinsterte sich. »Der war das? Ich fass es nicht.«

»Ich auch nicht. Ich bin einfach zu dumm –«

»Hey, nun hör aber mal auf! Er hat dich ganz klar angelogen und dir etwas vorgemacht.«

»Ja, und stell dir mal vor, gestern hat er mir hier aufgelauert und mir nahegelegt, seiner Verlobten aus dem Weg zu gehen. Er ist ganz aufdringlich geworden. Da habe ich ihm heißen Kakao über die Hose gegossen.«

In Johns Augen funkelte Zorn. »Wenn er noch mal hier auftaucht, gibst du mir bitte Bescheid, ja?«

»Ach, mit dem werde ich schon alleine fertig.« Lisa winkte ab.

»Ich meine es ernst, Lisa. Sag es mir bitte.«

Sie fand es süß, dass er fast ein wenig eifersüchtig wirkte. Aber sie war nicht hilflos. Immerhin hatte sie sich jahrelang allein durchgeschlagen. »Also angenommen, ich vertilge dieses Wahnsinnsfrühstück, was machen wir danach?«, lenkte sie das Gespräch in eine andere Richtung.

»Ich habe den Mädchen ein Barbecue versprochen, und eben habe ich erfahren, dass mein Dad eine Freundin eingeladen hat. Ich werde verrückt, Lisa!«

»Ich glaube, Finlay könnte wirklich eine Freundin gebrauchen, John.« Er glückste nur, und Lisa fügte hinzu: »Er ist einsam.«

John trat um sie herum und murmelte verheißungsvoll in ihr Ohr: »Das bin ich auch, Babe.« Sogleich glitten seine Hände über den weichen Satinstoff ihres Nachthemdes, und Lisas Brustwarzen reckten sich seiner Hand erwartungsvoll entgegen. Sie wandte sich ihm zu und küsste ihn hingebungsvoll. Dann nahm sie seine Hand und führte ihn in ihr Schlafzimmer, wo sie sich erneut liebten. Diesmal ließen sie sich mehr Zeit und erkundeten jeden Zentimeter Haut des jeweils anderen.

Im Anschluss frühstückten sie, ehe sie unter die Dusche sprangen, bevor Lisa ein paar Dinge einpackte und sie dann mit John aufbrach.

Sie eilten gerade den Hausflur entlang, als John sagte: »Geh nicht auf die Fragen der Reporter ein, und lass sie einfach ihr Foto machen. Ignorier sie. Es wird für sie ein gefundenes Fressen sein, dass ich mehrere Stunden bei dir in der Wohnung verbracht habe.«

»Soll das heißen, darüber schreiben sie auch?«

Lisas entgeisterter Gesichtsausdruck schien John zu amüsieren. Er ergriff ihren Schal, zog sie kurz an sich und gab ihr einen Kuss auf die Nase. »Natürlich.«

»Und das ist okay für dich?«, fragte Lisa fassungslos, was John auflachen ließ.

»Ich habe vor langer Zeit gelernt, dass meine Entscheidung, Teil der Swores zu sein, Vor- und Nachteile mit sich bringt. Ein Nachteil ist, dass man ständig Geschichten in der Zeitung über sich liest. Die Alternative wäre, dass ich dich nicht mehr treffe. Das kommt nicht infrage. Es sei denn natürlich, du möchtest das?«

»Nein, natürlich nicht. Sollen sie doch schreiben, wir hätten Sex. Dann stimmt endlich mal eine dieser Storys.«

John sah einen Moment lang so aus, als wollte er etwas sagen, dann änderte sich sein weicher Gesichtsausdruck und wurde entschlossener. »Ich gehe vor. Lass uns dafür sorgen, dass wir schnell zum Auto kommen.«

Es war noch schlimmer als das letzte Mal, als Lisa aus dieser Tür getreten war. Hatten gestern tagsüber etwa zwanzig Reporter dort gewartet und heute am frühen Morgen nur zwei, so waren es jetzt über dreißig. Überall blitzte Kameralicht auf, und kaum hatten sie die Haustür geöffnet, stürmten zahllose Fragen auf sie ein. Sie blieb einen Augenblick wie ein verängstigtes Reh in der Tür stehen. Da ergriff John ihre Hand und zog sie durch den Tumult hindurch bis zu seinem Pick-up.

Als sie die Autotür schlossen und der Lärm nur noch gedämpft zu ihnen drang, sah sie John fassungslos an. »Diese Aufregung verursachen wir? Im Ernst jetzt? Aber warum denn zum Teufel?«

Er nickte grimmig. »In London wäre es noch viel schlimmer. Schuld daran ist allein diese Hexe Cathy Young.« Er startete den Motor und fuhr langsam an den Reportern vorbei. Lisa sah, wie einige schnell zu ihren Autos liefen, um ihnen zu folgen.

»Moment, wie war der Name?«

»Cathy Young. Sie hat das Foto an Weihnachten geschossen und den ganzen Tumult ausgelöst.«

»Sie hat mich gestern bei Starbucks abgefangen, wo ich immer meinen Kaffee vor der Nachtschicht hole. Sie hat mich lauter Zeug gefragt und wollte ein Gespräch.«

»Bei dieser Frau bin ich immer hin- und hergerissen, ob ich ihr für ihre Energie und Ausdauer, uns zu verfolgen, gratulieren oder ihr ein Bein stellen soll«, murrte John. »Hast du ihr irgendetwas gesagt?«

»Nein, ich habe ihr nur klargemacht, dass ich ihr nichts zu sagen habe, und bin gegangen.«

»Das ist gut. Doch unterschätze sie nicht! Sie ist wirklich sehr erfinderisch, wenn es darum geht, eine Geschichte zu bekommen.«

Lisa nickte. »Ist es immer so?«

»Du meinst mit den Reportern?« Sie nickte wieder. »Na ja, früher waren es Nic und Liam, die die meiste Aufmerksamkeit erregten. Seit sie vom Markt sind, haben sie mehr Interesse daran, Jim, Stan und mich zu verfolgen. Immerhin könnten wir uns in irgendwelche heiklen Liebeleien hineinreiten.« John lachte. »Ich verstehe das auch nicht. In der Regel gibt es keine spannenden Geschichten über einen Vater zu berichten, der abends seine Kinder badet und ihnen Märchen vorliest. Da ist es doch viel interessanter, Jim, Stan oder meinetwegen Liam zu verfolgen, die gern feiern gehen. Der arme Jim – wenn Liam erst mal verheiratet ist und mit Lizzy auch Kinder bekommt, wird er keinen Schritt mehr unbehelligt machen können.«

»Und warum drehen sie bei dir nun so durch?«

»Nach dem ganzen Hin und Her mit Maureen bist du die erste Frau, mit der es ein Foto gibt.«

Lisa zuckte zusammen. Sie hatte seinen Satz natürlich richtig verstanden. Es hatte andere Frauen in Johns Leben gegeben, nur hatte da niemand zufällig eine Kamera dabeigehabt.

Lisa konnte nicht sagen, ob es Maureens Name oder die Erwähnung der anderen Frauen war, die sie mehr störten. Sie atmete tief durch und fragte dann so ruhig wie möglich: »Gab es viele Frauen?« Sie mied seinen Blick, spürte ihn jedoch auf ihr liegen.

»Unbedeutende Affären?«, erwiderte er. »Eine Weile gab es einige.«

Lisa schwieg. War sie eine von ihnen? Obwohl diese Frage schwer auf ihr Herz drückte, brachte sie es nicht fertig, sie zu stellen. Dafür war es zu früh. Außerdem war sie unsicher, ob sie die Antwort wissen wollte.

Sie war noch nicht bereit, ihre Hoffnung zu begraben. Deswegen sagte sie: »Bei Lizzy und Liam habe ich die Presse nie so wahrgenommen.«

»Das liegt daran, dass du wohl nicht die richtigen Zeitschriften liest, oder? In deiner Wohnung standen eher Bücher und ein paar dieser feministischen Zeitungen. Außerdem verfliegt die Aufregung um eine Person immer sehr schnell, wenn irgendwo in England eine andere bekannte Person einen Skandal liefert … In der Regel dauert das nicht sonderlich lang.« Lisa sah ihn grinsen und tat es ihm nach.

»Du meinst, wenn die Queen und ihre Verehrer ertappt werden, sind wir beide die Reporter los.«

John lachte. »Ja, das wäre eine Geschichte, die alle brennend interessieren dürfte. Abgesehen vielleicht von Cathy Young.«

»Warum verfolgt euch diese Cathy so sehr?«

John zuckte mit den Achseln und bog nach rechts ab. »Sie war irgendwann wohl ein Fan und hat alle Neuigkeiten gebloggt. Damit wurde sie ziemlich erfolgreich. Später hat sie uns immer stärker verfolgt und begonnen, Geheimnisse an die Presse zu verkaufen, und damit einen riesigen Haufen Kohle gemacht.«

»Ganz schön tough ist sie auf jeden Fall und noch richtig jung, oder?«

»Keine Ahnung. Mein Interesse an ihr ist erloschen, als sie Fotos von mir machte, als ich nachts hinter Jeffs Bar nackt badete.«

»Was?«, rief Lisa.

»Nun ja, ich war betrunken und fand, es wäre eine gute Idee, mich abzukühlen.«

Sie schüttelte amüsiert den Kopf. »Was für eine Vorstellung! Diese Fotos würde ich gern mal sehen.«

»Wieso? Du hast doch schon alles an mir gesehen, oder denkst du nicht?«

»Ich werde mich nachher noch mal vergewissern müssen.«

John verzog schmerzhaft das Gesicht. »Sag doch so was nicht. Jetzt werde ich den ganzen Tag hart sein und an nichts anderes denken können als daran. Dabei müssen wir so lange warten.«

Der Schalk blitzte in Lisas Augen. »Denk einfach daran, was ich heute Morgen getan habe, als du –«

»Ich warne dich, Lisa Hanningan! Wenn du nicht aufhörst, werde ich irgendwo anhalten, und die Reporter hinter uns werden mehr zu sehen bekommen als nur meinen nackten Arsch.«

Lisa sah ihn aus glänzenden Augen an. »Gut, dass ich den roten Seidenslip eingepackt habe …«

»Wie, keine Minnie Mouse? Sie wird mir fehlen.« John tat geschockt, während Lisa glockenhell lachte. »Diese Frau treibt mich noch in den Wahnsinn«, brummte er mehr zu sich selbst.

14

*L*isa entspannte sich noch mehr, als sich Johns Tor hinter ihnen schloss und sie vor den neugierigen Blicken der Reporter schützte. Dennoch stieg sie mit einem mulmigen Gefühl aus dem Wagen – Charlie war beim letzten gemeinsamen Essen schließlich sehr feindselig gewesen. Kurz sah sie John an und erinnerte sich daran, dass er diese Auseinandersetzung wert war. Es konnte nun mal nicht alles leicht sein. Irgendwie hatte dieser Mann sich in ihr Herz geschlichen. Vielleicht, weil sie so unvorbereitet gewesen war, als sie sich trafen? Lisa versuchte, sich nicht zu viel von ihrer Affäre zu versprechen, doch es war beinahe unmöglich, sich etwas vorzumachen. Sie folgte John durch die Tür ins Haus und staunte nicht schlecht, als Josie sofort in ihre Arme statt in die ihres Vaters gelaufen kam.

Augenblicklich begann die Kleine, von ihrem Schwimmausflug mit Finlay zu erzählen: »Weißt du was, Lisa? Grams wäre beim Rutschen beinahe seine Badehose weggeflogen!«

Lisa kicherte, als ihr plötzlich Finlay gegenüberstand. Sie schlug die Hand vor den Mund, doch er zwinkerte ihr nur zu. »Sei froh, dass dir dieser Anblick erspart geblieben ist«, ertönte eine rauchige Stimme hinter Finlay, und Lisa staunte nicht schlecht, als sie die Frau erkannte.

»Sophie!«, rief sie und wurde in eine herzliche Umarmung gezogen.

»Hallo, Mädchen, schön, dich zu sehen. Dieser alte Gauner hat mich von zu Hause entführt.«

»Ach was, du hast förmlich darum gebettelt, weil bei dir alle ausgeflogen sind.«

Sophie grinste. »Das hättest du wohl gern!«

Lisa sah zu John, der fassungslos zwischen seinem Vater und Sophie hin- und herblickte. »Ich wusste gar nicht, dass ihr euch so gut kennt. Das hast du mir nie erzählt.«

Ein Hauch Entrüstung schwang in seiner Stimme mit, was Lisa schmunzeln ließ. Es spielte offenbar keine Rolle, wie alt man war, sobald die Eltern etwas Unvorhersehbares taten, war man skeptisch.

»Unser letztes Zusammentreffen ist auch schon ein gefühltes Jahrhundert her.«

»Sie war meine erste Liebe«, sagte Finlay und warf Sophie einen nachdenklichen Blick zu.

John hingegen sah fuchsig aus und fragte, nun eindeutig vorwurfsvoll: »Ich dachte, das sei Mum gewesen?«

»Nein, mein Junge, deine Mum war die zweite.«

Lisa fürchtete, dass John gleich die Augen herausfallen würden, so weit hatte er sie aufgerissen, aber sein Vater schien davon nichts zu bemerken.

»John, wolltest du mir nicht noch etwas an meinem Auto zeigen?« Lisa drängte ihn den Flur entlang, während er weiter seinen Vater und Sophie anstarrte. Erst als die Tür zur Garage in Sicht kam, stapfte er mit schweren Schritten vor ihr her. Die Tür zur Halle schwang geräuschvoll auf, und Lisa schüttelte amüsiert den Kopf.

John wandte sich zu ihr um und stemmte die Hände in die Hüften. »Was bitte ist das für eine Information?« Lisa lehnte sich gelassen an die Werkbank und schwieg. »Ich meine, wie kann er damit nach all der Zeit so rausrücken? Das erwähnt man doch wenigstens mal kurz, oder?«

»John, dein Vater hatte eben auch ein Leben vor dir«, versuchte Lisa, ihn zu beschwichtigen.

»Ich weiß nicht, ich finde, so was erzählt man seinen Kindern doch irgendwann.«

»Kennt dein Vater all deine Geheimnisse?«

»Das ist doch etwas völlig anderes!«

»So was funktioniert nur gegenseitig, John. Nimm es dir nicht so zu Herzen. Dein Vater hat deine Mum geheiratet, und das hatte bestimmt einen guten Grund.«

»Ich finde diese plötzliche ›Hallo John, das war übrigens meine große Liebe‹-Info verstörend.«

»Seine erste Liebe«, korrigierte Lisa.

»Was?«

»Sie war seine erste Liebe.«

»Na und? Was macht das für einen Unterschied? Maureen war meine erste und wahrscheinlich einzig wahre Liebe!« Er schnaubte wütend auf und murmelte Flüche vor sich hin.

Es war albern, das wusste Lisa, dennoch fühlte dieser Satz sich wie eine Ohrfeige an. Ihre Hände umklammerten die Werkbank vor Anspannung, und sie bemühte sich, sich nichts anmerken zu lassen.

Zum Glück war John so auf seine Schimpferei fixiert, dass er ihre Sprachlosigkeit nicht bemerkte. Irgendwann holte sie tief Luft und stieß sich von der Bank ab. »Wenn ich dich jetzt so sehe, dann weiß ich, wo Charlie ihr Benehmen herhat. Sie gleicht dir bis in die Haarspitzen. Es ist absolut nichts falsch daran, dass Finlay ein Leben vor dir und deiner Mutter hatte. Ich geh rein und helfe ihnen beim Vorbereiten.«

John hielt sie an der Schulter zurück. »Alles in Ordnung?«

Lisa setzte ein falsches Lächeln auf und sagte: »Ja, alles ist bestens. Vielleicht können wir ja essen, wenn du dich eingekriegt hast.«

Er ließ sie gehen, und wenig später putzte Lisa in der Küche Gemüse, während sie sich von Sophies und Finlays Geschichten ablenken ließ. Erst als Charlie sich neben sie stellte und sie genervt fragte, ob sie ihr helfen könnte, erwachte sie aus ihrer Trance. Sie reichte dem Mädchen ein Brettchen und ein Messer, und so arbeiteten sie, selbst als Sophie und Finlay rausgegangen waren, still nebeneinanderher, bis John in die Küche trat.

Er trat zu seiner Tochter und gab ihr einen Kuss auf den Scheitel, woraufhin sie »Hey, Dad« murmelte.

Als John sanft über Lisas Rücken streichelte, bekam sie eine Gänsehaut. Ohne weitere Worte begann er, ihnen beim Gemüseschneiden zu helfen. Kurze Zeit später ertönte ein unterdrückter Schmerzensschrei, und als Lisa zu John sah, erblickte sie eine ganze Menge Blut, die aus seinem linken Zeigefinger tropfte. Er eilte hastig zum Wasserhahn und spülte die Wunde aus. Lisa lief ihm nach und drückte als Erstes ein sauberes Handtuch auf den Schnitt.

Charlie war wie erstarrt an der Theke stehen geblieben und fragte erschrocken: »Müssen wir jetzt ins Krankenhaus fahren?«

Lisa nahm kurz das Tuch zur Seite und betrachtete das Ausmaß der Verletzung. Der Schnitt in Johns Finger war nur oberflächlich und musste nicht genäht werden. Als wieder Blut aus der Wunde quoll, drückte sie das Tuch erneut mit ordentlichem Druck darauf, um die Blutung zu stillen.

»Nein, Charlie, dein Dad muss nicht ins Krankenhaus. Aber bring mir doch bitte meine Tasche.« Ohne zu meckern, tat Charlie, was Lisa sagte. »Da ist eine kleinere Tasche drin. Mit so einem Notfallaufdruck vorne drauf. Gib mir bitte das kleine Fläschchen daraus.«

Das Mädchen gehorchte, und Lisa gab etwas von dem Jod auf Johns Finger, wobei er eine schmerzverzerrte Grimasse zog. »Das ist zur Desinfektion der Wunde, damit sie sich nicht entzündet, und jetzt brauche ich diese Stripe-Pflaster – genau die.«

Charlie reichte sie ihr, und Lisa klammerte die Wunde, damit sie besser zusammenwachsen konnte. Sie klebte ein großes Pflaster darüber, dann sah sie in Johns lächelndes Gesicht.

»Danke«, murmelte er. Er sah aus, als hätte er etwas gesehen, das es nicht hätte geben sollen. »Kein Wunder, dass deine Patienten dir zu Füßen liegen.«

Lisa schüttelte den Kopf. Doch bevor sie dazu etwas sagen konnte, überschüttete Charlie sie mit zahllosen Fragen: »Du arbeitest im Krankenhaus? Musst du auch operieren? Was tust du bei so ekligen Wunden, die ich schon mal im Fernsehen gesehen habe?«

Lisa lächelte und beantwortete jede einzelne, während sie das restliche Gemüse schnitten.

Eine Stunde später war jeder trübe Gedanke wie fortgewischt, und John trat seinem Vater nicht mehr so skeptisch gegenüber. Sie hatten den großen Tisch im Wohnzimmer gedeckt. Und während John draußen grillte, verbrachten alle anderen die Zeit drinnen. Josie und Lisa spielten Verstecken, was Charlie zuerst als langweilig abtat. Doch es dauerte nicht lange und sie spielte mit. Sophie machte bald darauf ebenso mit, und alle hatten riesigen Spaß. Selbst Finlay, der ihnen vom Sofa aus zusah.

Lisa genoss jedes Lachen der Kinder und erkannte, dass sie sich ein solches Leben immer gewünscht hatte. Doch aus irgendeinem Grund gab es niemanden, der es mit ihr führen wollte – weder ihr Vater noch irgendein Mann danach. Als Finlay die Kinder zum Händewaschen ins Bad rief, trat sie auf die Terrasse und betrachtete das vor ihr liegende Meer. Plötzlich spürte sie Johns warmen Atem an ihrem Hals und zuckte leicht zusammen.

»Wenn du nur sehen könntest, wie wunderschön du bist!«

»Ach was, du Charmeur. Hör mit diesen Schmeicheleien auf.«

»Wenn es wahr ist, sind es keine Schmeicheleien. Glaubst du mir etwa nicht?« Lisa winkte ab, ließ sich aber von ihm umarmen und lehnte sich mit ihrem Rücken gegen seine breite Brust. Erst als Charlie genervt nach ihnen rief, traten sie den Weg nach drinnen an.

»Wie geht es Mia?« Diese Frage war an Sophie gerichtet.

»Ach weißt du, Liebes, sie ist eine wahre Kennedy und treibt Nic wahrscheinlich in den Wahnsinn. Sich hilflos fühlen ist nicht unser Ding. Wir packen die Dinge gern an, weißt du?«

Lisa nickte und wusste genau, was sie meinte. Sie erinnerte sich zu gut an diverse Situationen mit Mia. »Ich hoffe, der Kleine bleibt noch ein Weilchen da, wo er ist.«

»Bekommt Mia ein Kind?«, fragte Josie. »Und war ich auch in Mummys Bauch?«

John nickte, und während er noch seinen letzten Bissen Grillfleisch kaute, antwortete Charlie bereits: »Na klar, du Dummkopf.«

»Hey, nenn deine Schwester nicht so!«, wies John Charlie zurecht, und Josie streckte ihr triumphierend die Zunge heraus. »Ja, Süße. Du warst in Mummys Bauch.«

»Wann kriegen Menschen Babys?«

Allseitiges Gekicher brach am Tisch aus, während John gelassen blieb. »Im Allgemeinen, wenn sie sich sehr lieben.«

»Liebst du Mummy?«

John suchte Lisas Blick, die ihm aber auswich. »Deine Mum und ich haben uns sehr geliebt, ja.«

»Sie sind geschieden, du –«

Mit einem scharfen »Charlie!« brachte John sie zum Schweigen. Als das Mädchen mit den Augen rollte, sah John sie strafend an. »Es kommt manchmal vor, dass Menschen sich nicht mehr verstehen, obwohl sie sich einmal sehr geliebt haben.«

»Heißt das dann, dass ich weg muss?«, fragte Josie.

»Nein, Prinzessin, ganz bestimmt nicht.«

»Aber wenn ihr uns nur kriegt, wenn ihr euch liebt, und euch jetzt nicht mehr liebt …« Die Stimme der Kleinen zitterte nun ein wenig, und alle sahen zu ihr.

Nur Lisa betrachtete Charlie. Ihre Augen waren gebannt auf John gerichtet, als hinge von seinen nächsten Worten ihr Leben ab. In diesem Moment sah Lisa nicht Charlie vor sich, sondern Abby und sich selbst. Sie sah sich und ihre Schwester verzweifelt darauf warten, dass ihr Vater käme, um endlich mit ihnen zu leben. Sie warteten auf eine Person, zu der sie gehörten, die sie bedingungslos liebte und nicht nur als Heftzwecke im Schuh wahrnehmen würde.

Lisa schmerzte dieser Anblick, und sie musste wegsehen. »Eltern lieben ihre Kinder immer, egal was zwischen ihnen passiert ist. Sie werden sie immer an die erste Stelle setzen und immer für sie da sein, das ist ein ungeschriebenes Gesetz«, entfuhr es ihr laut. Alle sahen nun Lisa an, die den Blick zuerst auf Josie, dann auf Charlie richtete.

»Das sind wahre Worte, Lisa.« Sophie prostete ihr zu, und Finlay nickte zustimmend.

John schien erst noch etwas hinzufügen zu wollen, brummte dann aber nur: »So ist es.«

Nach dem Abendessen brachte Finlay Sophie nach Hause, und John begann, mit den Kindern Musik zu machen, während Lisa sich bereit erklärte, die Küche aufzuräumen.

Wann war dieser Tag nur so emotionsgeladen geworden? Sie hatte das Gefühl, als säße sie in einer Achterbahn. Sie sauste hoch, nur um im nächsten Moment wieder hinabzustürzen.

Sie lauschte der schönen Musik, die aus dem Wohnzimmer zu ihr drang. Als alles blitzsauber war, setzte sie sich an die Theke und sah von ihrem Platz aus zu John, der seine Haare nach dem Toben mit den Kindern offen trug und hinter die Ohren geklemmt hatte. Sie hätte nie gedacht, dass sie einen Mann mit langen Haaren derart anziehend finden könnte. Doch auch wenn John ein attraktiver Kerl war, so war es seine Persönlichkeit, die Lisa vor allem anzog. Sie wollte ihn, das war längst klar. Doch wie sehr wollte er sie? Wollte er sie genug? War sie genug, um seine Liebe zu Maureen zu übertrumpfen? Würde es je genug sein?

Das Ins-Bett-Bringen der Kinder teilten sie sich auf, und so gab an diesem Abend Lisa Josie den Hello-Kitty-Schlafanzug. Danach ließ sich das Mädchen eine Geschichte vorlesen. Lisa war gerührt, als Charlie zu ihrer Schwester ins Zimmer kam, um bei ihr im Bett zu schlafen.

Sobald beide Mädchen gut zugedeckt waren, wünschten John und Lisa ihnen gute Nacht und machten das Licht aus.

»Woran denkst du? Du siehst so nachdenklich aus«, sagte John. Er nahm ihre Hand und führte sie die Stufen hinunter.

»Die zwei erinnern mich an Abby und mich. Es ist einfach …«

»Hart?«

»Ja. Es ist hart, ein Kind zu sein und all diese Erwachsenen-Dinge verstehen zu müssen, obwohl die Erwachsenen sie selbst nicht mal verstehen.« John nickte. »Du hast wirklich großes Glück, John, dass dir diese Familie geschenkt worden ist.«

»Ich bin auch sehr dankbar dafür.«

Lisa nickte und ließ sich, im Wohnzimmer angekommen, von ihm in den Arm ziehen. Seine Hände streichelten ihre Arme und glitten zu ihrem Po. Sie küssten sich lange und innig, und auch wenn Lisa sich nach ihm und seinem Körper sehnte, so war dieser Kuss anders. Diese Berührung war für ihre Seelen bestimmt.

Anschließend führte er sie zum Musikpodest und platzierte sie auf dem Klavierhocker. Er setzte sich neben sie, klappte den Deckel hoch und begann zu spielen. Sie sah seinen großen Fingern dabei zu, wie sie trotz des Pflasters auf diverse Tasten drückten, die eine ganz wundervolle Melodie von sich gaben.

»Weckst du die Kinder damit nicht?«

»Es ist wie eine Einschlafhilfe. Dieses Lied hier habe ich Charlie gewidmet«, erwiderte er, und Lisa lauschte der ruhigen Melodie. »Sie ist ruhig und nachdenklich, aber auch liebevoll und fürsorglich. Und diese hier … « Die Musik veränderte sich, und John fügte hinzu: »Diese hier ist für Josie.«

»Sie ist lebhafter«, erkannte Lisa erstaunt.

»So ist es – wie Josie selbst.« Er spielte das Stück bis zum Schluss, dann änderte sich der Takt erneut in eine andere Melodie. Zuerst war sie trauriger und erweckte in Lisa eine Sehnsucht, die sie kaum erklären konnte. Dann wurde sie dramatischer und … leidenschaftlicher. Was es auch war, Lisa gefiel es ausgesprochen gut.

»Was ist das für ein Stück? Das ist was anderes, oder?«

»Es ist eine neue Melodie, die sich erst jetzt in meinem Kopf eingenistet hat.«

»Oh, ein neuer Song?«

»Manches ist zu einem Song bestimmt und manches zu einer persönlichen Melodie … Diese Melodie ist für dich.«

Lisa starrte John sprachlos an, und Tränen traten in ihre Augen. Er lächelte leicht und wischte über ihre Wange, um eine Träne aufzufangen. Sie bemühte sich, die Tränen zu verstecken, und schüttelte den Kopf. »So was hat noch nie jemand für mich getan …«

»Es ist nicht so, als hätte ich es wirklich getan. Es ist vielmehr so, dass du mich zu dieser Melodie inspirierst. Sie entsteht in meinem Kopf, wenn ich an dich denke oder dir bei irgendetwas zusehe.« Er verschränkte seine Hand mit Lisas und murmelte: »Ich kann es nicht anders ausdrücken, aber ich hoffe, sie wird noch länger.«

Lisa nickte und verstand ihn. »Das wünsche ich mir auch.«

Sie beugte sich vor und küsste ihn lange und aufreizend, bis John seine kräftigen Arme um sie schlang und anhob. Er trug sie ins Schlafzimmer, um Josie und Charlie nicht zu wecken.

Es wurde Zeit, dass Lisa nach Hause kam und die letzten Stunden der Nacht etwas Schlaf bekam. John war gleich nach ihrem zärtlichen Liebesspiel tief und fest eingeschlafen, sie selbst war hellwach und betrachtete seinen entspannten Körper liebevoll. Zuletzt zeichnete sie seine kräftigen Brauen nach und fuhr über die Lippen, die ihr solches Entzücken brachten. Sie war verliebt, und es nützte nichts, sich etwas anderes vorzumachen. Etwas an diesem Mann hatte sie eingefangen.

Da sie ihn nicht wecken wollte, entschied sie, dass sie sich unten ein Taxi rufen würde, das sie heimfahren sollte. Sie küsste ihn vorsichtig, zog sich an und verschwand auf leisen Sohlen aus dem Schlafzimmer.

Als sie im Wohnzimmer auf ihrem Handy bereits die Nummer der Taxizentrale anrief, erschien Finlay aus der Küche und erschreckte sie.

»Na, schleichst du dich raus?«

Lisa legte aus Reflex auf und nickte ertappt. »Ja, ich denke, das ist besser, als morgen früh ein Chaos zu verursachen. Außerdem habe ich Frühdienst.«

Finlay sah sie lange an. »Was hältst du davon, wenn ich dich heimbringe? Ich kann sowieso nicht schlafen, und ich glaube, John wäre froh zu wissen, dass du dich nicht allein durch die Reporter arbeiten musstest.«

Sein Auto, das neben Johns riesigem Wagen in der Werkstatt stand, war ein altes Modell. Lisa war erstaunt, sie hätte gedacht, Johns Familie würde seine Schwäche für Autos teilen.

Als sich das Tor unten an der Einfahrt öffnete, standen nur noch eine Handvoll Journalisten davor, was offensichtlich an der Uhrzeit lag. Lisa atmete tief durch.

»Einen ganz schönen Tumult habt ihr zwei da ausgelöst.«

»Ja, das stimmt wohl«, seufzte sie und lehnte den Kopf gegen die Scheibe.

»Sogar Maureen habt ihr aufgeschreckt.«

»Wie bitte?« Lisas Müdigkeit war auf einen Schlag wie weggeblasen, und sie sah zu Finlay.

»Maureen hat John gestern eine Szene am Telefon gemacht. Sie fürchtet um das Wohl ihrer Kinder aufgrund eurer Beziehung.«

»Wir haben unsere Art der Beziehung selbst noch nicht definiert. Wie kommt es, dass alle anderen es tun?«

»Weil John es verdient hat. Und nach allem, was ich von dir gehört habe, du auch. Maureen ist ein guter Mensch, aber sie ist leider sehr wankelmütig. Sie war nie stark genug für das Leben mit einem Mann in der Öffentlichkeit. Sie war immer hin- und hergerissen zwischen der Liebe zu John und dem Wunsch nach einem normalen Leben. Selbst heute besteht da noch ein Band zwischen ihnen, das niemand durchtrennen kann.«

»Aber sie hat doch wieder geheiratet?«

»Wie gesagt: der Wunsch nach einem normalen Leben. Doch sobald John ebenfalls beginnt, sein Leben weiterzuführen, steht sie wieder auf der Matte. Versteh mich nicht falsch. Es gab nur wenige Frauen, die eine wirkliche Chance gehabt hätten, aber Maureen hat ein Gespür dafür, wenn er sich von ihr abwendet. Ich kann nur hoffen, du lässt dich davon nicht abschrecken.«

Lisa sah auf die dunkle Straße vor sich und dachte kurz über Finlays Worte nach. »Sie hat was gegen mich.«

»Aber doch nur, weil sie sieht, was wir alle sehen. John ist vollkommen hingerissen von dir. Du bist seine Chance. Maureen weiß, dass sie nicht mehr zurückkann, und diese Endgültigkeit macht ihr Angst.«

»Wenn noch so ein inniges Band zwischen ihnen besteht, dann wäre es vielleicht für alle Beteiligten besser, wenn die Familie wieder zusammenkommt.«

»Du selbst hast ein zerrüttetes Elternhaus, nehme ich an?«

»Wie kommst du darauf?«

»Es ist die Art, wie du Rücksicht auf die Kinder nimmst, dich so gut in sie hineinversetzen kannst.«

»Meine Mutter konnte sich früh nicht mehr um uns kümmern, weil sie schwer krank wurde. Mein ...« Das Wort »Vater« kam ihr einfach nicht über die Lippen. »Der Mann, der mich und Abby gezeugt hat, ließ uns im Stich. Ende der Geschichte.«

»Ich sehe es etwas anders ... Es ist vielmehr so, dass die Geschichte einer, nein, sogar von zwei jungen Frauen damit erst beginnt.«

Zweifelnd sah Lisa Finlay an. »Wie das?«

»Diese schwierige Situation in frühester Kindheit muss hart gewesen sein, aber sie hat euch zu den Menschen gemacht, die ihr nun seid. Ich glaube daran, dass sich das irgendwann im Leben auszahlt.«

»Du bist eher der ›Das Glas ist halb voll‹-Typ, oder?« Lisa lächelte, um den traurigen Ausdruck in ihren Augen zu kaschieren. »So etwas hat John neulich auch zu mir gesagt. Er ist ganz dein Sohn. Ich empfinde meine Geschichte eher als Makel, wohingegen John ...«

»... immer das Beste in den Menschen sieht. Das hat er aber nicht von mir. Eva war so, sie hat es nur auch bei mir angewendet.« Finlay kehrte zu seinem ursprünglichen Thema zurück: »Ja, das Glas sollte immer halb voll sein, aber ich sehe etwas an John, was ich einst selbst erlebt habe. Es gibt die erste große Liebe, die uns berauscht und uns an eine ewig dauernde gemeinsame Zukunft glauben lässt. Doch in Wahrheit schadet uns diese Liebe. In Wahrheit ist es die letzte große Liebe, die uns heilt, wieder zusammensetzt und bis ans Lebensende mit Glück erfüllt.«

Seine poetischen Worte berührten Lisa, und sie fragte: »War es so mit Sophie und deiner Frau?«

»Sophie Kennedy, ehemals Jameson, war, nein, ist eine wahre Naturgewalt.« Lisa kicherte zustimmend. »Sie war immer eine starke Persönlichkeit, zu der sich jeder Junge hingezogen fühlte. Während andere Mädchen sich nur schick kleideten und hübsch anzusehen waren, rannte Sophie mit uns über die Wiese und spielte Hockey. Sie war wunderschön mit wehendem Haar und roten Wangen. Sie hat sich nicht darum geschert, was die anderen Mädchen über sie tuschelten. Ich habe mich sofort in sie verliebt. Wir hatten eine wilde Zeit in Bodwin, und ich hatte gehofft, dass es niemals enden würde. Aber was passiert, wenn jeder der beiden Partner eine starke Persönlichkeit hat und zu wissen glaubt, wie das Leben verlaufen soll? Es geht schief. Im Nachhinein betrachtet haben wir nie richtig zusammengepasst. Es dauert oft lange, das einzusehen. Bei mir waren es wundervolle blaue Augen, die mich aus meiner Verliebtheit zu Sophie zurück in die Wirklichkeit geholt haben.«

»Johns Mutter?«

Finlay nickte und setzte den Blinker, um abzubiegen. »Ich habe Eva so sehr geliebt. Sie war vollkommen anders als Sophie. Sie liebte es, zu malen und Musik zu machen. Sie schrieb ein paar Kinderbücher, wovon einige sehr erfolgreich waren. Sie war kreativ und lachte den halben Tag und strahlte ihr ganzes Leben lang. Bevor wir John bekamen, verloren wir zwei Kinder in der Schwangerschaft, und danach war es, als steckte sie die Liebe für alle drei Kinder in John. Ich danke ihr für jeden Augenblick, den ich mit ihr verbringen durfte, und wünsche mir seit ihrem Tod jeden Tag, sie nur noch einmal kurz sehen zu können und ihr Lachen zu hören. Sie wäre hingerissen von dir.«

»Das hört sich wunderschön und traurig zugleich an.«

»Was ich damit sagen will, ist, dass uns das Leben nicht unendlich viele Chancen gibt, und ich hoffe, ihr lasst sie nicht verstreichen.«

Lisa sah nachdenklich aus dem Fenster und erkannte plötzlich, dass sie bereits vor ihrem Wohnhaus standen. »Danke, dass du mich gefahren hast und … danke auch für alles andere.« Eilig stieg sie aus und lief, ohne sich noch einmal zu Johns Vater umzudrehen, zur Haustür, vor der zum Glück kein Reporter mehr stand. Sobald sie die Eingangstür hinter sich geschlossen hatte, lehnte sie sich schweratmend dagegen und atmete tief durch.

Den Wecker, der sie zum Frühdienst weckte, hätte Lisa am liebsten aus dem Fenster geworfen. Sie quälte sich aus dem Bett, verrichtete stoisch ihre Morgenrituale, verließ ihre Wohnung und ging gähnend die Treppe hinunter und zur Tür hinaus. Es waren nach wie vor keine Reporter da, was sie zwar wunderte, aber als gutes Zeichen für einen tollen Tag deutete. Wie üblich besorgte sie sich in ihrem Lieblings-Coffeeshop einen Kaffee und sah auf ihrem Handy, dass jemand aus der Klinik bereits mehrmals angerufen hatte. Was da nur los war? Da sie nur noch Minuten von dort entfernt war, ging sie zügig ins Krankenhaus und auf ihre Station, die Notaufnahme.

Schon im Flur kam ihr Rachel, ihre Kollegin, entgegengerannt und rief: »Lisa! Da bist du ja endlich!«

»Ich bin doch pünktlich, oder etwa nicht? Was ist denn los?«

Rachel winkte ab und sah sie besorgt an. »Deswegen habe ich dich nicht angerufen, Lisa. Es ist wegen Abby.«

»Abby? Meine Schwester Abby?«

»Ja. Sie kam mit dem letzten Rettungswagen rein.«

Der Kaffee glitt Lisa aus der Hand und breitete sich als hellbraune Pfütze auf dem Fußboden aus.

15

Die Welt stand still, zumindest für Lisa. Sie sah, dass andere bereits den Notfallwagen neu bestückten und ihrer Arbeit nachgingen. Doch für sie hatte jemand die Stopp-und-Lautlos-Taste gedrückt. Sie hörte nur ihren rasenden Puls in den Ohren rauschen. Ein Gefühl der Panik überkam sie mit voller Wucht und brachte sie dazu, sich zu bewegen. Sie rannte auf den Trauma-Raum Eins zu, der offenbar gerade erst belegt worden war, denn ein Arzt hastete hinein. Als sie die Tür öffnete, starrte sie auf eine nackte Männerbrust. Zwei Ärzte waren dabei, den Magen des Patienten auszupumpen, während eine Schwester seine Vitalwerte prüfte und eine weitere ihn an diverse Überwachungsgeräte anschloss.

»Abby?«, fragte Lisa nur, und Ethan schaute sie gehetzt an.

Er hatte offenbar Nachtdienst gehabt. »Sie ist im Raum nebenan. Die Polizei ist bei ihr …«

»Dann ist sie nicht … verletzt?«

»Nein, ihr geht es gut. Geh zu ihr, Lisa!« Ein lautes Piepen der Herzmaschine brachte Ethan dazu, sich wieder dem Mann zuzuwenden, der Lisa seltsam vertraut vorkam. Sie lief durch die Tür, schloss sie, öffnete die nächste und blickte in die Gesichter zweier Polizisten. Ohne Erklärung drängte Lisa sich an ihnen vorbei zur dritten Person im Raum.

Abbys blasses, ängstliches Gesicht wandte sich ihr zu. Die beiden Schwestern fielen sich in die Arme und ließen ihren Tränen freien Lauf. Lisas Erleichterung darüber, dass Abby scheinbar unversehrt war, hielt aber nur kurz an. Einer der beiden Polizisten erinnerte sie mit einem Hüsteln daran, dass er und sein Kollege gerade Abbys Aussage aufnahmen.

Lisa trat auf sie zu. »Meine Herren, wäre es möglich, dass meine Schwester erst mal zur Ruhe kommt, bevor sie Ihre Fragen beantwortet? Sie sehen doch, dass sie völlig unter Schock steht. Sie kann Ihnen unmöglich in diesem Zustand genaue Angaben machen. Könnten wir zu einem späteren Zeitpunkt aufs Revier kommen, um dort eine Aussage zu machen?«

»Mrs …?«

»Miss Hanningan, ich bin ihre Schwester.«

»Miss Hanningan, es geht um einen möglichen schweren Verstoß gegen das Betäubungsmittelgesetz. Ihre Schwester befand sich in der Gesellschaft eines Mannes, der gerade eingeliefert worden ist, weil er …«

»Ja, weil er eine Überdosis genommen hat, nicht wahr? Aber trotzdem bitte ich Sie um einen Aufschub. Meine Schwester wird Ihnen alles sagen, was sie weiß, sobald sie zu zittern aufhört.«

»Nun gut. Dann soll sie am Nachmittag ins Revier kommen. Es wäre schön, wenn sie außerdem zu einem Drogentest bereit wäre, damit wir ihre Schuld beweisen können.«

»Sie meinen, damit Sie ihre Schuld ausschließen können?«, fragte Lisa scharf nach.

»Selbstverständlich, Miss.«

»Da es sich um eine Person des öffentlichen Interesses handelt, bitte ich Sie, mit niemandem über diesen Vorfall zu reden«, bat der zweite Beamte.

»Um wen handelt es sich denn?«, hakte Lisa nach.

»Mr Jim Goodwin.«

Die Polizisten ließen Lisa und Abby allein, und Lisa versuchte, sich von dem Schreck zu erholen. Sie hielt die weinende Abby nach wie vor im Arm und streichelte ihr übers Haar. Erst nach und nach nahm sie ihre Aufmachung wahr. Ihre kleine Schwester trug kniehohe Stiefel, ihre abgenutzte Jeansjacke, eine blaue Netzstrumpf-hose und einen unglaublich kurzen Rock. Sie trat einen Schritt zurück, umfasste Abbys Gesicht mit ihren Händen und sah ihr in die Augen. »Was ist passiert?«

»Ich … weiß auch nicht. Alles ging unglaublich schnell.«

»Seit wann kennt ihr zwei euch überhaupt?«

Abby schniefte und wischte sich die Nase an der Jacke ab. »Wir haben uns auf dem Weihnachtsfest bei Mia und Nic kennenge-lernt, und irgendwie mochten wir uns.«

»Wusstest du, dass er Drogen nimmt?« Diesmal zögerte Abby. »Er-zähl mir endlich alles, Abby. Die Polizei wird auch danach fragen.«

»Ich wusste es. Er hat was auf der Weihnachtsfeier genommen, und ich wollte ihn nicht mit dem Auto fortfahren lassen. Also hab ich ihn nach Hause gebracht. Wir haben Pizza gegessen und Play-station gezockt. Die nächsten Tage trafen wir uns auch, und alles war gut. Er schien etwas ruhiger zu sein, und ich dachte schon, es läge an mir, dass er keine Drogen nahm. Gestern dann wollte er un-bedingt Party machen, also hat er eine in seinem Loft geschmissen.«

»Und dann?«

»Wir haben zusammen gefeiert und sind dann … äh, im Bett gelandet.«

»Ich verstehe schon, Abby. Hast du Drogen genommen??«

»Nein … also nur was geraucht. Sonst nichts! Doch Jim hat ir-gendwelche Tabletten eingenommen und viel Alkohol getrunken. Er war zuerst total gut drauf, und irgendwann im Bett war er nicht mehr ansprechbar. Ich hab sofort den Krankenwagen gerufen, und da sind wir nun.«

Lisa schloss ihre Schwester in die Arme und sagte nur: »Oh, Abby.«

»Ich weiß, ich habe Scheiße gebaut. Ich hätte nie mit ihm mitfei-ern dürfen. Ich hätte ihn aufhalten sollen, von den Drogen abbrin-gen müssen.«

»Schhh!«, beruhigte sie Abby und griff zu ihrem Telefon.

Es tutete ein paar Mal, dann erklang Johns verschlafene Stimme. »Ja?«

»Du musst sofort ins Krankenhaus in die Notaufnahme kommen und bring die anderen Jungs mit.«

»Geht's dir gut? Was ist passiert?«

»Nein, mit mir ist alles okay. Es geht um Jim. Bitte komm schnell her.«

»Ich bin sofort da!«, hörte sie ihn sagen, dann hatte er auch schon aufgelegt.

Es dauerte keine halbe Stunde, bis John mit Nic im Schlepptau in der Notaufnahme auftauchte. Rachel brachte sie zu Lisa und Abby in Raum Zwei.

»Was ist mit Jim?«, rief John, sobald Rachel die Tür hinter sich geschlossen hatte.

Lisa zuckte mit den Achseln. »Er hatte eine Überdosis und war zu dem Zeitpunkt mit Abby zusammen. Sie hat den Notruf gewählt«, erklärte sie, während ihre Schwester den Kopf gesenkt hielt.

»O mein Gott!« Er fuhr sich durchs Haar, während Nic sich auf den nächsten Stuhl sinken ließ. Plötzlich wandte John sich an Abby und fragte: »Geht es dir gut?«

Da brach sie erneut in Tränen aus und sank in seine Arme. »Es … tut mir … alles so schrecklich leid, John. Ich hätte ihn aufhalten müssen und nicht auch noch mit ihm feiern sollen.«

»Ach, Abby! Mach dir keine Vorwürfe. Du bist nicht für seine Drogensucht verantwortlich. Es wäre ohnehin passiert, und ich würde sagen, dass Jim großes Glück hatte, dass du bei ihm warst.« John warf einen Blick zu Nic, der fassungslos seine Schuhe betrachtete. »In Wahrheit hätten wir etwas tun müssen, aber wir waren alle zu sehr mit unserem eigenen Leben beschäftigt …«

Er seufzte, und Nic sah schuldbewusst zu ihm.

»Du hattest so recht, John.«

»Ja, aber weißt du was? Zur Abwechslung gefällt mir das überhaupt nicht!«

Rachel betrat erneut den Raum und reichte Lisa eine Tablettendose und einen Plastikbecher mit Wasser. »Gib ihr was zur Beruhigung.« Sie deutete auf Abby, und Lisa sorgte dafür, dass ihre Schwester sich auf die Liege legte und gehorsam die Tablette nahm. Es dauerte keine fünf Minuten, und das Weinen ließ nach und Abby schlief ein.

Lisa trat zu John, der sie fest in die Arme schloss.

»Als du angerufen hast, dachte ich einen Moment lang, dir sei etwas zugestoßen.«

»Mit mir ist alles in Ordnung.«

John lehnte die Stirn gegen ihre, und Lisa legte behutsam die Hand auf seine Brust. »Ich bringe euch mal zu Jim und wir erkundigen uns, wie es ihm geht. Schließlich arbeite ich hier.«

»Mr Goodwin hat eine Überdosis aus allerhand Tabletten zu sich genommen, was in Kombination mit Alkohol zu einem Herz-Kreislauf-Versagen geführt hat. Wir haben ihm den Magen ausgepumpt, ihn entgiftet, und er wurde reanimiert. Im Augenblick ist er stabil und fürs Erste über den Berg. Mehr kann ich im Moment nicht sagen«, erklärte Ethan den beiden Bandmitgliedern und Lisa eine gute Stunde später, nachdem Jim auf ein Zimmer gebracht worden war. Er sah nach dem Vierundzwanzig-Stunden-Dienst erschöpft aus. »Wie lange besteht sein Drogenproblem schon?«

»Wie kommen Sie darauf, dass es ein bestehendes Problem gibt?«, fragte John ungewöhnlich bissig.

Lisa sah verwundert zu ihm auf. Wo war denn ihr gelassener und ruhiger John geblieben?

»Wollen Sie mich auf den Arm nehmen? Ich bin vielleicht kein Star wie Sie beide, aber ich bin Chirurg. Ich weiß, wann es ein Problem gibt. Sie sollten in dieser Hinsicht ehrlich mit mir sein.«

»Er hat zwei Entzüge hinter sich, den letzten vor eineinhalb Jahren und ist seit ein paar Wochen rückfällig geworden«, erklärte Nic und sah zu John, der die Zähne fest aufeinanderpresste.

»Wenn Ihr Kollege ...«

»Freund. Er ist vor allem unser Freund«, korrigierte John.

»Wenn er die Chance auf ein normales und langes Leben haben will, braucht er einen dritten Entzug. Wir könnten ihn dafür anmelden. Oder wir stellen uns die Frage, ob es ein Selbstmordversuch war. Dann müssten wir ihn einweis...«

John schüttelte entschlossen den Kopf und fuhr Ethan über den Mund. »Wir reden mit ihm. Er wird einen Entzug machen.«

»Ich nehme an, seine Familie wurde benachrichtigt?«

»Wir sind seine Familie, und unser Manager ist bereits auf dem Weg hierher.«

Ethan stöhnte gequält. Dann wandte er sich an Lisa: »Das ist ja ein toller Umgang für dich, nicht wahr? Wer solche Freunde hat, braucht keine Feinde mehr.«

Lisa warf ihm einen giftigen Blick zu, und John machte zwei Schritte auf Ethan zu, doch sie hielt ihn zurück.

»Lass dich von diesem schmierigen Typen nicht provozieren, John«, beschwichtigte ihn auch Nic.

Als Ethan endlich verschwunden war, trafen sich Lisas und Johns Blicke, und bevor sie wieder zu ihrer Schicht zurückmusste, berührte sie im Vorbeigehen seine Hand.

* * *

Das Telefon vibrierte zum wiederholten Mal in Lizzys Hand, doch auch dieses Mal ließ sie den Anruf auf der Mailbox landen. Es war Liam, der ihr sicher persönlich erklären wollte, was für wichtige Dinge er noch in London zu erledigen hatte. Doch Lizzy ertrug seine vorgeschobenen Gründe nicht.

Beide wussten, dass es an ihrer Ablehnung lag. Seit der Verlobungsfeier ging sie ihm aus dem Weg, belog ihn und hielt ihn immer wieder hin, wenn er fragte, was los sei. Liam war nicht dumm und auf Abstand gegangen. Sie verstand ihn und war dennoch unglaublich wütend auf ihn. Eigentlich war sie auf die gesamte Welt sauer und hatte jeden eingehenden Anruf und jede Nachricht sofort weggeklickt. Sie ertrug weder Mias Fruchtbarkeit noch Lisas Hilfsangebote. Und schon gar nicht wollte sie Sophies Ratschläge hören. Sie konnte auch nicht mit ihrer Mutter sprechen. Am wenigsten wollte sie aber mit Liam zu tun haben.

Um all den quälenden Gedanken zu entfliehen, hatte sie letzten Abend zwei Flaschen Wein getrunken. Sie hätte heute schon längst in ihrem Plattenlabel auftauchen müssen, doch mit verquollenen Augen und üblen Kopfschmerzen schaffte sie es gerade so zu dem Termin bei der im Krankenhaus praktizierenden Gynäkologin, den Lisa für sie vereinbart hatte.

Einfach blauzumachen war gar nicht Lizzys Art. Sie liebte ihre Firma und hatte seit dem Start in Mrs Graysons Wohnzimmer vor drei Jahren kaum einen Arbeitstag versäumt.

Die Tür zu dem Behandlungszimmer öffnete sich, und ein dunkler Haarschopf lugte hervor. »Miss Donahue?« Lizzy sah zu der Ärztin hoch, die darauf wartete, dass sie hereinkam. Schweren Herzens erhob sie sich von ihrem Stuhl, auf dem sie die letzte Viertelstunde gewartet hatte, trat vor und ergriff die angebotene Hand.

»Hallo, Dr. Carlington.«

»Miss Donahue, kommen Sie rein.«

Lizzy folgte der Ärztin in ein helles Büro, das vor lauter Akten und Büchern aus allen Nähten zu platzen drohte. Dr. Carlington bedeutete Lizzy, ihr gegenüber auf dem Stuhl Platz zu nehmen. Einzig der Schreibtisch trennte die beiden Frauen voneinander, und Lizzy fühlte sich seltsam aufgekratzt. Die Hoffnung und der Wunsch, sich nichts vorzumachen, kämpften in ihr gegeneinander.

Die Ärztin klappte die Akte auf und sah Lizzy abwartend an. »Ihr Mann wird bei diesem Gespräch nicht dabei sein?«

»Nein.«

Dr. Carlington runzelte leicht die Stirn. »Normalerweise ist das Paar immer gemeinsam da, um seine Möglichkeiten zu besprechen.«

»Mein Verlobter weiß noch nichts von den Ergebnissen. Ich wollte ihn nicht beunruhigen.«

»Nun gut, ich habe mir die Untersuchungsergebnisse genau angesehen und würde mir gern selbst ein Bild davon machen. Wären Sie so freundlich?«

Nach einer Dreiviertelstunde trat Lizzy wie in Trance aus dem Krankenhaus und lief geradewegs in Liams Arme. Sie sahen sich überrascht an.

»Du bist wieder in Cornwall?«, fragte Lizzy perplex und löste sich aus ihrer Erstarrung.

Im selben Moment sagte er: »Warst du bei Jim?«

»Was ist mit ihm?«

»Er wurde mit einer Überdosis ins Krankenhaus eingeliefert. Als ich es hörte, bin ich sofort zurückgefah…«

»O nein! Wie geht's ihm?«, unterbrach ihn Lizzy und zog besorgt die Stirn kraus.

»Er ist noch am Leben, was einem Wunder gleicht.« Er hielt inne und fragte: »Warum bist du nicht ans Handy gegangen oder hast zurückgeschrieben?«

»Ich … war bei einem Termin …«

Liam nickte mechanisch und sah so aus, als glaubte er ihr kein Wort. »Drei Tage lang?«

»Hör zu, Liam, ich …«

»Vergiss es. Darüber können wir später sprechen. Kommst du mit zu ihm?«

Lizzy ließ die Schultern hängen und nickte. »Auf jeden Fall.«

* * *

Am nächsten Tag wurde Jim von der Intensivstation auf die Privatstation verlegt und dort von seinen Freunden und seinem Manager Paolo in Empfang genommen. Jim sah sehr in Mitleidenschaft gezogen aus. Seine Augen waren glasig, blutunterlaufen und von dunklen Schatten umrandet. Er hatte immer noch eine Infusion gelegt und starrte die meiste Zeit, in der sie bei ihm waren, an die Wand.

Pablo tigerte ungeduldig im Zimmer umher. »Jim, ich …«

»Spar dir den Atem! Ich weiß, dass ich Scheiße gebaut habe. Ich gehe und mache den verdammten Entzug«, sagte Jim einsichtig.

»Warum hast du uns nichts davon gesagt?«, fragte Stan und setzte sich zu ihm aufs Bett.

»Ich konnte nicht. Nach all den Problemen, die ich uns schon bereitet habe … Ich könnte es verstehen, wenn ihr euch nach dieser Sache von mir distanziert.«

Liam schüttelte entsetzt den Kopf. »Vergiss es, du Idiot. Wir haben die Band gemeinsam gegründet, und ich habe nicht vor, noch einen von euch gehen zu lassen. Sam war eine Ausnahme, und so richtig gegangen ist er ja nie.« Sam hatte zu Schulzeiten die Band mitgegründet, sich dann aber für den Anwaltsberuf entschieden. Seitdem war er regelmäßig in Rechtsangelegenheiten für die Band tätig.

Sam grinste erst Liam, dann Jim an. »Ich wäre kein guter Rockstar geworden. Ich liebe unsere Gesetze zu sehr und hätte mich ungern über sie hinweggesetzt.«

Jim lächelte leicht, wurde aber sofort wieder ernst, als er John ansah und fragte: »Hast du mit Abby gesprochen?«

»Hm«, brummte John. »Sie hat den Notruf gewählt und war völlig fertig mit den Nerven. Wie kannst du ihr nur so was antun? Du hättest euch beide in große Gefahr bringen können.« Sein Ton war streng, und Jim wurde immer blasser.

Pablo, der immer um Harmonie bemüht war, mischte sich ein: »John, hey –«

»Nein, er soll ruhig wissen, dass er mit diesem Verhalten nicht nur sich, sondern auch andere gefährdet hat.«

»Das ist wahr!«, stimmte Nic seinem Freund zu. Er sah beinahe böse aus. »Lizzy und Abby haben gesagt, du hast Drogen auf der Weihnachtsfeier in meinem Haus genommen. Wie konntest du das in der Anwesenheit unserer Kinder nur tun?«

»Stell dir vor, wenn dir was von dem Zeug aus der Tasche gefallen wäre oder du schon dort ins Delirium gekippt wärst?«, fügte Liam hinzu.

»Es tut mir so leid … ich habe euch alle enttäuscht.«

»Ich verlange, dass du sofort den Entzug machst und wieder zu dir kommst. Ich will, dass du darüber nachdenkst, ob du wirklich dieser Typ mit dem Drogenproblem sein möchtest. Denn ich werde vielleicht mit diesem Typen auf der Bühne stehen, ihn aber nicht mehr in meinem Haus begrüßen.«

John ließ seine Worte wirken, und Nic fügte hinzu: »Das gilt auch für mich. Ich werde dich nicht aufgeben, aber ich will dieses Zeug nicht in der Nähe meiner Kinder.«

Stan sah die beiden entsetzt an. »Glaubt ihr, das ist der richtige Weg? Meint ihr nicht, dass dieser Druck es Jim noch schwerer macht?«

»Vielleicht, aber der leichte Weg ist nicht immer der beste!«
John wandte sich direkt an Jim. »Du sollst clean werden, und zwar
richtig. Ich möchte nicht auf deine Beerdigung gehen, aber ich
werde meine Kinder vor diesem Scheiß schützen. Genauso wie
Lisa und Abby«, schloss er etwas weniger scharf.

Jim nickte unter Tränen und reichte John eine Hand. »Ich verspreche es dir!«

Nach kurzem Zögern griff John zu, und der Rest tat es ihm nach.

* * *

Zur selben Zeit arbeitete sich Lisa in der Ambulanz von einem Be-
handlungsbereich zum nächsten. Der letzte Patient hatte sich dank
einer Lebensmittelvergiftung schrecklich übergeben, und es war
eine Tortur, ihm eine Infusion anzulegen. Lisa hatte sich seit Beginn der Frühschicht bereits die zweite Garnitur Arbeitskleidung
übergezogen. Und es würde sicher nicht die letzte bleiben.

Die nächste Patientin hatte sich verbrannt. Lisa zog den Vorhang zur Seite und studierte erst die Krankenakte, ehe sie aufsah
und erstarrte.

»Sie!« Cathy Young hatte wenigstens den Anstand, schuldbewusst zu schauen. »Reporter haben keinen Zutritt zum Krankenhaus.«

»Ich mag Reporterin sein, aber ich habe mich verletzt.«

Angewidert wandte Lisa sich von ihr ab. »Sie schrecken wohl
vor gar nichts zurück, oder?«

»Oder ich bin ein wenig schusselig.«

»Also ist es Zufall, dass Sie sich in der Nähe dieses Krankenhauses verletzt haben, während meiner Schicht und …«

»Und? Wieso reden Sie nicht weiter? Geht es darum, dass gestern am frühen Morgen ein junger Mann mit allen Anzeichen einer Überdosis eingeliefert worden ist?«, hakte die Frau nach.

Lisa starrte sie ungläubig an. »Ich muss Sie vielleicht versorgen, aber ich muss nicht mit Ihnen sprechen.« Damit ließ sie sich auf dem Hocker vor ihr nieder und machte ihre Hände steril.

»Sie glauben wohl, ich bin der Teufel, oder?« Lisa blieb stumm und bereitete alles für die Behandlung vor. »Kommen Sie schon, Lisa, Sie können nicht vollkommen kommentarlos hier vor mir sitzen.«

»Wenn Sie eine Frage zu Ihrer Behandlung haben, beantworte ich das gern«, schnappte Lisa.

Cathy Young schnaubte unzufrieden und schlug die Beine auf der Liege übereinander. »Ich glaube, dass Sie mich etwas fragen wollen. Glauben Sie, ich bin eine Hexe?«

»Es spielt keine Rolle, was ich über Sie denke. Aber ich frage mich, warum Sie das tun.«

»Warum ich meine Besessenheit zum Beruf gemacht habe?« Sie reichte ihr ihre linke Hand, an der mehrere Brandblasen zu sehen waren. »Die Swores sind mehr als eine Band. Sie sind eine Familie und schon immer Freunde. Die Familien um die Jungs herum sind beinahe ebenso faszinierend wie liebevoll. Mein Interesse ist sicher etwas verrückt. Aber ich bin auch völlig allein auf dieser Welt.«

»Sagen Sie all diese Sachen, um mein Vertrauen zu gewinnen? Glauben Sie, ich bin so leicht zu manipulieren? Im Ernst?« Lisa lachte höhnisch.

»Ich glaube, dass wir das gemeinsam haben: Wir sind völlig allein auf der Welt. Ich wünsche Ihnen wirklich Glück mit John, auch wenn die Erfahrung zeigt, dass Sie mehr als gute Wünsche brauchen.«

Lisa wollte nicht darauf eingehen, aber die Frage rutschte ihr heraus, bevor sie etwas dagegen tun konnte. »Was meinen Sie damit?« Sie hätte am liebsten den Kopf vor den Behandlungstisch geschlagen, weil sie angebissen hatte.

»Ist das nicht offensichtlich? Ich spreche von Maureen. Sobald sie glaubt, jemand anderes schnappt ihr das geliebte Spielzeug weg, krallt sie es sich wieder.«

Lisas Herz verkrampfte sich einen Moment, bis sie sich selbst eine Idiotin schimpfte. Diese Frau stiftete nur Unfrieden und streute in ganz Großbritannien Gerüchte und Unwahrheiten.

»Sie glauben mir nicht«, stellte Cathy ungerührt fest. »Es mag ja sein, dass ich Geld mit den Gerüchten rund um die Swores verdiene. Ich trage vieles in die Öffentlichkeit, um selbst daraus Profit zu schlagen, aber ich mag diese Kerle auch sehr. Ich war es auch, die Pablo auf Jims erneutes Drogenproblem hingewiesen hat. Mir liegt das Wohlergehen aller Bandmitglieder sehr am Herzen. Ich hoffe zum Beispiel, dass Sie Johns Herz für sich gewinnen.«

»Warum? Sie kennen mich nicht mal!«

»Ich kenne Sie gut genug und weiß so einiges von Ihnen«, wisperte sie verschwörerisch. Lisa kniff die Augen zusammen. »Geben Sie mir doch eine Information, die ich veröffentlichen kann. Nicht dass ich etwas aus dem Nähkästchen ausplaudere, was Ihnen sehr ungelegen käme. Ich kenne all die Geschichten rund um Ihre verrückte Mutter und Ihren Daddy, der sich aus dem Staub gemacht hat.«

Lisa ließ das Hydronetz fallen, mit dem sie die Brandverletzung hatte versorgen wollen, streifte ihre Handschuhe ab und trat zum Vorhang. Bevor sie ging, sagte sie: »Falls Sie sich je fragen, warum Sie so allein auf der Welt sind: Das ist der Grund. Diese Unterhaltung, die wir gerade geführt haben, ist es.« Wutentbrannt eilte Lisa auf den Gang hinaus und stieß dort prompt mit John zusammen.

»Na, sieh einer an. Als wären wir Magnete.« Lisa packte ihn und zog ihn mit aller Kraft den Gang entlang. »Was ist denn mit dir los?« Sie öffnete eins der Bereitschaftszimmer und schob ihn hinein.

»Es ist diese Hexe, diese Cathy Young. Sie ist in dem Behandlungszimmer und …«

»Was?«

»Sie war verletzt«, Lisa machte Anführungszeichen an ihre Worte, »und wollte sich von mir behandeln lassen, um mich auszuquetschen. Sie weiß von Jim und von meiner Mum.«

Lisa sah John fragend an, und sein Gesichtsausdruck änderte sich so schnell von ungläubig zu extrem sauer, dass sie selber etwas zurückschreckte.

»Fuck. Fuck. Fuck.« Es sah ganz so aus, als wollte er etwas mit geballter Kraft zerschlagen. Beinahe sofort wurde er wieder sanfter und streckte die Hände nach ihr aus. »Es tut mir so leid, Lisa. Wirklich, damit habe ich nicht gerechnet. Ich fürchte, durch Jims Aussetzer werden wir alle noch eine Weile mit den Reportern zu kämpfen haben. Ich wünschte, ich könnte irgendetwas tun, um dir das zu ersparen.«

Sie nahm seine Hände, und er zog sie dicht an sich. Lisa wusste, dass John sich sorgte, dass sie diesem Druck nicht standhielt.

Sie sah ihm in die Augen. »Hey du, ich komme schon klar. Aber ich werde lieber mal in der Einrichtung meiner Mutter anrufen und Bescheid geben, damit sie auf das Medieninteresse vorbereitet sind.«

»Gute Idee«, murmelte er in ihr Ohr und drückte sie fest an sich.

»Du hast mir gefehlt«, sagte sie und begann ihn innig zu küssen.

»Das ist ja wie bei Grey's Anatomy hier«, raunte er zwischen zwei langen Küssen. Plötzlich klingelte sein Handy, und Lisa ließ von ihm ab. »Entschuldige, das ist Sam. Er sucht nach mir.« Er drückte den Anruf weg und sah Lisa prüfend an. »Geht es dir wirklich gut?«

Sie winkte ab. »Mir geht es gut, ich mache mir eher Sorgen um Abby und Jim ... und Mia und Lizzy und ...«

»Oje, das sind ja einige Sorgen, die du dir machst.« John lachte.

»Außerdem wäre da noch Maureen.« Sie bemühte sich, den letzten Namen gleichgültig fallen zu lassen, doch John sah sofort skeptisch aus.

»Was hat das mit meiner Ex-Frau zu tun?«

Lisa sah ihn an. Die kinnlangen Haare waren zu einem Zopf gebunden, aus dem sich die vorderen Strähnen bereits wieder lösten. Seine blauen Augen waren so anziehend, dass sie kaum ihren Blick abwenden konnte. Die breiten Schultern gaben ihr Geborgenheit, und seine Hände bereiteten ihr mehr Vergnügen, als ihr je ein anderer zuvor geben konnte. Sie hatte nicht gelogen, als sie gesagt hatte, dass er ein Traumtyp war. Wie sollte sie ihm erklären, dass einfach alles mit Maureen zu tun hatte? Maureen war seine erste große Liebe, sie war die Mutter seiner Kinder und hatte ihn nie ganz losgelassen. Irgendwann musste sie mit John über seine Ex-Frau und, noch viel wichtiger, über seine Gefühle für sie reden. Jetzt war jedoch nicht der rechte Augenblick dafür. Und so sagte sie: »Ach, schon gut. Es ist nichts weiter. Geh und such Sam, bevor er dieser Hexe in die Arme läuft.«

Als sie die Tür öffneten, hörten sie allerdings schon laute Stimmen. Alarmiert schob John sich an Lisa vorbei.

Mitten in der Notaufnahme stand ein aufgebrachter Mann, spanischer Herkunft, vor … Cathy Young. Er brüllte sie an, doch sie hatte nur gelassen die Arme vor der Brust verschränkt.

»… eine Frechheit, die Swores derart zu bedrängen und ihnen nachzustellen. Wenn Sie falsche Natter nicht bald Abstand halten und die Privatsphäre meiner Jungs respektieren, werde ich das Gefühl nicht los, dass Sie eine Art Stalkerin sind. Das ist ein sehr sensibles Thema bei uns, wie Sie sicher sehr genau wissen.«

»Stalking? Sie wollen mich wohl auf den Arm nehmen, Pablo?«

»Mein Name ist Mendez, Miss Young. Mr Mendez. Ich kenne Sie nicht und habe auch kein Bedürfnis, das nachzuholen. Ich rate Ihnen eines: Verschwinden Sie von hier. Gehen Sie zurück nach London, und lassen Sie meine Jungs in Frieden, sonst rufe ich die Polizei!«

»Nun beruhigen Sie sich doch. Ich bin im Moment selbst Patientin hier und warte auf meine Behandlung.«

Pablo trat ganz nahe an Cathy heran. »Treiben Sie es nicht zu weit! Ich mache keine leeren Drohungen. Halten Sie Abstand.«

Fuchsteufelswild wandte er sich um und sah John und Lisa vor sich stehen. Wie ausgewechselt kam er auf sie zu und ergriff Lisas Hand mit seinen beiden. »Es freut mich sehr, dich kennenzulernen. Leider bin ich gerade in Zeitnot und muss zurück zu Jim. Aber wir holen das nach, ja?« Lisa nickte mechanisch, und Pablo fügte an John gewandt hinzu: »Pass gut auf sie auf. Diese falsche Natter schreckt wirklich vor nichts zurück.«

Damit rauschte er an ihnen vorbei, und Lisa sah zu John hoch. »Erstaunlich.«

»Ja, oder?« John grinste. »Als wir ihn kennenlernten, dachten wir erst, dass er zu nett für diesen Job sei. Dann ging er auf einen lästigen Paparazzo los, und wir haben ihn sofort engagiert. Da bekommt der Ausdruck ›tasmanischer Teufel‹ eine ganz neue Bedeutung.«

Lisa kicherte und legte eine Hand auf seinen Arm.

»Lisa? Hast du nicht noch eine Wundversorgung zu machen?«, Ethan war zu ihnen getreten und starrte mit finsterem Gesichtsausdruck auf John.

»Ich komme ja.«

John hielt sie sanft, aber bestimmt zurück. »Sehen wir uns heute Abend?«

»Abby wohnt im Moment bei mir, und ich möchte sie ungern allein lassen.« Bedauern schwang in ihrer Stimme mit.

»Verstehe, aber ich vermisse dich und Minnie«, wisperte John und zwinkerte ihr beim Fortgehen zu.

* * *

Charles lag genüsslich in Lizzys Arm und ließ sich von ihr am Bauch kraulen. Es kam selten vor, dass er sich zum Schmusen an Lizzy schmiegte. Es war zuletzt eher Liam gewesen, dessen Zuwendung er eingefordert hatte. Lizzy fand die Hassliebe der beiden rührend. Nicht selten ertappte sie Liam dabei, wie er mit Charles ein ernstes

Gespräch führte und ihm dann doch beinahe alles vergab, obwohl der fast blinde Kater noch Minuten zuvor Blumentöpfe ausgegraben oder Liams Lieblingstasse runtergeschmissen hatte.

»Es wird Zeit, Lizzy. Ich will endlich wissen, was zum Teufel mit dir los ist!«

Liam stellte sich mit verschränkten Armen vor sie, sodass sie ihm nicht ausweichen konnte. Er sah besorgt, ja beinahe verängstigt aus. Sie blickte ihm nur kurz in die dunklen Augen und wusste, dass er recht hatte, doch die Furcht vor dem Aussprechen der Wahrheit war stärker.

Als sie schwieg, fügte Liam drängend hinzu: »Ich meine, ich war wirklich geduldig. Ich habe dir die Chance gegeben, mir alles zu erzählen, wenn du so weit bist. Aber es ist fast so, als käme dieser Moment nie. Ich ertrage das Gefühl nicht länger, dass irgendwas im Busch ist. Sag mir doch, was es ist! Liegt es an der Hochzeit? Hast du kalte Füße bekommen?«

Lizzy zuckte leicht mit den Achseln und sah an ihm vorbei zur Wand. Charles' Schnurren beruhigte sie. »Ich weiß nicht.«

»Du weißt nicht? Das ist alles?«, fragte er entsetzt.

»Ich bin mir nicht sicher …«, stammelte Lizzy. Natürlich war sie sich absolut sicher, dass er der eine für sie war, aber sie war nicht überzeugt, was sie ihm sagen sollte. Wenn sie ihm gestand, was los war, dann wäre er verständnisvoll und würde keinen Zweifel an ihrer großen Liebe zu ihr lassen.

Wie immer brach der Schmerz impulsiv aus Liam hervor, und er brüllte plötzlich: »Findest du nicht, dass du dir sicher solltest, wenn du einen verdammten Verlobungsring am Finger trägst?« Überfordert wandte er sich von Lizzy ab und strich sich seine Locken zurück.

Lizzy betrachtete seinen Rücken, und sie ertrug es kaum, ihn so verzweifelt zu sehen. Sie konnte weder auf Liams Frage antworten noch ihm eine adäquate Erklärung bieten. Seit ihrem Gespräch mit

Sophie wusste sie einfach gar nichts mehr! Was wollte sie? Sie hatte nie wirklich darüber nachgedacht. Sie war glücklich mit ihrem Leben gewesen und damit, keine Pläne zu machen. Ihre Liebe zu Liam war so groß, dass es kaum Worte dafür zu geben schien. Ihre kleine Firma war erfolgreich, und sie half »Underdogs« auf die Beine. Genau das, was sie immer gewollt hatte. Sie hatten ein schönes Haus in Bodwin und eine tolle Wohnung in London. Es gab keine finanziellen Sorgen, und ihre Mutter war wieder gesund. Lizzy liebte alles an ihrem Leben. Doch sie hatte sich nie gefragt, was für sie und Liam nach der Hochzeit kommen würde. Sie hatte sich im Unterbewusstsein sicher daran festgehalten, dass sie irgendwann eine Familie gründen würden. Doch jetzt war dieses Thema mehr oder weniger vom Tisch, und Lizzy hatte den Halt unter den Füßen verloren. Für den Moment klammerte sie sich nun an den Kater.

War dies die beste Grundlage für eine Ehe? Nicht zu wissen, was man als Nächstes tun wollte oder wie das eigene Leben in zehn Jahren aussehen sollte? Hatte man als Paar nicht gemeinsame Ziele?

»Verdiene ich es nicht, dass du dir absolut sicher bist, dass ich der eine bin?«, riss Liam sie zwar ruhiger, aber nicht weniger verzweifelt aus ihren Gedanken. Er hatte sich wieder zu ihr umgedreht und sah sie verzweifelt an.

Lizzy biss sich auf die Lippe und hielt die Tränen mühsam zurück. »Du hast recht. Ich sollte mir sicher sein, Liam.«

»Gibt es einen anderen?«, flüsterte er, als hätte er Angst, diese Frage laut zu stellen und eine Antwort zu bekommen, die er nicht ertragen könnte.

Lizzy schüttelte vehement den Kopf. »Nein, es gibt niemanden …«, sagte sie. Und fügte in Gedanken hinzu: den ich je so lieben könnte, wie ich dich liebe.

»Dann liebst du mich einfach nicht mehr?«

»Das ist es nicht, Liam.«

»Was ist es dann, Lizzy? Ist es nicht mehr genug? Irgendetwas muss es doch geben, das du mir sagen kannst, warum du dich so verhältst, wie du dich eben verhältst?«

Lizzy fühlte seine Verzweiflung. Sie war für sie in der vergangenen Woche fast schon ein vertrauter Begleiter geworden. Sie konnte ihm unmöglich die Wahrheit sagen, aber sie würde das Thema zumindest anschneiden müssen. »Hast du je einen Gedanken an unser Leben nach der Hochzeit verschwendet? Und was wir wohl in zehn oder zwanzig Jahren tun werden?«

Liam schien darauf keine spontane Antwort zu haben, und Lizzy wusste, dass er daran nie gedacht hatte.

Er räusperte sich. »Wieso ist das plötzlich so wichtig geworden? Seit wann gehörst du zu den Menschen, die für ihr Leben einen Fünf-, geschweige denn einen Zehnjahresplan machen? Du stolperst durch dein Leben, seit du laufen kannst. Dann bist du in meins gestürzt und hast alles auf den Kopf gestellt, und nun hast du Zweifel?« Er gab einen verächtlichen Ton von sich und schüttelte den Kopf. »Ist das Leben nicht schön? Habe ich im vorangegangenen Leben etwa nicht genügend Karmapunkte gesammelt?«

Das lief alles überhaupt nicht so, wie Lizzy es sich gedacht hatte. Natürlich hätte sie damit rechnen müssen, dass Liam so verärgert reagierte, dennoch verunsicherte sie dieser Streit. »Gib mir etwas Zeit, über alles nachzudenken, Liam.«

»Zeit? Noch mehr Zeit? Nein, Lizzy. Entweder willst du mich heiraten oder eben nicht. Ich liebe dich über alles. Hier bin ich. Wenn du mich willst, dann nimm mich. Wenn nicht, dann musst du gehen.«

Lizzy schloss gequält die Augen. Als sie sie öffnete, starrte Liam sie unerbittlich an. Sie ließ Charles auf den Küchenboden gleiten. Sie wusste nicht, welchen Schritt sie tun wollte. Ihr Herz zog sie in seine Richtung, aber die Zweifel, die sich in ihren Kopf eingenistet hatten, wollten, dass sie davonlief. Also lief sie.

16

$\mathcal{N}$ ach einer ausgiebigen Dusche und einem starken Kaffee, den sie nach ihrem anstrengenden Frühdienst bitter nötig hatte, ließ Lisa sich auf das Sofa neben Abby sinken. Ihre Schwester war in den vergangenen zwei Tagen nach Jims Einlieferung ausgesprochen ruhig gewesen, und Lisa machte sich inzwischen ernsthaft Sorgen. Der Besuch auf dem Polizeirevier war für Abby aufwühlend gewesen und der Drogentest zum Glück negativ. Dennoch hatten die Beamten eine Aussage gefordert, und ihre Schwester war danach vollkommen aufgelöst gewesen. Mittlerweile glaubte Lisa, dass es vor allem um Jim selbst ging. Sie mochte ihn und wollte ihn nicht in Schwierigkeiten bringen. Lisa hatte sie jedoch daran erinnert, dass sie sich erst einmal um sich selbst kümmern musste. Von Abbys fester Freundin fehlte auch jede Spur, und Lisa hatte aufgegeben, danach zu fragen. Abbys Verhalten ließ darauf schließen, dass sie sich getrennt hatten.

»Wie geht es Jim?«, fragte nun Abby leise und knetete ihre Hände.

»Er ist stabil, seine Werte sind gut. Ich denke, er kann morgen entlassen werden.«

»Also darf er noch vor Silvester raus?« Abby schien es nicht glauben zu können.

»Er wird direkt vom Krankenhaus in eine Einrichtung in Exeter gebracht, um einen Entzug zu machen.«

Abby senkte den Blick und sah unglaublich hilflos aus.

Lisa ergriff ihre nervösen Finger. »Was macht dich so traurig? Geht es nur um Jim?«

Da brach es aus Abby heraus: »Ich dachte, er sei tot, Lisa! Ich war mir sicher, es wäre zu spät. Und es ist alles meine Schuld! Ich hätte ihn davon abhalten müssen. Stattdessen war ich viel zu sehr mit mir selbst beschäftigt. Ich dachte nur an mich und dass ich all meine Probleme vergessen wollte. Dabei hätte ich ihn retten können!«

»Das hast du doch, Abby. Du hast ihm das Leben gerettet. Wärst du in dieser Nacht nicht bei ihm geblieben, dann wäre er womöglich gestorben. Du hast alles getan, was du konntest, glaub mir!«

Doch Abby schüttelte vehement den Kopf. »Er hätte nicht so viel genommen, wenn wir nicht so heftig gefeiert hätten.«

»Dann wäre es in zwei Wochen passiert, wenn du nicht bei ihm gewesen wärst. Ein Drogenabhängiger lässt sich nicht helfen, Abby. Er hat nur eine klitzekleine Möglichkeit, sein Leben zu ändern, und das ist, wenn er ganz unten am Boden angekommen ist. Glaub mir, Süße, seine Einlieferung ins Krankenhaus und die dramatischen Umstände mit dir sind seine Chance. Mir tut nur leid, dass du das alles miterleben musstest!«

»Wird er wieder gesund?«

Lisa sah ihre Schwester bekümmert an. Sie wusste wegen ihrer Arbeit, wie die Rückfallquote aussah und welche Folgen nach einer Überdosis auf die Betroffenen warteten. »Das hoffe ich sehr.«

»Wird er immer abhängig sein?«

Lisa seufzte. »Es ist ein lebenslanger Kampf, so viel kann ich dir sagen. Aber es wird leichter, wenn er ein paar Menschen hat, die ihm ein stabiles Umfeld bieten.«

»Meinst du, ich könnte ihn besuchen?« Alles in Lisa schrie danach, Nein zu sagen, denn ihre kleine Schwester war selbst nicht gefestigt genug, um jemand anderem eine Stütze zu sein. Aber das konnte sie unmöglich aussprechen.

So fragte sie stattdessen: »Willst du dich verabschieden?«

»Vielleicht …« Zögerlich blickte sie Lisa an.

»Ich habe morgen frei. Ich begleite dich sehr gern.«

»Das wäre toll«, entfuhr es Abby unerwartet erleichtert. »Gern!«
Lisa sprang vom Sofa auf und kramte die Bestelllisten vom Liefer-
service raus. »Worauf hast du mehr Hunger? Ich habe Pizza oder
China-Imbiss im Angebot?«

»Darf ich dich was fragen, Lisa?« Der ernste Ton ließ Lisa aufhor-
chen, und sie nickte. »Warum hast du mir nicht gesagt, dass Dad mit
seiner neuen Familie wieder in England lebt? In Cumbria?«

Lisa legte die Bestellkarten zur Seite und kniete sich vor das Sofa,
auf dem Abby saß. Sie ergriff wieder ihre Hände. »Ich habe geahnt,
dass du es selbst herausgefunden hast.« Sie seufzte. »Weißt du,
Abby, ich war immer deine große Schwester. Ich habe dich schon
immer beschützt, und das war das Einzige, was ich tun konnte, um
dir diese Ohrfeige zu ersparen. Du warst noch so klein, als das alles
so schrecklich schiefgegangen ist. Wahrscheinlich erinnerst du dich
nicht mehr daran, aber Dad schickte uns von überall auf der Welt
Postkarten. Ich habe wirklich daran geglaubt, dass er uns zu sich
holt, sobald er kann. Die Erkenntnis, dass wir ihm immer völlig egal
waren, kam spät und hat einen Teil in mir zerstört. Die nächste Enttäuschung kam, als er plötzlich die Zahlungen für Mums Klinikauf-
enthalt einstellte und ich mich fortan darum kümmern musste. Da
habe ich herausgefunden, dass er eine neue Familie hat, mit der er in
England lebt. Mir hat es den Boden unter den Füßen weggezogen.
Ich weiß noch, dass ich lange darüber nachgedacht habe, es dir zu
sagen, aber ich konnte es nicht. Ich konnte es einfach nicht, aber ich
weiß jetzt, dass ich es hätte tun müssen. Bitte entschuldige.«

»Ich war so wütend, weil du mich immer wie ein kleines Kind
behandelt hast. Ich wollte endlich auch eine der Bürden tragen, die
du schon immer mit dir rumgeschleppt hast.«

»Wie lange weißt du es schon?«

»Seit meinem Geburtstag vor ein paar Monaten. Er hat mir eine
Postkarte geschrieben, und da war der Stempel aus Cumbria drauf.
Ich habe ein klein wenig nachgeforscht, und da war alles klar.«

»Es tut mir sehr leid, dass du es so rausfinden musstest.«

»Ich nehme deine Entschuldigung an, aber du musst damit aufhören.«

Lisa grinste. »Womit genau?«

»Mich immer noch beschützen und erziehen zu wollen. Ich bin alt genug, um mich um mich selbst zu kümmern.«

»Manchmal machst du es mir schwer, dir das zu glauben.«

Abby setzte einen entschlossenen Gesichtsausdruck auf. »Ich werde Fehler machen, Lisa, immer wieder. Du musst sie mich aber machen lassen, denn nur so lerne ich was daraus. Wie jetzt bei dieser Sache mit Jim.«

»So etwa in der Art wie: Lass dich nicht mit einem Rockstar ein?«

»Das sagt die Richtige!«, lachte Abby und grinste spitzbübisch, was Lisa erröten ließ. »Du magst diesen John, oder?«

»Das ist ja das Problem.«

Irritiert hob sie die Augenbrauen. »Wieso? Ich dachte, er mag dich auch?«

»Ich weiß nicht. Er hat diese unglaublich tolle Ex-Frau, die ihn immer noch liebt …«

»Das Gute bei Ex-Frauen ist, dass es immer auch einen Grund gibt, warum sie Ex-Frauen sind. Lass nicht zu, dass sie ihn dir wegschnappt, Lisa!«

»Ich wünsche mir eine Beziehung, wie Nic und Mia oder Lizzy und Liam sie haben. Ich weiß nicht, ob John dafür bereit ist. Ich wäre es zumindest.«

»Dann finde es heraus. Los, zieh dir eins dieser sexy Outfits an und fahr zu ihm. Chinesisch können wir irgendwann noch essen.«

Lisas Augen begannen zu leuchten, und sie sprang auf. »Eine Frage hab ich aber noch …« Sie sah Abby mit zusammengekniffenen Augen an. »Bist du jetzt wirklich lesbisch? Oder stehst du einfach auf Menschen im Allgemeinen?«

Abby lachte hysterisch los und antwortete dann mit Grabesstimme: »Ich stehe auf Fleisch …«

Lisa rollte mit den Augen und ahnte, dass es noch keine richtige Antwort auf diese Frage gab.

Als es klingelte und Abby rief: »Vielleicht ist es ja schon dein persönlicher Prinz, der die Prinzessin aus ihrer winzigen Zweizimmerwohnung retten möchte«, warf Lisa einen Pantoffel nach ihr und lief dann lachend zur Gegensprechanlage an ihrer Tür.

»Wer ist da?«

»Lässt du mich rein?«, fragte eine nur zu bekannte Stimme, und Lisa wurde sofort ernst. Sie drückte auf den Türöffner, riss die Tür auf und sah wenig später in Lizzys niedergeschlagene blaue Augen.

»Was zur Hölle ist passiert?«

»Ich glaube, ich habe gerade aus Versehen meine Hochzeit platzen lassen.«

In den nächsten Stunden dachte Lisa kaum an John. Sie war die Freundin, die Lizzy so dringend brauchte. Während Abby sich in Lisas Zimmer zurückzog, lag Lizzy auf dem Sofa und starrte die halbe Zeit an die Wand. Sie konnte weder essen noch trinken. Obwohl Lisa ihr immer wieder Fragen stellte, brachte sie nur wenige Informationen aus ihr heraus: Liam hatte etwas geahnt, und Lizzy hatte es nicht sagen können.

Lizzy wirkte schrecklich niedergeschlagen. Immer wieder sprach sie davon, dass ihre und Liams Hochzeit nun geplatzt sei, und weinte.

Als Lizzy sich im Bad frisch machte, rief Lisa John an. Sie schilderte ihm das, was sie wusste, und bat ihn, nach Liam zu sehen.

»Ich werde gleich zu ihm fahren, versprochen. Aber wo bringst du all die gestrandeten Frauen in der winzigen Wohnung nur unter?«

»Ich werd schon ein Plätzchen für uns alle finden.«

»Wenn nicht, weißt du, wo du einen Schlafplatz hast?« Sie hörte sein Grinsen durchs Telefon.

»Ich kann Lizzy und Abby unmöglich allein lassen.«

»Das verstehe ich natürlich. Aber ich würde gern den morgigen Nachmittag und Silvester mit dir verbringen. Spricht da was dagegen?«

Lisa zögerte. »Ich begleite Abby morgen früh ins Krankenhaus zu Jim, aber ich denk darüber nach. Versprochen!«

Sie beendete das Gespräch und sah zu Abby auf, die aus ihrem Schlafzimmer gekommen war.

»Ich weiß, du willst eine gute Schwester und eine noch bessere Freundin sein, aber bitte versau dir dadurch nicht die Beziehung mit John, ja?«

Spontan tippte Lisa eine kurze Zusage übers Handy an John und spürte sofort, wie sehr sie sich auf den Tag mit ihm freute.

Als sie seine Antwortnachricht las, die innerhalb von Sekunden da war, schlug ihr Herz heftig gegen ihre Brust:

Ich hoffe, du hast nichts gegen Achterbahn fahren und Imbissbuden im Freizeitpark?

Am nächsten Morgen schlich Abby im Schildkrötentempo neben Lisa den Flur zu Jims Zimmer entlang. Sie hatten Glück gehabt, dass sie im Foyer des Krankenhauses Nic getroffen hatten, sonst hätte man sie nicht einmal in die Nähe seines Zimmers gelassen. Abby wirkte verunsichert, und Lisa griff nach ihrer Hand.

»Alles in Ordnung?«

»Was tue ich überhaupt hier?«, brach es aus ihrer kleinen Schwester heraus. »Wir kennen uns erst wenige Tage, und mein Verstand weiß, dass ich nicht für seinen Absturz verantwortlich bin …«

»Aber …«, sagte Lisa, weil sie einfach wusste, dass noch ein »Aber« folgen würde.

»Er hat mich auf eine Art verstanden wie kein anderer.« Diese Aussage tat mehr weh, als es Lisa zustand, dennoch nickte sie und ließ sich nichts anmerken. »Er hat eine gequälte Seele, und ich habe mich ihm verbunden gefühlt. Er war so herrlich kaputt und ...« Lisa wartete geduldig, bis ihre Schwester leise fortfuhr: »Sein Zusammenbruch hat mir gewissenmaßen das Leben gerettet. Dieses Erlebnis bewahrt mich davor, eines Tages selbst auf solch einer Liege in die Notaufnahme transportiert zu werden.« Lisas starrte sie geschockt an, und Abby sah prompt weg. »Es tut mir leid!«

»Das muss es nicht! Ich bin sehr froh, dass du so ehrlich zu mir bist. Wenn das alles wahr ist, dann sag es ihm. Vielleicht gibt es ihm die nötige Kraft, Hoffnung zu schöpfen und sich seinen Dämonen zu stellen.«

Sie blieben vor seiner Zimmertür stehen, und Abby klopfte zögerlich.

Es ertönte ein »Herein!«, und Abby öffnete die Tür. Lisa blieb an der Schwelle stehen und schaute zu Jim, der seltsam normal aussah. Sie hatte damit gerechnet, dass er sich in einem jämmerlichen Zustand befinden würde, doch dem war nicht so.

Er saß aufrecht in einem weiß bezogenen Bett und wirkte ausgeruht und erholt. Als er sie beide erkannte, huschte ein schuldbewusster Ausdruck über sein Gesicht, den er mit einem Lächeln zu verbergen versuchte.

»Hey«, sagte Abby. »Darf ich reinkommen?« Er nickte. Lisa fragte vorsichtig: »Soll ich hier auf dich warten, Abby?«

»Bitte komm mit rein, Lisa«, bat Jim zu ihrer Überraschung und räusperte sich.

Abby nickte zustimmend, dann trat sie zu Jim ans Bett und sah auf den Boden. Keiner von ihnen traute sich, etwas zu sagen.

Plötzlich ergriff Jim Abbys Hand, und sie sah zu ihm auf. »Du hast mein Leben gerettet. Ich werde den Rest meines Lebens in deiner Schuld stehen.«

»Schuld?«, echote sie. Er nickte nachdrücklich. »Gut, ich wüsste auch schon, wie du es wiedergutmachen könntest …«

Jim riss erwartungsvoll die Augen auf. »Und wie?«

»Werde clean. Für immer. Kämpfe für dein Leben. Es könnte großartig werden. Ich weiß es genau.« Er schüttelte lächelnd den Kopf. »Was soll das denn wieder heißen? Widersprichst du mir etwa?«

Da lachte er. »Nein, das bedeutet nur, dass ich einer Frau wie dir noch nie zuvor begegnet bin. Und das will was heißen, weil ich schon vielen Frauen begegnet bin.«

»Versprichst du es mir?«

»Ja, ich verspreche es dir. Ich bitte trotzdem um Entschuldigung. Ich hätte dich in unglaubliche Gefahr bringen können.«

»Oh, glaub mir, das schaffe ich schon gut allein. Da brauchst du dich nicht zu sorgen. Wer steigt schließlich zu einem zugedröhnten Junkie ins Auto? Wenn das mal nicht lebensmüde ist.« Sie schlug sich die Hand vor den Mund und sah zuerst Jim erschrocken an, dann Lisa, die sich auf die Lippe biss, um nichts zu sagen.

Er grinste wieder. »Da stimme ich dir zu.«

Abbys Hand lag immer noch in seiner, und nun beugte sie sich vor und schlang impulsiv die Arme um ihn. »Ich will, dass du dein absolut Bestes gibst. Keine Rückfälle. Keine Partys und nichts.«

»Darf ich dich auch um etwas bitten? Pass, so lange ich hier drinnen bin, gut auf dich auf! Mach nichts Waghalsiges und geh keine Risiken ein. Ich möchte dich um ein echtes Date bitten, wenn ich wieder ich selbst bin.«

»Du weißt, dass das niemals passieren wird, oder? Ich steh auf Frauen.«

»Nach unserer ersten Nacht weiß ich es besser, Abby.«

Sie errötete und erwiderte flapsig: »Meine Schwester meinte, ich stehe auf Fleisch im Allgemeinen.«

Das löste die angespannte Stimmung und richtete die allgemeine Aufmerksamkeit auf Lisa, die nun auch zu Jim trat und lächelte.

»Ich verstehe sowieso nicht, warum man immer alles in Schubladen sortieren muss. Lesbisch, bi, hetero oder schwul. Wir alle verlieben uns in Menschen, unabhängig von der Religion, des Alters, des Geschlechts oder der Hautfarbe.«

Jim sah ernst zu Abby auf. »Oder Rockstars mit einem Drogenproblem.«

»So ist es«, wisperte Abby, und Lisa zog sich diskret zurück.

»Ich lass euch ein paar Minuten allein und warte auf dem Flur, in Ordnung?«

Die beiden schienen sie nicht zu hören, sie sahen sich schweigend in die Augen, und so schloss sie die Tür hinter sich. Dann wartete sie, bis Pablo kam und die beiden voneinander trennte, um Jim in die Entzugsklinik zu begleiten.

* * *

Die Sonne war in der Zeit untergegangen, in der sie in dem Imbiss im Freizeitpark gegessen hatten. Es war einer dieser typischen Läden, wo es vorzugsweise Hamburger, Pommes und leuchtende Kinderaugen gab. Lisa war derart geschafft von dem Tag gewesen, dass sie sich einen Coffee to go bestellt hatte. Der Schichtdienst im Krankenhaus war furchtbar ermüdend für sie, und eigentlich wäre es vernünftig gewesen, den restlichen Tag auf dem Sofa oder im Bett zu verbringen. Aber sie wollte Zeit mit John und seinen Kindern verbringen. Dafür lohnte es sich auch, seine Ängste zu überwinden und Achterbahn zu fahren, bis einem schlecht wurde. So glücklich hatte Lisa Josie und Charlie noch nie erlebt. Sie waren auf dem Weg zum Auto, und gerade plapperten die Kinder voller Euphorie durcheinander, lachten und quietschten, während sie von der letzten Fahrt mit dem Kettenkarussell erzählten.

»Glaubst du, du wirst je wieder was essen können?«, erkundigte sich John über den Lärm hinweg.

»Nach dem Tag auf der Achterbahn und dem vielen fettigen Zeug? Ich fürchte, ich werde nie wieder etwas essen«, antwortete sie grinsend.

John grinste ebenfalls und verschränkte seine Hand mit ihrer. »Du hast dich hervorragend geschlagen, wobei ich fürchte, dass meine Qualitäten als Verehrer gelitten haben.«

»Bist du das denn? Ein Verehrer?«, fragte Lisa leise, blieb stehen und sah ihn aufmerksam an.

»Ich dachte, ich hätte meine Absichten deutlich gemacht?«

Lisa brach in Gelächter aus. »Das hört sich an, als sei ich in einem von Jane Austens Romanen gelandet.«

»Zu sagen, ich sei scharf auf dich, kam mir so platt vor.«

Lisa kicherte wieder, bis Charlie loskreischte. Erschrocken sahen sie und John sich nach den Kindern um. Josie stand bedrückt vor ihnen, die Innenseiten ihrer Jeans hatten einen dunklen Ton angenommen. Sie hatte es offenbar nicht mehr rechtzeitig auf die Toilette geschafft.

»Ach, Süße, das macht gar nichts. Es war zu viel Aufregung, oder? Ich hab Wechselklamotten in der Tasche. Komm, wir gehen dich schnell umziehen.« John nahm Josie an die Hand, um mit ihr auf die Toilette zu eilen.

»Lass mich das machen. Ich geh mit ihr auf die Damentoilette. Wir wollen doch nicht, dass du die Frauen erschreckst.« Sie zwinkerte ihm zu.

»Ich wäre mit ihr aufs Männerklo gegangen.«

»Noch schlimmer. Willst du, dass Josie den Schreck ihres Lebens bekommt?« Sie stellte sich auf die Zehenspitzen und wisperte in sein Ohr: »Bei der Rüsselschau.«

* * *

John lachte ausgelassen, dann gab er Lisa einen Kuss auf die Wange, sah ihr und seiner Kleinen nach, wie sie zu den Toiletten eilten, und wandte sich dann Charlie zu.

»Lass uns dort auf die beiden warten.« Er setzte sich mit ihr auf die nächste Bank und lächelte vor sich hin. Der heutige Ausflug war bis jetzt erstaunlich entspannt verlaufen. Selbst Charlie schien etwas sanftmütiger gestimmt zu sein, was bestimmt am Besuch des Freizeitparks lag.

Er strich ihr über das weiche Haar. »Hat es dir gefallen, Süße?«

Charlie sah zu ihrem Vater hoch und fragte: »Wirst du Lisa heiraten?«

John war auf diese direkte Frage nicht vorbereitet gewesen und machte erst mal große Augen. »Wie kommst du denn darauf, Charlie?«

»Du machst dieses Erwachsenenzeug mit ihr. Du hältst ihre Hand und so.«

John fand es oft schwierig, den Kindern etwas zu erklären, ohne ihre kindlichen Ansichten zu zerstören. Doch er wollte, dass Charlie seine Gefühle für Lisa verstand. Er räusperte sich und begann zu erklären: »Nun, ich mag Lisa, auch wenn ich sie erst vor Kurzem richtig kennengelernt habe.«

»Und warum küsst du sie dann?« John begann zu schwitzen. So war das nicht geplant gewesen. Er hätte wissen müssen, dass Charlie neugierig war und Fragen stellen würde. »Wenn du sie heiratest und sie bei uns zu Hause einzieht, dann komme ich nicht mehr.« Charlie verschränkte die Arme vor der Brust. Von Sanftmut konnte nun keine Rede mehr sein.

Warum gab es keine Coaches, die einen auf solch furchtbare Momente nach einer Scheidung vorbereiteten? John zögerte, bevor er sagte: »Ich wäre entsetzlich traurig, wenn du nicht mehr nach Hause kommen würdest, Charlie. Warum magst du sie denn nicht?«

»Ich finde sie ätzend. Mum würde dich nie so angucken, wie sie es macht. Mum ist sowieso ganz anders.« Charlie hatte einen finsteren Blick aufgesetzt, und John seufzte hilflos.

»Hör zu, Prinzessin, ich weiß, dass es für dich schrecklich ist, dass deine Mum und ich uns haben scheiden lassen. Deine Mum hat Eric geheiratet, und ich mag Lisa gern. Aber sie ist nicht meine neue Frau. Bis das passiert, vergeht immer viel Zeit. Man trifft sich, geht ins Kino oder was essen und irgendwann dann –«

»Also willst du sie heiraten? Denn ich hasse sie und komme dann auf keinen Fall mehr.«

»Nein, ich möchte Lisa nicht heiraten, okay? Im Moment denke ich, dass ich nie wieder heiraten werde!«, rief John aufgebracht. »Aber ich möchte, dass du Lisa gegenüber nicht mehr so respektlos bist. Stell dir mal vor, wie du dich fühlen würdest, wenn man so mit dir reden würde. Was ist nur los mit dir, Charlotte?«

»Ist Charlie wieder eine Zicke?«, fragte eine helle Stimme. John wirbelte herum und sah, dass Lisa und Josie hinter der Bank standen. Lisas Gesichtsausdruck nach zu urteilen, hatte sie mehr als genug gehört. Mit einem Mal fühlte sich John sehr unwohl in seiner Haut. Doch bevor er etwas sagen konnte, schrie Charlie aufgebracht: »Alles ist ihre Schuld!«, deutete mit dem Finger auf Lisa und lief ohne ein weiteres Wort Richtung Ausgang.

John gab einen genervten Laut von sich. »Wir fahren jetzt nach Hause. Charlie sind die wilden Fahrten nicht sonderlich gut bekommen.« Er nahm den Rucksack, den er am Morgen mit Wechselsachen, Getränken und Snacks vorbereitet hatte, von Lisa entgegen und machte sich auf den Weg zum Auto.

»Komm, Josie, wir gehen«, hörte er Lisa leise sagen.

Dieser Spagat zwischen seiner Tochter und Lisa war ihm einfach zu viel. Noch vor einer Viertelstunde hatte er gedacht, dass dieser Tag die Kluft zwischen Charlie und Lisa verringert hätte, aber dem war wohl nicht so.

Die Rückfahrt verbrachten sie schweigend. Die Kinder schliefen fast augenblicklich auf der Rückbank ein, und als er durch Falmouth fuhr, bat Lisa ihn, sie zu Hause abzusetzen.

»Bist du sicher? Ich dachte …«

Sie sah ihn mit einem unlesbaren Ausdruck im Gesicht an.

»Lass uns den Abend nicht noch komplizierter machen. Kümmer dich zu Hause um deine Mädchen und ich mich um meine.«

»Es tut mir –«

»Sag es nicht, John. Ich weiß es doch längst. Ich will nicht, dass du dir Vorwürfe machst. Es war ganz klar, dass es nicht leicht wird.«

John streckte seine Hand zu Lisa hinüber und sah sie traurig an. Sie ergriff sie, doch er sah ihr an, dass sie sich kaum besser fühlte.

17

Lisa verstreute etwas Konfetti auf dem großen Tisch in Johns Wohnzimmer. Sie hatte am Morgen extra noch ein Tischfeuerwerk und Partyhütchen für die Kinder gekauft. Nach dem gestrigen Debakel wollte sie ein weiteres Drama mit Charlie vermeiden und setzte alles daran, dass es harmonisch ablief. Andererseits war sie unsicher, was sie damit bezwecken würde. Als ob ein Tischfeuerwerk und Dekoartikel die Stimmung im Hause McDermit verbessern würden.

Was tat sie überhaupt hier? John hatte gestern ziemlich deutlich gemacht, dass er sie nie und nimmer heiraten würde. Etwas, dass sie sich, wenn auch nicht sofort, aber durchaus für die Zukunft wünschte. Lisa hatte sich sofort in John verliebt, und sie hoffte, dass sie eine ähnliche Wirkung auf ihn hatte. Die Zweifel daran nagten an ihrem Herzen, und sie musste sich zwingen weiterzuarbeiten. Auch wenn es viel zu früh für solche Entscheidungen war, so fragte sie sich doch, ob sie hier ihre Zeit vergeudete. Würde auch John sie enttäuschen?

Er hatte sie nach dem großen Einkauf mit den Mädchen abgeholt. Es sollte ein ruhiges Silvester werden. Sie wollten ein besonderes Essen machen und später am Abend eine Fernsehshow ansehen. Die letzte Viertelstunde hatten sie die Einkäufe reingetragen und in der Küche verstaut.

»Haben wir auch Käse gekauft?«, fragte Josie nun ganz aufgeregt, und John schlug sich mit der flachen Hand vor die Stirn.

»Wir wollen Käsefondue machen, und ich vergesse, den Käse zu kaufen. Das grenzt ja an Dummheit.«

»Das würde ich so nicht unbedingt sagen«, bemerkte Lisa.

»Nein?«

»Vielleicht waren deine Gedanken nur woanders.«

John hob anzüglich grinsend die Brauen. Dann beugte er sich von hinten über ihre Schulter und sprach leise in ihr Ohr: »Ganz recht. Ich musste die ganze Zeit an Minnie Mouse denken und daran, wie ich sie über deine Schenkel ziehe, um –«

Lisa stieß ihn sanft mit dem Ellbogen an und lachte. John ließ sie los, klatschte in die Hände und verkündete: »Nun, dann müssen wir noch mal los. Käsefondue ohne Käse ist schließlich nicht möglich.«

»Och, nö! Du wolltest doch noch Inlineskates mit mir fahren, so lange es hell ist! Das hast du versprochen, Daddy«, maulte Charlie lautstark, und John verdrehte genervt die Augen.

Adieu, Harmonie, dachte Lisa.

»Dann fahren wir eben morgen doppelt so lang.«

Charlie warf die Speckwürstchen, die sie aus der Tasche in den Kühlschrank räumen wollte, von sich, verschränkte die Arme vor der Brust und schüttelte vehement den Kopf.

Plötzlich kam Lisa ein Gedanke. »John, wie wäre es, wenn du allein den Käse holst und ich mit den Kindern rausgehe?«

Verwundert sah John sie an, noch überraschter jedoch Charlie. »Das würdest du tun?«, fragte er und hob die Speckwürstchen auf.

»Ja, na klar! Was soll schon passieren? Du bist ja in einer halben Stunde wieder da.«

»Hm, das bezweifle ich. Bei dem, was eben los war, wird es eher eine ganze Stunde werden. Aber wenn du es trotzdem möchtest, Charlie?« Er sah von seiner Tochter zu Lisa und wieder zurück.

Sie nickte mit großen Augen, und Lisa sagte: »Dann los, Charlie, hol deine Sachen, und Josie und ich gehen schon mal raus.«

Charlie flitzte sofort los, und Josie hüpfte wie ein Flummi aufgeregt auf und ab. »Können wir nachsehen, ob Daddy Würmer im Garten hat?«

Lisa grinste, während John seine Jüngste entsetzt ansah. »Was um Gottes willen möchtest du mit Würmern?«

»In Charlies Buch waren Millionen viele Würmer. Ich möchte nur nachsehen, ob du auch so viele hast.« Damit verschwand auch Josie nach oben, und Lisa lächelte John an.

»Hat da jemand ein Problem mit Würmern?«

John überspielte seinen skeptischen Gesichtsausdruck mit einem Grinsen. »Würmer? Ach was … ein ganzer Kerl wie ich hat vor gar nichts Angst.«

Lisa kicherte. »Dann werden wir mal auf Würmerjagd gehen und sie für dich aufbewahren.«

»Ach was, mach dir mal keine Umstände, Babe!«, wiegelte John lächelnd ab. Lisa machte einen Schritt auf ihn zu, schlang die Arme um seine Mitte und sah gut gelaunt zu ihm auf. Die blauen Augen strahlten zu ihr hinunter, und er legte die Stirn an ihre.

»Du bist wunderschön, Lisa!«

Sie stellte sich auf die Zehenspitzen, und als sich ihre Lippen trafen, entrang sich ein leises Seufzen ihrer Kehle. »Gibt es noch mehr Geheimnisse, die ich über dich wissen sollte, John McDermit?«

»Geheimnisse?«

»Du hasst Würmer. Das war neu für mich.«

»Das wirst du wohl selbst rausfinden müssen, Babe!« Er küsste sie auf die Nase und löste sich von ihr. »Bist du sicher, dass dir das nicht zu viel ist? Vor allem nach gestern?«

»Ach nein, ich denke, wir kriegen eine Stunde schon rum. Charlie will skaten, und Josie und ich … Du hast ja gehört, dass es Millionen Würmer gibt. Da werden wir viel zu sehen haben.«

»Dann muss ich mir als kleines Dankeschön was für dich überlegen, wenn du gleich zwei meiner Töchter beaufsichtigst.«

»Vergiss nur das Ungeziefer nicht.«

John grinste und gab Lisa einen innigen Kuss. Sie sah ihn überrascht an. »Nur ein kleiner Vorgeschmack!« Er nahm die Jacke vom Haken und zog sie über. »Lass dich von den beiden nicht umbringen, ja?«

»Ich geb mir Mühe!«

Er rief einen Abschiedsgruß durchs Haus, und fort war er.

Plötzlich wurde Lisa etwas flau im Bauch. Was hatte sie sich nur gedacht? Sie war mit zwei Mädchen allein, von denen eines sie hasste und das andere viel zu klein war, um alleine bei ihr zu bleiben. Mit dem enormen Verantwortungsgefühl, das sie mit Wucht überrollte, hatte sie nicht gerechnet. Da es jetzt aber zu spät für solche Gedanken war, lief sie nach oben und half den Kindern beim Anziehen. Mit Josie diskutierte sie darüber, ob ein T-Shirt reichte, weil draußen doch die Sonne schien. Charlie ließ sich nur zögerlich beim Anlegen der Schutzausrüstung helfen. Zuletzt, da standen sie schon vor der Haustür, begann die allen Eltern bekannte Helmdiskussion.

»Ich sehe mit Helm total bescheuert aus.«

»Ach was, ich finde, diese neuen Helme sehen doch ziemlich cool aus, oder was meinst du, Josie?«, fragte Lisa die Kleinere, die nur mit den Achseln zuckte, während sie ihre Schuhe falsch herum anzog.

»Was weiß eine Sechsjährige schon davon? Calimero war nur blöd und nicht cool.«

Lisa kniff die Augen zusammen. »Wer hat gesagt, du siehst damit aus wie Calimero?«

»Leon. Und sie ist total verknallt in ihn«, quatschte Josie drauflos.

Charlie brüllte entsetzt auf: »Bin ich gar nicht, und du bist ein Baby!«

Lisa schickte Josie in den Garten, um eine Schaufel zu besorgen, dann sagte sie zu Charlie, die kaum unversöhnlicher hätte aussehen können: »Einen Helm zu tragen ist sehr wichtig, damit du dich nicht verletzt. Es ist wichtiger, gesund als cool zu sein.«

Charlie grunzte nur unnachgiebig, als sie auf den Skates – aber mit Helm – das Haus verließ. Lisa folgte ihr seufzend und ging zu Josie, die im Vorgarten bereits wilde Maulwurfhügel schaufelte. Unwillkürlich lächelte sie. Mit Josie war alles so einfach. Würde sie je ein Kind bekommen, dann wünschte sie, es wäre wie Josie. Lisa ließ sich auf der knallrot gestrichenen Holzbank nieder, die neben den Beeten stand, und sah abwechselnd zu den beiden Mädchen. Lisa wusste, dass es schwieriger war, sich die Zuneigung einer Neunjährigen zu verdienen, als dass sie einem nur so zuflog wie bei einer Sechsjährigen. Doch sie war fest entschlossen, Charlies Panzer zu knacken, auch wenn sie keine Ahnung hatte, wie sie das anstellen konnte. Sie würde einfach dranbleiben.

Sie hatte sich einen Vorteil davon versprochen, wenn sie ihren Wunsch erfüllte, doch offenbar war das Gegenteil der Fall gewesen. Charlie hatte kaum einen Fuß vor die Tür gesetzt, als sie schon zu meckern begann. Der Pflasterweg sei nicht angenehm zu befahren. Sie wolle auf die Straße hinaus, weil die Fahrbahn dort glatter sei. Der Helm drückte sie an der Stirn. Sie hasse die Skates, nörgelte sie in einer Tour weiter. Lisa genehmigte sich ein Augenrollen und zwang sich dann, die Meckerei zu überhören. Charlie ließ sich mürrisch auf die Wiese fallen und feuerte ihren Helm ins Gras. Sie zog die Skates aus und stapfte nur mit Socken an den Füßen über die Wiese auf die Bäume zu. Man brauchte nicht viel über Kinder und Erziehung zu wissen, um zu verstehen, dass Charlie Lisa provozieren wollte. Die Kunst lag ganz eindeutig darin, diese Provokation zu übergehen.

»Bitte zieh dir Schuhe an, wenn du nicht mehr fahren möchtest! Du holst dir sonst eine Erkältung!« Charlie ignorierte Lisa und ging weiter, was diese fast zur Weißglut trieb. Sie atmete tief durch, um sich wieder zu beruhigen.

Charlie trug so viel Wut in sich, und das Widersprüchliche daran war, dass Lisa sie wahrscheinlich von allen am besten verstand.

Dennoch – sie wollte um jeden Preis der Welt vermeiden, dass Maureen einen Grund hatte, ihr etwas vorzuwerfen. Also sprang Lisa kurzerhand auf und sagte zu beiden Kindern: »Lauft nicht weg, ich hole eben Charlies Schuhe.«

Es dauerte keine fünf Minuten, und sie stand mit einer Dose für Josies Würmer und Charlies Schuhen wieder vor der Tür. Sie sah Josie immer noch an Ort und Stelle nach Würmern graben, doch wo war Charlie? Lisa suchte die Wiese nach dem Mädchen ab. Nichts. Sie war fort.

Sofort bekam Lisa ein ungutes Gefühl im Bauch, und sie fragte Josie: »Wo ist deine Schwester?«

Die Kleine deutete vage zur Einfahrt hinunter, und Lisa folgte der angezeigten Richtung hin zum Tor und den hohen Bäumen, die rechts und links davon standen. Als sie eine Bewegung aus den Augenwinkeln wahrnahm, richtete sie den Blick nach oben und sah Charlie in der Luft. Sie kletterte auf einen Baum, trug weder Schuhe noch Helm, und der Ast, auf dem sie gerade stand, wackelte bedrohlich.

Lisa rief ihren Namen, da geschah es bereits: Der Ast brach, und Charlie, die nicht darauf vorbereitet war, fiel mit einem kurzen, spitzen Schrei fast zwei Meter in die Tiefe.

Innerhalb von Sekunden war Lisa über den Rasen zu ihr gerannt und beugte sich panisch über sie. Charlie hielt sich wimmernd den Arm und weinte.

»Wo tut es weh, Charlie? Sag mir, wo du dich verletzt hast.«

Doch Charlie antwortete nur: »Wo ist meine Mummy? Mummy!«

Lisa schnürte es die Kehle zu. Die Kleine hatte so recht. Wo war ihre Mummy? Sie sollte hier sein und nicht Lisa. Sie verdrängte alle quälenden Gedanken und schaltete in den Krankenschwestermodus. Sie tastete Charlies Arm ab, der in einem unnatürlichen Winkel abstand. Er war auf jeden Fall gebrochen. Dann ließ sie

Charlie sich alleine aufrichten und sah sich zu Josie um, die ihr gefolgt war und mit vor Schreck geweiteten Augen hinter ihr stand.

»Wir müssen deine Schwester ins Krankenhaus bringen, Josie. Verstehst du mich?« Sie nickte, und Lisa fragte: »Kannst du für mich ein großes Mädchen sein und mir helfen?« Josie nickte zögerlich. »Geh rein und hol mein Handy. Es ist in meiner Tasche. Ich muss deinen Dad anrufen.« Sofort flitzte die Kleine los, und Lisa wandte sich wieder Charlie zu, die nach wie vor weinte. Sie legte vorsichtig eine Hand auf ihr Haar, obwohl sie Angst hatte, dass sie es abwehren würde.

»Der Arm tut sicher sehr weh, oder?« Charlie nickte. »Möchtest du … möchtest du ersatzweise meine Hand halten, bis dein Daddy und deine Mum da sind?«

Ihre Blicke trafen sich. Einen winzigen Moment dachte Lisa, sie würde ablehnen, doch da hielt Charlie schon ihre Hand fest. Josie brachte das Handy zu Lisa, und als Erstes rief sie einen Krankenwagen. Sie schilderte die Situation und rief als Nächstes John an. Als er nicht abhob, bemühte Lisa sich, nicht zu besorgt zu sein.

»Was passiert jetzt?«, fragte Charlie ängstlich.

»Nun, die Sanitäter kommen mit dem Krankenwagen, um dich ins Krankenhaus zu bringen.«

»Du …« Charlie wimmerte. »Du kommst doch mit, oder?«

Lisa drückte Charlies Hand. »Auf jeden Fall. Ich bin die ganze Zeit bei dir, versprochen.«

»Muss ich denn operiert werden?«

»Ich hoffe nicht, Charlie. Aber die Ärzte sind wirklich sehr gut ausgebildet. Sie werden dich untersuchen und dir wahrscheinlich einen Gips anlegen. Alles wird gut, du wirst sehen.«

Es dauerte nicht lange, bis sie das Tor öffnen musste, um den Krankenwagen hereinzulassen. Charlie ließ Lisas Hand nicht einen Moment los, während man sie in den Rettungswagen trug und sie versorgte. Die Sanitäter kannten Lisa durch ihre Arbeit in der Notaufnahme und ließen Josie vorne mitfahren, die vollkommen begeistert darüber war. Lisa rief im Krankenwagen erneut John an, der aber immer noch nicht ranging. Also sprach sie ihm auf die Mailbox.

Leicht verzweifelt sah sie zu Charlie, die mit riesigen Augen zu ihr aufsah.

»Das war ziemlich dumm, oder?«, fragte das Mädchen ungewohnt einsichtig.

Lisa zuckte mit den Schultern. »Nun, ich denke, nach dem Sturm war der Baum nicht mehr besonders sicher. Wir alle machen mal Fehler.«

»Hätte ich nur meinen Helm angelassen. Ich bin so dumm! Und alles nur wegen eines Jungen …«

Lisa sah, dass erneut Tränen in Charlies Augen stiegen. Sie musste sie ablenken! »Weißt du, erst neulich habe auch ich mich wegen eines Mannes ziemlich zum Affen gemacht.«

»Was hast du gemacht?«

»Ähm … etwas, das man für gewöhnlich nicht tut und was dumm war.«

»Dümmer, als ohne Schuhe und Helm auf einen Baum zu klettern?«

Lisa nickte. »Viel, viel dümmer! Es gibt Jungs, die uns das Gefühl geben wollen, nicht gut genug zu sein. Dein Daddy hat mich daran erinnert, dass der richtige Junge einen so mag, wie man ist. Und mal davon abgesehen: Dein Dad würde immer wollen, dass du wie Calimero aussiehst, wenn du dafür nur gesund bist. Jeder Junge, dem dein Aussehen wichtiger ist als deine Sicherheit, ist nicht der Richtige, meine Süße.« Der Sanitäter unterdrückte ein Grinsen, was Lisa großzügig ignorierte. Das war ihr erstes richtiges Gespräch mit Charlie.

»Es tut mir leid, dass ich dich fett genannt habe …«

Diese Entschuldigung kam noch unerwarteter, und Lisa lächelte glücklich. »Mach dir darüber keine Gedanken. Ich bin dir nicht böse. Ich weiß ja, warum du es gesagt hast.«

»Wirklich?«

Lisa streichelte vorsichtig über ihr Haar und sagte: »Ja, natürlich. Du vermisst deine Mum und möchtest nicht, dass jemand Fremdes mit deinem Dad zusammen ist. Weißt du, als ich klein war, ist meine Mum so schlimm krank geworden, dass sich meine Tante um mich und meine kleine Schwester kümmern musste.«

»Wo war denn dein Daddy?«

Traurig zuckte Lisa mit den Schultern. »Er … er wollte uns nicht.« Charlie bekam große Augen, und Lisa beeilte sich zu sagen: »Aber ich verspreche dir, Charlie, dein Dad wird euch immer wollen. Er liebt dich und Josie mehr als jeden anderen Menschen auf der Welt. Daran wird sich nie etwas ändern!«

Charlie schloss traurig die Augen, hielt aber weiterhin Lisas Hand fest.

18

Lisa saß vor dem Untersuchungszimmer der Notaufnahme und hatte Josie auf dem Schoß, als John voller Angst auf sie zugerannt kam.

»Wo ist sie? Was ist passiert? Ist es sehr schlimm?«

»Sie ist gerade beim Röntgen, und wir sollen hier warten. Sie ist auf einen Baum geklettert und hatte keine Schuhe an. Der Baum war vom Sturm irgendwie in Mitleidenschaft gezogen, und durch ihr Gewicht ist der Ast abgebrochen. Sie hat sich sehr wahrscheinlich den Arm gebrochen.«

»Wie konnte das nur passieren?« John fuhr sich besorgt durchs Haar und rannte wie ein Tiger im Käfig auf und ab. »Wo warst du in dieser Zeit? Hast du nicht gesagt, du würdest zurechtkommen?«

Lisa bemühte sich, seine Anschuldigungen nicht zu persönlich zu nehmen. »Ich habe ihre Schuhe geholt, weil ich nicht wollte, dass sie sich erkältet, und als ich rauskam, passierte es gerade.«

»Ich hätte sie nie bei dir lassen dürfen. Ich habe gewusst, dass ihr nicht gut miteinander zurechtkommt ...« Jetzt fühlte sich Lisa, als hätte er ihr eine Ohrfeige verpasst. Bevor er weitersprechen konnte, trat der Arzt aus dem Zimmer und bat John, mit ihm zu kommen.

John nahm Josie aus Lisas Armen und folgte ihm, ohne sich nach ihr umzusehen. Sie blieb erschüttert an Ort und Stelle stehen und sah ihnen lange nach. Später stand sie auf und trank becherweise Kaffee, während sie auf weitere Informationen wartete. Johns Worte hallten in ihr nach. Auch wenn sie selbst immer wieder anführte, dass er große Angst um seine Tochter gehabt hatte, schmerzten sie tief. Sie machte sich selbst schon genug Vorwürfe und wusste, dass dieser Unfall nicht gerade förderlich für das fragile Familiensystem war.

Sie lächelte leicht, als sie an ihr Gespräch mit Charlie dachte, und fühlte sich ein klein wenig besser. Das hielt allerdings nicht lange an.

»Wo ist sie?«, rief jemand aufgebracht durch den Flur, und Lisa wusste sofort, wem sie sich gleich stellen musste.

»Maureen«, murmelte sie, und die blonde Schönheit in einer wunderschönen Abendrobe und mit perfekt frisierter Hochsteckfrisur trat wutentbrannt auf Lisa zu.

»Wie schaffen Sie es nur in so kurzer Zeit, meinen Kindern derart zu schaden? Sagen Sie mir das auf der Stelle!«

Lisa fand es nicht fair, aber auch verständlich. Maureen war eine Mutter, deren Kind einen Unfall gehabt hatte. Sie hatte ein Recht auf eine Erklärung.

»John musste noch mal kurz weg, und Charlie wollte inlineskaten. Also bin ich mit den beiden in den Garten gegangen. Doch Charlie konnte nicht gut fahren auf Johns Pflastersteinen –«

Maureen funkelte sie wütend an. »Kommen Sie zum Punkt.«

»Wollen Sie nun wissen, was passiert ist, oder nicht?«, fauchte Lisa zurück. »Jedenfalls hat sie Helm und Schuhe ausgezogen, und ich wollte nicht, dass sie sich eine Erkältung holt. Deswegen bin ich kurz ins Haus gegangen und habe ihre Schuhe geholt. Es waren keine drei Minuten. In dieser Zeit ist Charlie auf einen Baum geklettert, der vom Sturm beschädigt war. Als ich hinauskam, ist der Ast gebrochen.«

»Ich weiß, Sie haben keine Kinder, aber wie konnten Sie Kinder, die nicht Ihre eigenen sind, auch nur eine Sekunde lang aus den Augen lassen?«

»Ich konnte doch nicht ahnen, dass sie so etwas Dummes machen würde.«

»Charlie ist ein Kind. Die tun so etwas, und zwar ständig.«

»Es tut mir schrecklich leid. Ich wollte wirklich nicht, dass so etwas passiert, und es wird sicher nicht wieder vorkommen.«

Maureen lachte höhnisch. »Nein, ganz gewiss wird das nie wieder vorkommen!« Die Botschaft hinter diesem Satz war unmissverständlich, und Lisa fühlte sich schrecklich. »Und jetzt möchte ich zu meinem Kind.«

Lisa trat zur Seite, und Maureen rauschte an ihr vorbei. In diesem Moment trat John wieder in den Flur und ging direkt auf Maureen zu, die ohne Begrüßung fragte: »Wie geht es ihr?«

»Sie hat einen gebrochenen Arm und eine leichte Gehirnerschütterung. Sie wollen sie über Nacht hierbehalten, aber es ist nichts Ernstes.«

»Oh, Gott sei Dank!«, rief Maureen und sank in Johns Arme. Er schien derart erleichtert zu sein, dass es nur natürlich war, seine Ex-Frau so innig in den Arm zu nehmen. Doch Lisas Herz zersprang in tausend Stücke, als sie ihn in diesem intimen Moment mit Maureen beobachtete. Sie sah, wie Johns kräftige Hände über Maureens Rücken fuhren und sie an seinen Körper zogen.

Plötzlich war Lisa alles klar. Es war, als lichte sich das Chaos oder als wäre die Scheibe endlich wieder sauber geputzt, sodass sie vollen Durchblick hatte. Sie war die andere Frau. Schon wieder. Bei Ethan hatte sie eine Verlobung gestört. Hier war es noch schlimmer: Sie war der Eindringling in eine wunderbare Familie. Sie gehörte nicht hierher. Wieso hatte sie nur geglaubt, John und sie hätten je eine Chance? Er hatte doch selbst gesagt: »Maureen war meine erste und wahrscheinlich einzig wahre Liebe« und »Ich will Lisa nicht heiraten«.

Warum hatte sie ihm nicht zugehört? Welchen Platz könnte sie denn schon in seinem Herzen haben, wenn es nach all den Jahren doch noch besetzt war? Sie würde bei John immer die andere Frau sein.

Dieses Leben hatte sie dazu verdammt, der Eindringling zu sein. John warf ihr einen kurzen achtlosen Blick zu, bevor er mit Maureen den Gang entlangeilte und im Krankenzimmer seiner Tochter verschwand.

Einen Moment stand Lisa mit dem Kaffeebecher in der Hand nur da, dann folgte sie den beiden wie in Trance und beobachtete sie durch die Lamellen des Krankenzimmerfensters. Drinnen hatte Maureen sich über das Bett gebeugt und Charlie in die Arme geschlossen. Josie hielt John an der Hand und hüpfte aufgeregt neben ihm auf und ab. In Lisas Augen sammelten sich Tränen, während sie das Bild dieser Familie in sich aufnahm. Sie sah nicht in Johns Gesicht, sondern nur in die seiner wundervollen Töchter. Lisa wusste, wie zerstörerisch das eigene Leben werden konnte, wenn die Kindheit so schwer war.

In diesem Moment entschied sie, dass diese beiden Mädchen noch eine Weile Kinder bleiben sollten. Sie durften keinen Schmerz oder Kummer erfahren. Nein, sie sollten sich nie einsam fühlen und ein ganz wundervolles Leben als Familie führen können. Johns Herz war nicht frei, sosehr er sich das vielleicht auch wünschte. Und das schmerzte so tief in ihrem Herzen, dass sie kurz glaubte zu ersticken.

Sie warf einen letzten Blick auf John, den sie bereits mehr liebte, als ihr bewusst gewesen war. Er lächelte auf Charlie hinunter und lachte über etwas, das Maureen sagte. Lisa versuchte, nicht zu weinen, und doch zitterte ihre Unterlippe, als sie endlich die Kraft aufbrachte, sich abzuwenden.

Unerwartet stand sie Finlay und Sophie gegenüber. Sie sahen Lisa irritiert an, und Sophie fragte: »Wie geht es der kleinen Verletzten?«

»Charlie wird wieder. Sie sind da drin«, stotterte Lisa und wich Finlays besorgtem Blick aus.

»Geht es dir gut, meine Liebe?«, fragte Sophie und machte einen Schritt auf sie zu.

Lisa lächelte traurig. »Ja, ja. Ich wünsche euch beiden einen guten Rutsch! Und bitte richtet Charlie gute Besserung von mir aus.« Damit eilte sie an ihnen vorbei. Finlay rief noch ihren Namen, doch Lisa wandte sich nicht mehr um.

Es wurde Zeit, dass sie ging. Sie verließ das Krankenhaus über den Haupteingang und pfiff auf Reporter und neugierige Kollegen, auf die sie womöglich treffen würde. Doch sie begegnete niemandem und sog erleichtert die frische Luft in die Lungen ein. Sie konnte nicht nach Hause gehen, weil dort Abby und Lizzy vor dem Fernseher saßen und sich bemitleideten. Es gab nur noch einen Ort für sie.

Ihre Füße trugen sie durch die Abenddämmerung, die sich am Horizont abzeichnete.

Lisa starrte auf das Schild, auf dem in altmodisch geschwungenen roten Buchstaben *St. George Health Care* geschrieben stand. Obwohl sie das hinter dem Schild aufragende alte Herrenhaus erst ein paar Mal betreten hatte, war ihr das Emblem nur allzu vertraut. War es doch meistens alles, was sie von dem Krankenhaus gesehen hatte. Ein Teil von Lisa schämte sich dafür, doch ein anderer Teil schüttelte auch jetzt – wie immer, wenn sie daran dachte – vehement den Kopf.

Allerdings schien es, als habe sie keine Kontrolle über ihre Beine, denn die liefen plötzlich schnurstracks auf das Haus zu, führten sie durch die große Glastür direkt zur Anmeldung.

Dort saß eine Frau, die an eine strenge Gouvernante erinnerte. »Wie kann ich Ihnen helfen, Miss?«

»Ich weiß es nicht genau …«

»Sie wissen es nicht genau?«, hakte sie skeptisch nach.

Bevor sie Lisa noch in ein eigenes Zimmer einweisen konnte, antwortete sie schnell: »Meine Mutter wohnt hier, und ich … ich möchte gern zu ihr.«

»Die Besuchszeiten sind längst vorbei. Ich schlage vor, Sie kommen morgen wieder.«

»Ich weiß, dass Sie Anweisungen folgen, aber sehen Sie, ich habe meine Mutter beinahe vierzehn Jahre nicht gesehen. Wenn Sie mich jetzt fortschicken, kann ich morgen diese Grenze vielleicht nicht noch mal übertreten. Könnten Sie bitte eine Ausnahme machen?«

Die Frau sah Lisa prüfend an, erst nach endlosen Minuten fragte sie: »Wie ist Ihr Name?«

»Lisa Hanningan. Meine Mutter heißt Edith Hanningan.«

»Einen Moment bitte, Miss Hanningan.« Lisa nickte, und die Schwester griff zu dem Telefon zu ihrer Rechten. Sie sprach mit jemandem, erklärte in knappen Worten Lisas Wunsch und legte wieder auf. »Gehen Sie in den dritten Stock und folgen den Schildern zur Station. Dort wird Sie jemand abholen.«

»Ich danke Ihnen.«

Im dritten Stock wartete wie angekündigt eine Schwester auf sie.

»Miss Hanningan, es ist schön, Sie endlich persönlich kennenzulernen. Mein Name ist Schwester Agnes, ich bringe Sie zu Ihrer Mutter«, sagte sie freundlich, doch Lisa entging nicht der neugierige Blick, den sie ihr zuwarf.

Sie folgte der Schwester mit einem undefinierbaren Gefühl im Bauch den langen Flur entlang und wich zwei Rollstühlen sowie einem Medikamentenschrank aus. Diesen Emotionscocktail nur mit einem Gefühl wie Angst zu beschreiben, wäre die Untertreibung des Jahrhunderts gewesen. Lisa war in heller Aufregung, ihre Mutter zu sehen. Da war auch Hoffnung, dass diese womöglich plötzlich genesen sein könnte. Außerdem gab es da noch den unterdrückten Zorn, den sie immer empfand, wenn sie an Edith dachte.

Die Schwester war vor einer der vielen weißen Türen stehen geblieben und wandte sich an Lisa. »Ihre Mutter wurde bereits bettfertig gemacht. Jetzt hört sie ihre Musik.«

Als Lisa nickte, drückte sie die Klinke hinunter.

Die Tür war erst einen Spalt auf, als die Klänge von *Somewhere Over The Rainbow* erklangen. Lisa keuchte auf. Sie hielt die Schwester davon ab, die Tür weiter zu öffnen, und lehnte sich schwer atmend gegen die Wand. Plötzlich war sie wieder klein, und ihre Mutter saß bei ihr am Bett und strich ihr zärtlich übers Haar. Es war, als hörte sie den Klang ihrer Stimme, melodisch und warm. Im nächsten Moment erinnerte sie sich daran, dass sie dieses Lied drei Wochen lang auswendig gelernt hatte, um es Abby vorzusingen. Sie schüttelte den Kopf, um die Erinnerungen loszuwerden, und spürte, dass sie nur noch wegwollte.

»Aber was ist denn mit Ihnen, Miss Hanningan? Geht es Ihnen nicht gut?«, fragte die Schwester und berührte Lisa sanft an der Schulter.

»Ich weiß nicht, ob ich das kann.«

»Sehen Sie, Miss Hanningan, ich arbeite schon seit fast zwanzig Jahren hier und bin regelmäßig mit Ihrer Mutter zusammen und kenne auch ihre Vorgeschichte. Ihre Mutter ist kein schlechter Mensch. Sie ist krank, und bevor sie hierherkam, hat ihr keiner geholfen. Alles, was sie vor ihrem Aufenthalt hier getan hat, ist nicht aus Bösartigkeit geschehen. Sie ist eine feine Dame, die ein schweres Schicksal trägt: Einsamkeit. Ein Schicksal, das sie mit Ihnen gewissermaßen teilt, denn Ihnen wurde nicht nur die Mutter genommen, sondern auch die Verantwortung für Ihre Schwester übertragen. Ich habe die Erfahrung gemacht, dass Menschen mit diesem Krankheitsbild sehr einsam sind und dass, wenn man mehr Zeit gemeinsam verbringen würde, es zumindest die Einsamkeit vertreibt. Oder was hat Sie an diesem Abend hierhergeführt?«

Ob es nun die Worte der Schwester waren oder der leise Klang von Edith Hanningans »*Somewhere Over The Rainbow*« – Lisa wandte sich erneut der leicht angelehnten Tür zu, öffnete sie und trat ein.

Das Zimmer ihrer Mutter war gemütlich eingerichtet. Es gab ein Bücherregal, eine Kommode aus hellem Holz und zwei bunte Teppiche. Doch was Lisa am meisten ins Auge fiel, war die Patchworkdecke aus ihrer eigenen und Abbys Babybettdecke auf dem Bett. Ihre Mutter hatte sie selbst genäht. Lisa trat vorsichtig näher und berührte die Decke. Über dem Bett hingen Fotos von Lisa und Abby, die sicher Tante Margie aufgehängt hatte. Daneben waren Zeichnungen befestigt, die bis auf ein einziges, das am Rand Lisas Name zierte, von Abby stammten.

Schuldgefühle schnürten Lisa die Kehle zu. Sie wusste, Abby besuchte ihre Mutter regelmäßig, aber sie hatte es das letzte Mal vor vierzehn Jahren und nur auf Anordnung ihrer Tante getan.

Die betont fröhlichen Worte der Schwester, die ihr ins Zimmer gefolgt war, rissen Lisa aus ihrer Gedanken.

»Sehen Sie nur, liebe Edith! Sie haben Besuch, und das zu dieser ungewöhnlichen Uhrzeit.« Die Schwester machte die Musik aus und trat zu der schmalen Person, die still an einem kleinen Tisch vor dem großen Fenster saß und nach draußen blickte.

»Wer ist es?«, fragte Edith leise und drehte sich zu Schwester Agnes um.

Lisas Mutter hatte rotes, welliges Haar, das sie Lisa und Abby vererbt hatte, das inzwischen aber mit grauen Strähnen durchzogen war. Ihre Haut war viel dünner und faltiger, als Lisa es in Erinnerung hatte. Ihre Augen waren nach wie vor grün, aber glanzlos, und ihr Blick war seltsam leer. Lisa sah eine gezeichnete Frau, die mit aller Kraft gegen eine Krankheit kämpfte, für die es keine Heilung gab.

»Sehen Sie selbst«, erklärte Schwester Agnes und zeigte auf Lisa neben sich.

Edith Hanningan drehte den Kopf ein wenig weiter und sah ihrer ältesten Tochter in die Augen.

Lisa war fassungslos. Nie hätte sie erwartet, dass man normale Sätze mit ihrer Mutter sprechen konnte, ohne dass sie zu schreien oder vom Heiligen Vater zu faseln begann. Denn genau das hatte sie damals getan.

Lisa hatte in ihrer Ausbildung viel darüber gelernt, wie man mit den richtigen Medikamenten und guter Pflege die besondere Form der Schizophrenie ihrer Mutter behandeln konnte. Sie hatte es nur nie für möglich gehalten.

Die Augen ihrer Mutter begannen zu leuchten, in dem Moment, in dem sie sie erkannte. Ein warmes Gefühl breitete sich in ihrem Brustkorb aus, das Lisa erschreckte. Plötzlich war da kein Abscheu oder gar Hass.

»Ich lass Sie beide mal allein«, sagte Schwester Agnes nun lächelnd und sah erst zu Edith, dann zu Lisa. »Klingeln Sie ruhig, wenn etwas ist, und bitte bleiben Sie nicht zu lang. Ihre Mutter braucht ihren Schlaf.«

Lisa nickte und trat zögerlich näher an den Stuhl ihrer Mutter heran.

»Du bist hier ... nach all der Zeit ...«

»Das hört sich nicht an, als würde mein Besuch dich sonderlich freuen«, stellte Lisa bekümmert fest.

»Hübsch, wie hübsch du bist. So hübsch«, erwiderte ihre Mutter ausweichend.

»Abby ist die Schönheit in der Familie. Ich komme mehr nach ...« Lisa schluckte das letzte Wort hinunter.

»Kerry«, vervollständigte ihre Mutter ihren Satz, dann begann sie, den Raum abzusuchen, als würde sie erwarten, nach all den Jahren immer noch ihren Ehemann zu sehen.

»In unserer Welt gibt es keinen Kerry Hanningan und auch keinen Vater mehr. Ich denke, es gibt kaum eine passende Beschreibung für ihn, nach allem, was er getan oder vielmehr nicht getan hat.« Lisa legte impulsiv eine Hand auf die ihrer Mutter und zog sie hastig zurück, als wäre diese Geste zu viel des Guten. Sie fühlte sich unsicher im Umgang mit ihrer Mutter, deswegen strich sie sich fahrig durch die Haare.

Ein trauriges Lächeln umspielte Ediths Mundwinkel. Sie tippte in rascher Folge mit dem Fingernagel auf die Stuhllehne. Dann hielt sie inne und sagte nach einigem Zögern: »Lisa. Nimm meine Hand.«

Lisa tat, was ihre Mutter wünschte, und ergriff wieder ihre Hand und sah sie an. Es war seltsam, aber es war, als sähe Lisa sie das erste Mal wirklich. Und irgendwie stimmte das sogar, denn als Kind war sie viel zu klein gewesen, um zu verstehen, was mit ihrer Mutter nicht stimmte. Zu verstehen, dass sie furchtbar krank war. Diese Erkenntnis trieb ihr schlechtes Gewissen der vergangenen Jahre auf die Spitze. Sie hatte Edith für etwas beschuldigt, für das sie nichts konnte. Lisa konnte es kaum glauben, aber in Ediths Augen las sie – Liebe?

»Es tut mir so leid, Mum, dass ich dich nicht besucht habe … Ich konnte nicht …«

»Ich wollte deine Schwester ertränken«, brach es aus Edith heraus. Dabei wippte sie mit den Füßen, ob aus Nervosität oder aufgrund der Medikamente, konnte Lisa nicht sagen. »Du konntest mir das nicht verzeihen … Genauso wenig wie ich.«

Lisa nickte und presste ihre freie Hand vor den Mund. Mit der anderen drückte sie die Hand ihrer Mum. Nun ließen sich die Tränen nicht zurückhalten. Der Damm war gebrochen, und die Bilder waren wieder da und damit all ihre Sehnsüchte.

»Du bist so wunderschön. Wunder-schön!«

»Danke, Mum.«

»Ich war gefährlich für euch.«

»Hast du es damals gewusst? Dass du krank warst, meine ich?«

»Irgendwas stimmt nicht.«

»Was meinst du, Mum?«

Ediths Blick begegnete Lisas, und sie kicherte albern. Kurze Zeit danach wurde sie wieder ernst und fragte: »Wo ist Kerry? Er sollte hier sein!«

Lisa hob die Brauen. »Mum, ist schon gut. Er ist schon lange fort. Wir brauchen ihn nicht. Wir haben ihn nie gebraucht!« Den letzten Satz hatte sie richtig trotzig ausgesprochen, und Lisa wusste, wie unwahr er war. Denn eigentlich hätten sie alle drei ihn dringend gebraucht. Sie hasste die Tatsache, weil sie sich dadurch so hilflos fühlte, aber dieser Wahrheit ins Auge zu sehen war wichtig, egal wie sehr es sie auch schmerzte. Vielleicht könnte diese Wunde dann irgendwann heilen?

Edith drückte plötzlich ihre Hand fester. »Abby hat in dir eine Mutter gehabt. Du bist ein Geschenk für mich gewesen. Unser größtes Glück. Du hast dich um sie gekümmert. Du hast dich um uns alle gekümmert. Du wurdest immer geliebt, Lisa. Von uns allen.«

»Abby hat allerdings oft Schwierigkeiten, das zu zeigen.« Lisa verzog ihr Gesicht zu einer Grimasse, betrachtete ihre Mutter und staunte. Die Liebe für sie stand Edith ins Gesicht geschrieben.

»Wie schön, dass du da bist.«

In diesem Moment öffnete sich Lisas Herz noch ein Stückchen weiter für ihre Mutter, die zwar krank, aber immer noch hier war. Sie lächelte sie an, und Edith lachte los und begann dann, das Lied zu singen, das sie zuvor gehört hatte. Dasselbe, dass sie schon früher immer für Lisa und Abby gesungen hatte. In diesem Augenblick gab es nichts, was Lisa dringender hatte hören müssen! Es war, als hätte die Sehnsucht nach Liebe sie ausgerechnet zu ihrer Mutter geführt, die sie nach all den Jahren mit einer einzigen Melodie trösten konnte.

Bei den Liedzeilen »Someday I'll wish upon a star wake up where the clouds are far behind me. Where trouble melts like lemon drops« brach Lisa in Tränen aus, und sie weinte still und leise über den Traum der vergangenen zehn Tage, aus dem sie vor etwas mehr als einer Stunde aufgewacht war.

19

Lizzy hatte ihr Haar seit drei Tagen nicht gewaschen und trug immer noch den Pyjama von Lisa, den sie ihr vorgestern gegeben hatte. Sie aß Essensreste aus Pappschachteln und trank Wein. Sie fühlte sich schrecklich und brachte es nicht fertig, einen Fuß vor die Tür oder in die Dusche zu setzen. Den halben Tag starrte sie aus dem Fenster und vergoss Tränen, und die andere Hälfte war für nutzlose Rateshows im Fernseher reserviert. Abby wimmelte ihre Mutter, Nic und Mia am Telefon ab, während die Mailbox des Telefons sicher bereits voll war. Lizzy schaffte es nicht, die Nachrichten abzuhören. Sie wollte nicht Mias Millionen Fragen beantworten, während sie sie heimlich anklagte, dass sie mit ihren Problemen und Sorgen nicht zu ihr gekommen war. Wie sollte sie ihr erklären, dass Mias riesiger Bauch das Letzte war, was sie nun sehen wollte? Der einzige Vorteil an Mias Risiko einer Frühgeburt war, dass sie nicht vor Lisas Tür stehen konnte. Nic nahm es ihr übel, Mia außen vor zu lassen, aber das war Lizzy alles egal.

Sie dachte nur an Liam und den traurigen Ausdruck in seinen braunen Augen, als sie ihn dazu gebracht hatte, zu glauben, dass sie an ihrer Liebe zu ihm zweifeln würde. Genau dieser Ausdruck brachte sie immer wieder zum Weinen. Liam fehlte ihr schrecklich, und es verunsicherte Lizzy, dass sie völlig haltlos ohne ihn geworden war. Es war, als gäbe es während ihres freien Falls keine Rettungsleine. Sie hatte geglaubt, wenn sie sich nicht ständig um ihn Gedanken machen musste, würde sie herausfinden, was zum Teufel sie selber wollte. Doch in den letzten zwei Tagen war das nicht geschehen. Im Gegenteil, Liam beherrschte nur umso mehr ihre Gedanken.

Sie lauschte seiner Stimme im Radio, und es erinnerte sie an die vielen gemeinsamen Stunden am Klavier, die immer mit heißem Sex à la Richard Gere und Julia Robert in *Pretty Woman* geendet hatten.

Sie sah nasse Teebeutel und dachte an die endlosen Streitereien, die sie am Ende meist auch ins Schlafzimmer geführt hatten.

Sie betrachtete ihren Verlobungsring und erinnerte sich an die Szene am Flughafen.

Wie könnte sie je auf diese wundervolle Beziehung verzichten? Liam war der erste Mann, mit dem sie mehr als glücklich war. Er trieb sie in den Wahnsinn, weckte all ihre Lebensgeister und eine Leidenschaft in ihr, die sie nie zuvor erlebt hatte.

Als es Sturm klingelte, kam Abby im Bademantel aus dem Bad. Sie sah Lizzy genervt an. »Du bist zu beschäftigt, richtig?« Sie betätigte die Gegensprechanlage, und keiner antwortete. Frustriert warf sie die Hände in die Luft und verschwand wieder im Bad.

Lizzy ließ den Kopf weiter vom Sofa baumeln und starrte den Verlobungsring an.

* * *

Lisa schob ihren Schlüssel ins Schloss und öffnete die Haustür. Sie schleppte sich die Stufen zu ihrer Wohnung hoch, und als sie sah, wer im Flur gegenüber der Tür auf dem Boden saß, traute sie ihren Augen nicht.

»Liam!«

Er sah so mitleiderregend aus, dass Lisa seufzte. Nun sah er zu ihr hoch und murmelte einen unzusammenhängenden Satz, in dem mehrmals Lizzys Name vorkam. Sein Alkoholatem schlug ihr entgegen.

Lisa ließ sich neben ihn auf den Boden sinken und tätschelte seinen Arm.

»Ich liebe sie so sehr …«

Das wusste sie, und Lisa wünschte, sie könnte etwas tun, um ihm zu helfen. Aber damit würde sie ihre Freundin verraten. Lizzy musste es ihm selbst sagen. Und zwar schnell!

»Willst du ihr sagen, wie sehr du sie liebst? Sie ist in der Wohnung«, schlug Lisa vor, doch Liam schüttelte den Kopf.

Er hatte eindeutig zu viel getrunken, und sie hoffte, dass er nicht selbst mit dem Auto gefahren war. Nur wie war er dann hergekommen? Lizzys und Liams Haus lag zwischen Falmouth und Bodwin und war ungefähr so weit entfernt wie Johns Haus, das jedoch genau am anderen Ende von Falmouth lag. John … Sie schüttelte den Gedanken an ihn ab und versuchte, sich auf das zu konzentrieren, was gerade anstand.

»Ich möchte nur eine Weile in ihrer Nähe sein …«, sagte er nun und lehnte dann den Kopf gegen die Wand.

»Ich kann dich nicht allein hier sitzen lassen, Liam. Also entweder kommst du mit rein, oder ich rufe Nic an.«

»Tu das nicht, Lisa. Bitte«, flehte er. Er zuckte hilflos mit den Schultern, und Lisa seufzte.

Statt Liam Nic auszuliefern, blieb sie einfach neben ihm sitzen. Es verging eine halbe Stunde, in der sie nebeneinandersaßen und sich selbst bedauerten. Irgendwann war Liam an die Wand gelehnt eingeschlafen, und Lisa betrat die Wohnung. Sie fand Lizzy immer noch im Pyjama auf dem Sofa sitzend vor, und Abby lümmelte im Bademantel neben ihr. Sie sahen sich eine sinnlose Show im Fernsehen an.

»Was machst du denn schon hier?«, fragte Abby, ohne sich zu ihr umzudrehen.

»Ich weiß nicht, ob es euch aufgefallen ist, aber wir haben einen Gast im Hausflur sitzen.« Nun hatte sie zumindest Lizzys Aufmerksamkeit, und sie fügte hinzu: »Liam.« Sofort sprang ihre Freundin auf. »Er ist völlig betrunken und schläft dort.«

»Ist er verrückt geworden?«

»Verrückt vor Liebe, würde ich sagen.«

Lizzy sah Lisa gequält an. »Nicht hilfreich.«

»Ich weiß, du handelst selbstlos, weil du glaubst, ihm diese Bürde vorzuenthalten, aber ...«

Lizzy stemmte die Hände in die Hüften. »Aber?«

»Findest du nicht, dass er die Wahrheit verdient hat, Lizzy? Denkst du nicht, dass der Liam, der dich so sehr liebt, den Grund dafür kennen sollte, warum du ihn kurz vor eurer Hochzeit abserviert?«

Lizzys Miene wechselte von Entsetzen zu Wut, und schließlich zeugte sie von ihrem schlechten Gewissen. Sie ging an Lisa vorbei, öffnete die Tür und trat hinaus.

Lisa beobachtete, wie Lizzy Liam liebevoll die Locken aus der Stirn streichelte. Dann schob sie mit beiden Händen die neugierige Abby in die Wohnung zurück. »Geben wir ihnen ein bisschen Zeit zu zweit.«

»Was machst du überhaupt hier? Ist heute nicht Silvester? Wolltest du nicht bei John und seinen Kindern sein?«

»Ich möchte nicht darüber reden.«

»Was soll das heißen?«

»Dass ich nicht darüber reden will«, wehrte Lisa jeden weiteren Versuch ihrer Schwester ab, dieser Geschichte auf den Grund zu gehen.

Zum Glück kam Lizzy in diesem Moment in die Wohnung zurück. Abby stemmte die Hände in die Hüften und sah sie herausfordernd an. »Wir müssen Liam nach Hause bringen. Er kann unmöglich im Flur schlafen, und hier ist ganz offenbar kein Platz für ihn.«

Lisa seufzte. »Ich nehme an, dass ich die Einzige bin, die nüchtern ist, oder?« Betreten sahen sich Abby und Lizzy an. Lisa nickte und zog eine Grimasse. »Und das, wo ich so dringend einen Drink vertragen könnte.« Sie streifte erneut die Jacke über und rief: »Los, zieht euch an, oder wollt ihr, dass die Polizei euch bei der nächsten Kontrolle aufgrund Erregung öffentlichen Ärgernisses mit aufs Revier nimmt?«

Eilig begannen die beiden, sich notdürftig anzuziehen und halfen dann Lisa dabei, Liam den Hausflur hinabzutragen.

Wie schwer ein Mensch wirklich war, stellte man nach den ersten Metern fest, die man ihn schleppte, wenn er sich wie ein Sack hängen ließ. Liam und seine muskelbepackten fünfundachtzig Kilo waren selbst für drei gestandene Frauen zu viel. Glücklicherweise machte sich in diesem Moment Mitch, Lisas Nachbar, auf den Weg zu seiner großen Silvesterparty. Gemeinsam trugen sie Liam runter und verfrachteten ihn ins Auto.

Wenig später lenkte Lisa Lizzys Wagen nach Bodwin.

* * *

Lizzy hielt es für keine gute Idee, dass Liam morgen allein in ihrem Haus aufwachte, und so bat sie Lisa, ihn zu den Kennedys zu fahren. Als sie jedoch vor dem großen Haus hielten, war alles vollkommen dunkel. Es schien niemand zu Hause zu sein. Da jedoch im Haus nebenan das Licht brannte, klingelte Lizzy wenig später zähneknirschend bei ihren Eltern.

Richard und Lynn sahen verwundert auf ihre Tochter, die in einem Flanellschlafanzug, über den sie nur schnell ihre Jacke gezogen hatte, sehr seltsam aussah.

»Lizzy?« Robert zog eine Braue hoch.

»Was ist passiert?«, fragte auch Lynn besorgt.

Sie seufzte. »Es ist Liam. Er ist im Auto und … ich brauche eure Hilfe.«

Richard bedeutete ihr voranzugehen, und die beiden folgten Lizzy die Stufen hinab zum Auto. »Was ist mit ihm passiert?«

»Keine Ahnung, wir haben ihn so im Hausflur vor Lisas Wohnung gefunden.«

»Für mich riecht das nach einem klaren Barcardi-Cola-Unfall«, meinte Abby vom Beifahrersitz her. Richard sah prüfend zwischen Lizzy und den anderen Frauen hin und her.

»Was ist nur aus euch jungen Leuten geworden? Wir haben Silvester anders gefeiert und waren nicht schon vor Mitternacht voll.«

Lizzy sah auf ihre Füße, während Lisa Richard dabei half, Liam aus dem Auto zu hieven. »Ach, um Himmels willen«, schnaufte er.

»Wo sind Sophie und Celine?«

»Na, wo schon? Sie feiern Silvester, Liebes.« Lynn sah Lizzy fragend an und strich ihr über den Rücken. »Was ist nur los bei euch?«

»Ich erkläre dir und Dad alles, aber nicht jetzt. Könntet ihr euch um ihn kümmern? Ich möchte nicht, dass er allein ist und …«

»Selbstverständlich.«

Mit vereinten Kräften brachten sie Liam in Nics altes Zimmer und ließen Lizzy einen Moment mit ihm allein. Er schnarchte lautstark und hatte irgendwann einen Schuh verloren. Sein mitleiderregender Zustand machte es Lizzy schwer, sich wieder von ihm zu trennen. Also legte sie sich zu ihm und bettete für einen Moment ihren Kopf auf seine Brust und lauschte dem Pochen seines gebrochenen Herzens.

Das Herz, das sie gebrochen hatte.

*　*　*

Der Zeiger näherte sich Mitternacht und kündigte ein neues Jahr an, während der Schock des vergangenen Abends seinen Tribut forderte. Josie schlief tief und fest in Charlies unverletztem Arm, die ebenfalls die Augen geschlossen hatte, und der Fernseher flimmerte stumm im Krankenzimmer. John betrachtete seine zwei Mädchen und fühlte sich seltsam fehl am Platz. Irgendetwas war an diesem Tag schrecklich schiefgelaufen, und so richtig zusammenbringen konnte er die Ereignisse noch nicht.

Er war, nachdem Maureen eingetroffen war, auf den Flur getreten und hatte Lisa gesucht. Doch sie war bereits fort, wie ihm sein Vater sagte. Finlay hatte ihm einen dieser Blicke geschenkt, die er ihm früher zugeworfen hatte, wenn er etwas gründlich verbockt hatte. John ahnte inzwischen, dass er zu forsch zu Lisa gewesen war, und er wollte sich entschuldigen. Mittlerweile hatte er sie mehrmals auf dem Handy angerufen und ihr sogar eine Nachricht auf dem Anrufbeantworter hinterlassen. Doch sie rief nicht zurück. Das machte ihn seltsam nervös.

Maureen betrat den Raum und klappte verärgert ihr Handy zu.

»Hast du ihn auch nicht erreicht?«, fragte John.

»Doch, das ist ja das Problem. Eric dachte, ich würde den ganzen Weg nach Exeter zurückfahren, um ihn um Mitternacht zu küssen.«

»In einer anderen Zeit hätten wir das füreinander gemacht«, meinte John.

»Ja. Wir.« Sie gesellte sich zu ihm ans Fenster und blickte auf den Krankenhauspark hinunter. »Wir waren eben wir.«

»Wir hatten schon eine tolle Zeit, oder?«

»Ja«, hauchte Maureen, und John spürte die altbekannte Anziehungskraft zu der Frau, die er den größten Teil seines Lebens geliebt hatte.

Er räusperte sich. »Ich sollte langsam mit Josie aufbrechen … Vielleicht hat sie *Püppi* doch zu Hause liegen lassen.«

Maureen schenkte ihm einen flehenden Blick. »Bleib doch wenigstens bis Mitternacht. Ist doch blöd, wenn du allein im Auto sitzt und ich hier ins neue Jahr rutsche.«

John wusste, dass es keine gute Idee war, sich darauf einzulassen, und doch kam er nicht gegen sein Gefühl an. »Warum eigentlich nicht?«

»Hast du Pläne fürs neue Jahr?«, fragte Maureen und lehnte sich über das Fensterbrett, sodass er ihre nach wie vor festen Brüste sehen konnte. Selbst nach so langer Zeit wirkten ihre Reize auf ihn.

»Äh … es gibt schon Dinge, die ich tun möchte. Mehr Zeit mit den Mädchen verbringen, das nächste Album mit den Swores machen und surfen. Und du?«

»Was ist mit ihr?«, fragte Maureen, ohne auf seine Frage einzugehen. Es war offensichtlich, wen sie mit »ihr« meinte, aber John sah seine Ex-Frau dennoch fragend an, um etwas Zeit zu gewinnen. »Du weißt schon. Lisa? Die Frau, die unser Kind ins Krankenhaus gebracht hat.«

»Werd nicht unfair. Du weißt selbst, wie schnell so was passieren kann. Wie oft waren wir schon hier, weil du oder ich einen Moment nicht hingesehen haben. Erinnerst du dich noch daran, wie sie sich immer irgendwelche Sachen in die Nase gesteckt hat?«, fragte er, und Maureens glockenhelles Lachen klang in seinen Ohren.

»Oder als Josie gegen die Scheibe lief und das Nasenbluten einfach nicht aufhören wollte?« Ihr Lächeln verblasste, und sie fügte ernst hinzu: »*Sie* war keine Stunde mit ihnen allein. Ich dagegen ihr ganzes Leben. Gerade weil es nicht ihre eigenen Kinder sind, hätte sie besser aufpassen müssen.« John schüttelte den Kopf, und Maureen machte einen herablassenden Laut. »Ist doch klar, dass du zu ihr hältst, wenn du mit ihr schläfst.«

»Darauf antworte ich erst gar nicht, weil das absolut geschmacklos ist. Sie ist die Einzige, die seit …«

»Seit mir«, vollendete Maureen den Satz.

»Wie kannst du es mir derart schwer machen? Du hast längst jemand Neues, bist zum zweiten Mal verheiratet. Das ist nicht fair.«

Frustriert warf Maureen die Arme in die Luft. »Vielleicht, weil ich den Gedanken nicht ertragen kann, dass *du* jemand Neues hast.«

»Maureen, das geht so nicht! Ich bin nicht dein Spielzeug, das du immer wieder hervorholen kannst. Du nimmst dir ein neues, wenn du an deinem Spielzeug das Interesse verloren hast, aber wehe, jemand anderes will dann mit dem alten Spielzeug spielen …«

»Du stellst mich wie so eine schreckliche Hexe dar, die dir dein Glück nicht gönnt.«

»Ist es denn nicht so? Glaubst du etwa, für mich war es leicht, dir beim ersten Weihnachtsfest mit Eric zuzusehen? Du hast ein neues Leben begonnen, während ich auf dem Abstellgleis versaure. Das war beinahe noch schlimmer als all unsere Trennungen zuvor.«

»Weil es sich so endgültig anfühlte?«

»Ja. Ich fürchte, es gibt keinen Weg mehr zurück.«

»Was würdest du sagen, wenn es doch noch einen Weg zurück gibt?« John sah sie mit großen Augen an, und Maureen kam behutsam näher. »Ich weiß, was du denkst, John. Aber was ist, wenn wir beide einfach nur ein anderes Leben kennenlernen mussten, um zu erkennen, dass alles, was wir brauchen, immer schon da war?«, wisperte sie und berührte seine Brust, während sie sich zu ihm hochreckte und seine Lippen mit ihren berührte.

Es war ein vertrauter Kuss, ein altbekanntes Gefühl und ein zu erwartendes Ereignis. Sie schmeckte wie »seine« Maureen, und ihre Haut fühlte sich unter seinen Händen an wie früher. Der Geruch, der sie umgab, weckte ein Gefühl des Nach-Hause-Kommens in ihm.

»Mum? Dad?«, fragte eine verschlafene Stimme, und sie fuhren überrascht auseinander. »Wir haben den Käse vergessen«, murmelte Josie weiter, und Charlie kicherte.

John löste sich von Maureen und lachte. »Du hast recht, wir haben das versprochene Käsefondue ausfallen lassen. Das holen wir nach, ja?«

»Können wir dann Lisa wieder einladen? Sie hat versprochen, hier zu sein. Wo ist sie?«, fragte ausgerechnet Charlie und haute John damit regelrecht aus den Latschen.

Er ging zu ihr und streichelte über ihr Haar. »Das besprechen wir, sobald du nach Hause darfst, in Ordnung?«

John nahm Josie auf den Arm und sah auf den Countdown im Fernsehen. »Los, komm her, Maureen, es ist gleich so weit.« Er begegnete ihrem fragenden Blick und begann, mit seinen Kindern den Countdown für das neue Jahr rückwärts zu zählen.

∗   ∗   ∗

Lisa und Abby hatten den Sprung ins neue Jahr mit Lizzy und deren Eltern verbracht, was unerwartet tröstlich gewesen war. Sie hatten nicht über Lizzys und Liams Probleme gesprochen, auch wenn die unausgesprochene Sorge über Richards und Lynns Köpfen geschwebt hatte.

Nachdem Lizzy sich von Liam trennen konnte, waren Lisa und Abby mit ihr gegen ein Uhr morgens wieder nach Hause gefahren. Lizzy hatte sich auf dem Sofa in den Schlaf geweint, Abby hatte sich zu Lisa ins Bett gelegt. Nur sie selbst war nicht zur Ruhe gekommen. Kurz bevor sie zu Bett gegangen war, hatte sie in ihrer Handtasche Püppi gefunden und die unzähligen Anrufe von John bemerkt und seine Mailbox-Nachrichten abgehört. Das hatte den Damm für ihre eigenen Sorgen gebrochen, und Lisas Herz hatte still und heimlich in der Dunkelheit geblutet. Augenblicklich hatte sie ein schlechtes Gewissen bekommen, weil sie wusste, wie dringend Josie die Puppe zum Einschlafen brauchte. Nach zwei Stunden, die sie neben der leise schnarchenden Abby an die Decke gestarrt hatte, war sie aufgestanden und hatte eine gefühlte Ewigkeit an einem Brief für John geschrieben. Das tat sie immer, wenn es ihr schlecht ging, weil es ihr half, ihre Gedanken zu sortieren.

Nach den letzten Zeilen war sie endlich davon überzeugt, die richtigen Worte gefunden zu haben. Sie war ins Bett gegangen, hatte ein paar Stunden geschlafen und sich dann so leise wie möglich angezogen und frisch gemacht.

Gerade versuchte sie – auch wenn es fast unmöglich war –, sich die dunklen Ränder unter den Augen wegzuschminken. Mit einem frustrierten Schnauben gab sie auf, zog eine Jacke über und lief nach unten. Sie stieg in Lizzys Auto, die bestimmt nichts dagegen hätte, dass sie es sich lieh, und fuhr zu Johns Haus.

Natürlich hätte sie den Brief auch per Post schicken können, aber Püppi wurde dringend gebraucht. Außerdem hoffte ein winziger Teil in Lisa darauf, John zu sehen. Wünschte sich, dass er sie vom Gegenteil zu überzeugen versuchte.

Die Sonne ging gerade erst auf, als Lisa sich eingestand, wie verrückt ihre Hoffnungen waren. John schlief sicher noch, und sie würde höchstens vor dem Tor stehen und den Brief wie ein Postbote einwerfen können. Sollte sie umkehren? Nein, sie musste ein letztes Mal zurück an den Ort ihres Traums, um ihn anschließend zu begraben.

Als sie auf die Einfahrt zuhielt, sah sie jedoch Finlay, der das Tor gerade schließen wollte. Er erkannte sie, winkte sie zu sich und schien hocherfreut zu sein. War er etwa auch gerade erst zurückgekehrt?

»Wie geht's dir, Mädchen?«, fragte er mitleidig, als sie neben ihm hielt und das Fenster runterließ. Sah sie wirklich so schlecht aus? »Du möchtest zu John, nehme ich an. Fahr nur hoch. Und dir alles Liebe fürs neue Jahr.«

Lisa nickte nur, weil sie gegen den Kloß in ihrem Hals nicht ankam. Sie fuhr langsam bis vor das Haus und war überrascht, dass die Garagentüren weit offen standen und John bereits an ihrem Wagen arbeitete. Er musste sie hinter Lizzys Lenker erkannt haben, denn er ging ihr – wieder ölverschmiert – augenblicklich entgegen. Kurz überlegte sie, zu wenden und zurückzufahren. Doch dann dachte sie an Püppi, die auf dem Beifahrersitz lag.

Johns Miene war nicht zu deuten, und Lisa fürchtete mehr und mehr, dass dies die schlechteste Idee war, die sie je gehabt hatte. Trotzdem stieg sie aus dem Auto. Ihn zu sehen, machte es nur noch schwerer.

Zwei Schritte von ihm entfernt blieb Lisa stehen und winkte unbeholfen zum Gruß. Sie hielt Püppi im Arm und klammerte sich regelrecht daran.

John lächelte schief. »Hi!«

Einige Sekunden verstrichen, in denen jeder nach den richtigen Worten suchte.

»Ich hoffe, Charlie geht es gut?«

»Ja, sie wird wieder – sie hat noch nicht rausgefunden, dass sie für die nächsten sechs Wochen keine Inliner fahren darf. Also warten wir das nächste Gezeter ab.« Lisa biss sich schuldbewusst auf die Lippe. »Sie hat mir übrigens erzählt, was passiert ist, und ich weiß, dass es nicht deine Schuld war. Ich war wohl sehr unfair zu dir. Das tut mir sehr leid. Ich war nur so …«

»… besorgt. Ich weiß. Aber ein wenig Schuld trifft mich schon. Ich hätte sie an den Ohren mit reinziehen müssen.«

»Nun, im Gegensatz zu dir hatte ich neun Jahre Zeit, mich in meiner Verantwortung zu üben. Sie waren winzig, als ich sie das erste Mal hielt, und meine größte Sorge war, dass sie nicht genug isst oder zu wenig die Hosen vollmacht. Jetzt fahren sie Inliner und Fahrrad, und du kannst unmöglich überall rechtzeitig sein, um Gefahren zu erkennen. Es tut mir sehr leid, Lisa. Ich war schrecklich zu dir!«

Sie lächelten unsicher, und John machte einen Schritt auf sie zu. Allerdings zog Lisa sich eilig zurück.

Er ließ sofort seine Arme hängen, als würde er ihr Verhalten als eine Art Zurückweisung verstehen. »Aber? Es gibt doch eins, oder?«

»Sag du es mir, John«, forderte Lisa ihn leise auf. Er fuhr sich durchs Haar. »Warte! Vielleicht sage ich dir zuerst, was ich gestern Abend herausgefunden habe, als ich nach vierzehn Jahren zum ersten Mal wieder meine Mum besucht habe. Ich konnte ihr bis gestern nicht verzeihen, dass sie in einem ihrer Schübe versucht hat, meine Schwester zu ertränken. Weil ich die Vergangenheit nicht loslassen konnte, habe ich vierzehn Jahre mit meiner Mum versäumt. Jetzt sind wir uns endlich wieder nähergekommen, und ich möchte diese Chance mit ihr nutzen, weil ich weiß, dass wir alle nicht unendlich viel Zeit dafür haben.«

Lisa hielt kurz inne, und John sagte: »Das freut mich sehr für dich, Lisa.«

»Nach Charlies Sturz stand ich im Krankenhaus und habe mich zuerst von dir und dann von deiner Ex-Frau anbrüllen lassen. Das war sicherlich verständlich, wenn man Angst um sein eigenes Kind hat. Aber dann habe ich gesehen, wie du Maureen im Arm gehalten hast, und ich habe mich als Eindringling gefühlt. Ich war mein halbes Leben ein Eindringling bei irgendwem. Ich habe nie zu jemandem gehört, außer zu Abby. Und dann habe ich dich und deine wundervollen Mädchen kennengelernt und diesen Traum von einer Familie gehabt – von dieser Familie.« Lisa schluckte die aufsteigenden Tränen hinunter. »Ich habe in diesem Moment erkannt, dass ich rettungslos in dich verliebt bin, John. Aber nicht nur in dich. Ich war ebenso in deine Kinder und deinen Vater verliebt. Die Vorstellung, ein Teil davon zu sein, war einfach überwältigend. Gestern war ich aber wieder nur die andere Frau. Ich war ein Eindringling, und das wollte ich nie wieder sein. Das will ich nie mehr sein!« John sah sehr bedrückt aus und schien ihr gerade widersprechen zu wollen, als Lisa fortfuhr: »Abgesehen davon könnte ich das Charlie und Josie nicht antun. Wenn es noch irgendeine Chance gibt, diese Familie zu retten, wenn es eine Möglichkeit gibt, dass du dich mit Maureen versöhnst, dann möchte ich nicht im Weg stehen. Eure Töchter brauchen euch beide. Sie sind zu jung, um solche Sorgen mit sich rumzutragen.«

»Sag doch so was nicht! Ich –«

»Dann sag mir ganz klar und deutlich, dass du Maureen nicht mehr liebst! Sag mir, dass da nicht noch etwas zwischen euch ist!« Verzweiflung und Hoffnung lagen in ihrer Stimme, weil sie die Antwort herbeisehnte und gleichzeitig wusste, dass sie nicht zu ihren Gunsten ausfiel.

John schwieg, was ihre Befürchtung bestätigte. Lisas Gefühl hatte sie nicht getäuscht. Da war etwas zwischen ihm und Maureen, und das konnte er nicht fortwischen.

Ihr Herz brach erneut, obwohl sie es bereits gewusst hatte. »Bevor du etwas Neues anfangen kannst, John, musst du absolut sicher sein, dass du nicht mehr zurückblickst. Das bist du dir, deiner Familie und nicht zuletzt der neuen Frau schuldig. Du musst ausschließen, dass es keine Chance für diese kleine und wunderbare Familie gibt, die ich gestern gesehen habe. Solange wir das Vergangene nicht loslassen, können wir auch keinen Schritt in die Zukunft machen.«

Johns Miene wirkte verzweifelt, und er trat von einem aufs andere Bein, als sei er hin- und hergerissen. Plötzlich eilte er auf sie zu und umfing ihr Gesicht mit seinen schmutzigen Händen. Er küsste sie so innig und leidenschaftlich, dass Lisa den Kuss ohne nachzudenken erwiderte. Es war ein Kuss, der Abschied bedeutete.

Nach einer schier endlosen Zeit legte sie die Hände auf seine und löste sie von ihrem Gesicht. Sie küsste ihn noch einmal sanft auf die Wange und trat dann entschlossen zurück. »Du musst mich nun gehen lassen. Gib mir die Chance, dass ich einen Mann finde, der mich so sehr liebt, wie du Maureen noch immer liebst.« Sie lächelte ihn traurig an und überreichte ihm Püppi. Den Brief behielt sie in der Tasche. Immerhin hatten sie miteinander gesprochen, und alles war gesagt. »Ein frohes neues Jahr, John.«

Er sah sie entsetzt an und schien widersprechen zu wollen, doch Lisa machte mit einem: »Das Auto lasse ich in den nächsten Tagen von einer Autowerkstatt abholen. Bitte mach dir keine Mühe mehr damit. Leb wohl!« auf dem Absatz kehrt.

Sie hörte es heftig scheppern und hätte sich beinahe noch einmal umgedreht. Doch sie durfte ihn nicht mehr ansehen – sonst würde sie sich ihm sofort wieder in die Arme werfen, und das würde ihr Herz nicht verkraften.

20

Die hämmernden Kopfschmerzen trieben Liam die Tränen in die Augen. Da half nur noch eine starke Tasse Kaffee und Aspirin. Er hatte eine Weile gebraucht, um sich zu orientieren, wo er war. Das Letzte, an das er sich erinnern konnte, war der enge Flur vor Lisas Wohnungstür. Aufgewacht war er dann in Nics Zimmer, was nur eins bedeuten konnte: Jemand hatte ihn nach Hause gebracht, und er fürchtete, dass Lizzy damit zu tun hatte. Die Schmach, derart eingeknickt zu sein und seine Trauer im Alkohol ertränkt zu haben, war ihm schrecklich peinlich. Der Blick in den Spiegel hatte ihm dann bestätigt, was er längst gewusst hatte: Er war ein furchtbarer Trauerkloß. Als ob er mit diesem Auftritt Lizzys Herz zurückerobern könnte.

Liams Welt war vor wenigen Tagen untergegangen, zumindest fühlte es sich so an. Aus heiterem Himmel hatte Lizzy ihn verlassen. Wie war das möglich? Wann hatte sie aufgehört, ihn zu lieben? Wie hatte er das nicht mitbekommen können? Sie war seit ihrer Verlobungsfeier seltsam ruhig und zurückgezogen gewesen, aber damit hätte er nicht gerechnet. Die Vorstellung, ohne Lizzy leben zu müssen, schnürte ihm die Kehle zu, nahm ihm die Luft zum Atmen und raubte ihm jeden Verstand. Mit jedem Schlag seines Herzens schmerzte sein Körper mehr, als würde es kein Blut durch seine Adern pumpen, sondern Gift.

Inzwischen hatte er es geschafft, ohne seine Schwiegereltern zu wecken, das Donahue-Haus zu verlassen und im Haus seiner Mutter einen Kaffee zuzubereiten. Zu seiner Erleichterung war alles ruhig. Celine war entweder bei Mia oder hatte den Abend mit

ihrem neuen Freund verbracht, während von Sophie jede Spur
fehlte. Ob sie noch schlief? Liam schlich auf leisen Sohlen durch
das Wohnzimmer zurück in die Küche und kramte nach den Kopf-
schmerztabletten. Kurz nachdem er fündig wurde, erblickte er
durch das Küchenfenster eine Frau, die aus einem Auto stieg, und
traute seinen Augen nicht. War das etwa … Sophie? Und im Auto
saß unverkennbar … Finlay McDermit. Was hatte das denn zu bedeuten? Er eilte zu seinem Kaffee zurück, der auf dem Esszimmer-
tisch stand, und nahm auf dem Stuhl Platz.

Beim Anblick von Sophie, die nun wie er kurz zuvor durch das
Haus schlich und ihn nicht bemerkte, verzog sich sein Mund zu
einem Lächeln.

»Na, Granny … wilde Nacht gehabt?«

Sophie griff sich ertappt ans Herz und sah sich zu ihm um. Er
warf die zwei Aspirin in das Wasserglas und grinste selbstgefällig.

»Warum zum Teufel bist du in dieser Herrgottsfrühe auf? Und
warum musst du mich so erschrecken?«, sagte sie.

Liam grinste, aber das Lächeln erreichte seine Augen nicht.
»Frag lieber nicht, und ehrlich gesagt, könnte ich dir diese Frage
auch gar nicht beantworten.« Er runzelte die Stirn. »Wo genau
kommst du denn her?«

»Ist das ein Verhör?«

»Gibt es etwas zum Verhören?« Jetzt grinste Liam bis über beide
Ohren. »Wenn meine Großmutter nach mir nach Hause kommt,
genau genommen zur Morgendämmerung ins Haus schleicht,
werde ich wohl mal fragen dürfen, oder nicht?«

»Oder nicht!«, schnappte Sophie und eilte in die Küche.

Liam ging ihr langsam nach. »Interessant!«

»Was ist so interessant, du Bengel?«

»Seit meiner Geburt und wahrscheinlich schon lange Zeit davor
versuchst du, jedem Geheimnis dieser Familie auf die Spur zu
kommen. Du kitzelst so lange daran, bis es herauskommt. Dann

sehen wir mal, ob ich dieses Gen geerbt habe.« Er zwinkerte ihr zu, was sie mit einem Schnauben kommentierte.

»Dürfen wir dich dann zukünftig Miss Marple nennen?«

»Ich habe von der Besten gelernt … Nun wollen wir mal sehen. Du siehst etwas zerwühlt und durch den Wind aus, als hättest du diese Nacht …«

»Liam Kennedy, ich warne dich! Wage es nicht, nur einen dieser Gedanken auszusprechen. Ich denke, du weißt, was gut für dich ist, nicht wahr?« Sie nahm ein Glas aus dem Küchenschrank. »Warum bist du überhaupt hier?«

Liam zuckte leicht zusammen. »Ich hab es allein zu Hause nicht ausgehalten.« Das war eine Wahrheit, die der Tatsache am nächsten kam.

»Ach, mein Junge, du solltest ihr etwas Zeit geben, zu sich selbst zu finden. Nach meinem letzten Gespräch mit Lizzy glaube ich nicht, dass sie dich nicht liebt.«

»Und warum ist sie dann gegangen?«

»Diese Frage solltest du ihr stellen, nicht mir.«

»Du weißt doch immer alles.«

»Ja, aber es gibt Dinge, in die ich mich nicht einmischen sollte.«

»Ach, tatsächlich? Das ist ja mal was ganz Neues!«

Sophie verzog das Gesicht zu einer Grimasse. »Kaum zu glauben, nicht wahr?« Liam schüttelte den Kopf. »Gib nicht auf, Liam. Du bist ein Kennedy, und du holst dir, was du willst. Schluss. Aus. Punkt. Basta!«

»Und du? Holst du dir auch, was du willst? Finlay McDermit in diesem Fall?«

»Ich zieh dir gleich die Ohren lang, du Lümmel!«

Als Sophie spaßeshalber den Arm hob, um ihre Androhung wahr zu machen, flüchtete Liam lachend vor seiner Großmutter aus der Küche.

* * *

In Lisas Wohnung war nun ganz und gar der Trennungsblues aus-
gebrochen. Lizzy hockte wieder im Pyjama auf dem Sofa, wenn sie
auch endlich geduscht und sich einen frischen Schlafanzug angezogen hatte. Abby starrte alle zehn Sekunden auf ihr Handy, als
wartete sie auf eine Nachricht von Jim. Und Lisa verbrachte den
ganzen Tag im Bett und vertrieb damit zumindest die Müdigkeit,
wenn auch nicht die Traurigkeit. Sie dachte an John und seine unglaublich anziehenden Augen, an seine Berührungen und sein Lachen. Sie hatte schrecklichen Liebeskummer.

Am Abend zog Lisa mit ihrer Bettdecke zu Lizzy aufs Sofa. Sie
sahen sich an und lachten plötzlich. Natürlich war nichts, absolut
gar nichts an ihrem Kummer komisch, und so ging das Lachen
schnell in Weinen über. Sie hielten sich an den Händen und tröste-
ten sich gegenseitig, als die Wohnungstür aufging und Abby mit
einigen Imbisstüten hereinkam. Gemeinsam verbrachten sie den
Abend vor dem Fernseher und futterten Thai-Essen.

»Und John hat dir die Schuld gegeben, dass Charlie vom Baum
gestürzt ist?« Lizzy schüttelte den Kopf. Da gerade eine Werbepau-
se war, erörterten sie Lisas Trennung.

»Er hatte ja nicht ganz unrecht. Ich hätte sie nicht allein lassen
dürfen. Aber John war nichts im Vergleich zu Maureen.«

»Unfassbar! Was denkt Maureen sich eigentlich? Im Ernst, wie
alt ist Charlie denn? Neun? Zehn? Ich finde, da passieren solche
Unfälle schnell mal. Da kann man noch so gut aufpassen. Maureen
hat sich in den letzten Jahren wirklich verändert. Diese Hexe! Liam
hat schon mehrmals gesagt, dass sie John nicht mehr guttut. Dieses
Auf und Ab. Ich meine, wenn du dich auf einen Typen einlässt, der
berühmt ist, dann weißt du in der Regel, was auf dich zukommt.
Außerdem hat sie längst neu geheiratet. Steht John dieses Glück
dann nicht ebenso zu?« Lizzy schnaubte und drückte Lisa an sich.
»Es tut mir so leid, dass es nicht geklappt hat. Ich hätte es mir so
sehr für euch beide gewünscht, Süße!«

»Ach was, du kannst ja gar nichts dafür. Du hast mich schließlich noch vor ihm gewarnt – irgendwie.«

»Obwohl er furchtbar nett ist«, meinte nun auch Abby.

Lizzy warf ihr einen vielsagenden Blick zu und erklärte: »Nicht hilfreich!«

»Abby hat ja recht, und das ist ja das Problem. Er ist ein toller Kerl, nur sein Herz ist nicht frei.«

»Wenn ich nur irgendwas tun könnte …«, überlegte Lizzy laut.

»Eigentlich könntest du das«, sagte Lisa kleinlaut. »Rede mit Liam. Du kannst ihn unmöglich aufgeben. Glaub mir, wenn ich dir sage, dass eure Liebe episch ist und du so etwas nicht noch einmal findest.«

»Kann ich ihm ein Leben ohne Kinder wirklich zumuten? Die Ärztin hat deutlich gemacht, dass es sehr schwer werden würde, eigene Kinder trotz künstlicher Befruchtung zu bekommen, und dass das eine wahnsinnige Belastung für die Paare ist. Nicht selten zerbricht daran die Beziehung.«

»Was nützt ihm ein Stall voller Kinder mit einer Frau, die nicht du bist, Lizzy? Ganz ehrlich, egal wie selbstlos das von dir sein mag. Denkst du nicht, dass er diese Entscheidung treffen sollte?«

Lizzy starrte Lisa erbost an und schluckte. »Ich dachte, du verstehst mich.«

Lisa seufzte und fasste nach Lizzys Hand. »Das tue ich! Wirklich! Als deine Freundin ist es jedoch meine Pflicht, dir den Kopf zu waschen, wenn du den größten Fehler deines Lebens zu begehen drohst.«

»Ich finde auch, dass er es verdient hat zu erfahren, was mit dir los ist. Es ist schrecklich, wenn er nicht den Grund dafür kennt und sich immer fragt, was er falsch gemacht hat«, sagte nun auch Abby.

Lizzy kniff angriffslustig die Augen zusammen, was an Abby unbeeindruckt abzuprallen schien. »Ich bin noch nicht so weit. Er wird mich nur davon überzeugen, dass Kinder ihm nicht wichtig sind.«

»Aber was ist denn, wenn es ihm wirklich nicht wichtig ist, Lizzy?« Lisa fasste nach Lizzys Hand, die sie sofort zurückzog.

»Ich weiß nicht, ob es mir wichtig ist, dass er alles im Leben bekommt, was er sich wünscht, verstehst du? Vielleicht denkt er jetzt, dass er auf Kinder verzichten kann. Aber was, wenn er in zehn Jahren aufwacht und ihm auffällt, dass ihm etwas fehlt? Wird er es mir vorwerfen? Werden wir dann noch zusammen sein können?«

»Dann findet ihr auch dafür eine Lösung. Du bist kein Typ für Pläne, Lizzy. Ich verstehe, dass dich das verunsichert und du erst mal eine Pause zum Nachdenken brauchst, aber denk doch mal anders: Es werden immer wieder in eurem Leben Hürden auf euch zukommen, für die ihr dann jedes Mal eine neue Lösung suchen müsst.«

»Ich bin einfach noch nicht so weit.«

Lisa seufzte und wusste, dass es unmöglich war, bei Lizzy etwas zu bewirken, wenn sie diesen Gesichtsausdruck aufgesetzt hatte. Und so sagte sie nur noch leise: »Wenn Liam und du es nicht schaffen könnt, dann verliere ich das Vertrauen in die Liebe.«

* * *

John trug die Taschen aus dem Auto ins Haus seiner Ex-Frau. Die Kinder spielten um ihn herum Fangen und brachten ihn zwei Mal beinahe zu Fall, was bei ihm als Riesen schon etwas hieß. Sie lachten ausgelassen, und John machte es glücklich zu sehen, dass es Charlie wieder so gut ging. Er stellte die zwei Koffer neben das Sofa ab und sah sich kurz im Wohnzimmer um. Er fühlte sich sofort wohl. Maureen hatte ein Talent dafür, Räume gemütlich zu gestalten, oder John hatte einfach so lange mit ihr zusammengelebt, dass es sich anfühlte, als sei er zu Hause. Er drehte sich um und stockte, als er Maureen vor sich stehen sah. Ihre Haare fielen offen über die Schultern, und sie hatte einen langen Pullover angezogen, der sich an ihren Körper schmiegte. Darunter trug sie eine Leggings und flache Ballerinas. Sie war stets elegant und schick, ohne aufgetakelt zu wirken.

Seit dem Kuss in der Silvesternacht herrschte eine seltsame Stimmung zwischen ihnen, und John wusste, dass sie darüber sprechen mussten. Nachdem Lisa ihn gestern verlassen hatte, fühlte er sich unglaublich niedergeschlagen. Es war, als hätte er den Boden unter den Füßen verloren. Lisas Verlust hatte ihn unerwartet schwer getroffen, und das, nachdem er geglaubt hatte, alle Höhen und Tiefen zu kennen. Schließlich befand er sich schon seit Maureens und seiner Trennung in diesem Schwebezustand.

Ein Teil in ihm war unglaublich sauer auf Maureen. Hätte sie ihn nicht geküsst, hätte er keine Zweifel bekommen und hätte Lisa bei ihrem überraschenden Besuch von seinen Gefühlen überzeugen können. Doch dieser Kuss hatte alles durcheinandergebracht. Er konnte nicht leugnen, dass er Maureen noch liebte. Er zweifelte daran, dass er je vollständig aufhören würde, sie zu lieben. Aber die alles entscheidende Frage war: Wollte er sie zurück?

»Möchtest du zum Essen bleiben?«, riss Maureen ihn aus seinen Gedanken, und John schüttelte zur Entwirrung den Kopf.

»Ich möchte dich und Eric nicht stören.«

»Eric kommt heute nicht nach Hause. Er ist noch in Exeter.«

Charlie ergriff seine Hand und bettelte: »O Daddy, bitte bleib doch und iss mit uns. Mum hat mir Fleischbällchen mit Spaghetti versprochen.«

»Na, wenn es Fleischbällchen gibt, dann kann ich schlecht Nein sagen, oder?«, gab er nach. Vielleicht würde sich dann auch ein klärendes Gespräch mit seiner Ex-Frau ergeben.

Maureen lachte und begann den Tisch zu decken.

Das Abendessen lief wie ein gewöhnliches Familienessen ab und war so, wie John es sich immer gewünscht hatte. Er hatte genau dieses Leben mit Maureen und seinen Kindern gewollt und kein reines Rockstarleben führen wollen. Doch die Sache mit den Swores hatte sie alle so überrollt, dass John dem Ruhm, der da winkte, nicht hatte widerstehen können. Hätte er doch dieses Leben wählen sollen statt der Musik? Säße er dann noch an diesem Tisch? Oder hätten er und Maureen sich über andere Dinge gestritten? Er hatte sich die Frage oft gestellt, und nie war er fähig gewesen, eine endgültige Antwort zu finden.

»John? Wo bist du nur mit deinen Gedanken?« John sah nur noch Maureen am Tisch sitzen und sah sich verwundert nach den Kindern um. »Sie sind oben und machen sich bettfertig. Möchtest du ihnen die Geschichte vorlesen?«

Auch das tat John. Er las seinen Mädchen ein Buch vor, kitzelte Josie durch und deckte Charlie vorsichtig zu. Als er aus ihrem Zimmer trat, hielt er kurz inne. Es gab kaum etwas, das ihn glücklicher machte, als seine Mädchen im Arm zu halten.

Dann folgte er der leisen Musik, die aus dem Wohnzimmer zu ihm drang. Nach all der Zeit erkannte er die Anzeichen, wenn Maureen ihn verführen wollte, und dieses Vorhaben setzte sie gerade in die Tat um. Sie hatte Kerzen entzündet und reichte ihm ein Weinglas. Er war eigentlich kein Typ für Wein. Ein filigranes Glas vorsichtig in der Hand zu halten lag ihm nicht. Seine Hände waren viel zu groß dafür. Da war ihm ein Whiskeyglas um einiges lieber. Er betrachtete Maureen, die die Beine übereinandergeschlagen hatte und sich mit dem Ellbogen auf der Lehne des Sofas abstützte. Ihr Lächeln war kokett und aufreizend. Er blieb unsicher im Raum stehen und wusste nicht so recht, wie ihm geschah.

Da sprang sie auf die Füße und ging grazil auf ihn zu. »Seit wann bist du so gehemmt, John?«

Er lachte kurz ironisch und stellte die entwaffnende Gegenfrage: »Seit du wieder verheiratet bist?«

Maureen zog eine Schnute und drängte ihren schmalen Körper an seinen. »Ich kann an nichts anderes mehr denken als an unseren Kuss.«

Ihre Hände strichen über seine Brust, fuhren seinen Hals entlang und streichelten dann seinen Nacken. Sie zog seinen Kopf zu sich hinunter und begann ihn zuerst sanft, dann leidenschaftlicher zu küssen.

John reagierte mechanisch auf den Kuss und ihre Berührungen. Doch dann schloss er die Augen, und plötzlich sah er grüne Augen vor sich, spürte nahezu seidig rote Locken, die er sich um seine Finger gewickelt hatte, und roch einen leichten Apfelduft.

Ein Teil von ihm wollte das Leben führen, an dem er heute Abend teilhaben durfte. Doch – und das spürte er zum ersten Mal ganz deutlich – nach all der Zeit verzehrte er sich nicht mehr nach Maureen. Diese Erkenntnis schockierte ihn zutiefst, erfüllte ihn aber zugleich mit Hoffnung. Ein Gefühl, das er, seit er nur Maureen geliebt hatte, nicht mehr erlebt hatte. Er löste ihre Arme von seinem Hals und zog sich sanft, aber bestimmt von ihr zurück.

Sie sah ihn erst mit verklärtem Blick an und erschrak dann. »Was ist mit dir?«

»Genau genommen frage ich mich, worauf das hier hinauslaufen soll.« Er stellte sein Weinglas auf dem Couchtisch ab und ließ sich auf dem Sofa nieder. »Willst du mich plötzlich nur, weil ich nicht mehr zur Verfügung stehe? Oder willst du mich als deinen Mann zurück und diesmal mit allem Drum und Dran?«

Maureen schien verdattert zu sein und fragte eine Spur bissig: »Stehst du denn nicht mehr zur Verfügung?«

Das beantwortete seine Frage mehr, als hätte sie aufrichtig geantwortet. »Wieso tust du das, Maureen? Du stößt mich weg, sobald du mich haben kannst, und zerstörst meine neue Beziehung, weil du mich nicht mehr haben kannst? Findest du das nach all unseren gemeinsamen Jahren fair? Ich war es nicht, der dich ständig verlassen hat. Ich bin immer wieder zu dir zurückgekommen. Du wolltest dich trennen, also haben wir uns getrennt. Du wolltest mich zurück, also kam ich zurück. So ging das fast acht Jahre lang. Wie lange, glaubst du, können wir so weiterleben?«

»Du liebst sie!«, stellte sie geschockt fest und ließ sich neben ihm aufs Sofa fallen.

John schloss die Augen und stöhnte. »Es geht hier gerade nicht um Lisa, sondern um uns und diese zwei Mädchen da oben.«

»Was willst du von mir hören? Dass alles meine Schuld ist? Ja, mag sein. Ich bin die böse Hexe in diesem Märchen. Aber auch du trägst einen Anteil an unseren Problemen. Du warst ständig weg und musstest arbeiten. Ich bin nur allein gewesen.«

»Anfangs war das so, da gebe ich dir recht. Aber ich erinnere mich genau daran, wie wir an dem Abend vor der Unterzeichnung des Plattenvertrags im Bett saßen und Pizza gegessen haben. Du hast gesagt, du wärst ein Teil davon und würdest alles mit mir meistern. Doch dann wurde es schwierig, und du hast mich immer wieder verlassen. Einfach so.«

»Das ist nicht wahr. Als wäre es leicht gewesen für mich.«

»Das sagt niemand. Es war sicher sauschwer. So schwer, wie es für Lizzy und Mia war, nur mit dem Unterschied, dass sie ihre Männer nicht bei jeder Gelegenheit fallen gelassen haben.«

Maureen schürzte die Lippen. Gleich würde sie um sich schlagen, wie immer, wenn er recht hatte.

»Ach, als hättest du so sehr darunter gelitten! Wie viele Affären hattest du denn immer zwischendurch? Zehn oder zwanzig?«

»Wenn wir zusammen waren, war ich dir absolut treu. Aber ich entschuldige mich nicht dafür, dass ich nicht wie ein Mönch gelebt habe, wenn du dich wieder mal von mir getrennt hattest. Wie viele Männer gab es denn für dich in all dieser Zeit? Danach habe ich nämlich nie gefragt. Was also hast du getan, wenn du einsam warst?«

»Wie kannst du es wagen?«

»Du stellst mich als jemanden hin, der dich ständig betrogen hat. So war es nicht. Ich bin sicher nicht der beste Ehemann gewesen, aber ich war dir treu. Das wahre Problem ist doch ein anderes, Maureen. Du wolltest mit mir verheiratet sein, du wolltest ein tolles Haus und auf coole Veranstaltungen gehen. Du wolltest dich aber nicht monatelang fast allein um die Mädchen kümmern. Du wolltest nicht diese Gerüchte in den Klatschzeitungen lesen, und du wolltest nicht, dass die Frauen mich umschwärmen. Aber alles hat seinen Preis, Maureen. Das eine gibt es ohne das andere nicht. Mich ärgern die Reporter vor meinem Haus auch, und trotzdem kann ich absolut nichts dagegen tun.« Sie verstummten beide und sahen sich betreten an. »Ich will mich nicht zum millionsten Mal mit dir streiten, Maureen. Aber es wird immer so zwischen uns sein. Meine Karriere hat auf ewig eine Kluft zwischen uns gerissen. Ich kann nicht zurück und alles ändern, so gern ich es auch oft getan hätte.«

»Wenn wir zurückkehren könnten, würdest du mich dann noch einmal heiraten? Ich meine, ohne an die Kinder zu denken. Würdest du all das noch mal auf dich nehmen?«

John schüttelte traurig den Kopf. Er bedauerte vieles, aber nicht, dass er Maureen geheiratet hatte. »Ich weiß es nicht genau. Ich denke immer wieder daran, wie unglücklich du die letzten zehn Jahre gewesen bist. Ich wüsste nicht, ob ich mir das noch mal für dich wünschen würde. Aber wenn du mich fragst, ob ich mich wieder in diesem Klassenzimmer in dich verlieben würde, dann ist die Antwort ganz klar Ja.«

»Ich war nicht unglücklich, John. Du hast mich immer glücklich gemacht, aber ich war nicht die richtige Frau für dieses Leben.«

»Und was, glaubst du, ändert sich, wenn wir es noch mal miteinander versuchen?«

Maureen zuckte hilflos mit den Achseln, und John bekam Mitleid mit ihr. »Ich konnte den Gedanken nicht ertragen, dass du eine andere Frau in dein Leben lässt. Ich meine, keine Affäre, sondern jemanden wie diese Lisa.«

»Und warum? Ich meine, du hast doch Eric?«

»Weil ich immer wusste, wenn du dein Herz einmal neu vergeben hast, dann hat keine andere Frau mehr eine Chance bei dir. Auch ich nicht«, murmelte sie. »Dann wäre jeder Notausgang gesperrt, und ich könnte nie mehr in dieses Leben mit dir zurück.«

»Aber wenn du das so genau wusstest, wieso hast du mir dann immer irgendwelche Seitensprünge vorgeworfen?«

»Weil ich damals jung war und es nicht besser wusste, John. Ich war noch ein Mädchen und habe überall Gefahren für unsere Liebe gesehen. Dabei war ich selbst die größte Gefahr, und ich bin mir im Klaren darüber, dass ich großen Anteil an unserer Scheidung trage. Vielleicht sollte es so sein, damit wir beide noch einmal die Chance auf eine zweite große Liebe bekommen. Ich weiß es nicht.«

»Liebst du Eric?«

»Ja, schon. Ich liebe ihn, aber er ist ein ganz anderer Mann als du. Er bügelt seine Unterhosen und kommt pünktlich von der Arbeit. Oft fehlen Spannung und Abenteuer.«

John konnte sich ein Grinsen nicht verkneifen. »Eigentlich ist er das, was du immer bei mir vermisst hast, vollkommen zuverlässig.«

Maureen ließ den Kopf hängen. »Und mit dieser Lisa ist es dir ernst?«

»Würdest du bitte aufhören, sie ›diese Lisa‹ zu nennen!«

Maureen rollte mit den Augen und nickte anschließend. »Okay, okay!«

John seufzte. »Ich fürchte, ich habe es ziemlich versaut. Lisa wusste, dass wir beide noch nicht endgültig miteinander abgeschlossen haben. Gestern stand sie vor mir, um sich zu verabschieden.«

»Wieso gibt sie so schnell auf?«

»Sie wollte mich für meine Familie freigeben. Sie mag Charlie und Josie und kommt selbst aus einer zerbrochenen Familie …« Maureen stöhnte und lehnte sich im Sofa zurück. »Was ist los?«

»Jetzt bringst du mich noch dazu, sie zu mögen.«

John lachte und nahm sein Weinglas, um einen Schluck daraus zu nehmen. Er verzog das Gesicht. »Dann habe ich sie geküsst, und dieser Kuss war so anders als der Kuss mit dir. Ich glaube, ich habe es da schon gewusst, aber sicher bin ich mir erst seit gerade eben.«

»Es ist ganz wundervoll, wenn dir dein Ex-Mann sagt, dass du schlecht küsst.«

»Du küsst nicht schlecht! Es ist eher das Gefühl beim Küssen. Lisa schmeckt nach Lebendigkeit, nach Abenteuer und nach Aufregung. Du bist mir so vertraut und schmeckst nach längst vergangenen Erlebnissen. Aber wir beide haben keine Zukunft.«

Maureen sah ihn nachdenklich an. »Vielleicht hast du recht …«

»Ich werde jetzt gehen.« John stand auf und streckte sich. Dann beugte er sich zu Maureen hinunter und gab ihr einen Kuss auf die Wange. »Ich danke dir fürs Essen und für alles andere. Gib Eric eine wirkliche Chance. Er liebt dich nämlich.«

»Woher willst du das wissen?«

»Er ist mit dir zusammen, obwohl du ihn immer wieder mit deinem Ex-Mann betrogen hast.«

»Das weiß er ja nicht.«

»Und ob! Wir Männer wissen es immer.« Damit ließ er Maureen im Wohnzimmer sitzen und tat den ersten Schritt in seine Zukunft.

21

Es verging eine ganze Woche, in der sich Lizzy krankmelde-te und in Lisas Appartement versteckte. Sie bewegte sich so wenig wie möglich und aß Eis in rauen Mengen. Abby hingegen begann ihr Praktikum in Lizzys Firma und schien das erste Mal Freude daran zu haben. Das Telefon ließ sie jedoch nie längere Zeit unbewacht, und eine Unruhe hatte von ihrer Schwester Besitz er-griffen. Wahrscheinlich hatte Jim sich noch immer nicht gemeldet, und Lisa warf irgendwann beiläufig ein, dass dies oft Teil des Ent-zugsprogramms sei. Daraufhin wurde Abby wieder ruhiger.

Lisa ging völlig anders mit dem Kummer um. Sie stürzte sich in die Arbeit und bat um zusätzliche Schichten im Krankenhaus, so-dass sie möglichst viel Zeit des Tages beschäftigt war. Anders als Lizzy, die in Selbstmitleid badete, hatte Lisa beschlossen, sich nicht unterkriegen zu lassen. Sie hatte mehr als einen Versuch un-ternommen, ihre Freundin dazu zu bringen, sich aufzuraffen und mit Liam ein klärendes Gespräch zu führen. Doch Lizzy war be-müht, möglichst viel Trübsal zu blasen. Am Ende dieser Woche hatte Lisa die Nase voll. Sie wusste, dass Lizzy sie dafür hassen würde, aber sie ertrug es nicht länger, sie und Liam so unglücklich zu sehen.

Also rief sie Mia an. »Ich weiß, du drehst wahrscheinlich bald durch und kannst dich sowieso auch bald nicht mehr bewegen. Aber wir müssen etwas wegen Lizzy unternehmen.«

»Das sage ich schon seit zehn Tagen, aber keiner hört auf mich. Ich weiß nur nicht, was mit ihr los ist. Sie ruft weder zurück noch antwortet sie auf meine Nachrichten …«

»Du wirst es verstehen, Mia, wenn sie es dir sagt. Ich verspreche es dir. Es geht nicht um dich. Es ist eher dein Zustand.«

»Etwa weil ich schwanger bin? Schon wieder?«

»Lass es dir bitte von Lizzy selbst erklären, ja? Aber wir müssen sie und Liam irgendwie zusammenbringen. Wie stellen wir das an?«

»Da ich von der Außenwelt abgeschottet bin, bin ich wohl die Letzte, die dir helfen kann.«

»Ich dachte auch eher an Nic.«

»Der ist in London.«

»Mit dem Rest der Swores?«

»Nein, nur Nic ist hingefahren. Es geht um ein paar Interview-Aufzeichnungen für die neue DVD. Die anderen wollen es später erledigen. Nic zieht es vor, weil er nach der Geburt keine Termine im Nacken haben möchte.«

»Verstehe! Und weißt du, wo Liam steckt?«

»Ich denke, er ist bei John.«

Lisa biss sich auf die Lippe, weil sie nun indirekt erfahren hatte, wo John steckte. Sie musste dringend aufhören, an ihn zu denken.

»Lisa? Bist du noch dran?«, fragte Mia nach einer Weile.

»Äh, ja klar. Ich bin da! Dann werde ich dort mein Glück versuchen.«

Sie verabschiedeten sich und legten auf. Lisa tigerte eine Weile im Bereitschaftszimmer umher; sie drückte sich davor, Johns Nummer zu wählen. Seine Stimme zu hören wäre eine solch süße, heiß ersehnte Qual. Sie wusste, dass sie es nicht ertragen könnte, ihn zu sehen und zugleich zu wissen, dass aus ihnen nie etwas werden würde. Aber Lizzys und Liams Glück überwog Lisas Zweifel. Sie dachte an das Strahlen ihrer Freundin, als sie ihr stolz den Ring gezeigt hatte, nachdem Liam ihr endlich die eine Frage gestellt hatte. Sie betrachtete das Telefon in ihrer Hand und drückte auf Anruf. Es tutete zwei Mal, drei Mal, und Lisas Herz raste. Sie war kurz davor, die Nerven zu verlieren und wieder aufzulegen, als sich John meldete.

»Lisa?« Er klang überrascht.

»Hi, John, ich hoffe, ich störe dich nicht gerade.«

»Nein, du störst überhaupt nicht.«

Lisa räusperte sich. »Ich hoffe, die Werkstatt hat das Auto bereits abgeholt und es hat alles reibungslos geklappt?«, fragte sie vorsichtig.

»Ja, sie waren vor ein paar Tagen hier. Keine Sorge. Ich hoffe, dir ist klar, dass ich die Kosten dafür übernehme.«

Lisa seufzte. »Darüber streiten wir ein anderes Mal. Deswegen rufe ich nämlich nicht an …«

»Sondern?«, fragte er und klang unerwartet hoffnungsvoll.

»Ist Liam bei dir?«

»Er ist irgendwo im Haus. Wolltest du ihn sprechen?« Klang John nun etwas niedergeschlagen? Oder bildete sie sich das nur ein?

»Nein, ich wollte mit dir über ihn sprechen.«

»Ich bin ganz Ohr, aber was hältst du davon, wenn wir uns irgendwo treffen, wo wir nicht belauscht werden können?«

Lisa zögerte. Es war schon schwer genug, seine Stimme am Telefon zu hören. Wie sollte sie da seinen Anblick verkraften? In diesem Moment öffnete sich die Tür, und Ethan kam ins Bereitschaftszimmer.

»So ganz allein hier?«

»War das die Stimme dieses Lackaffen?«, fragte John mit eisiger Stimme.

»Ähm … was sagst du dazu, wenn wir uns bei Jeff treffen? So gegen drei? Dann ist meine Schicht vorbei.«

»Abgemacht!«

»Bis dann, John.« Sie legte eilig auf und sah zu Ethan, der sich gerade sein Shirt über den Kopf zog. Sie wollte aus dem Zimmer laufen, aber er verstellte ihr den Weg.

»Wo willst du denn so eilig hin? Es gibt ein paar nette Erinnerungen an dich und mich in diesem Zimmer.«

»Du weißt doch, Ethan, nett ist die kleine Schwester von scheiße.«

Er grinste und stemmte die Hände in die Hüften, als wüsste er ganz genau, wie attraktiv sein durchtrainierter Oberkörper war. »Immer so kratzbürstig.«

»Kein Interesse, Doktor!«, rief Lisa und riss an der Tür, die gegen Ethans Stirn knallte, der vor Schmerz aufschrie. »Sie sollten Ihre Hände besser bei sich behalten, Doktor Hardy! Sonst melde ich Sie beim Professor.«

Lisa trat auf den Flur hinaus und sah Miranda vor sich stehen. »Ich will keinen Ärger. Halten Sie Ihren Verlobten einfach an der kurzen Leine, Frau Doktor«, erklärte sie kühl und ging an der bissig dreinblickenden Ärztin vorbei.

✶ ✶ ✶

Nach ihrer Schicht rannte Lisa förmlich nach Hause, um sich frisch zu machen. Sie zog sich mindestens drei Mal um, ehe sie sich für eine schwarze Jeans, Stiefeletten und eine rote Bluse entschied. Jeffs Bar war mit dem Bus recht schnell zu erreichen, dennoch kam sie eine Viertelstunde zu spät. Sie trat ein und suchte das dunkle Innere nach Johns großer Gestalt ab, doch er war nirgends zu sehen.

Als sie zur Bar blickte, winkte Jeff sie zu sich. »Falls du den Brummbär suchst, der ist draußen.«

»Draußen?«, echote Lisa und zog ihre Jacke enger um sich. Sie hatte bereits auf dem Weg hierher gefroren und sich auf einen heißen Kakao gefreut. Jetzt ging sie in die Richtung, in die Jeff deutete.

John stand mit dem Rücken zu ihr auf der Terrasse und sah den heranrollenden Wellen zu. Augenblicklich fühlte sie sich magisch zu ihm hingezogen. Es war, als gäbe es trotz der Trennung eine tiefe Verbindung zwischen ihnen. Lisa seufzte und versuchte, ihr aufgeregt schlagendes Herz zu beruhigen.

John schien ihre Absätze auf dem Boden gehört zu haben, denn nun wandte er sich um und sah ihr entgegen.

»Entschuldige meine Verspätung, ich wurde aufgehalten«, sagte Lisa und blieb ein paar Schritte vor ihm stehen.

»Von wem?«

Lisa sah ihn verdattert an. »Vom Bus?«

John nickte unbestimmt und wandte sich wieder dem Meer zu. Das Schweigen war Lisa unbehaglich, sie stellte sich neben ihn und trat unsicher von einem Bein aufs andere.

»Lizzy und Liam also …«, setzte John nach einer quälenden Ewigkeit das Gespräch fort.

»Ja, ich denke, wir sollten etwas unternehmen.«

»Wieso wir? Ist Lizzy nicht allein in der Lage, mit Liam zu sprechen, wenn sie es will?«

»Du kennst den Grund für Lizzys Verhalten nicht.«

»Hm. Ich bin mir nicht sicher, ob ich ihn vor Liam kennen sollte.«

»Wolltest du mich allein deshalb hier treffen, um mich abzuwimmeln? Das hättest du auch am Telefon gekonnt.«

Endlich wandte sich John ihr wieder zu. Er sah Lisa eine ganze Weile nur an, dann sagte er: »Nein, ich bin wegen dir hier.«

Falls das überhaupt möglich war, löste dieser Satz noch mehr Aufruhr in Lisa aus. »Wegen mir?«, wiederholte sie.

»Ja, ist das so schwer zu glauben?«

Sie musste den Kopf in den Nacken legen, um John ins Gesicht zu sehen, so dicht stand er vor ihr. Als er ihr Gesicht mit seinen Händen umfing, schloss Lisa die Augen. Sie spürte, wie der Wind durch ihre Haare fegte, roch das Salz in der Luft und atmete tief ein. Aus tiefstem Herzen genoss sie Johns Berührung.

Und sie wollte sofort mehr davon. Das hatte sie befürchtet. Als sie seine Lippen an ihren spürte und er sie sanft küsste, war Lisa entsetzt darüber, dass sie sofort Wachs in seinen Händen wurde. Ein Seufzen entrang sich ihrer Kehle, sie öffnete die Augen und blickte in Johns intensiv blaue Augen. Er lächelte und küsste sie erneut, doch diesmal wild und hungrig. Eine Welle der Leidenschaft schwappte über sie beide hinweg, und John hob sie hoch und trug sie über den Sand zu seinem Auto.

Lisa musste ihn aufhalten. »Wir können nicht zu mir. Lizzy ist da!«

»Verdammt! Wir können auch nicht zu mir. Dort sind Liam, Sophie und Dad.« Er lehnte schwer atmend seine Stirn gegen ihre und sagte frustriert: »Da hat man ein riesiges Haus, und dann so was.« John sah über ihren Kopf hinweg, und seine Miene hellte sich auf. Er grinste, setzte Lisa ab und zog sie an einer Hand mit sich über die Straße.

Es fühlte sich wie ein Déjà-vu an, als John mit ihr in die kleine Pension trat und die ältere Dame an der Rezeption nach einem Zimmer fragte. Wenig später warf John die Tür zu einem gemütlichen Doppelzimmer hinter sich zu, und Lisa stürzte sich in seine Arme. Sie redete sich weiter ein, dass Sex zum Abschied völlig in Ordnung sei. Er ließ sich mit ihr in das gemachte Bett sinken und begann, Lisa aus der Bluse zu schälen. Aufreizend langsam knöpfte er jeden Knopf auf und betrachtete ihre Miene.

»Ich will dich so sehr!«, raunte er ihr zu und ließ sich anschließend Zeit, ihren Körper in Brand zu setzen.

Jeder Zentimeter ihrer Haut wurde mit Zuwendung beglückt, und Lisa seufzte wohlig. Seine Zunge schnellte immer wieder um ihre Brustwarzen, und ihr Unterleib zog sich zusammen. Als hätte er sich den Weg zu ihrem G-Punkt gemerkt, glitten seine Finger zielsicher hinab und streichelten sie, bis ihr Körper sich aufbäumte und sie kam. Er ließ nicht von ihr ab, als wolle er jede Sekunde ihres Orgasmus miterleben, und trieb ihren Körper dazu, erneut zu kommen. Erst danach zog er ein Gummi über und versenkte seinen erigierten Penis in ihr weiches Fleisch. Sein Stöhnen klang wie der animalische Lockruf eines Tieres, das bereit war, sich zu nehmen, was es begehrte. Und das tat John. Immer wieder drang er in sie, klammerte sich an sie und stieß tiefer und schneller, bis er sie beide in ungeahnte Höhen katapultierte.

Es war ihr Handy, das Lisa nach dem Sex in die Realität zurückbrachte. Sie rutschte über die Bettlaken zu ihrer Tasche und sah Lizzys Nummer. Eilig ging sie dran und hörte zunächst nur Schluchzer.

»Was ist passiert? Lizzy, bitte beruhige dich.«

»Es ist Charles. Er stirbt! Liam hat eben hier auf deinen Anrufbeantworter gesprochen, dass er ihn gefunden. Er ist zum Füttern heimgefahren, und da …« Sie brach erneut in Weinen aus.

»O nein! Das tut mir so leid. Soll ich zu dir kommen?«

»Nein, nein. Ich fahre jetzt zu ihm!«

»Kann ich was für dich tun?«

»Du hast so viel für mich getan, Lisa. Ich danke dir, aber in diesem Fall, fürchte ich, nicht.«

»Sag mir Bescheid, wenn du zurück bist, ja?«

Lizzy legte einfach auf, und Lisa starrte auf ihr Handy.

»Was ist los?«, fragte John.

»Das Schicksal führt Lizzy und Liam wieder zusammen. Jetzt heißt es abwarten, ob sie den Wink mit dem Zaunpfahl verstehen.«

»Das bedeutet also, dass unser Plan ins Wasser fällt?«

Lisa sah ihn mit hochgezogenen Brauen an. »Von welchem Plan sprichst du?«

John grinste und rieb sich über seine breite, nackte Brust. »Nun, uns wäre sicher noch was eingefallen.«

Lisa ging nicht auf seinen Scherz ein. »Ich fühle mich schlecht. Wir wollten ihnen helfen und stattdessen –«

»Stattdessen hatten wir heißen Sex. Glaub mir, das werden sie verstehen!«

Lisa begann sich anzuziehen, und John sah ihr skeptisch dabei zu.

»Was tust du da?«

»Ich rette uns aus dieser peinlichen Situation.«

»Peinlich?«

»Wie würdest du es sonst bezeichnen?«

»Ich würde gerne viel öfter mit dir ins Bett gehen.«

Lisa schüttelte den Kopf und sagte: »Wir haben das schon einmal probiert, und du weißt, wie es ausgegangen ist.«

»Haben wir es denn richtig versucht?« Lisa zögerte. Was sollte sie darauf antworten? Doch John sprach schon weiter: »Du wolltest doch nur unverbindlichen Sex, zumindest hast du nie etwas anderes gesagt.«

Lisa sah ihn ungläubig an. »Was? Nein! Ich habe dir gesagt, dass ich in dich verliebt bin. Ich finde, das war schon ziemlich deutlich.«

»In dem Moment, als du mich verlassen hast. Du hast mir nie eine richtige Chance gegeben, mich dazu zu äußern. Du hast Entscheidungen gefällt und mir keine Zeit gelassen, mich zu erklären.«

»Weil ich nicht die andere Frau sein wollte.«

»Ich habe das mit Maureen beendet.«

Obwohl Lisa diesen Satz herbeigesehnt hatte, konnte sie ihm noch nicht vertrauen. »Für jetzt vielleicht, aber was ist mit morgen?«

John richtete sich auf. »Nein, für immer und absolut endgültig.«

Als Lisa ihn schweigend ansah, fragte John aufgebracht: »Warum glaubst du mir nicht?«

»Weil alle Hinweise für sich sprechen. Ich habe versucht, sie zu ignorieren, aber das kann ich nicht länger. Ich bin nicht masochistisch veranlagt, John.«

»Welche Hinweise?«

»Du hast selbst zu Charlie gesagt, dass du mich nicht heiraten willst. Und mir hast du gesagt, dass Maureen deine erste und wahrscheinlich einzige große Liebe ist. Sie wird immer zwischen uns stehen, John. Sie ist die Mutter deiner Kinder. Du wirst sie immer lieben, weil du nun mal so bist. Du bist der Hauptgewinn, John. Ich wünschte nur, du wärst mein Hauptgewinn.«

»Was hast du denn erwartet, was ich zu meinem kleinen Mädchen sage, wenn sie weinend vor mir steht?«

»Ich verstehe das doch, John. Aber all die Dinge, die du bereits mit Maureen erlebt hast, eine Hochzeit, Kinder bekommen, Teil einer Familie sein, all das wünsche ich mir auch. Kannst du das auch von dir behaupten?«

John stand vom Bett auf und schien nach den richtigen Worten zu suchen. »Ich kann … keine Ahnung, ich weiß es nicht. Ich weiß nur, dass ich es wirklich ernst meine.«

Lisa spürte Tränen in sich aufsteigen. »Ich wünschte mir, das wäre genug, John. Aber ich kann nicht immer darauf hoffen, dass sich alles finden wird. Das habe ich so oft getan.«

Ohne ihm die Gelegenheit zu einer Antwort zu geben, lief sie aus dem Zimmer.

* * *

Bevor sie die Schlüssel ins Schloss steckte, holte Lizzy tief Luft. Im nächsten Moment öffnete sich die Tür, und Liam stand vor ihr. Er sah mitgenommen aus, und seine Locken kräuselten sich wild, weil seine Haare zu lang waren.

»Kommst du nicht rein?«

»Doch, ich …«

Er drehte sich um und lief den Flur entlang, ohne auf den Schluss ihrer Erklärung zu warten. Lizzy folgte ihm und spürte Tränen in sich aufsteigen, als sie an den vielen gemeinsamen Fotos vorbeiging, die an den weißen Wänden des Flurs hingen. Sie trat durch die Küche in das geräumige Wohnzimmer.

Beim Kauf des Hauses hatten Liam und sie viel an den Räumlichkeiten verändert. Sie wollten alles so offen wie möglich haben, sodass mehrere Wände eingerissen hatten werden müssen. Lizzy erinnerte sich nur zu gut daran, wie viel Arbeit das gewesen war. Sie hatten sich so oft in der Wolle gehabt, dass Celine und Lynn anzweifelten, ob ihre Beziehung das aushielte. Doch sie waren auch nie bei den Versöhnungen dabei gewesen. Die Versöhnung war immer das Beste an jedem ihrer Streits.

Sie trat zum Sofa, auf dem Charles auf seiner Lieblingsdecke lag. Seine Hinterläufe standen seltsam von seinem Körper ab, und Lizzy begann sofort zu weinen, als er sie aus seinen trüben gelben Katzenaugen ansah. Sie beugte sich zu ihm hinunter und streichelte ihn behutsam. Pebbles robbte vor dem Sofa auf und ab, als spüre sie ganz genau, dass etwas nicht stimmte.

»Als ich nach Hause kam, lag er im Schlafzimmer auf unserem Bett. Ich fand es seltsam, dass er mir nicht wie sonst voller Empörung in die Küche nachgelaufen ist, um sein Futter einzufordern. Er hat nicht mal die Pflanze im Flur ausgebuddelt. Irgendwas stimmte nicht, das wusste ich sofort.«

»Ich hab ihn allein gelassen. Das tut mir so leid. Ich bin eine schreckliche Katzenmama.«

»Du konntest doch nicht wissen, dass so was passiert.«

»Charles ist so alt, damit hätte ich durchaus rechnen müssen.« Sie sah zu Liam hoch. »Hast du die Tierärztin angerufen?«

»Sie kommt gleich. Sie wollte ihm den Transport ersparen.«

Stumm weinte Lizzy in sein Fell und fragte dann: »Also können sie nichts mehr machen?«

»Wahrscheinlich nicht. Sie meinte, diese Art der Lähmung kommt öfter vor, und die Tiere können nie mehr laufen, nicht allein zur Toilette gehen. Sie müssen rund um die Uhr gepflegt werden.«

»Ich würde das machen.«

»Lizzy, was hat Charles denn dann noch für ein Leben? Du

weißt doch, wie gern er die Schmetterlinge im Garten gejagt oder uns mit den ausgebuddelten Pflanzen in den Wahnsinn getrieben hat. Er ist furchtbar alt und …«

»Und nur weil er nicht mehr ganz funktioniert, schmeißen wir ihn weg?«, schrie sie, und Liam sah sie betroffen an.

»Ich wollte damit nur sagen, dass dieser Zustand ihn quält.«

Lizzy schüttelte vehement den Kopf. »Ich kann mich nicht von ihm trennen. Nicht jetzt. Ich wollte mich doch um ihn kümmern. Ihm eine gute Ersatz-Katzenmama sein.«

»Das warst du doch. Du hast ihm die letzten drei Jahre ein tolles Leben beschert. Er hat es hier geliebt und das Urzeittier und uns wie der Teufel geärgert.«

»Du hast ihn eh nicht gewollt.«

Verletzt wandte sich Liam von ihr ab. Lizzy wusste, dass sie unfair war, doch jetzt ging es nur um Charles, und es war so viel einfacher, Liam Vorhaltungen zu machen als sich selbst.

Sie schmuste mit Charles und murmelte: »Es tut mir leid, mein Lieber. Ich hätte hier sein sollen.«

Als es an der Tür klingelte, öffnete Liam. Kurze Zeit später trat die Tierärztin neben Lizzy. Sie untersuchte Charles und bestätigte die Vermutung, die sie am Telefon geäußert hatte.

»Können wir denn gar nichts mehr machen? Geld spielt keine Rolle«, flehte Lizzy.

Die Tierärztin sah sie mitfühlend an. »Charles ist so alt, dass er eine Operation nicht überleben würde. Abgesehen davon kann man an seinem Zustand nichts mehr ändern. Es ist ungefähr so, als sei er querschnittsgelähmt. Es wäre kein Leben für ihn, und bei Tieren ist uns Sterbehilfe durchaus ermöglicht. Ich kann Ihnen beiden nur ans Herz legen, ihm dieses Leid zu ersparen.«

Lizzy schniefte und sah zu Liam hoch, dessen Miene so gequält war, wie Lizzy sich fühlte. Dann nickte sie widerwillig, und die Ärztin bereitete alles vor. Währenddessen streichelte Lizzy ihn und flüsterte ihm liebe Worte zu. Liam beugte sich ebenfalls zu ihm vor, und das verräterische Schimmern in seinen Augen bestätigte Lizzy ihre Vermutung: Ihm ging das auch furchtbar nahe.

»Ich werde ihm ein Mittel verabreichen, und dann kann es ein paar Minuten dauern, bis es vorbei ist. Bleiben Sie bei ihm, wenn Sie möchten.« Sie setzte die Spritze, und Lizzy liefen die Tränen nur so über die Wangen. Dann machte die Ärztin Platz für Liam und zog sich zurück.

»Ich hoffe, du kommst zu Mrs Grayson und ihrer Familie. Richtest du ihr einen lieben Gruß von mir aus? Ich wünschte wirklich, sie wäre jetzt hier bei mir, um mir einen Rat zu geben. Sie könnte mir sagen, was ich tun soll, wie ich ohne dich und Liam leben soll.«

»Du musst nicht ohne mich leben, Lizzy.« Sie hob den Kopf und sah in Liams verweinte Augen. »Wie kommst du darauf, dass du ohne mich leben musst? Ich bin direkt hier.«

Es war keine Entscheidung, die Lizzy fällte, sondern etwas, was längst entschieden war. »Ich kann wahrscheinlich keine Kinder bekommen. Niemals, zumindest nicht ohne unzählige Behandlungen.« Sie atmete erleichtert aus und fühlte, wie der Druck auf ihrer Brust endlich abnahm.

»Was?«, fragte Liam irritiert.

»Ich habe diesen Gentest zum Brustkrebsrisiko gemacht, und dabei ist rausgekommen, dass meine Eierstöcke nicht einwandfrei funktionieren. Ich werde niemals Mutter werden, Liam.«

»Oh, Lizzy. Ist das der Grund, warum du diese Auszeit brauchtest?«

»Ich kann nicht zulassen, dass du ein Leben ohne Kinder führen musst.«

»Und das hast du für mich zu entscheiden? Einfach so?«

»Ich weiß, wie sehr du mich liebst. Du hättest mich deswegen niemals verlassen. Aber was wäre in zehn oder zwanzig Jahren? Wirst du es dann nicht bereuen, dich mit mir zufriedengegeben zu haben? Ich liebe dich nämlich auch über alles, Liam. Ich konnte dir diese Bürde nicht einfach so aufhalsen.«

»Zufriedengegeben zu haben?«, echote Liam ungläubig. »Du bist die verrückteste, nervigste Besserwisserin der ganzen weiten Welt. Bevor du mit diesem Urzeittier in meiner Wohnung aufgetaucht bist, habe ich nicht mal eine Beziehung geführt. Und nun sieh mich an! Ich stehe hier und bitte ein Mädchen, mit mir sein Leben zu verbringen. Das ist alles, was ich mir wünsche. Du bist alles für mich! Ein Leben mit dir, und es ist mir egal, wo es uns hinführt. Wenn du auf Bali leben willst, wandern wir eben aus. Solltest du in einer Hütte ohne Strom im Urwald hausen wollen, ist mir das schnuppe. Meinetwegen adoptieren wir einen Zoo. Das Einzige, was ich will, bist du. Jetzt und für immer. Ich will deinen faltigen Hintern in fünfzig Jahren an meinem spüren. Bis dahin haben wir sicherlich einen Bauernhof mit alten und gebrechlichen Tieren und elf adoptierten Kindern, denen du eine liebende Mutter sein wirst. Mir ist es so was von egal, ob wir je eigene Kinder haben werden. Du wirst auch weiter verlorene Seelen anschleppen und wirst sie lieben wie deine eigenen. So, wie du mich liebst. Und so, wie du Charles und Mrs Grayson in dein Herz geschlossen und Pebbles adoptiert hast. Du hast mich gerettet, und das Einzige, was ich will, bist du.«

Lizzy weinte nun noch viel, viel mehr, und es waren nicht mehr nur Tränen der Trauer über Charles' Tod.

Liam ging neben Lizzy auf die Knie und umfing ihr Gesicht. »Ich werde dich für den Rest meines Lebens und darüber hinaus lieben, Lizzy. Ich habe mich auf das Abenteuer mit dir eingelassen, und wir werden sehen, wo es uns hinführt. Möchtest du das auch?«

Sie nickte heftig und schlang die Arme um seinen Hals. Dann weinten sie beide, um Charles und vor Erleichterung, dass sie zusammengehörten.

22

John verbrachte den folgenden Tag so lange in der Garage, bis er am Abend die Lichter anschalten musste. Lisas Auto war nach dieser Marathonarbeit in einem tadellosen Zustand, und er saß auf einer Kiste und betrachtete sein Werk. Natürlich hatte er gelogen, als sie ihn gefragt hatte, ob die Werkstatt das Auto bereits abgeholt hatte. Sie hätte ihm nämlich nie gestattet, das Auto zu reparieren, und er hatte den Mechaniker großzügig entlohnt, damit er nichts verriet.

Er hätte ihr sofort einen neuen Wagen gekauft – das wäre leicht gegangen, schließlich hatte er viel Geld. Doch genau deswegen und weil es Lisa nicht gefallen würde, hatte er damit begonnen, ihren Wagen zu reparieren. Wie konnte man sich von einer Frau genug ablenken, ohne sie komplett loszulassen? Für John gab es nur zwei Möglichkeiten: Er werkelte an Autos oder schrieb Songs.

Nachdem Lisa ihn am Vortag in der Pension zurückgelassen hatte, hatte er zu Hause am Klavier rumgeklimpert, bis ihre persönliche Melodie fertig war. Die logische Konsequenz daraus war, dass er anschließend ihr Auto reparierte. Er wusste nicht, was er sonst hätte tun sollen. Nun war er fertig, und er war immer noch völlig hilflos, und John hasste es, sich so zu fühlen. Allerdings hatte er auch schon ewig keine Frau mehr von seiner Liebe überzeugen müssen. Und er liebte Lisa, das war ihm nun klar.

Doch Lisa sehnte sich nicht nur nach einem Mann, der sie liebte. Sie wünschte sich ein Zuhause, eine Familie. War er für all diese Dinge bereit? Wie würde es enden, wenn es endete? Er wusste, er würde ein zweites Scheitern nicht ertragen.

Die Tür zum Haus quietschte, und jemand betrat die Garage. John nahm einen Schluck von seinem Bier und sah zu der Person, die hinter ihm stand. Es war sein Vater, der ihn eine Spur mitleidig anlächelte.

Kommentarlos griff er nun nach der zweiten und letzten Flasche Bier, die auf Johns Werkzeugkasten stand. Es ertönte ein Plopp, und der Kronkorken flog nur knapp an John vorbei. »Bläst du Trübsal, Junge?«

»Wie kommst du darauf? Warst du nicht den ganzen Tag mit deiner großen Liebe unterwegs? Wo steckt Sophie überhaupt?«

Finlay schüttelte den Kopf und grinste. »Weißt du eigentlich, wie verrückt du dich benimmst? Du ärgerst dich über deine neunjährige Tochter, weil sie deine neue Freundin nicht hier haben wollte. Dabei benimmst du dich mit deinen zweiunddreißig Jahren nicht viel reifer als sie.«

John erhob sich von der Kiste und wich dem Blick seines Vaters aus. »Das ist etwas völlig anderes!«

»Warum?«, fragte Finlay eine Spur herausfordernd. »Weil deine Frau die Scheidung wollte und meine gestorben ist?«

»Mum hatte keine andere Wahl, oder?«

»Dadurch lässt sich das Alleinsein ja so viel leichter ertragen!« Die Ironie triefte nur so aus dem Satz, und John verzog das Gesicht zu einer Grimasse. Darauf gab es allerdings nichts zu erwidern, das wusste auch Finlay, der nun ernst weitersprach: »Deine Mutter war mein größtes Glück, so wie du unser größtes Glück warst. Niemand wird sie je ersetzen können. Falls du dir die Frage stellst, ob wir dieses Gespräch führen würden, wenn sie noch leben würde, dann ist die Antwort Nein. Denn deine Mutter war alles, was ich mir in meinem Leben gewünscht habe. Sie hat mein Leben ausgefüllt. Doch gerade weil sie alles ausgefüllt hat, ist da jetzt ein klaffendes Loch, das ich nicht alleine stopfen kann. Sophie könnte meine letzten Jahre versüßen.«

John stöhnte bei dieser Formulierung, und Finlay lachte rau. »Ach, Junge, manche Dinge ändern sich nie, was? Früher hast du dir immer die Ohren zugehalten, wenn deine Mutter und ich unanständiges Zeug geplappert haben.«

John war nicht zum Lachen zumute, und so sagte er resolut: »Wenn du meine Zustimmung für diese … diese Freundschaft möchtest, dann nimm sie und lass mich solche Sachen nicht hören. Das heißt aber nicht, dass ich sie morgens hier rausschleichen sehen will.«

»Ich wollte ohnehin heute Abend wieder nach Hause fahren. Die Feiertage sind vorüber, und ich möchte dir nicht weiter zur Last fallen.«

John hasste es, wenn sein Vater ihm ein schlechtes Gewissen machte. »Dann solltest du das vielleicht tun!«

Finlay sah nicht glücklich über den Ausgang des Gespräches aus, aber John war das egal, denn er war auch nicht glücklich. Sein Vater ließ das Bier stehen und marschierte zurück zur Tür. Kurz bevor er hindurchtrat, wandte er sich noch mal zu ihm um. »Ich will dich etwas fragen, John. Du bist selbst Vater und kennst das Gefühl, wenn du etwas tust, was deine Kinder missbilligen. Angenommen, ihr Rockstars habt auch nur ein Leben – was stellst du dann damit an? Tust du das, was du dir wünschst, wonach dein Herz sich sehnt und was dir mehr Freude bringen würde als all die anderen Optionen? Oder verzichtest du auf all das für das Wohlergehen deiner Kinder? Nur damit du in ihrer Meinung nicht sinkst?«

John zuckte mit den Achseln, und Finlay sprach weiter: »Und was machst du, wenn die beiden einen Freund haben und ihr eigenes Leben führen? Wartest du dann auf ihre gelegentlichen Besuche und erfreust dich ansonsten der Stille um dich herum? Oder gehst du raus und kämpfst für ein Leben mit der Frau, die dich endlich wieder lächeln lässt? Lisa hat eine wundervolle Art, den Menschen ein Lachen zu entlocken, selbst wenn sie dafür manchmal nackt sein muss.«

Noch lange, nachdem die Tür hinter seinem Vater ins Schloss gefallen war, stand John aufgeschreckt an derselben Stelle. Als er sich endlich abwandte, fiel sein Blick auf die zarte rote Narbe, die an seine Verletzung erinnerte und die Lisa behandelt hatte. Nachdenklich fuhr er darüber und schloss dann gequält die Augen.

»Du bist viel zu spät, Dad!«, schimpfte Josie und kletterte auf den Rücksitz zu ihrer Schwester, die bereits eingestiegen war und nun ungewohnt ruhig dasaß.

»Ich freu mich auch, dich zu sehen, Floh! Eure Mum hat mir erst vor einer halben Stunde gesagt, dass sie zu Eric nach Exeter fährt. Ich wusste also nicht, dass ihr zu mir kommt.« John betrachtete seine Kinder auf der Rückbank und lächelte ihnen zu. »Da ich es ganz offensichtlich vermasselt habe und ihr eine Belohnung zum ersten Schultag verdient habt, kann ich euch dann mit einem Burger bestechen?« Josie jubelte begeistert, während Charlie weiter teilnahmslos im Auto saß.

»Alles in Ordnung mit dir, Charlie? Tut dir der Arm weh?«

Sie schüttelte den Kopf und murmelte: »Alles okay.«

Etwas besorgt warf er während der Fahrt zum nächsten Fast-Food-Restaurant immer wieder Blicke durch den Rückspiegel auf seine älteste Tochter. Selbst beim Essen blieb sie stumm und ließ sich jedes Wort aus der Nase ziehen. Als Josie mit fiebriger Begeisterung auf den angrenzenden Spielplatz rannte, nahm John neben Charlie auf der Bank Platz.

Er wusste, dass er ihr Zeit geben musste und sie von selbst reden würde, aber die Zeit dazwischen verlangte einiges von ihm ab. Er hasste es, nicht zu wissen, was los war. Sie holte mehrmals tief Luft, und John dachte jedes Mal, dass sie sich ihm endlich mitteilen würde. Doch immer wieder stieß sie die angestaute Luft nur ungenutzt wieder aus und trieb John fast zur Verzweiflung.

Josie war da völlig anders. Sie platzte mit ihren Gefühlen einfach heraus, so wie es auch Maureen immer tat. Das war etwas, das er zwar geschätzt hatte, das ihm aber auch so manches Desaster beschert hatte.

Gerade als er glaubte, es nicht mehr auszuhalten, fragte Charlie: »Dad? Warum besucht Mum Eric?«

»Nun, ich denke, sie möchte ihn sehen.«

»Wohnt er dann wieder bei uns?«

John kniff die Augen zusammen. »Natürlich, Schatz. Es ist das Haus von ihm und deiner Mutter.«

»Und wo genau wohnen Josie und ich?«

Diese Frage brach John fast das Herz. »Aber das weißt du doch. Ihr wohnt bei mir und bei Mum und Eric.«

»Dann zieht Mum nie wieder zu uns?«

Da begann John zu verstehen, was in ihr vorging. »Nein, Süße! Deine Mum wird nie wieder zu uns ziehen.«

»Meine Freunde haben nur ein Zuhause.«

»Und du findest es komisch, zwei Zuhause zu haben?«

Charlie nickte. »Ich weiß nie, was ich sagen soll, wo ich wohne. Das nervt total.«

»Das sehe ich ein«, sagte er ernst und stellte dann die ultimative Frage: »Charlie, hast du gedacht, deine Mum und ich würden wieder heiraten?«

Sie seufzte leise und nickte. »Aber das tut ihr nicht, oder?«

John nahm ihre kleine Hand, deren Fingernägel lila lackiert waren, in seine. »Nein, Schatz. Das tun wir nicht.«

»Ich habe gesehen, wie Mum dich im Krankenhaus geküsst hat. Ich dachte …«

»Ich weiß, Schatz. Wir haben euch schrecklich verwirrt. Deine Mum und ich waren so oft zusammen und wieder getrennt, dass ihr durcheinander seid. Aber das liegt nur daran, dass deine Mum und ich uns auch immer irgendwie lieben werden. Weißt du, warum?« Charlie schüttelte den Kopf. »Weil wir euch haben. Wir werden immer eure Eltern sein. Deswegen hast du auch zwei Orte, an denen du zu Hause bist. Du bist ein ganz besonderer Mensch, genau wie Josie. Ihr werdet von Mum und mir so sehr geliebt, dass keiner lange auf euch verzichten möchte. Ich würde euch viel zu sehr vermissen, wenn ihr nur bei eurer Mum wohnen würdet.«

Charlie lächelte und fragte: »Und Mum liebt Eric? So wie dich früher einmal?«

»Ich glaube ja«, antwortete John und freute sich, dass ihm das Thema keine Bauchschmerzen mehr bereitete.

»Und du liebst Lisa?« Es war immer wieder erfrischend, wie direkt Kinder waren.

John lächelte traurig. »Das ist schwer zu erklären, Schatz. Lisa und ich waren nicht lange zusammen, ehe wir uns getrennt haben.«

»Wie lange muss man zusammen sein, bis man weiß, ob man jemanden liebt?«

Das war eine gute Frage, musste John sich eingestehen. »Tja, das weiß ich nicht so genau.«

»Wie lange hat es gedauert, bis du Mum geliebt hast?«

John dachte an den Tag zurück, an dem er nach den Sommerferien – er musste das Schuljahr wiederholen – in Maureens Klasse gewechselt war. Er hatte sich in die hinterste Reihe gesetzt und war sauer auf die ganze Welt gewesen, weil er nicht mit den Kleinen rumhängen wollte. Dann hatte er seinen Hefter aus Versehen über den Tisch geschubst, und das Mädchen vor ihm hatte ihn aufgehoben. Er erinnerte sich noch genau an den Ausdruck auf ihrem Gesicht und ihre wippenden blonden Locken, als sie ihm den Hefter zurückgab. John konnte nicht sagen, ob er damals bereits gewusst hatte, dass dieses Mädchen ihm viele Jahre später seine zwei Töchter schenken würde und sie heiraten würden. Doch in diesem einen Moment hatte sich schlagartig sein ganzes Leben geändert.

»Ich glaube, deine Mutter habe ich gesehen und sie nur kurze Zeit später geliebt.«

»Wann weißt du denn nun, ob du Lisa liebst? Bei mir in der Klasse war Harriet ganz lange in Ben verliebt, aber er nicht in sie. Er war in Maggie verknallt. Jetzt liebt er aber Harriet, doch sie ist mit Paul zusammen.«

John machte große Augen. »Ernsthaft?«, fragte er skeptisch. »Das geht bei euch ja ab wie im Sommernachtstraum. Und in wen bist du so verliebt?« Er versuchte, diese Frage möglichst beiläufig fallen zu lassen, doch Charlie schrie empört auf.

»Das erzähl ich dir doch nicht!«

»Warum nicht?«

»Weil du mein Vater bist.«

John tat ganz überrascht. »Ja und? Mit wem redest du denn sonst darüber?«

»Ich habe es Lisa erzählt.«

John wurde ganz warm im Bauch. »Wann war das denn?«

»Als wir im Krankenwagen waren und auf den Arzt gewartet haben. Sie war echt cool. Sie hat nicht gelacht und so. Bist du denn immer noch sauer auf sie, weil ich vom Baum gefallen bin? Denn das war ganz bestimmt nicht ihre Schuld. Ich war nur … Na ja, ich war sehr gemein zu ihr. Ich wollte sie ärgern, und dann bin ich runtergefallen. Dann war sie so nett zu mir …«

»Aha, du warst gemein zu ihr, ja?«

Charlie errötete. »Ja, ziemlich. Dabei war sie eigentlich ziemlich okay.«

Wenn man von einem Kind in diesem Alter als »okay« bezeichnet wurde, war das, als würde man für das neue Album eine Platinplatte überreicht bekommen.

»Habt ihr euch wegen mir getrennt?«

Entsetzt starrte er sie an. »Nein, Charlie. Wir haben uns nicht deswegen getrennt. Vergiss das ganz schnell wieder, denn ihr Kinder seid wundervoll, und wir Erwachsenen … na ja, wir verbocken manchmal ziemlich viel.«

»Wie dass du heute zu spät gekommen bist, Daddy?«, rief Josie von hinten.

»Genau.«

Bevor John noch mehr dazu sagen konnte, sprach Charlie eifrig weiter: »Ich glaube auch, dass sie dich liebt, Daddy. Vielleicht glaubt sie aber, dass du Mummy noch liebst.«

John legte einen Arm um Charlie, die er in diesem Moment am liebsten geküsst hätte. Doch das hätte ihr lockeres Gespräch zunichtegemacht, also gab er sich mit einer Umarmung zufrieden und fragte stattdessen: »Was soll ich denn tun?«

»Was ist, wenn du wie Ben bist?«

»Wie Ben?«, echote John irritiert.

»Na, du weißt doch: Zuerst war Harriet in Ben verliebt, aber Ben war in Maggie verknallt, und jetzt ist Ben in Harriet verliebt, aber Harriet ist mit …«

»… Ethan zusammen«, vollendete John ihren Satz und setzte sich aufrechter hin. Er spürte die Eifersucht wie bittere Galle die Speiseröhre hinaufwandern. Es konnte aber auch an dem XXL-Burger liegen, der ihm nun schwer im Magen lag.

»Nein, er heißt Paul.«

»Wahrscheinlich hat sie sich längst wieder mit Ethan eingelassen«, murmelte John niedergeschlagen.

»Meinst du Lisa?« John nickte. »Ich glaube nicht. Sie ist verknallt in dich.«

»Ehrlich? Woher weißt du das?«

»Sie hatte Sternchen in den Augen und so«, sagte Josie, die ausgepowert zu John auf den Schoß kletterte.

John lachte. »Sternchen?«

»Du hattest auch Sternchen in den Augen!«, erklärte seine Jüngste. »Ich will, dass du immer Sternchen in den Augen hast, Daddy!«

John sah seine Mädchen an und lächelte glücklich. Dann dachte er an den vorangegangenen Abend und das Gespräch mit seinem Vater. Finlay hatte mal wieder recht gehabt. »Und für euch ist es in Ordnung, wenn ich mit Lisa zusammen bin?«

Josies Miene hellte sich auf. »Ich will eine Pyjama-Party mit ihr machen, und kann ich sie zu meinem Geburtstag einladen?«

»Werdet ihr dann heiraten und Kinder kriegen?«

John drückte Charlies Hand. »Vielleicht. Aber ihr werdet immer meine Mädchen bleiben.«

»Dann holen wir jetzt Lisa ab?«, fragte Josie und sah zu John hoch. Er dachte keine Sekunde länger nach, er setzte Josie auf dem Boden ab und sprang auf. Mit einem Mädchen an jeder Hand lief er zum Auto zurück. Noch während der Fahrt rief er bei Lisa auf dem Handy an. Doch er landete auf dem Anrufbeantworter.

Dann rief er bei Lizzy an, die ihn fröhlich grüßte. »Hi, wie geht's dir an diesem sonnigen Tag so, John?«

»Ganz gut, sagst du mir bitte, wo ich Lisa finde?«

»Wo du sie findest?«

»Ja, ist sie zu Hause und geht mir aus dem Weg? Oder ist sie bei ihrer Tante? Oder …?«

»Soweit ich weiß, hat sie heute Spätschicht.«

»Soweit du weißt? Wohnst du nicht mehr bei ihr?«

»Ähm … Nein, ich bin wieder zu Hause!«

»Das ist ja super und freut mich zu hören. Dürfen wir also munter den Junggesellenabschied planen?«

»Und wie!«

John grinste und verabschiedete sich mit einer kleinen Bitte.

»Warum fahren wir zu Grams?«, fragte Charlie, die aufmerksam auf die Straße geguckt hatte, nach einer Weile, und John stieß die angehaltene Luft aus.

»Ich hab bei ihm was gutzumachen, fürchte ich.«

»Hast du was angestellt?«, fragte Josie, und John lachte zustimmend.

Am Haus seines Vaters sprang er aus dem Auto. Es dauerte jedoch eine ganze Weile, bis Finlay auf sein Klingeln hin öffnete. Und dann stand er in Unterwäsche an der Tür und sah aus, als käme er gerade aus dem Bett.

Als er John erblickte, wich jegliche Farbe aus seinem Gesicht. »Ist etwas passiert?«

»Nein, Dad, keine Sorge. Ich wollte dich nicht erschrecken. Es ist nur …« Er hielt inne und sah auf seine Schuhe.

»Ja?«

»Wegen gestern …«

»Quäl dich nicht, mein Junge. Ist schon gut.«

»Nein, das ist es nicht. Du hattest nämlich recht, und zwar mit allem. Du hast dieses eine Leben, wie wir alle, und ich sollte nicht an deiner Liebe zu Mum zweifeln, nur weil du fähig bist, mehrere Menschen in dein Herz zu schließen. Ich will, dass du glücklich bist, und ich danke dir dafür, dass du mir die Augen geöffnet hast.«

Finlay trat zu ihm hinaus und umarmte ihn herzlich. »Keine Ahnung, was dich umgestimmt hat, mein Junge, aber was es auch war, ich bin sehr froh darüber.«

»Darf ich dich noch um etwas bitten, Dad?«

»Alles, was du möchtest!«

»Könntest du dir was anziehen und bitte mit ins Auto steigen?«

Finlay starrte John an. »Etwa jetzt sofort?«

»Ja, du hattest doch nichts Besseres vor, oder?«

»Es hört sich sehr wichtig an. Also steig schon ein, du alter Gauner«, erklang plötzlich eine raue Frauenstimme. Sophie trat zu ihnen an die Tür. Sie trug nur einen Bademantel, was John dazu brachte, rasch den Blick abzuwenden.

»Jesus!«, rief er entsetzt.

»Ich dachte, dein Glaube sei eingerostet, mein Junge!«, stieß Finlay aus.

»Das habe ich auch gedacht …«

»Ich komme sofort!«

John ging ein paar Meter Richtung Straße und atmete betont langsam aus. Dann hielt er inne und rief Sophie zu: »Wenn ich es mir recht überlege – würde es dir etwas ausmachen, uns zu begleiten?«

Es dauerte nicht lange, bis sein Vater und Sophie, zu Johns Erleichterung vollkommen bekleidet, auf sein Auto zueilten.

Die Fahrt ins Krankenhaus verging schnell, und Johns Hände wurden vor Nervosität ganz feucht. Er konnte es kaum erwarten, Lisa zu sehen, aber gleichzeitig hatte er schreckliche Angst davor, was sie sagen könnte. Er hielt an einer roten Ampel und schloss kurz die Augen, um sich zu konzentrieren. Er blendete all die Stimmen im Auto aus, die gerade darüber stritten, ab wann wer gewusst hatte, dass Lisa zu John gehörte.

John dachte an den Tag zuvor. Er sah Lisa lächeln, wie ihre roten Locken im Wind am Strand hin und her flogen. Er dachte an ihre zarte Haut, an das Gefühl seiner Hände auf ihrem Gesicht und ihrem Körper und an ihren Duft. Ein leichter Geruch von Apfel drang in seine Nase, als säße sie direkt neben ihm.

»Daddy! Du musst fahren!«, rief Charlie, und erst da merkte er, dass es längst Grün geworden war.

Auf dem Parkplatz des Krankenhauses war es brechend voll, und John fluchte in Gedanken. Kein Platz frei. Warum zum Teufel musste ausgerechnet jetzt, wo er es kaum abwarten konnte, Lisa zu sehen, halb Cornwall einen Krankenbesuch machen?

Er war wieder in der ersten Reihe angekommen, und er scherte schon leicht ein, um in eine Parklücke zu fahren, als er feststellte, dass sie viel zu klein für seinen Pick-up war. Also bremste er, und bevor er sich umgedreht hatte, um zurückzufahren, rumste es ordentlich, sodass seine Mitfahrer kurz erschrocken aufschrien.

John schloss genervt die Augen und presste Zeigefinger und Daumen gegen die Nasenwurzel. »Verdammt!« Er war viel zu aufgeregt, um sich über seine Ausdrucksweise zu ärgern. »Alles gut bei euch?«, fragte er, und alle nickten stumm.

Selbst Sophie schwieg. Was hieß, dass sie einen ordentlichen Schreck bekommen hatte, denn er kannte Liams Großmutter schon lange genug, um zu wissen, was sie sonst für Sprüche auf Lager hatte.

John stieg schwungvoll aus und trat auf den Unfallverursacher zu, der bereits seinen Wagen verlassen hatte und sich gerade über seine Stoßstange beugte. Als dieser nun den Kopf hob und John ansah, war ihm beinahe zum Lachen zumute. Er grinste breit und sagte: »Na, das nenn ich mal Karma oder einen Wink mit dem Zaunpfahl.«

»Was haben Sie mit diesem Ungeheuer überhaupt hier zu suchen?«, rief Ethan beinahe hysterisch.

John konnte sich beim besten Willen nicht vorstellen, dass ihr kleiner Auffahrunfall mehr als einen kleinen Schaden angerichtet hatte. Als Ethan zur Seite trat und John freie Sicht auf sein Auto hatte, musste er kurz an sich halten, um nicht loszuprusten. Ethans Jaguar-Sportwagen hatte im Gegensatz zu Johns robustem Pick-up einiges abbekommen.

Er räusperte sich gut gelaunt und sagte: »Ich wollte mein Auto auf dem Parkplatz abstellen so wie jeder normale Mensch auch. Was war denn Ihr Plan?« John wusste, dass seine Gelassenheit in Krisen schon oft die Leute auf die Palme gebracht hatte. So war es diesmal auch.

Ethan hatte die Lippen aufeinandergepresst und sah ihn mit geballten Fäusten angriffslustig an. »Warum parken Sie dann nicht wie jeder normale Mensch?«

»Die Parklücke war zu klein. Und warum fahren Sie nicht wie ein normaler Mensch?«

»Es sollte verboten sein, mit diesem Monstrum an Auto, das zudem einen derartigen Lärm verursacht, in England zu fahren.«

»Der Vorteil der Größe des Autos ist, dass man es nicht so leicht übersehen kann. Das Gleiche gilt übrigens auch für die Lautstärke. Sie müssen also blind – und taub – gewesen sein, wenn Sie mich übersehen haben wollen.« John beugte sich zur Stoßstange seines Wagens hinab und strich einmal über den Lack und die winzige Beule. Er richtete sich wieder auf und sah Ethan an. »Aber es ist ja nichts weiter passiert. Ich will also nicht so sein und einem Arzt, der immerhin Leben rettet, meine Dreitausend-Pfund-Stoßstange in Rechnung stellen.«

»Nichts passiert? Nichts passiert? Im Ernst jetzt? Sehen Sie sich mal meinen Schaden an.«

Das tat John und zuckte mit den Achseln. »Ach, welch ein Ärger, nicht? Ein Jaguar, oder? Das wird sicher teuer!«

»Sie werden für den Schaden aufkommen. Das ist wohl klar!«

»Was genau an diesem Unfall ist meine Schuld? Sie sind mir schließlich draufgefahren.«

»Natürlich nicht. Sie sind zurückgefahren. Das wird meine Verlobte bezeugen.«

»Verlobte?« Als sich die Beifahrertür öffnete und ein Haarschopf auftauchte, schlug John das Herz bis zum Hals. Er wusste zwar, dass es beinahe unmöglich war, aber als die Frau sich als Blondine entpuppte, atmete er aus. Er sah Ethan an, dass er seine Sorge bemerkt hatte.

Als Lisas Ex nun die Frechheit besaß zu grinsen, schüttelte John den Kopf. Er musste sich beruhigen. Dieser schmierige Typ hatte es nicht verdient, dass er sich aufregte. »Das ist ja ärgerlich. Denn ich habe auch ein paar Zeugen dabei.« Er deutete auf sein Auto, aus dem gerade Sophie und Finlay stiegen, und dann waren da plötzlich auch noch Lizzy und Liam, die auf sie zuliefen.

Ethans Blick verdunkelte sich, und er schimpfte: »Sie glauben wohl, Sie seien was Besseres, weil Sie in der Zeitung stehen und mit Geld um sich werfen können. Aber ich sage Ihnen was: Sie und Ihr drogenverseuchtes Pack von Musikern sind das Allerletzte.«

»Ganz ruhig, Großer!«, rief Liam, der Ethans letzte Worte gehört haben musste.

Doch John musste nicht beruhigt werden, er nickte Liam kurz zu und lächelte Ethan dann unbeeindruckt an. »Beschimpfen Sie mich, so viel Sie wollen. Das juckt mich nicht. Genau genommen interessiert mich nichts von dem, was Sie sagen. Aber meine Dreitausend-Pfund-Stoßstange zahlen Sie.«

Ethan wurde noch röter im Gesicht und forderte seine Verlobte auf, sich wieder ins Auto zu setzen. Kurz bevor er selbst einstieg, drehte er sich noch mal zu John um und sagte: »Macht sie bei Ihnen auch diese leisen Laute, kurz bevor Sie es ihr besorgen?« John erstarrte und traute seinen Ohren nicht. »Lisa liebt es meiner Erfahrung nach richtig schmutzig und hart. Aber vielleicht nimmt sich die kleine Schlampe bei Ihnen ja noch etwas zurück.«

Liam neben ihm sah genauso geschockt aus wie alle anderen, und John schloss kurz die Augen und wandte sich ab. Als er sie wieder öffnete, sah er Abby und Margie vor sich stehen, und aus irgendeinem Grund stieg Wut in ihm hoch. Er dachte an Lisas und Abbys hartes Leben. An ihren Erzeuger, der sie fallen gelassen hatte, als würden sie ihm nichts bedeuten. Er dachte an die beiden Mädchen, die sie einst gewesen waren. Daran konnte er nichts mehr ändern. Das lag nicht in seiner Macht. Aber jetzt war er hier. Er konnte an der Zukunft etwas ändern und dafür sorgen, dass sie von anderen Kerlen mit Respekt behandelt wurden.

Also wandte er sich schwungvoll um und schlug mit der blanken Faust in Ethans Gesicht. Der ging sofort zu Boden, rappelte sich jedoch wieder auf und stürzte sich nun seinerseits auf John.

23

Lisa liebte ihren Job, zumindest an den meisten Tagen. An den restlichen Tagen gab es nervige Kolleginnen, die sich gern während der Arbeitszeit die Nägel lackierten und dann leider bei einem Notfall nicht mit anpacken konnten. Solche Menschen gab es wohl in jedem Beruf. Allerdings hatte es heute ein paar Unfälle mit Kindern gegeben, und das bedeutete, dass besorgte Eltern beruhigt werden mussten, und das im Minutenabstand. Lisa wollte sich nur noch unter einer Bettdecke verstecken.

Die besorgten Eltern erinnerten sie nämlich an John, den sie mit aller Macht aus dem Kopf vertreiben wollte. Gut, Sex mit diesem heißen Typen zu haben, der sich so schnell in ihr Herz geschlichen hatte, war vielleicht auch keine gute Idee gewesen.

Gestern hatte sie die körperlichen Sehnsüchte gestillt, dafür schrien nun ihre seelischen. Die Frage, was an ihr so falsch war, dass kein Mann sie je aufrichtig lieben konnte, war in ihr Hirn gebrannt. Sie schloss genervt die Augen und lehnte sich mit dem Rücken gegen die Wand, um kurz zu verschnaufen. Jane, ihre heutige Kollegin, würde schon mit dem eben neu ankündigenden Notfall zurechtkommen.

Jedes Mal, wenn sie die Augen schloss, sah sie Johns lachendes Gesicht vor sich. Deswegen hatte sie heute Nacht nicht schlafen können, was wiederum der Grund für ihren bedenklichen Koffeinkonsum war. Wahrscheinlich bekam sie im Lauf des Tages noch Wahnvorstellungen.

Lisa seufzte. Sie musste zurück an die Arbeit. Als sie die Augen öffnete, sah sie ein kleines Mädchen auf sich zulaufen, das ihr sehr bekannt vorkam. Sie blinzelte ein paar Mal, da hielt das Mädchen, das wie Charlie aussah und auch noch denselben Arm in Gips hatte, schon direkt vor ihr an.

»Lisa!«, rief sie aufgeregt.

»Charlie!« Wenn es watschelte wie eine Ente und aussah wie eine Ente, dann war es in der Regel auch eine Ente. Sie schloss das Mädchen sofort in die Arme und war verwundert, wie heftig sie diese Umarmung erwiderte. »Was machst du denn hier?«

Charlie sah zu Lisa hoch und sagte: »Wir hatten einen Unfall. Dad ist hier …«

»Was?« Lisa blieb die Luft weg, und ihr Herz schnürte sich zusammen. John war verletzt. »Geht es dir gut? Wo ist deine Schwester, und wo ist er?« Charlie zeigte nach hinten, und wie in Trance ergriff Lisa Charlies Hand und ging in die Richtung, in die das Mädchen gedeutet hatte. Die Sorge hatte sie fest im Griff, und sie blendete alles andere aus. Alles, bis auf die kleine Hand in ihrer.

Sie waren gerade an der Notfallkabine angekommen, als Jane hinter dem Vorhang hervortrat und Lisa seltsamerweise grinsend ansah. »Du kümmerst dich sicher um den hier.«

Lisa ließ Charlie los und bat sie, im Flur auf sie zu warten, dann zog sie den Vorhang zurück, trat ein und betrachtete John, der auf der Liege saß und viel zu groß für diesen winzigen Behandlungsraum aussah. Neben ihm sah offenbar alles winzig aus.

Er erwiderte ihren Blick wie ein zu groß geratener Lausbub, der der Direktorin einen Streich gespielt hatte.

»Was ist passiert? Charlie sagt, ihr hattet einen Unfall. Wo ist Josie? Geht es dir gut?«

John lächelte leicht und verzog dann schmerzverzerrt das Gesicht. Seine Lippe war aufgeplatzt und blutete leicht. Lisa begann, ihre Hände zu desinfizieren und zog eilig Handschuhe über. »Lass mich mal sehen!«

315

»Du hast ja keine Ahnung, welche Fantasien diese Situation in mir auslöst«, murmelte er, sodass nur sie ihn hören konnte.

»John!«, ermahnte sie streng, und er versuchte sich an einem Grinsen. Sie begann, seine Wunde abzutupfen und zu desinfizieren.

»Der Unfall ist daran nicht schuld«, hob John mit einer Erklärung an, ein Tumult auf dem Flur unterbrach ihn aber, und Lisa kniff die Augen zusammen.

Sie warf einen Blick hinaus und erstarrte. Da stand Ethan mit zwei Veilchen, einer offenbar gebrochenen Nase und einer blutenden Braue. Er sah Lisa und schimpfte unzusammenhängende Dinge. Als sie erneut zu John sah, dämmerte ihr, wie diese zwei Dinge zusammengehörten. John setzte eine Unschuldsmiene auf, und Lisa stellte die eine Frage: »Was zur Hölle ist hier los?«

Bevor er den Mund öffnen konnte, begann es bereits, aus Charlie herauszusprudeln, die bei Ethans Auftritt zu ihnen hineingelaufen war. »Dad wollte auf dem Parkplatz parken, aber der andere ist einfach in uns reingefahren. Dann hat der andere Mann ganz böse Sachen über dich gesagt, und Daddy hat ihn geschlagen.«

Lisa sah von John zu Charlie und wieder zurück. Dann legte sie eine Hand an ihre Stirn und schüttelte den Kopf. »John …«

»Sag nichts. Dieser Typ hat es verdient. Punkt. Aus. Basta.«

»Da widerspreche ich dir gar nicht! Aber er sieht wirklich schlimm aus.«

»Was kann ich dafür, wenn er wie ein Mädchen um sich schlägt.«

»Er wird dir Ärger machen. Ganz bestimmt.«

»Ist mir scheißegal.«

»Daddy!«

»Ja, ich weiß. Schimpfwortstrafe. Ein Pfund in die Spardose.« Da sprach der riesige Kerl, der gerade einen anderen Kerl verprügelt hatte, um ihre Ehre zu verteidigen, von einer Schimpfwortstrafe. Lisas Herz schwoll vor Liebe für ihn an.

»Eigentlich sind es sogar fünf Pfund. Im Auto hast du ›verdammt‹ gesagt, und den Mann hast du …«

»Ja, ja, ich glaube dir, Prinzessin.«

Lisa hatte den liebevollen Austausch der beiden verfolgt. Sie fand sich in einem seltsamen Gefühlszustand zwischen Lachen und Weinen. Sie begann zu weinen, und John sah sie entsetzt an.

»Lisa, warum weinst du denn?«

Sie winkte erst ab, doch dann fasste sie sich wieder und sah ihn fest an. »Warum bist du überhaupt hier?«

»Ich will … ich möchte dich bitten … dir sagen, dass ich … Ich will dich, Lisa. Vollkommen und für immer!«

Lisa machte große Augen und schüttelte dann wieder den Kopf. »Das hatten wir doch schon. Ich kann nicht immer die andere Frau sein.«

»Und was ist, wenn ich in dich verliebt bin? Rettungslos? Bedingungslos? Du bist nicht die andere Frau, du bist die eine!«

»Was ist mit Maureen?«

»Sie wird immer meine erste Liebe sein, Lisa. Sie wird immer ein Teil meines Lebens sein, und daran kann ich nichts ändern. Aber ich möchte, dass du meine letzte große Liebe bist. Keine Frau ist so wundervoll, so einzigartig wie du, Lisa. Ich lache wieder …«

Lisas Widerstand schwand. Waren das nicht die Worte, die sie so lange hatte hören wollen?

»Ich weiß, du wünschst dir endlich eine Familie, einen Ort, an den du gehörst. Ich möchte dieser Ort sein, und wenn ich nicht genug für dich bin, dann …« Er sprang auf, ergriff ihre Hand und zog sie hinter sich her in den Flur.

Lisa streckte die andere Hand zu Charlie aus, die sie ebenfalls ergriff. John schleppte sie zum Wartezimmerbereich und öffnete die Tür. Als Lisa einen Blick hineinwarf, konnte sie es kaum glauben. Da saßen sie alle. Finlay und Sophie hatten Josie auf dem Schoß, die nun aufstand und auf Lisa zulief. Abby unterhielt sich mit Lizzy, die Liams Hand fest in ihrer hielt, und Tante Margie sprach mit Sophie.

Bevor Lisa etwas sagen konnte, flog Josie in ihre Arme und schlang sie ihr um den Hals.

»Ich wollte dir zeigen, dass du bereits eine Familie hast«, hörte sie Johns leise Stimme an ihrem Ohr. Und dann fügte er lauter hinzu: »Du brauchst keinen Kerl aus Cumbria, damit du irgendwohin gehörst. Du gehörst hierher zu uns und vor allem zu mir.«

»Und zu mir«, rief Josie.

Lisa sah einen nach dem anderen an und bekam feuchte Augen. »Du hast sie alle hergebracht, um mir das zu sagen?«

»Ich wurde bei meinem Vorhaben beinahe von diesem Lackaffen sabotiert«, knurrte John.

»Ich kann nicht fassen, dass du das getan hast!«

»Lisa, ich liebe dich. Ich möchte mein Leben mit dir verbringen, dich heiraten, noch mehr Kinder bekommen. Du bist diese eine Frau für mich!«

Lisa setzte Josie ab und nahm ihre Hand. In der andern hielt sie nach wie vor Charlies. Sie wandte sich direkt an die beiden und fragte: »Und für euch ist das in Ordnung?«

»Wir wollen, dass ihr Sternchen in den Augen habt!«, rief Josie aufgeregt.

»Sternchen?«, lachte Lisa und sah dann zu Charlie. »Ist das okay für dich?«

»Es ist okay – mehr als das.«

Dann blickte Lisa zu John hoch, in die blauen Augen, die tatsächlich strahlten wie die Sterne. »Wenn das so ist … habe ich gar keine andere Wahl, oder?«

John grinste und zog Lisa an sich. Eine Hand umfing ihr Gesicht und die andere ihre Hüfte, bevor seine Lippen ihre fanden, während Lisa keine Sekunde seine Töchter losließ.

Ein Johlen und Johns schmerzverzerrte Miene holten sie zurück in die Wirklichkeit. Und endlich begrüßte sie – mit unbändiger Freude im Herzen – auch all die anderen.

Sie umarmte gerade ihre Tante, als Jane ins Wartezimmer trat und sagte: »Hier möchte noch jemand zu euch!«

Nic stand mit einem Rollstuhl, in dem Mia saß, vor dem Wartezimmer und grinste breit. »Das trifft sich ja gut.«

»Was macht ihr denn hier?«, rief Lizzy.

»Die Fruchtblase ist geplatzt, ich bin ja so erleichtert, dass es nun losgehen wird!«, rief Mia, bevor sie kurz darauf das Gesicht verzog. »Nur eine Wehe!«

»Ich bin nicht sicher, ob Mia sie extra hat platzen lassen, damit sie hierherkommen konnte. Es passierte nämlich unmittelbar nach Johns Anruf«, sagte Nic, und alle lachten.

Lisa und Lizzy stürzten auf Mia zu, die grinsend erwiderte:

»Nennen wir es doch eine besonders glückliche Fügung! Immerhin habe ich die letzten drei Wochen eures Lebens fast vollständig verpasst.«

»Ich bring dich und Nic schnell nach oben in den Kreißsaal«, sagte Lisa.

»Darf ich dich bis dahin begleiten?«, fragte Lizzy Mia und sah sie entschuldigend an.

Mia reichte ihr die Hand. »Ohne dich geht es nicht. Das weißt du doch.«

»Erzählt mir alles! So wie ich das Ganze kenne, wird es noch eine Weile dauern, und ich will alles wissen. Auch von dir, Lisa. Du und John? Warum habe ich das nicht schon eher bedacht?«

* * *

Nic sah den drei Frauen verdattert nach. Lisa schob Mia, die Lizzy fest an der Hand hielt. »Also bin ich raus, oder was?« Liam schlug ihm auf die Schulter. »Alles wie immer, oder?«

Nic grinste und sah ihn fragend an. »Ist mit Lizzy alles wieder im Lot?«

Liam strahlte wie ein Honigkuchenpferd und nickte dann. »Du kennst ja deine Schwester. Sie kann nicht ohne eine große Portion Drama und Chaos.«

Verschwörerisch legte Nic je einen Arm auf die Schultern von Liam und John. »Einigen wir uns darauf, dass wir uns gegenseitig jede Unterstützung zukommen lassen, die wir brauchen. Denn ein Leben mit diesen Weibern wird uns manches abverlangen.«

»Wir müssen verrückt sein, uns darauf einzulassen …«, begann Liam.

John grinste glücklich. »Oder sehr, sehr glücklich.«

24

Fünf Monate später

Lizzy hielt sich am Arm ihres Vaters fest, aus Angst, vor Nervosität umzufallen. Gott sei Dank hatte sie sich gegen die hochhackigen Brautschuhe entschieden und lief nun barfuß über den Sandstrand. Ein Blick in den Himmel zeigte ihr, dass das Wetter vollkommen auf ihrer Seite war. Das Stück, das John, Jim und Stan leise im Hintergrund spielten, war von ihr und Liam selbst komponiert worden.

Sie begegnete Lynns Blick, die den gesamten Morgen geweint und damit ihr Make-up nach nur zwanzig Minuten ruiniert hatte. Lizzy konnte es ihr nicht verübeln – so war es ihr auch ergangen. Sie beide dachten wahrscheinlich dasselbe: Welch ein Glück, dass Lynn an diesem besonderen Tag da sein durfte.

Mia, Misha, ihre Freundin aus London, Lisa und Abby sahen wunderschön aus in den hellen Sommerkleidern und den Blumen im Haar. Sie standen vorne neben dem mit Blumen geschmückten Altar und erwarteten Lizzy und ihren Vater mit Tränen in den Augen.

Celine saß ganz vorne neben Hank und hatte das jüngste Familienmitglied auf dem Arm. Susie war ein ruhiges Baby und verschlief seit der Geburt beinahe jeglichen Trubel. Nic und Mia waren großartige Eltern und glücklicher als je zuvor. Allerdings war Mia nach der letzten Entbindung entschlossen, dem Kindersegen einen Riegel vorzuschieben. Lizzy traute dieser Äußerung noch nicht ganz. Dafür war ihre Freundin einfach zu verliebt ins Muttersein.

Die restlichen Kinder liefen alle vor ihnen her und sorgten für allerhand Gekicher, was Lizzy unglaublich gut gefiel. Genau so hatte sie sich diesen Moment vorgestellt. Es war Charlie und Haley zu verdanken, dass Josie, Josh und seine Zwillingsschwestern die Blumen nicht aßen, sondern verstreuten. Ein strahlender Nic wartete ganz vorne neben Liam und dem Pastor.

Lizzy lächelte Josslin und ihrer Familie zu, die in der ersten Reihe saßen und zurücklächelten. Sophie und Finlay hockten daneben, und die alte Dame reckte den Daumen hoch, als sie die Braut sah.

Lizzy hatte sich für ein weißes Kleid entschieden, das an eine Toga erinnerte. Sie hatte es gemeinsam mit Mia entworfen, die es schließlich auch genäht hatte, und Lizzy hatte es auf Anhieb geliebt. Ihr blondes Haar endete in pinken Spitzen und fiel ihr in weichen Locken über die Schultern. Sie hatte ein paar Lilien in die Frisur geflochten und war sicher, dass sie sie bis zum ersten Tanz verloren hatte.

Aber all diese Dinge waren Lizzy herzlich egal. Sie hätte Liam auch nackt und im Regen geheiratet. Wenn Richard sie nicht so gut festgehalten hätte, wäre sie vor lauter Aufregung wie ein Flummi zu ihrem Zukünftigen gehüpft.

Sie hatte sein breites Lächeln schon aus der Entfernung gesehen, und nun, da sie vor ihm stand, blendete sie alles andere aus. All ihre Lieben existierten für diesen Moment nicht mehr, weil alles, woran Lizzy jetzt noch denken konnte, Liam und das Wort »Ja« waren.

Es schien eine Ewigkeit zu dauern, bis Richard sie an Liam übergeben hatte. Er sah sie an, als sei sie ein funkelnder Diamant, und Lizzy fühlte sich derart geliebt, dass sie eine Träne verdrückte. Der Kummer der vergangenen Monate war wie weggeblasen. Liam war der Richtige, und Lizzy hatte weder Zweifel noch Sorgen, dass ihre Liebe allen aufkommenden Stürmen nicht standhalten würde. Sie würden einfach die Segel anders setzen und mit dem Wind wehen lassen.

Lizzy wusste, dass das Leben zusammenführte, was zusammengehörte. Das hatte Mrs Grayson ihr bereits vor drei Jahren zu erklären versucht. Damals hatte sie die Worte zwar gehört, aber noch nicht gefühlt, was die alte Dame besser gewusst hatte als alle anderen: Wie hart das Schicksal sein konnte, denn sie hatte ihre einzige Tochter verloren. Und dennoch hatte ihr das Leben so vieles gegeben und sie reich beschenkt. Zu gegebener Zeit würden Liam und Lizzy auf ein Kind stoßen, das sie brauchte. Sie würden es adoptieren und mit all der Liebe überhäufen, als wäre es ihr eigenes. Denn nicht die Gene entschieden, wer zur Familie gehörte. Die Liebe entschied, wer Familie war.

*　*　*

Die harten Klänge der E-Gitarre bei Jims Solo erzeugten eine Gänsehaut auf Lisas Armen, und sie jubelte und klatschte mit Mia, Abby und Lizzy gemeinsam wie die anderen mehrere Tausend Fans, die allerdings auf der anderen Seite der Bühne standen. Sie alle schrien sich die Seele aus dem Leib, wirkten selbst auf die Entfernung verschwitzt und verausgabt, jedoch auch wahnsinnig glücklich. Und Lisa verstand genau, warum. Natürlich kannte sie die Jungs privat, was den Zauber ihrer Erscheinung auf eine normale Ebene hob, aber, und das konnte kaum jemand leugnen, wenn sie zusammen auf der Bühne standen, erzeugten sie Magie. Ihre Musik verzauberte Ohren, und dabei waren sie so echt und nahbar. Es war eine grandiose Show von ihnen allen.

»Irre, wie gut er sich erholt hat, oder?«, rief Abby und deutete auf Jim, der sich gerade auf die Knie fallen ließ und im typischen Rockstargehabe über die Bühne rutschte, während er selbst dabei nicht ein einziges Mal eine falsche Saite zupfte.

»Ich bin so froh, dass es ihm wieder so gut geht«, antwortete sie laut und beobachtete Abby von der Seite. Sie strahlte, und Lisa kannte den Grund. Ihre rebellische, unabhängige und lesbische kleine Schwester hatte insgeheim ihr Herz an Jim verloren. Nachdem er aus der Entzugsklinik gekommen war, hatten sie erst einmal beschlossen, Freunde zu sein, um Jims Genesung nicht zu gefährden. Und das waren sie tatsächlich geworden. Mittlerweile überlegte Abby, mit Stan eine WG zu gründen. Lisa musste zugeben, dass sie zu Anfang skeptisch gewesen war, ob diese Konstellation so günstig war. Abby hatte sich bis dato schließlich nicht unbedingt als verlässlichster und unproblematischster Mensch erwiesen, aber in dieser Hinsicht schienen die zwei ein gutes Team zu bilden. Und Lisa, die nach mehreren gemeinsamen Treffen mittlerweile überzeugt davon war, dass Jim seine Sucht unter Kontrolle hatte und Abby unter keinen Umständen in Gefahr bringen wollte, war glücklich darüber.

Sie sah auf, als Mike, einer der Roadies der Swores, zu ihnen trat und jedem eine kalte Cola reichte. Im Backstage-Bereich war alles laut und chaotisch und so voller positiver Energie, dass Lisa sich jedes Mal aufs Neue wohlfühlte. Pablo kam auf sie zu und umarmte sie freudig. Er hatte den halben Tag am Handy gehangen, um einen großen Deal mit dem neuen Produzenten unter Dach und Fach zu bringen.

»Wie schön, dass ihr hier seid«, sagte er laut in Lisas Ohr. »Ist es nicht atemberaubend?«

Lisa nickte. »Ich kann es noch gar nicht glauben, dass ich im Wembley-Stadion bin.«

»Ein Stadion mit neunzigtausend Menschen zu füllen war ein Traum für die Jungs«, nickte er zustimmend. »Ich hoffe, das Interview mit Cathy Young war in Ordnung? Es ist toll, dass du und John euch dafür bereit erklärt habt. Immerhin war diese Ankündigung eine große Sache für John.« Pablo deutete auf den funkelnden Ring an ihrem Finger, der kaum zu übersehen war. Doch viel auffälliger war eigentlich Lisas breites Lächeln, das unablässig auf ihren Lippen lag. Sie betrachtete das Schmuckstück und dachte an den Abend vor zwei Wochen zurück, an dem sie vollkommen geschafft von der Arbeit in ihr neues Zuhause gekommen war und von Josie und Charlie empfangen worden war.

Beide hatten ihr wie in einem Fünf-Sterne-Restaurant die Jacke abgenommen und waren vollkommen aus dem Häuschen gewesen. Sie hatten Kochmützen und -schürzen sowie aufgemalte Schnurrbärte getragen. Die himmlische Duftnote von Oregano, frischen Tomaten und Basilikum hatte ihr das Wasser im Mund zusammenlaufen lassen. Statt in die Küche oder ins Wohnzimmer hatten die Kinder Lisa auf die Terrasse geführt, wo ein Tisch mit zwei Stühlen perfekt gedeckt und unzählige Kerzen entzündet worden waren. Dort hatte sie John erwartet, in Weste und Hemd gekleidet, und sie erwartungsvoll angesehen.

Bis zu dem Moment, als er ihr die eine Frage gestellt hatte, die sie sich seit ihrer ersten gemeinsamen Nacht gewünscht hatte, hatte sie nicht damit gerechnet. Unter Freudentränen hatte sie Ja geschluchzt und war in seine Arme gesunken. Josie und Charlie hatten sie mit Pasta und Pizza verköstigt, und Lisa war nie glücklicher gewesen.

Um so wenig wie möglich Aufsehen zu erregen, hatten sie Cathy Young, der verrücktesten Journalistin Englands, ein Interview gegeben und damit genau das bezweckt, was sie erhofft hatten. Der Rummel hatte sich nach wenigen Tagen gelegt, und das kam jedem Bandmitglied zugute.

Heute fand das letzte Konzert ihrer Tour statt, sodass Liam und Lizzy ihre geplante Weltreise antreten konnten, die sie statt Flitterwochen geplant hatten. Nic wollte für eine Weile Hausmann sein, um Mia zu entlasten und ihr so die Möglichkeit zu geben, sich auf ihre Modedesignkarriere zu konzentrieren. Zur Überraschung von Mia und allen anderen hatte Lizzys Hochzeitskleid, das sie entworfen und genäht hatte, für so viel Aufregung gesorgt, dass mehrere Modelabels auf sie aufmerksam geworden waren. Lisa wünschte ihr den Erfolg von Herzen.

Die Musik verklang, und Nic trat ans Mikro, wodurch er Lisa ins Hier und Jetzt zurückholte. Während er zu den Fans sprach, wurde ein Klavier auf die Bühne geschoben. »Ladys and Gentlemen, wir freuen uns, dass ihr uns mit eurer Anwesenheit beehrt habt. Eine Wahnsinns-Tour liegt hinter uns, und ich kann euch gar nicht sagen, wie glücklich jeder einzelne von euch uns gemacht hat. Ihr seid es, denen wir es verdanken, dass wir heute hier sind. Einige von euch wissen es vielleicht nicht, aber wir haben in einer Garage zu spielen begonnen, dann sind wir in einen Kellerraum unserer Schule umgezogen, in dem man alles deponierte, was aus Sicht der Schulleitung Müll war – so wie wir. Wir haben jedes Pfund zusammengekratzt, um die Briefmarken für unsere Demotapes zu kaufen, und tagelang von Pizzaresten gelebt, die manche Ratte verschmäht hätte.«

»Soweit ich mich daran erinnere, warst du der Einzige, der solch ein Zeug zu sich genommen hat und machst das auch heute noch. Zum Frühstück gibt es bei Nic Donahue immer die kalten Pizzareste vom Vortag«, warf Liam ein und erntete für seine Neckerei lautes Jubeln aus dem Publikum.

Nic lachte und ergänzte, sobald die Menge sich beruhigt hatte: »Er muss mich immer in die Pfanne hauen. Komm du demnächst noch mal zum Barbecue, mein lieber Schwager!« Eine Weile neckten sie sich weiter, was den Fans nur noch mehr einheizte, doch dann wurde er ernst. »Jetzt kommen wir aber zum Ende unserer großartigen Tournee und leider auch zum Ende dieses Abends. Wir möchten Danke sagen, und dafür wird John einen ganz besonderen Song spielen. Er hat ihn nur für seine wunderschöne Verlobte geschrieben und komponiert – doch heute teilt er ihn erstmals auch mit euch allen!«

Die Fans brachen in lauten Jubel und Klatschen aus, als John in die Mitte der Bühne trat und sich hinter das Klavier setzte. Bevor er den ersten Ton spielte und das Stadium leise wurde, warf er Lisa einen glühenden Blick zu. Ihr Herz hämmerte wie wild gegen ihre Brust, und sie konnte ihr Glück kaum fassen.

Das Leben war wundervoll, und zwar mit all seinen Macken.

EPILOG

Liebes Tagebuch,

es ist ewig her, dass ich dir geschrieben habe. Als ich dich auf der Suche nach Kindersachen von mir in der alten Kiste gefunden habe, musste ich es einfach tun. Seit meinen letzten Zeilen ist nämlich ganz schön viel passiert. Ich wünsche mir, dass du, nach all dem Schlechten, das ich auf die letzten Seiten geschrieben habe, von all dem Guten erfährst. Vor allem aber von John. Er ist der eine und hat mich ganz unerwartet aus meinem Dornröschenschlaf erwachen lassen. Wenn ich heute so darüber nachdenke, war es genauso. Ich war es gewohnt, mich um mich allein zu kümmern und dass die Männer mich schlecht behandelten. Als John in mein Leben trat, veränderte sich alles. Seine zwei Töchter Charlie und Josie sind ein ganz besonderer Bonus, und ich habe sie gleich in mein Herz geschlossen. Na gut, Charlie hat es mir anfangs nicht ganz so leicht gemacht, aber das ist längst vergessen. Ich habe sogar Frieden mit meiner Mum geschlossen und besuche sie zwei Mal die Woche. Neulich waren wir sogar mit Abby und Tante Margie in der Eisdiele – wie eine ganz normale Familie. Gut, Tante Margie hat eine nach der anderen geraucht und uns lautstark von ihrem neuesten Liebhaber erzählt, während Abby die halbe Zeit mit den Augen gerollt hat, aber das ist es doch, was eine Familie ausmacht, oder nicht? Wir akzeptieren uns mit allen Ecken und Kanten. Apropos Abby: Sie ist schrecklich verliebt und scheint sich vorerst für das männliche Ufer entschieden zu haben. Jim, Johns Bandkollege, ist es, der sie glücklich machen

*darf. Und das macht er. Sie tun sich beide sehr gut, und ich
freue mich über Abbys glänzende Augen.*

*Stell dir nur vor, ich habe endlich die Koalas besucht, und
zwar nicht im Zoo, sondern in Australien. John hatte dieses
wirklich großartige Hochzeitsgeschenk für mich. Ganze vier
Wochen waren wir dort, und ich war nie glücklicher als in
dieser Zeit. Kurz vor unserer Heimreise ging es mir ziemlich
schlecht. Zuerst dachte ich, ich hätte mir den Magen an einem
Muschelgericht verdorben, doch dann habe ich erfahren, dass
ich schwanger bin. Kannst du dir das vorstellen? Wir sind
überglücklich, vor allem aber, dass unsere Kinder mit Lizzy
und Liams Adoptivtochter Zoe und Mia und Nics Rasselbande
gemeinsam aufwachsen werden. Eine aufregende Zeit kommt
auf uns zu und ich … ja … Ich wollte einfach, dass du weißt,
wie wahnsinnig glücklich ich bin. Da kommt John, ich muss
aufhören. Er hat nämlich eine riesige Packung Erdbeer- und
Schokoeis für mich gekauft, von dem ich im Augenblick gar
nicht genug bekommen kann. Dafür ist er sogar jetzt extra
noch mal für mich losgefahren. Ist er nicht lieb?*

*Alles Liebe
Lisa*

DANKSAGUNG

*D*iesmal möchte ich mich zuallererst bei euch, meinen wundervollen Lesern, bedanken. Ich danke euch, dass ihr diese Reise mit mir und den Swores gemeinsam angetreten seid, und hoffe, dass die drei Geschichten euch gefallen haben. Ohne euch wäre all das einfach nicht möglich gewesen, und ich bin sehr glücklich über all eure Rückmeldungen.

Dem wunderbaren Droemer Knaur Verlag, der mir und meinen Büchern ein so schönes Zuhause beschert hat, möchte ich besonders danken. Ich bin sehr glücklich über unsere Zusammenarbeit. Bei Greta Frank und Natalja Schmidt möchte ich mich für ihren großartigen Einsatz für meine Bücher bedanken.

Meiner wunderbaren Lektorin Martina Vogl danke ich für all ihre kritischen Anmerkungen, Fragen und lieben Worte, die auch dieses Buch so wunderbar rund gemacht haben. Tausend Dank!

Meinen liebsten Freundinnen Nicky und Antje danke ich für ihre Geduld, ihre aufbauenden Worte und dafür, dass sie sich bereit erklärten, den Fluchtwagen Richtung Meer zu fahren. ☺

Meine Familie … Ach, was wäre ich nur ohne euch? Was gäbe es in meinem Leben sonst zu lachen oder zu lieben, wenn ihr nicht wärt. Ihr seid laut und anstrengend, aber ich liebe euch.

Doch der größte Dank gilt meinen beiden Männern, die meine ganz persönlichen Helden sind. Tapfer, wie ihr nun mal seid, wurde jedes angebrannte Essen hinuntergewürgt, wenn ich mal wieder beim Schreiben versäumt habe, die Herdplatte kleiner zu stellen.

Meinem Mann Jan möchte ich sagen, dass er der Größte für mich ist. Er stellt sich nur mit einem Hauch Unwohlsein einem ganzen Haufen von Frauen auf der Love-Letter-Convention und erträgt jede Schmeichelei meiner Bookboy-Friends mit absoluter Gelassenheit. Du bist der einzig wahre Mann für mich. Ich liebe dich!

Lauren Blakelys
The-One-Reihe
rund um befreundete Liebespaare in Manhattan.

Band 1: One Dream

Abby hat den perfekten Job gefunden, um ihren Studienkredit zurückzuzahlen: Sie ist die Nanny der hinreißenden kleinen Hayden. Allerdings findet sie Haydens Vater, Simon, attraktiver, als sie sich eingestehen möchte … Immerhin ist er ihr Boss. Und der ist tabu, oder?

Band 2: One Love

Die alte Anziehung ist stärker als je zuvor, als Penny nach einigen Jahren unverhofft dem Starkoch Gabriel gegenübersteht. Damals haben sie in Barcelona eine unvergessliche Nacht miteinander verbracht, doch zum geplanten Wiedersehen in New York ist Gabriel nie erschienen. Penny stürzt in ein Gefühlschaos …

Frech, prickelnd, romantisch!

Band 3: **One Passion**

Vor einigen Jahren hat er ihr völlig überraschend das Herz gebrochen, jetzt läuft er ihr ausgerechnet beim Joggen im Central Park in New York wieder über den Weg: Delaney hat ihre große Liebe Tyler noch lange nicht vergessen, vergeben hat sie ihm allerdings auch nicht. Tyler muss alle Hebel ziehen, um Delaney zurückzuerobern.

Band 4: **One Kiss**

Nicole glaubt nicht mehr an die große Liebe, will aber ein Baby! Zum Glück gibt's ihren Kollegen Ryder, der ein echtes Commitment-Problem hat und ebenfalls überzeugter Single ist … Der kann ihr da sicher aushelfen. Verlieben muss sich ja keiner – oder?

KNAUR